EXEL

REGINA & GIUSEPPE DE FACENDIS

EXEL

Teil 1: *Willensfreiheit*

Teil 2: *Der Sterbende Schwan*

Bibliografische Information der Deutschen Nationalbibliothek.
Die Deutsche Nationalbibliothek verzeichnet diese Publikation in der Deutschen Nationalbibliografie; detaillierte bibliografische Daten sind im Internet über http://dnb.dnb. de abrufbar.

Titelbild: Giuseppe De Facendis
Text: Regina und Giuseppe De Facendis

Satz, Herstellung und Verlag: BoD – Books on Demand, Norderstedt

ISBN 978-3-7583-1988-4

TEIL 1

Willensfreiheit

„*Ich würde nur an einen Gott glauben, der zu tanzen verstünde.*
Friedrich Nietzsche, Werke II – Also sprach Zarathustra

1

Es war eine ungewöhnlich warme Sommernacht. Der Vollmond und ein strahlender Sternenhimmel nahmen der Dunkelheit jede Beklommenheit. Obwohl die entfernten Kirchturmglocken ein letztes Mal an diesem Tag geschlagen hatten, war die Temperatur angenehm und aus den Bäumen ertönte weiterhin das durchdringende Zirpen der Grillen. Eine Nacht zum Wohlfühlen.

Ein Liebespärchen hatte am Rande des Parks ein Plätzchen gefunden, um es sich im Inneren ihres Wagens gemütlich zu machen. Im einfallenden Licht des Mondes konnte man die nackten Körper in enger Umarmung erkennen und hörte durch die geöffneten Fenster ihre erregten Stimmen.

Sie bemerkten nicht, dass sie beobachtet wurden, beobachtet von einem Wesen, dessen rechte Hand fest um den Griff einer Axt geschlossen war. Im Kopf des Beobachters hallte unentwegt der gleiche Refrain wider: schlechte, verdorbene Menschen! Schlechte, verbotene Dinge! Gleich werdet ihr die gerechte Strafe erhalten!

Plötzlich riss er die Seitentür des Wagens auf, packte den völlig überraschten nackten Mann am Arm und trennte ihn mit Gewalt von seiner Partnerin.

»Hallo, mein Junge! Ich muss euer Stelldichein kurz unterbrechen«, stieß der Angreifer erregt hervor. »Heute ist übrigens dein Glückstag! Bald wirst du in einer besseren Welt sein, einer Welt ohne Schmutz und Gewalt!«

Und schon sauste der tödliche Hieb auf das Opfer nieder. Ein Schrei des Entsetzens zerriss die abendliche Stille. Die Begleiterin versuchte, getrieben von panischer Angst, durch die gegenüberliegende Tür zu entkommen, aber die Hand des Mörders hatte sich bereits wie ein Schraubstock um den Fuß der Flüchtenden gelegt.

»Ich fühle mich schon viel besser!«, seufzte der Mann. »Und ... nach dir ... werde ich mich noch besser fühlen!« und zog die nackte, um Hilfe rufende Frau aus dem Wagen auf den weichen, mit Moos durchsetzten Rasen.

»Kannst du dir ein bequemeres Plätzchen vorstellen, um deinen Freund ins Jenseits zu begleiten?«, rief er mit erregter Stimme. »Du solltest mir dankbar sein, meine Liebe! Ich erspare dir viele Jahre des Leidens, Jahre voller Schmerz und Qual und ... den Anblick deines alternden, langsam zerfallenden Körpers.«

Die Frau schlug wild um sich und schrie verzweifelt um Hilfe, aber wer sollte ihr zu nächtlicher Stunde in diesem versteckten Winkel des Parks schon helfen? Entsetzt blickte sie ins Antlitz des Mannes, der sie gefangen hielt. Die zottigen, verschmutzen Haare fielen in sein ungepflegtes Gesicht voller Bartstoppeln und mit der verschlissenen Kleidung und den abgelaufenen Schuhen glich er eher einem armseligen Clochard als einem furchteinflößenden Monster.

»Schau dir diese Nacht an …«, fuhr der Mörder grinsend fort, »… wie zum Sterben geschaffen: eine warme Sommernacht mit strahlendem Vollmond und traumhaftem Sternenhimmel. Ein echter Sommernachtstraum! Viel zu schön für ein verdorbenes Menschenkind wie dich!«

Die Frau schlug mit den letzten Kräften um sich, aber Gegenwehr und Schreie wurden immer schwächer.

»Hör auf zu jammern«, hörte sie ihn sagen. »Du wirst sehen, gleich geht es dir viel besser! Oder kennst du einen einzigen Menschen, der aus dem Jenseits zurückgekommen ist, um sich zu beschweren?«

Dann sah sie ihn die Axt erheben und zum tödlichen Schlag ausholen. Gott sei mir gnädig! Sie schloss die Augen und erwartete den Aufprall der scharfen Klinge und den schrecklichen Schmerz … aber beides blieb aus.

Als sie vorsichtig die Augen öffnete, wusste sie nicht, ob die Todesangst ihr einen Scherz spielte … oder Gott ihr wirklich gnädig gewesen sein sollte? Die mit der Axt bewaffnete Hand des Mörders war immer noch erhoben, bereit zum tödlichen Schlag, aber sie lag fest in der Hand eines anderen Mannes, eines sehr seltsamen Mannes, der sich hinter dem Mörder in voller Größe aufbaute.

Wie Gott sah der Retter eigentlich nicht aus, aber zweifellos … göttlich!

Er war zirka zwei Meter groß, hatte einen ausgesprochen athletischen Körper mit breiten Schultern und schmaler Taille. Das mittellange tiefschwarze Haar, dem das einfallende Mondlicht einen bläulichen Schimmer verlieh, umspielte die akzentuierten Backenknochen. Seine großen tiefblauen Augen waren von schwarzen Schatten umgeben, die den traurigen Gesichtsausdruck noch melancholischer erscheinen ließen. Volle Lippen und eine wohlgeformte Nase rundeten die äußere Erscheinung des Mannes ab und machten ihn zweifellos zu einem der attraktivsten Männer, die die Frau jemals gesehen hatte. Fast göttlich! Sein anliegendes dunkles Hemd und eine enge schwarze Hose hoben die Linien seines muskulösen, jedoch eleganten Körpers hervor.

Von den breiten Schultern fiel ein kurzer Umhang herab, der seinen Oberkörper in lockeren Falten umspielte. Die langen athletischen Beine endeten in flachen Stiefeletten, die scheinbar die Form seiner Füße angenommen hatten, so weich und anschmiegsam wirkte ihr Leder.

»Kann man denn abends nicht mehr in Ruhe im Park spazieren gehen, ohne gleich auf einen Verrückten zu stoßen?«, ertönte die ruhige Bariton Stimme des Hünen. »Einen Verrückten, der nichts Besseres zu tun hat, als junge Pärchen niederzumetzeln … und dann auch noch als Landstreicher verkleidet! Lieber Himmel, welche Geschmacklosigkeit!«

Dann lockerte er seinen Griff und stieß den Mörder unsanft von sich. Dieser strauchelte, schnappte kurz nach Luft und sah sein Gegenüber zum ersten Mal an.

»Unglaublich! Du wagst es, mein Aussehen zu kritisieren? Hast du dich einmal im Spiegel betrachtet?«, und tastete mit der Hand nach seinem malträtierten Kehlkopf. »Was willst du denn verkörpern, mit diesen schwarzen Strumpfhosen und dem hübschen Mäntelchen, etwa den Helden einer tragischen Oper? Wie kann jemand wie du es wagen, von Geschmacklosigkeit zu reden?«

Die nackte Frau sah die beiden entsetzt an, dann raffte sie sich auf und rannte los, vollkommen verwirrt und nackt, wie Gott sie erschaffen hatte. Irgendwo auf dieser Erde musste doch trotz der späten Abendstunde noch ein normaler Mensch zu finden sein!

»Mach dich bitte nicht über meinen Umhang lustig!«, setzte der Riese die seltsame Unterhaltung fort. »Dieser Umhang unterscheidet uns Gute von den Bösen. Oder hast du jemals einen wahren Helden ohne Umhang gesehen?«

Dann drehte er eine Pirouette, so dass der Umhang sich kurz hob und wieder senkte.

»Und da du selbst, wie ich sehe, keinen Umhang trägst, musst du wohl zu den Bösen gehören, was deine grausame Tat bezeugt. Und weißt du, was ich in der Regel mit den Bösen mache? Ich breche ihnen das Genick und zwar im wahrsten Sinne des Wortes«, sprach er und ging langsam auf seinen Gegner zu.

»Moment, Moment!«, unterbrach ihn der am Boden Kauernde und hob abwehrend die Hand. »Sei nicht so gemein zu den Bösen, denn ohne uns wärst du kein Guter und könntest den Umhang der Guten gar nicht tragen. Um gut zu sein, brauchst du einen Bösen, denn ihr Guten könntet ohne uns Böse gar nicht existieren!«

»Schön gesagt, mein Lieber! Kompliment! Aber was erwartest du nun von mir?«, fragte der seltsam gekleidete Retter. »Dass ich dich laufen lasse? Tut mir leid, das geht auf keinen Fall. Du weißt sicher, dass die Guten die Bösen niemals entkommen lassen!«

»Tja, in diesem Punkt muss ich dir leider recht geben«, bestätigte sein Gegenüber, »aber dann weißt du auch, dass Gute und Böse sich in den entscheidenden Situationen bis auf den letzten Atemzug bekämpfen«, erwiderte der Mörder und tastete mit einer Hand nach der Axt hinter seinem Rücken. Einen Moment später sprang er auf und ging in leicht gebückter Angriffsstellung auf seinen Gegner zu.

»Komm schon, mein Guter, wehr dich nicht allzu lange, ich muss mich noch etwas abreagieren, da du mir den Spaß mit der jungen Dame verdorben hast. Was hältst du davon, wenn ich dir ein Bein abhacke, ich verspreche dir auch, dass es bei einem einzigen bleiben wird«, sagte er und holte zum Schlag aus.

»Mein Bein willst du?«, erwiderte der Hüne und setzte zum Sprung an. »Das kannst du gerne haben!«

Explosiv, aber mit unglaublicher Eleganz hob er nach einer Pirouette vom Boden ab und traf den bewaffneten Arm des Angreifers mit dem gestreckten Bein. Die im Ansatz geschmeidig und spielerisch wirkende Bewegung verwandelte sich in geballte Kraft, kombiniert mit absoluter Präzision. Der Mann strauchelte, überschlug sich und lag einige Sekunden später bäuchlings unter dem Riesen, der ihn mit dem Gewicht seines Körpers gefangen hielt.

»Weißt du, mein Lieber, vielleicht bin ich doch nicht so gut, wie ich aussehe!« murmelte der Sieger mit einem traurigen Lächeln.

»… und dein Umhang?«, fügte der am Boden Liegende mit Galgenhumor hinzu.

»Manchmal trügt der Schein! Vielleicht hatte ich nur etwas Stoff übrig und dachte, dass ein Umhang mich gut kleiden würde«, lautete die Antwort. »Aber genug geplaudert! Ich muss als Guter meine Pflicht erfüllen. Niemand soll mir nachsagen, dass ich meine Versprechen nicht einhalte. Du erinnerst dich doch, was ich vorhin über dein Genick gesagt habe?« fuhr der seltsam gekleidete Mann fort. »Bevor ich dich, wie du sagtest, von dieser Welt voller Schmutz und Gewalt erlöse, erlaube mir, dass ich mich vorstelle: mein Name ist Exel!«

Dann nahm er den Kopf des unter ihm liegenden Mannes in beide Hände und löste sein Versprechen ein! Gerne tat er dies nicht, aber es war die einzige Möglichkeit, um diese Wesen definitiv unschädlich zu machen.

Kurze Zeit später beobachtete Exel, versteckt im Gipfel eines nahestehenden Baumes, den Schauplatz, auf dem er kurz zuvor die Hauptrolle gespielt hatte. Die Scheinwerfer mehrerer Streifenwagen erleuchteten den Tatort. Der Pathologe war bereits vor Ort und der Polizeifotograph hatte begonnen, Routine gemäß seine Aufnahmen zu machen. Um der Spurensicherung die Arbeit zu erleichtern, hatte man das gesamte Gelände abgesperrt. Die trotz der späten Stunde eintreffenden Schaulustigen sollten keine Spuren oder Fingerabdrücke verwischen. Der Tod schien auf gewisse Menschen eine Art Faszination auszuüben, besonders wenn er in gewaltsamer Form hervorgerufen wurde … aber nur, wenn die Neugierigen als Zuschauer und nicht als Akteure beteiligt waren!

Die nackte Frau stand in eine Decke gehüllt zwischen den Streifenwagen und sprach mit einem Officer.

»Ja, das ist der Mann, der uns angegriffen hat«, sagte sie schluchzend und zeigte auf einen der beiden Toten. »Dann ist noch ein zweiter seltsam gekleideter Mann aufgetaucht, der mich gerettet hat. Aber für Tommy … «, und erneut wurde sie von einem Weinkrampf geschüttelt. Der Officer protokollierte die Aussagen der Zeugin und wandte sich dann seinen Kollegen zu.

»Das ist nun schon der sechste Genick-Tote!«, sagte der Pathologe zum Officer »Da wird sich dein Chef aber freuen!«

Es war die sechste Leiche, die er in den letzten Wochen an unterschiedlichen Tatorten untersucht hatte und deren Genick ohne weitere Gewalteinwirkungen gebrochen worden war. Wären diese sechs Opfer nicht jedes Mal während der Ausübung einer Gewalttat getötet worden, hätte er von einem Serienmörder gesprochen. Aber so konnte er nur eine vage Vermutung äußern.

»Vielleicht handelt es sich um den Kampf zweier verfeindeter Banden!«

»Du hast es fast erfasst, aber nur fast ….«, kommentierte Exel aus dem dichten Blätterwerk seines Verstecks.

2

»Das ist nun schon die sechste Leiche, die wir mit gebrochenem Genick gefunden haben. Die sechste Leiche in sechs Wochen, immer nach dem Angriff auf ein Liebespärchen Und wir haben kein einziges Indiz, kein einziges!«, schrie Inspector Jeff Lucas aufgebracht.

Nach diesem Mordfall hatte Lucas die gesamte Mannschaft mitten in der Nacht ins Polizeipräsidium zitiert. Alle Anwesenden, außer den Kollegen der Nachtschicht und dem Inspector selbst, waren aus dem Tiefschlaf gerissen worden, um sich nun die Philippika ihres Vorgesetzten anzuhören. Mit geröteten Augen verfolgten sie müde, jedoch schuldbewusst die Vorwürfe ihres Chefs. Seit Wochen beschäftigte dieser Fall die Polizei von Garden City, aber niemandem gelang es, auch nur die geringste Spur zur Überführung der Kriminellen zu finden.

»So ist es leider, Inspector«, musste der Chief Officer mit geneigtem Haupt zugeben. Gerne hätte er dem Inspector nutzbare Details geliefert, eine Spur, einen Beweis, irgendetwas, was sie bei den weiteren Ermittlungen unterstützen konnte, aber auch diesmal gab es keinen präzisen Anhaltspunkt.

»Das einzige Indiz bleibt dieser seltsam gekleidete Mann mit Umhang, der an jedem Tatort gesehen wurde.«

»Und das Opfer … oder besser gesagt der Mörder … na ja der mit dem gebrochenen Genick? Konntet ihr die Leiche wenigstens dieses Mal identifizieren? Habt ihr einen Namen für mich?«, fragte Lucas gereizt.

»Nein, Chef, leider nicht! Wieder einer, der aus dem Nichts zu kommen scheint. Wieder ein Toter ohne Papiere, der zu keiner uns vorliegenden Vermisstenanzeige passt. Wir haben nicht den geringsten Hinweis auf seine Identität gefunden.«

»Phantastisch!«, stieß Lucas entnervt aus und ging zum Fenster.

Was ging nur in dieser Stadt vor? Seiner Stadt, oder besser gesagt, der Stadt, für dessen Sicherheit er verantwortlich war. Sie schien die neuste Attraktion für Verbrecher jeglicher Art geworden zu sein.

Das sechste Genick-Opfer in wenigen Wochen! Opfer, die entweder bereits getötet hatten oder gerade im Begriff waren zu töten. Sie wurden von einem mysteriösen, scheinbar dem klassischen Ballett entsprungenen Tänzer überwältigt, der nach jedem seiner nächtlichen Auftritte verschwand und bis zum nächsten Erscheinen unauffindbar war. Keiner der Genick-Toten konnte identifiziert werden, alle waren ohne Papiere, keiner wurde vermisst, keiner war entlaufen, keiner besaß Fingerabdrücke, die im Archiv gelistet waren. Wo sollten sie bei den Untersuchungen ansetzen? Es war wie verhext! Und die Presse saß ihnen seit Tagen im Nacken!

Er drehte sich wieder zu seinen Männern um.

»Wenn ihr mir bis morgen Abend nicht irgendein Indiz bringt oder irgendeinen Anhaltspunkt, dann setze ich euch als Lockvögel ein ...«, hallte seine laute Stimme durch den Raum. »... am besten als Liebespaare in Minirock! Und nun macht euch an die Arbeit! Verschwindet!«

Seine Männer schlichen niedergeschlagen und todmüde von dannen, während Lucas allein im Büro zurück blieb. Die letzten Wochen waren aufreibend gewesen. Zunächst waren einige Landstreicher verschwunden, was jedoch niemanden sonderlich berührt hatte. Wer machte sich in der heutigen Zeit schon Sorgen um ein paar mittellose Menschen ohne Familie? Wahrscheinlich hatten sie sich eine andere Stadt ausgesucht ... zum Überleben ... oder zum Sterben.

Das nächste Problem: Sexualverbrecher, die seit Wochen die Gegend um Garden City unsicher machten, indem sie nachts junge Pärchen in ihren Verstecken aufstöberten, um ihre Liebesspiele zu unterbrechen ... gewaltsam zu unterbrechen!

Aber auch das war noch nicht genug! Nun gesellte sich ein als Balletttänzer verkleideter Riese hinzu, der zwar den Tod der jungen Leute einige Male vereiteln konnte, jedoch nur durch das Begehen einer neuen Straftat. Die Polizei hatte nichts in der Hand außer einigen Zeugenaussagen, in denen dieser rätselhafte, scheinbar mit viel Witz und Ironie ausgestattete Retter auftauchte.

Nach all den Wochen fehlte ihnen weiterhin jegliche Spur. Die Bewohner von Garden City waren verängstigt. Die Presse berichtete jeden Morgen über die Straftaten und attackierte die ergebnislosen Recherchen der Polizei. Das Fernsehen strahlte Sendungen aus, in denen sowohl Talkmaster als auch eingeladene Gäste stundenlang über die örtlichen Sicherheitskräfte diskutierten. Und wer war für diese Situation verantwortlich, bei wem lag laut öffentlicher Meinung die gesamte Schuld? Natürlich bei ihm, bei ihm persönlich, Inspector Jeff Lucas, dem Chef der Polizeidienststelle von Garden City!

Seufzend zog Jeff seinen Mantel an und machte sich auf den Weg nachhause.

Er musste ein paar Stunden schlafen, um im Laufe des Tages wenigstens einen brauchbaren Gedanken fassen zu können.

3

Die leuchtende Kugel des Vollmondes hätte an diesem Abend jeden Wettstreit mit der Vielzahl funkelnder Sterne gewonnen. Ein lauer Abendwind strich durch die dichten schwarzen Haare des einsamen Beobachters, der hoch über Garden City die nächtlich erleuchtete Stadt betrachtete.

Zu viele Lichter für diesen kleinen Planeten! dachte Exel, während er ins Tal blickte. Viel zu viele Lichter für viel zu viele Menschen!

Er hatte die lange Reise zur Erde angetreten, um seinen größten Widersacher zu finden, den Anführer der Satanen. Sein Nachbar stellte den Inbegriff des Bösen dar, war die Verkörperung all dessen, was sein Volk seit Millionen von Jahren im Weltall bekämpfte. Exel war vor einigen Wochen auf diesem Planeten gelandet, um die Pläne seines Gegners zu durchkreuzen.

Einige Geheimnisse hatte er bereits aufgedeckt, aber die wichtigsten Details fehlten ihm, um das bevorstehende Unheil zu verhindern. Es musste sich um ein zerstörerisches Unterfangen handeln, dessen Boshaftigkeit so unermesslich war, dass die negativen Schwingungen sogar auf seinem Heimatplaneten Sirius wahrgenommen worden waren. Aus Vorsicht hatte man das gesamte Sonnensystem in Quarantäne gesetzt, in der Hoffnung, dass Exel die Gefahr, die von diesem infizierten Planeten ausging, schnell beseitigen konnte.

Viele Erdbewohner hatte sein Nachbar bereits auf die Seite des Bösen gebracht. Wer waren seine Verbündeten und welchen Spielregeln folgten sie?

Exel setzte zum Sprung an und flog in eleganten weiten Sätzen den Hügel hinunter Richtung nächtliche Stadt. Kraftvoll, unter Einsatz aller Muskeln seines Körpers, aber dennoch spielerisch wie ein Balletttänzer glitt er über den Boden und war nach wenigen Sekunden in der Dunkelheit verschwunden.

4

Paul Stjepanovic hatte nur noch wenige Meter vor sich. Gleich war er zuhause. Bei diesem Gedanken verzog sich sein Mund zu einem traurigen Lächeln. *Zuhause* konnte man das Loch, in dem er seit ein paar Monaten hauste, wirklich nicht nennen, diesen kleinen feuchten Keller in einem verlassenen Gebäude am Stadtrand von Garden City, in dem sich mehr Ratten und Ungeziefer tummelten, als in den Filmen von Indiana Jones. Wie hatte er sich beim Anblick dieser Szenen immer geekelt, nie konnte er verstehen, wie die Darsteller es über sich brachten, zwischen tausenden von krabbelnden Monstern vor der Kamera zu drehen. Aber mittlerweile hatte er sich an seine kleinen Mitbewohner gewöhnt. Seit sie wussten, dass es bei ihrem neuen Zimmergenossen nichts Essbares zu stibitzen gab, ließen sie ihn in Ruhe, und nur ab und zu fand Paul eine krabbelnde Überraschung im Hosenbein oder der Jackentasche, wenn man das, was an seinem Oberkörper herunterhing, noch als Jacke bezeichnen konnte! Ein schmutziges, zerrissenes Stück grauen Stoffes, das ihn das gesamte letzte Jahr auf jedem Weg begleitet hatte, sogar bei den vereinzelten morgendlichen Bädern im nahen See, die nicht nur der Säuberung seines Körpers, sondern gleichzeitig der Reinigung der wenigen zum Glück hochwertigen Kleidungsstücke dienten.

Nie hätte er geglaubt, dass sich das Leben eines Menschen so schnell verändern konnte, völlig verändern, oder besser gesagt, ins Gegenteil umschlagen. Alles wegen der Schuld einiger unfähiger Manager in höchsten Positionen und deren falscher strategischer Entscheidungen. Fehlentscheidungen mit verheerenden Folgen, verheerend jedoch nicht für die Verursacher des Desasters, sondern für diejenigen, die keinerlei Schuld daran hatten ... wie er selbst. Wer hätte jemals gedacht, dass die vor über hundert Jahren gegründete Investmentbank, für die er einige Monate voller Stolz gearbeitet hatte, im September letzten Jahres Insolvenz anmelden sollte.

Seine Eltern waren in einem Unfall ums Leben gekommen, kurz nachdem er nach dem Studium Europa verlassen hatte, um sein Glück in Amerika zu suchen. So kannte Paul niemanden, auf dessen Unterstützung er zählen konnte, keinen Verwandten, keinen Freund, keinen Kollegen. Die letzteren hatten wie er selbst innerhalb weniger Stunden jegliche Existenzbasis verloren und sich mit dem Anzug am Körper, einer Aktentasche in der Hand und ein paar Banknoten in der Brieftasche auf der Straße wiedergefunden.

Nach dem Bankrott der Bank war ihm nur eins geblieben: seine Arbeitskraft. Aber aufgrund der schlechten Reputation seines alten Arbeitgebers gelang es ihm nicht, eine neue Anstellung im Bankwesen zu finden. Irgendwann versuchte er es mit Aushilfsjobs, aber als Ausländer ohne die gewünschte robuste Körperstatur fand er nicht einmal als Handlanger eine kurzzeitige Anstellung. Schnell waren seine wenigen finanziellen Rücklagen aufgebraucht. Er verlor zunächst seine Wohnung, dann die wenigen Wertgegenstände, die ihm geblieben waren, und zuletzt das, was er am wenigsten ertragen konnte, seine Würde. Er war auf Almosen angewiesen, ging tagsüber bettelnd durch die Stadt, wühlte in Mülltonnen nach essbaren Überresten und nahm abends an der Tafel der Obdachlosen seine einzige spärliche warme Mahlzeit ein. Dies hatte er auch heute Abend getan und wollte nun mit einigermaßen gefülltem Magen sein Lager auf dem Boden der feuchten Unterkunft aufzusuchen, um eine weitere Nacht seines Lebens hinter sich zu bringen.

»Hallo Alter, hast du vielleicht 'ne Kippe für mich?«, unterbrach eine Stimme aus nächster Nähe seine trüben Gedanken.

Er hob den Kopf und sah in das unsympathische Gesicht eines jungen Mannes, der ihn spöttisch angrinste.

»Sehe ich wirklich so aus, als ob ich dir etwas schenken könnte?«, antwortete Paul mit einem traurigen Lächeln.

Was sollte er schon zu verschenken haben? Aber dann spürte er einen dumpfen, harten Schlag auf seinem Hinterkopf und sein letzter Gedanke war: mein Leben!

»Los, macht schon! Die Polizei hat zwar ihr Schmiergeld bekommen, aber irgendjemand könnte uns dennoch sehen!«, rief der Fahrer, der den Wagen neben seinen beiden Komplizen zum Stehen gebracht hatte. »Vorsicht! Jetzt passt doch auf! Ihr wisst doch, dass wir ihn unverletzt abliefern sollen.«

»Oh Mann, was für ein langweiliger Job! Nicht mal ein bisschen Blut! So macht das echt keinen Spaß!«, murmelte derjenige, der von hinten mit dem Knüppel zugeschlagen hatte.

Dann hoben sie Pauls leblosen Körper in den Kofferraum des Wagens und stiegen ein.

»Denny, halt einfach die Klappe!«, unterbrach ihn sein Kumpel. »Die zahlen wirklich gut! Den Spaß heben wir uns für morgen auf. Dann ist wieder so eine Demonstration gegen … ach, ich weiß nicht mehr gegen was. Ist ja auch egal, Hauptsache wir können uns austoben. Und am Sonntag beim Fußballderby werden wir auch unsere Freude haben!« Dann wandte er sich an den Fahrer. »Nun fahr schon los, damit wir das hier zu Ende bringen!«

Von hoch oben, versteckt auf dem Dach eines anliegenden Hauses beobachtete Exel die gesamte Szene. Endlich hatte er sie auf frischer Tat ertappt! Endlich konnte er einer Spur nachgehen! Nun hieß es, den Wagen nicht aus den Augen zu verlieren.

Leichtfüßig flog Exel in weiten Sprüngen über die Dächer der Stadt. Phantastisch! Welch angenehmes Gefühl, das er dank dieses Tanzes, den die Menschen erfunden hatten, wahrnehmen durfte. Er sprang mit voller Hingabe, etliche Pirouetten drehend von einem Dach zum anderen. Welch ein Genuss! Die Faszination, die das klassische Ballett auf Exel ausübte, hatte ihn veranlasst, sich während seiner Reise zur Erde eine Anzahl von Schrittfolgen und Sprüngen anzueignen, die sich in Situationen wie der momentanen als nützlich erwiesen. Diese tänzerischen Einlagen waren viel unterhaltsamer als die altbekannten Fortbewegungsarten und eigneten sich gleichzeitig für eine effiziente Verteidigung. Darüber hinaus standen sie im Einklang mit seinem Wesen, welches geschmeidige Eleganz und Harmonie stets der rohen Gewalt vorgezogen hatte. Eine Art der Verteidigung, die für Exel das perfekte Zusammenspiel von Körper und Geist darstellte.

Der Wagen, den Exel verfolgte, hielt neben einem großen Bürogebäude, so dass er unvermittelt abbremsen musste, um nicht entdeckt zu werden. Schluss jetzt mit angenehmen Empfindungen und Träumereien! Zurück zur Arbeit!

Der Fahrer, scheinbar der Anführer der Gruppe, gab seinen beiden Kumpanen weitere Befehle, während sie Pauls lebloses Körper aus dem Kofferraum hoben.

»Schnell, beeilt euch, sonst werden wir noch entdeckt! Und lasst ihn ja nicht fallen! Ihr wisst doch: unversehrt, habe ich gesagt!«

Sobald die drei Männer dem Außerirdischen den Rücken zudewandt hatten, ließ Exel sich von dem gegenüberliegenden Dach in die Tiefe gleiten. Sie trugen ihr Opfer ins Erdgeschoss des Gebäudes, wo sich die Praxis eines Tierarztes befand. *Dr. Martin Bertram, Arzt für Veterinärmedizin* stand in großen Buchstaben auf einem Schild neben dem Haupteingang. Der Anführer der Dreiergruppe schritt voran und öffnete den beiden Komplizen, die den Toten an Händen und Füßen schleppten, die Tür.

Exel huschte ungesehen als letzter durch den Eingang in die Praxisräume und versteckte sich im Dunkel.

Ein Mann in weißem Arztmantel trat aus einem hellerleuchteten Nebenraum. »Neue Ware!«, sagte der Anführer. »Es wird immer schwieriger, gutes Material zu finden«, fuhr er fort, während die beiden anderen den Toten ins Behandlungszimmer trugen.

»Das ist nicht mein Problem«, erwiderte der Tierarzt unbeeindruckt. »Wenn ihr Geld verdienen wollt, lasst euch etwas einfallen!«

Welch unangenehmer Menschenschlag, dachte der Arzt. Jedes Mal, wenn sie ihm einen neuen Körper brachten, empfand er tiefe Abscheu für diese Männer, aber sie machten ihre Arbeit gut und würden ihm bis zum Ende des Projektes noch nützlich sein! Jedoch nur bis zum Ende des Projektes … und dieses stand kurz bevor! Der Gedanke tröstete ihn ein wenig. Danach würden auch sie auf dem Operationstisch landen … als letzte der Probanden.

»Das Geld liegt in der Schublade, wie immer!«, sagte der Tierarzt. »Bis zum nächsten Mal!«

Dann wandte er sich, die Anwesenden völlig ignorierend, dem toten Landstreicher zu.

»Auf Wiedersehen, Herr Doktor!«, verabschiedete sich der Anführer und winkte mit den Banknoten in der Hand. »Los, verschwinden wir!« Und weg waren sie! Endlich konnte sich der Tierarzt seiner Arbeit zuwenden. Zunächst musste er die Leiche entkleiden. Die Erfahrung hatte ihm gezeigt, dass die einfachste Methode das Auftrennen der Kleidungsstücke mit einem Skalpell war. Sauber und mühelos. Er beugte sich über den Toten, nahm die abgetragene Jacke in die Hand und setzte zum ersten Schnitt an.

Nach einer halben Stunde war der leblose Körper entkleidet und gesäubert. Morgen früh würde er seine Auftraggeber informieren, dass er eine neue Leiche liefern konnte, und diesmal handelte es sich um ein wahres Prachtexemplar. Nicht um den schmutzigen, aus der Gosse gezogenen Körper eines Landstreichers, sondern um jemanden, dessen feine Hände und zarte nicht von der Sonne gegerbte Haut davon zeugten, dass der Tote in seinem Leben niemals körperlicher Arbeit nachgegangen war. Zwar hatten die Monate auf der Straße erste äußere Zeichen auf Gesicht und Körper des Mannes hinterlassen, aber dieser Leichnam entsprach nicht dem Standard, den er in den letzten Wochen weitergeleitet hatte. Vielleicht konnte er diesmal ein höheres Honorar verlangen, überlegte Dr. Bertram mit zufriedenem Lächeln.

Aber darüber konnte er sich morgen Gedanken machen! Er sah auf die Uhr. Es war spät am Abend und er wollte nachhause, um nach dem langen Arbeitstag wenigstens einige Stunden Schlaf zu finden. Er bedeckte den nackten Körper mit einem weißen Tuch und verließ die Praxis.

Exel hatte aus seinem Versteck zunächst die Übergabe der Leiche und dann deren gründliche Reinigung mitverfolgt. Als die Tür hinter dem Arzt zuschlug, kam aus seinem Versteck hervor und blickte suchend um sich. Irgendein Hinweis über den Auftraggeber des Tierarztes musste doch hier zu finden sein! Einen Computer konnte er nicht entdecken. Vor ihm stand ein Regal mit verschiedenen Aktenordnern. Er blätterte einen nach dem anderen durch, stieß auf Behandlungsberichte, Bestellungen von Medikamenten und Belege für die Steuererklärungen. Nichts!

Sein Blick wanderte erneut forschend durchs Zimmer. Was hatte der Arzt vorhin zu den Killern gesagt? Das Geld liegt in der Schublade! Er ging zum Schreibtisch und fand in der ersten Schublade Büromaterial jeglicher Art und ein paar Zettel mit Notizen, in der zweiten jedoch eine gebündelte Akte. Exel nahm sie heraus und begann zu blättern. Endlich!

»Interessant! Rechnungen ausgestellt an die Klinik Salus«, murmelte er, »zunächst für die Weiterleitung einiger Tierorgane ...«, und blätterte weiter, »... und dann ... für die Lieferung mehrerer Tierkadaver für medizinische Tests!«

Während der vielen tausend Jahre, die seit ihrem letzten Zusammentreffen verstrichen waren, hatte der Satane seine schlechten Gewohnheiten leider nicht abgelegt, dachte Exel.

Heute war er bei seiner Suche einen großen Schritt weitergekommen, bedauerlicherweise unter Verlust eines weiteren Menschenlebens.

»Tut mir leid, mein Freund! Ich hätte dich retten können, aber du warst die einzige Möglichkeit, mich schnell an diesen Ort zu führen. Nun habe ich endlich eine sichere Spur gefunden! Dein Tod wird viele andere Menschenleben retten! Vielleicht kannst du mich noch hören, wer weiß?«

Dann war er verschwunden.

5

Die Klinik Salus, umgeben von herrlichen Parkanlagen, lag auf einer leichten Anhöhe am Rande der Stadt und dominierte majestätisch den Hügel. Die vielen Bäume erleichterten Exel zwar die Annäherung an das große Hauptgebäude, aber es war eine ungewohnte, völlig neue Situation für ihn. Bis jetzt hatte er sich niemals vor eventuellen Beobachtern verbergen müssen, da er stets in der Nacht, geschützt durch die Dunkelheit agiert hatte, aber angesichts der zeitkritischen Lage hatte er beschlossen, die Spur seines Gegners auch bei Tageslicht aufzunehmen. Der Vorsprung des Satanen war allzu groß, die Zeit drängte.

Hinter dem Klinikgebäude sprang Exel leichtfüßig auf das Dach einiger Garagen, um durch ein offenes Fenster ins Innere der Klinik zu gelangen. Als er sich gebückt dem Fenster näherte, hörte er Stimmen. Mehrere Personen im Inneren des Raumes waren in eine angeregte Diskussion verwickelt.

»… über das Wie und Wo brauchen wir nicht weiter zu diskutieren!«, sagte eine Männerstimme. »Fest steht, dass wir die Produktion erhöhen müssen, da der Abflug kurz bevorsteht. Das ist ein Faktum! Natürlich werden wir für unseren zusätzlichen Einsatz extra entlohnt, aber das brauche ich sicher nicht betonen. Ihr wisst ja, wie großzügig unser Auftraggeber ist!«

»Ja, das wissen wir, Mark, aber das Problem liegt woanders. Es sind weit und breit keine Obdachlosen mehr zu finden«, antwortete eine andere männliche Stimme.

Exel richtete sich ganz langsam auf und blickte für den Bruchteil einer Sekunde über den Fenstersims ins Zimmer, um das Bild in seinem Gedächtnis zu speichern. Es handelte sich um einen großen Raum, in dessen Mitte ein riesiger Schreibtisch aus Eichenholz thronte. Hinter dem Schreibtisch saß auf einem robusten Ledersessel ein ebenso robuster männlicher Körper, gekleidet in Anzug und Krawatte. Zweifellos handelte es sich um den Direktor der Klinik, der mit der Wahl des Mobiliars auch Unwissenden auf den ersten Blick klarmachen wollte, wer das Sagen in dieser Einrichtung hatte. Gegen jede Regel verstoßend rauchte er eine Zigarre und beugte sich, mit beiden Unterarmen auf den Schreibtisch gestützt, angriffslustig seinen Gesprächspartnern entgegen, einem Mann und einer Frau, beide in weißen Mänteln, offensichtlich Ärzte der Klinik Salus.

»Die Stadt müsste uns eigentlich dankbar sein, dass wir die Straßen von diesem Ungeziefer befreien und der Gemeinde das Geld für die Verpflegung im Obdachlosenheim ersparen«, fuhr der Direktor fort.

»Aber wie sollen unsere Lieferanten unbemerkt leblose Körper beschaffen, wenn ein Obdachloser das Seltenste und Wertvollste geworden zu sein scheint, was die Stadt zu bieten hat?«, fragte der Arzt mit ratlosem Gesichtsausdruck.

»Wir wurden informiert, dass die Übergabe weiterer Probanden für sehr problematisch gehalten wird«, ergänzte die Dame im weißen Mantel.

»Dann müssen sie eben das Rohmaterial wechseln. Es gibt ja nicht nur Obdachlose! Wie viele Menschen verschwinden spurlos, ohne dass es jemandem auffällt. Sie werden sich eben auf eine andere Art von Menschen konzentrieren, die einsamen, unauffälligen Menschen, Menschen ohne Verwandte und Freunde, denen man im Endeffekt …. einen Gefallen tut, wenn man sie von der Last des Lebens befreit!«

Bei diesen Worten lehnte sich der Direktor namens Mark selbstzufrieden in seinem enormen Ledersessel zurück, nahm einen weiteren Zug an seiner Zigarre und blies den Rauch genüsslich gegen die Decke. Dann wechselte er plötzlich den Gesichtsausdruck.

»Wenn das Klonen problemlos geklappt hätte, könnten wir uns den ganzen Aufwand ersparen«, sagte er verärgert und schaute die beiden Ärzte mit strafendem Blick an.

»Ja, das ist leider richtig!«, musste die Ärztin zugeben. »Wir konnten den Fehler, immer noch nicht hundert Prozent lokalisieren. Zunächst dachten wir, der Grund für das Problem läge bei einer Stromschwankung, die während der Programmierung der Hirnzellen aufgetreten war. Alle sechs Probanden dieser ersten Serie hatten psychische Störungen, die erst nach mehreren Tagen in Erscheinung traten. Die Synapsen leiteten falsche Signale in die geklonten Hirnzellen, so dass es zu Überreaktionen kam.«

»Aber wie könnt ihr mit den Versuchen fortfahren, wenn ihr den Fehler noch nicht gefunden habt?«, unterbrach Mark die Ärztin.

»Wir stehen seit Projektbeginn unter Zeitdruck, da die Vorgaben unseres Auftraggebers kaum realisierbar sind«, kam der Arzt seiner Kollegin zu Hilfe. »Wir nehmen an, dass es an der Zusammensetzung der Körperflüssigkeit lag.

Bei den neuen Probanden haben wir die Mischung minimal verändert und sind überzeugt, dass diesmal alles funktionieren wird.«

Der Arzt machte eine kurze Pause und fügte hinzu:

»Leider ist es den ersten Klonen gelungen, den Aufsehern zu entkommen«, und sah Kent mit anklagendem Blick an, »und das war nun wirklich nicht unsere Schuld.«

»Ja, da habt ihr bedauerlicherweise recht!«, musste Mark Kent zugeben. »Die Flucht haben wir meinen Leuten zuzuschreiben. Sie haben mal wieder geschlafen«, fuhr er wütend fort. »Verdienen einen Haufen Geld und dann so eine Schlamperei! Sind nun eigentlich alle geflohenen Klonen zur Strecke gebracht worden?«

»Alle bis auf einen! Und zwar auf die einzige Art und Weise, auf die man diese Wesen unschädlich machen kann: die Fraktur des Dens Axis, des Zahns oder Dorns des zweiten Halswirbels. Dieser verrückte Serienmörder, von dem die Medien berichten, muss das durch einen dummen Zufall bemerkt haben! Anders kann ich es mir nicht vorstellen!«, kommentierte die Ärztin. »Durch das Abquetschen des Rückenmarkes kommt es zur Zerstörung des Nervenzentrums, das für Atmung und Kreislauf verantwortlich ist, was wiederum den sofortigen Tod zur Folge hat. Einfacher ausgedrückt: Genickbruch! Alle anderen gewaltsamen äußeren Einwirkungen führen zwar zu einer kurzen Störung der Funktionalität der Klone, aber dank ihres hervorragenden Wiederherstellungssystems niemals zu ihrer Elimination. Zum Glück hat der verrückte Kriminelle durch seine zufällige Entdeckung fast alle unserer Fehlgeburten unschädlich gemacht.«

Die Ärztin stockte einen Moment und überlegte.

»Wenigstens hoffe ich, dass es Zufall war«, sagte sie zögernd und überlegte. »Ich kann mir nicht vorstellen, dass derartige Informationen durchsickern können. Nur wir drei und Dexter kennen dieses Geheimnis …«, fuhr sie nachdenklich fort, um den Satz mit Bestimmtheit zu beenden, »… nein, diese Möglichkeit schließe ich a priori aus.«

Dann legte sie freundschaftlich die Hand auf den Arm ihres männlichen Kollegen.

»Gott sei Dank läuft jetzt nur noch ein einziger Klon frei herum. Allzu viel Schaden kann er nicht anrichten!«, fügte sie hinzu.

»Das denke ich auch!«, stimmte der Arzt lächelnd zu. »Heute haben übrigens die Tests mit den neuen Probanden begonnen. Der erste liegt bereits in der Transformationsphase und alles scheint problemlos zu funktionieren. Was mir Kopfzerbrechen bereitet, ist die erhöhte Produktion, aber unsere Lieferanten werden es schon schaffen, uns das notwendige Rohmaterial zur Verfügung zu stellen!«

»Da bin ich auch zuversichtlich«, bekräftigte Kent. »Sie konnten uns bis jetzt immer zufrieden stellen!« Dann hob er seinen übergewichtigen Körper schwerfällig aus dem weichen Ledersessel. » Aber nun lasst uns eine Pause einlegen, mein Magen knurrt. Heute Nachmittag überlegen wir gemeinsam mit Dexter, ob wir die Produktion noch etwas einschränken können. Unser Part sollte in ein paar Tagen abgeschlossen sein. Dann kann unser Auftraggeber endlich die letzte, entscheidende Phase des Projektes starten. Der Abflug steht kurz bevor!«

Die drei gingen zur Tür und verließen gemeinsam das Büro. Exel huschte durch das geöffnete Fenster und verharrte kauernd hinter dem Schreibtisch. Er musterte Decke und Wände des Zimmers, überprüfte alle Ecken und Nischen und stellte mit Erleichterung fest, dass keine Überwachungskameras angebracht waren. Er musste aufdecken, was hier vorging. Eine böse Vorahnung hatte er bereits. Der getötete Landstreicher schien in diesem Gebäudekomplex von den Ärzten aufbereitet, mutiert oder auf welche Weise auch immer *behandelt* zu werden. Die Frage war nur: wo? Er schlich zur Tür, öffnete sie einen Spalt und sah die Köpfe der drei Personen, deren Unterhaltung er kurz zuvor belauscht hatte, Richtung Erdgeschoss verschwinden.

Im gleichen Moment verließen zwei Pfleger das gegenüberliegende Zimmer und schlossen eine Tür mit der Aufschrift ZUTRITT VERBOTEN hinter sich.

»Nun hat auch der zuletzt eingelieferte Patient die Behandlung fast überstanden. Glaubst du wirklich, dass es sich um eine neue Dialysetherapie für Nierenkrebspatienten im Endstadium handelt?« wagte einer der beiden mit fragendem Blick zu äußern.

»Ich weiß es nicht und möchte es auch nicht wissen!«, antwortete der andere und klopfte seinem Kollegen auf die Schulter. »Wir haben einen Job, bekommen jeden Monat ein festes Gehalt und arbeiten gemeinsam mit Ärzten in einer Klinik. Mehr interessiert mich nicht. Jetzt lass uns was essen gehen! Heute Nachmittag warten schon die nächsten zwei Patienten auf uns.«

Dann verschwanden sie ebenfalls im Treppenhaus in Richtung Mensa.

Exel hatte den Zeitpunkt seines Besuches gut ausgewählt, da um diese Zeit ein Großteil der Angestellten mit dem Mittagessen beschäftigt war. Er begutachtete mit prüfendem Blick die Wände des Korridors. Auch hier keine Videokameras. Sie sind sich ihrer Sache wohl sehr sicher! Er glitt geräuschlos auf den Gang und verschwand hinter der Tür, durch welche kurz zuvor die beiden Pfleger auf den Korridor getreten waren.

Bingo würden die Menschen in einem solchen Moment sagen. Dies musste das Labor sein!

Mehrere nackte, bis zur Hüfte mit weißen Laken bedeckte Körper waren aufgebahrt und über durchsichtige Schläuche an eine Art Dialysegerät angeschlossen. In gläsernen Behältern blubberte eine rötliche Flüssigkeit. Es musste sich um eine Art Blutwäsche handeln, nur schien in den ausgestreckten Körpern anstatt menschlichen Blutes nur noch diese künstliche, etwas dickflüssige Materie zu fließen. Während die Dialysegeräte seitlich der Liegen aufgestellt waren, befanden sich am Kopfende andersgeartete Maschine, mit denen die Körper über Kabel und Elektroden an Stirn, Schläfe, Backenknochen und Nacken verbunden waren. Die Geräte erinnerten an Elektroenzephalografen, dienten jedoch nicht der Aufzeichnung der durch die Gehirnaktivität erzeugten Spannungsschwankungen, sondern erzeugten mit elektronischen Impulsen leichte rhythmische Kontraktionen, um die Hirnströme der Probanden neu zu aktivieren.

Direkt vor Exel lag der leblose Körper von Paul Stjepanovic, dessen tragisches Ende ihn gestern Abend zunächst in die Praxis des Tierarztes und schließlich in diese Operationsbasis geführt hatte, die Klinik Salus. »Was haben sie nur mit euch vor?«, fragte sich Exel, während er den rhythmisch zuckenden Körper des Obdachlosen betrachtete. Dann setzte er sich an den großen Computer am anderen Ende des Saales und begann, nach Informationen zu suchen.

»Sie sind leider weiter, als ich dachte«, murmelte er kurze Zeit später, während er in schneller Abfolge die Protokollseiten der Behandlungsergebnisse auf dem Bildschirm erscheinen ließ. »Das sieht gar nicht gut aus! Viel Zeit bleibt mir nicht mehr!«

Im gleichen Moment knüllte der Wachhabende im Untergeschoss die Papierserviette zusammen, in der kurz zuvor sein reichhaltig gefülltes Sandwich eingepackt war, und entfernte genüsslich die letzten Krümel aus den Haaren seines Schnurrbartes. Da hatte Annie wieder ein herrliches Mittagsmahl zubereitet! Sie war eben ein Schatz! Vertieft in schöne Gedanken kehrte er an seinen Arbeitsplatz zurück, wo auf vier riesigen Monitoren rund um die Uhr alle Aktivitäten in den wichtigsten Punkten der Klinik ausgestrahlt wurden. Man sah den Haupteingang, den Landeplatz für den Helikopter, den Aufenthaltsraum der therapierten Patienten und … das Labor.

»Das Labooor!«, schrie er auf, als der erste Adrenalinstoß ihm den Schweiß aus den Poren trieb. »Was hat denn dieser Typ am Computer zu suchen? Alaaarrrmmm!«, und schlug mit aller Gewalt auf den großen roten Knopf seitlich der Monitore. Fast gleichzeitig begann das ohrenbetäubende, rhythmisch aufheulende Geräusch einer Sirene alle Räume der Klinik zu durchdringen.

Exel fuhr erschrocken zusammen. Ein Blick an die Decke und er sah die Überwachungskamera. Er seufzte kurz auf. Sein Fehler! Diesmal hatte er sich zu sicher gefühlt!

In zwei Schritten war er auf dem Gang und flog in weiten Sprüngen Richtung Treppe. Ein bewaffneter Mann des Wachpersonals spurtete hinter ihm die Treppe hinauf.

»Stehenbleiben oder ich schieße!«

Schon löste sich der erste Schuss. In zwei Sätzen erreichte Exel den Korridor im darüber liegenden Stockwerk, an dessen anderem Ende drei Wachen mit ihren Pistolen im Anschlag aus einem Zimmer stürzten. »Mehr Wachpersonal als Patienten!«, dachte Exel und verschwand in einem Raum, der sich direkt über dem Büro des Direktors befinden musste. Er lief quer durch das Zimmer, sprang ohne zu zögern mit der rechten Schulter voran gegen das große geschlossene Fenster, das in tausend Stücke zerbarst, und landete nach kurzem Flug auf dem Dach der Garagen, von dem aus er ins Innere des Gebäudes gelangt war. Ein weiterer Sprung und er stand auf dem Rasen seitlich der Klinik … und dann … war er verschwunden.

Hinter der zerbrochenen Fensterscheibe erschien der erste Verfolger und schoss aufs Geratewohl in Richtung des Flüchtenden …. aber die Schüsse gingen ins Leere.

Aus dem Haupteingang stürzten drei bewaffnete Männer, die um das Gebäude spurteten, aber der Eindringling war wie vom Erdboden verschluckt.

»Verflucht! Wer auch immer es war, er ist uns entkommen. Los, wir müssen sofort den Chef informieren!«, sagte der Wachhabende, dem nicht die Zeit geblieben war, sein genüsslich verspeistes Sandwich in Ruhe zu verdauen.

6

Niemand konnte auch nur ahnen, welch seltsames Gefährt sich seit mehreren Tagen in den Tiefen des naheliegenden Sees versteckte. Die Fische hatten sich langsam an den Anblick des Eindringlings gewöhnt und wagten sich immer heran, um den sonderbaren Nachbarn durch die großen Fenster neugierig zu beäugen. Es war ein kleines Raumschiff, das den fliegenden Objekten ähnelte, die man schon oft in Artikeln oder Reportagen über außerirdisches Leben gesehen hatte.

Exel saß mit ausgestreckten Beinen auf einem futuristischen Sofa und genoss das herrliche Panorama. Aufgrund der geringen Wassertiefe drang das Tageslicht bis zum Grund des Sees vor und ließ die Fische, die sich vor seinen Augen tummelten, in mannigfaltigen Farben erleuchten.

Das idyllische Schauspiel wurde von der sanften Melodie einer klassischen Oper begleitet. Neben Exel schwebte das Hologramm eines stilisierten, äußerst attraktiv wirkenden Frauenkopfes, der ihn mit seinen großen mandelförmigen Augen ansah. Die Andeutung einer Nase und der wohlgeformte Mund vollendeten das schöne weibliche Gesicht.

»Wer konnte schon ahnen, dass dein Vorgänger vor zweitausend Jahren scheitern würde«, ertönte die dunkle Frauenstimme des Hologramms. »Jetzt besteht ernsthaft die Gefahr, dass der gesamte Planet in die Hände unseres Widersachers fällt. Hast du schon einen präzisen Plan, wie wir das verhindern können?«

»Ehrlich gesagt, nein! Momentan tappe ich im Dunkeln, da ich das Vorhaben des Satanen noch nicht durchschaut habe. Aber eines ist sicher, wir müssen die Klinik Salus so bald wie möglich neutralisieren, auch wenn ich nicht die geringste Vorstellung habe, wie ich das meistern soll!«

»*Wie du es meistern sollst?*« wiederholte der Bordcomputers ungläubig. »Bei *deinen* Möglichkeiten? Das ist nicht dein Ernst, Exel!«

»Ich kann und darf meine Möglichkeiten auf der Erde nicht ausschöpfen, Ophelia, wenigstens … noch nicht. Wenn unsere Mission Erfolg haben soll, muss unsere Anwesenheit auf diesem Planeten so lange wie möglich verborgen bleiben«, erwiderte Exel.

»Dafür scheint deine Aufmachung aber nicht die beste Lösung zu sein!«, entgegnete das Hologramm voller Ironie.

»Gefällt dir etwa meine Verkleidung nicht?«, fragte Exel mit gespielter Entrüstung. »Ich denke, keiner unserer Gegenspieler wird auf die Idee kommen, dass einer der Wächter in so ...«, er hob belustigt ein Ende des Umhanges in die Höhe,« ... sagen wir extravagantem Outfit auftauchen könnte. Seit Millionen von Jahren wachen wir über das gesamte Weltall, um zu verhindern, dass unsere Gegner allzu großes Unheil anrichten, aber ich bin der festen Überzeugung, dass keiner meiner Vorgänger jemals unter ähnlichen Tarnung aufgetaucht ist.«

Er setzte sich auf, hob das rechte Bein gestreckt bis in die Fußspitze nach oben und betrachtete es spitzbübisch lächelnd.

»Außerdem finde ich die Rolle, in die ich geschlüpft bin, sehr amüsant!«

»Auch deinen Besuch in der Klinik? Findest du den auch amüsant?«, konterte das Hologramm mit ernster Miene. »Nur gut, dass du unentdeckt bleiben wolltest! Das ist dir wohl trotz deiner lächerlichen Verkleidung nicht gelungen. Und unsere Gegner werden sich nun Fragen zu stellen.«

»Ja, das befürchte ich auch. Aber ich musste der Spur folgen. Seit unserer Landung ist einfach zu viel Zeit vergangen. Und wer konnte damit rechnen, dass *er* in aller Ruhe in einer öffentlichen Klinik mit Hilfe der Menschen einen Teil seines Projektes realisieren kann. Unglaublich! Er muss sich einige sehr mächtige Menschen zu Freunden gemacht haben, Personen in höchsten gesellschaftlichen Stellungen, die ihm absoluten Schutz gewähren.«

Er hielt inne und überlegte kurz.

»Auch ich muss einen Erdbewohner für meine Sache gewinnen, jemanden, den ich in die wichtigsten Vorgänge einweihen kann, einen Freund, der mich unterstützt, wenn ich persönlich nicht eingreifen kann, einen Menschen ... «, Exel sah Ophelia an und zwinkerte ihr schelmisch zu, »... dem vielleicht im Gegensatz zu dir das klassische Ballett gefällt!«

Bei diesen Worten erhob er sich vom Sofa und begann in kleinen eleganten Sprüngen und mehreren Pirouetten das Zimmer zu durchqueren.

»Exel, bitte, erspare mir diesen Anblick!«, stöhnte das Hologramm. »Du weißt, wie sehr ich deinen neuen Zeitvertreib verabscheue!«

»Meine liebe Ophelia! Die letzten Tage haben mir gezeigt, dass die Bewegungen dieses Tanz ebenso effizient wie die der klassischen Verteidigungsarten sein können«, sagte Exel und begann die Melodie einer berühmten Arie, die im Hintergrund erklang, mitzusingen,« … tam taram ta tam … aber ich halte es für eine viel elegantere Art, seine Gegner außer Gefecht zu setzen … tam tara …«!

Dabei streckte er ein Bein elegant in die Höhe und machte auf der Fußspitze eine Drehung um sich selbst. »… tam taramtata …!«

»Genug! Das ist zu viel! Ich erlaube mir, mich selbst in Pause zu schalten«, waren die letzten entnervten Worte Ophelias, bevor das Hologramm verschwand und den tanzenden Exel alleine zurück ließ.

Durch die große Fensterwand beobachteten die Fische erstaunt die Balletteinlage des neuen Nachbarn, der sein Publikum zu fesseln wusste. In diesem Falle ein sehr außergewöhnliches Publikum!

7

Zur gleichen Zeit ballte General Willis wütend seine linke Hand unter dem Schreibtisch, während die rechte sinnlose geometrische Figuren auf ein Blatt Papier zeichnete. Wie er diesen grauen Zwerg hasste, der bei jedem Zusammentreffen das Büro mit dem Gestank seiner Zigarre verpestete! Willis war nun schon zehn Jahre Leiter des Militärstützpunktes, und seit Beginn seiner Karriere standen immer diese außerirdischen Wesen im Mittelpunkt. Zwar war der einzige Vorgesetzte, dem er Rede und Antwort stehen musste, der Präsident der Vereinigten Staaten, aber seit seinem Amtsantritt wurde er das Gefühl nicht los, dass die wahre Entscheidungsgewalt nicht bei ihm, sondern bei jemand ganz anderem lag, und zwar bei dieser Gruppe kleiner grauer Wesen, deren Anführer sein Büro momentan in eine Art Gaskammer verwandelte. Tylo war der Wortführer der Grauen und darüber hinaus der Unerträglichste der Sechsergruppe: arrogant, überheblich und hinterhältig. Die anderen fünf Außerirdischen waren nette und umgängliche Wesen. Ihr Aussehen unterschied sich zwar drastisch von dem der Menschen, aber was ihren Charakter anging, konnte man viele Parallelen zwischen dieser fernen Rasse und den Bewohnern der Erde ziehen. Wie bei den Menschen konnte man auch bei dieser grauen Spezies gute und böse Charaktere unterscheiden und Tylo hatte sich im Laufe seines langen Lebens eindeutig auf die Seite des Bösen geschlagen! Davon war Willis felsenfest überzeugt.

»Sind Sie sicher, dass das die Wahrheit ist, General Willis? Sie wissen, dass Sie auf Anordnung des Präsidenten zu engster Zusammenarbeit mit uns und zur vollen Unterstützung des Projektes verpflichtet sind«, erklärte das graue Wesen, ein Abbild der Außerirdischen, deren Bilder Mitte letzten Jahrhunderts durch alle Medien gingen. Er trug wie alle *Schiffbrüchigen des Weltalls*, so nannte sie Willis ab und zu, einen anliegenden silberfarbenen Overall.

»Ich bestätige Ihnen erneut, dass uns von keiner offiziellen oder inoffiziellen Stelle die Sichtung eines Ufos gemeldet wurde«, antwortete der General gereizt.

»Umso besser! Sicher können Sie sich vorstellen, dass auch wir unsere Feinde haben, General Willis.«

Es folgte ein Zug an der Zigarre, danach die übliche Rauchwolke und das dadurch hervorgerufene Husten des Generals.

»Feinde, die sehr mächtig und sehr bösartig sind, Feinde, die nicht eine Sekunde zögern würden, diesen Planeten zu zerstören, um uns zu schaden. In ein paar Monaten, wenn unser Projekt abgeschlossen ist, müssen wir niemanden mehr fürchten, nicht einmal den gefährlichsten Feind. Aber bis zu diesem Moment benötige ich Ihre uneingeschränkte Zusammenarbeit, General.«

»Die Sie bis zum heutigen Tag stets erhalten haben, Tylo. Oder können Sie etwas Gegenteiliges behaupten?«, erwiderte der General und fuhr, ohne eine Antwort abzuwarten, fort. »Ich möchte Sie darauf hinweisen, dass Ihre Wünsche stets und ich denke zur vollsten Zufriedenheit erfüllt wurden!«

»General, ich habe Verständnis, dass wir Ihnen als Außerirdische weder sympathisch sind noch Ihr volles Vertrauen genießen, aber Sie benötigen, wie die gesamte Erde, unsere Unterstützung. Daher möchte ich Ihnen einen Rat geben: lassen Sie die Vernunft spielen!«, beendete der Graue das Gespräch, drückte seine Zigarre im Aschenbecher aus und ging zur Tür.

» Auf Wiedersehen, General Willis …. und …. grüßen Sie den Präsidenten von mir!« Dann schloss er die Tür hinter sich und ließ den General inmitten einer Wand dichter Rauchschwaden zurück.

Willis sprang hinter dem Schreibtisch auf, durchquerte hastig das Büro und riss beide Flügel des großen Fensters auf, um etwas Sauerstoff in seine Lungen zu pumpen. Er atmete einige Male tief durch und kehrte dann erleichtert zum Schreibtisch zurück.

Dieser miese kleine graue Zwerg! Bei jedem Besuch verpestete er das Büro mit dem Qualm seiner Zigarre. Seit Jahren wickelte Tylo den Präsidenten mit falschen Versprechungen um den Finger. Das Weltall bevölkern und Amerika zur größten Macht des Universums machen! Einfach lächerlich! Wie konnte der Präsident diesem verlogenen Wesen nur Glauben schenken? Wie konnte er ihn seit Jahren unterstützen, ohne die Gewissheit zu haben, welche Pläne Tylo in Wirklichkeit verfolgte. Willis war fest davon überzeugt, dass hinter all diesen Versprechungen etwas ganz anderes steckte, ein Vorhaben, über das weder der Präsident noch er selbst in Kenntnis gesetzt wurden, ein Plan, den man bewusst vor ihnen verborgen hielt.

Sicher, die sechs Grauen hatten ihnen in vielen Bereichen große Fortschritte gebracht. Das musste er zugeben. Sie hatten das Militär über Technologien in Kenntnis gesetzt, von denen die Menschheit vorher nur träumen konnte …

und es außerhalb des Stützpunktes weiterhin tat. Denn diese neuen Errungenschaften wurden der Öffentlichkeit zeitversetzt und nur in kleinsten Kostproben näher gebracht. Aber der Preis für diese Informationen war sehr hoch, seiner Ansicht nach viel zu hoch!

Willis sah auf die Uhr. Es war fast zehn und er musste sich beeilen, denn Washington war ihnen drei Stunden voraus. An jedem normalen Arbeitstag des Präsidenten ohne Reisen, Besuche, Ansprachen oder andere politische Verpflichtungen stand nach dem Mittagessen ein täglicher Informationsaustausch mit Willis auf dem Plan. So setzte sich der General an den Computer und bereitete das Online Gespräch mit Washington vor. Eine Minute später erschien der Oberkörper des Präsidenten, der einige tausend Meilen entfernt hinter seinem Schreibtisch saß, auf dem Monitor.

»Guten Tag Willis? Gibt es Neuigkeiten?«

»Guten Morgen, Herr Präsident!«, grüßte der Militär höflich. »Tylo hat gerade mein Büro verlassen. Ich habe ihm bestätigt, dass es nicht das geringste Anzeichen für die Landung eines außerirdischen Flugobjektes gibt.«

»Sind Sie absolut sicher, General?«

»Ja, Sir! Keiner unserer Standorte konnte die Annäherung eines nicht identifizierbaren Flugkörpers bestätigen!«

»Sehr gut, das beruhigt mich. Dann können wir plangemäß weiterarbeiten!«

»Sir, ich traue diesen Wesen nicht. Sie führen irgendetwas im Schilde! Meiner Meinung nach versuchen sie, Pläne zu realisieren, von denen wir nicht die geringste Ahnung haben«, sagte Willis aufgebracht. »Sie halten sich immer häufiger außerhalb der von uns bewachten Zone auf.«

»General, bitte beruhigen Sie sich! Die Grauen werden vierundzwanzig Stunden lang rund um die Uhr bewacht. Wir lassen sie nie aus den Augen. Sie können nicht einmal auf die Toilette gehen, ohne dass wir darüber informiert sind. Außerdem sind sie zu sechst. Zu sechst, Willis! Sechs Graue gegen eine Nation wie Amerika … was sollen so wenige graue Gestalten schon gegen ein Land wie das unsere unternehmen?«, entgegnete der Präsident mit einem Lächeln auf den Lippen und lehnte sich selbstzufrieden in die Lehne seines enormen Ledersessels zurück. »Wissen Sie, was ich glaube, Willis? Dass diese kleinen Kreaturen uns sehr dankbar sind, dankbar für all das, was wir in den letzten Jahren für sie getan haben, was die Vereinigten Staaten Amerikas für sie getan haben. Sie wurden von uns aufgenommen, als sie in Not waren, wir haben ihnen als freundliche Gastgeber einen Ort zur Verfügung gestellt, an dem sie in Ruhe und Sicherheit leben können. Wir haben sie vom ersten Moment an bei ihrem Vorhaben unterstützt, ihre Heimat wiederzusehen, den Planeten, von dem sie gekommen sind und auf den sie ohne unsere Hilfe niemals zurückkehren könnten.«

Während er diese Worte aussprach, veränderte sich der Gesichtsausdruck des Präsidenten langsam. Dann richtete er den Oberkörper auf, um eine fast majestätische Haltung einzunehmen, und fuhr fort:

»Wir werden mit ihnen gehen! Die Sterne, Willis, die Sterne werden uns gehören!«

Am anderen Ende der Leitung rutschte der General unruhig auf seinem Sessel hin und her. Wie schon oft während dieser Gespräche – viel zu oft und immer öfter – begann der Präsident, ihm eine völlig absurde futuristische Vision zu schildern. Jedes Mal musste Willis die Beherrschung bewahren, um die übertriebene Verherrlichung Amerikas und den zunehmenden Größenwahn des Präsidenten zu ertragen.

»General, es handelt sich bei diesen kleinen Wesen um eine uralte Rasse, die in einigen Jahren aussterben wird. Nur wenige von ihnen haben überlebt und sie sind nicht in der Lage sich fortzupflanzen. Danach sind wir an der Reihe! Die Amerikaner werden ihre Nachfolger im Weltall werden. Wir sind ein junges Volk, voller Kraft und Energie, das diesem alten Universum neuen Schwung verleihen wird. Ich bin überzeugt, dass all dies im Schicksal dieser Nation geschrieben steht. Es kann kein Zufall sein, dass unsere Flagge als Sternenbanner bezeichnet wird. Vielleicht hatte derjenige, dem wir den Entwurf zu verdanken haben, bereits eine gewisse Vorahnung!«

Dann lehnte sich der Präsident erneut zurück und schloss die Augen, so dass er nicht das verzweifelte Gesicht des Generals wahrnehmen konnte.

Nicht schon wieder diese Geschichte! fuhr es Willis durch den Kopf. Ich ertrage das einfach nicht mehr!

»So würde sich ein Traum verwirklichen, den ich vor sehr vielen Jahren hatte«, fuhr der Präsident verzaubert fort. » Habe ich Ihnen von dieser Vision überhaupt schon einmal erzählt, Willis? Wissen Sie, jedes Mal wenn ich als Kind die amerikanische Flagge betrachtete, begannen sich die Sterne in meiner Phantasie zu vervielfältigen. Sie wurden immer zahlreicher, immer größer, sie strahlten immer heller und heller … bis sie in ihrer Vielfalt funkelnd am Firmament zu sehen waren und das Weltall erleuchten ließen.«

Langsam öffnete er nach einer kurzen Pause die Augen, um in die Realität, besser gesagt in seine Realität, zurückzukehren.

»Mein lieber Willis, verstehen Sie nun die Bedeutung dieser kleinen Wesen? Sie werden die Geschichte unserer Nation verändern, die Zukunft und das Schicksal unseres geliebten Landes maßgebend beeinflussen! In nur wenigen Monaten wird der Traum meiner Kindheit Wirklichkeit werden.«

Dann setzte er sich vollständig auf, nahm die gewohnte Haltung eines übergeordneten Vorgesetzten ein und räusperte sich.

»General, ich habe nun leider einen wichtigen Termin. Bitte befolgen Sie weiterhin meine Anordnungen und unterstützen Sie die Kreaturen in allen Belangen. Sie haben sicher die Bedeutung meiner Worte verstanden?«

»Ja, Sir, ich habe verstanden!«

»Gut, Willis, dann bis morgen!«, schloss er das Gespräch und stand auf.

»Dieses Militär!«, dachte er bei sich, »Gott sei Dank gibt es uns Politiker, die einzigen, die die Moral und die Intelligenz der Nation auf hohem Niveau halten.«

Dann zog er eine riesige Zigarre aus der Innentasche seiner Jacke, drückte kurz auf einen Knopf der Sprechanlage und zitierte seine Sekretärin zu sich. Ein paar Sekunden später trat eine mit allen weiblichen Attributen ausgestattete junge Blondine ins Zimmer und ging mit wiegenden Hüften auf den Präsidenten zu.

»Komm her, meine Liebe! Der tägliche Konferenz Call mit dieser Nervensäge von General ist beendet und wir können weitermachen, wo wir vorhin unterbrochen wurden!«

Dann hob er lächelnd die Zigarre nach oben und sagte süffisant:

»Schau nur Carol, die hier ist größer als die von Bill!«

8

Als die ersten elektrischen Impulse der Neuronen über die Nervenstränge zu den Synapsen und dann weiter zu den Muskeln gelangten, kehrte Leben in Pauls Körper zurück. Nach einigen kurzen Zuckungen begann sein Herz wieder zu schlagen. Es pumpte die neue Körperflüssigkeit über die großen Gefäße bis hin zu den weitverzweigten Kapillaren und die Organe nahmen ihre gewohnte Arbeit auf, so wie sie es, bis auf diese kurze Unterbrechung, dreißig Jahre lang getan hatten. Nur taten sie es diesmal unter völlig neuen Voraussetzungen.

Die Behandlung war beendet und die beiden Ärzte beobachteten angespannt das Erwachen ihres Patienten. Paul besaß die typischen Merkmale eines Mannes, der niemals in seinem Leben körperlich gearbeitet hatte. Sein feingliedriger Körper war von einer glatten Haut, weiß wie Porzellan, überzogen, die Hände, die auf der Bettdecke lagen, endeten in zehn langen schmalen Fingern. Er hatte das faltenlose Gesicht eines Jugendlichen und seine dunkelbraunen Haare, die sich in leichten Locken eigenwillig ihren Weg suchten, hoben sich von seinem zarten hellen Teint ab. Die Augäpfel zuckten zunächst unruhig unter den geschlossenen Lidern, bis die Augen sich langsam öffneten. Die Pupillen inmitten der tiefbraunen Augen weiteten sich zunächst einige Sekunden, um dann zu ihrer normalen Größe zurückzukehren und die weiße Decke über ihnen zu fixieren. Dann suchten seine Augen neue Anhaltspunkte und blieben schließlich verständnislos auf den beiden Ärzten liegen, die neben dem Bett standen.

»Hallo Paul, wie fühlst du dich? Alles in Ordnung?«, fragte die Ärztin, die sich über den erwachten Körper beugte und mit einer kleinen Lichtquelle die natürlichen Reflexe der Pupillen prüfte.

Der Patient namens Paul antwortete nicht. Er schien abwesend zu sein, verwirrt und ohne jegliche Orientierung. Die Ärztin legte eine Hand auf Pauls Arm, der bei der Berührung leicht zusammenzuckte. Pauls Augen betrachteten die Hand, die auf seinem Arm ruhte und wanderten dann über den Ellenbogen und die Schulter bis hin zum Gesicht ihrer Besitzerin. Einen Augenblick später huschte der Hauch eines Lächelns über Pauls Mund und er begann zu sprechen:

»Hallo Doktor Smith, was ist passiert, wo bin ich?«

»Du hattest einen kleinen Arbeitsunfall, Paul, aber nichts Dramatisches, Gott sei Dank!«, erwiderte die Ärztin und lächelte ihr medizinisches Kunstwerk zufrieden an.

»Du bist von einem zwei Meter hohen Gerüst herunter gefallen und hattest das Bewusstsein verloren«, fuhr ihr männlicher Kollege und Ehemann fort.

»Wir haben dich vorsichtshalber für einen kurzen Check ins Krankenhaus gebracht. Aber es scheint alles in Ordnung zu sein. Keine Fraktur, keine Gehirnerschütterung. Wir können dich heute noch entlassen.«

Die beiden Ärzte gingen zur Tür.

»Ach Paul, kannst du dich bitte ankleiden. In ein paar Minuten kommen zwei Pfleger und holen dich ab, um einige Tests durchzuführen. Wenn alles mit dir okay ist, bringen sie dich auf den Stützpunkt zurück.«

Die beiden nickten Paul ein letztes Mal zuversichtlich zu und verließen das Zimmer.

»Hoffentlich hat es diesmal geklappt! Wir müssen ihn noch ein paar Stunden unter Beobachtung halten«, sagte Smith, als er die Tür hinter sich geschlossen hatte. »Es ist unglaublich, was wir in den letzten Monaten erreicht haben, Amely. Ich habe wirklich daran gezweifelt, dass wir es schaffen. Dies ist ein riesiger Schritt in der Entwicklung der Menschheit, eine der bedeutendsten Entdeckungen der modernen Medizin. Das Einzige, was mich belastet, ist die Tatsache, dass wir mehrere namenlose Körper für unsere Experimente benutzt haben. Aber bei jeder großen wissenschaftlichen Errungenschaft mussten Opfer gebracht werden«, fuhr er fort und legte einen Arm um die Schulter seiner Partnerin. »In ein paar Tagen ist das Projekt beendet. Nach einem Jahr ununterbrochener Arbeit ist es uns gelungen, die Menschheit einen Schritt weiter zu bringen.«

»Du hast recht, Frank, wir können stolz auf unsere Arbeit sein,« sagte die Ärztin und legte den Kopf zärtlich an seine Schulter. »Aber nun lass uns weitermachen. Viel Zeit bleibt uns nicht und es fehlen noch etliche Exemplare!«

Sie befreite sich aus der Umarmung und betrat, gefolgt von ihrem Ehemann, das nächste Zimmer.

Paul war aufgestanden und kleidete sich langsam an: zunächst die Unterwäsche, dann die Strümpfe, das T-Shirt und zuletzt das graue Overall. Während er ein Kleidungsstück nach dem anderen anlegte, versuchte er, sich die Geschehnisse der letzten Stunden ins Gedächtnis zurückzurufen. Aber es fiel ihm sehr schwer, da sich eine dicke Nebelschicht zwischen Gegenwart und Vergangenheit geschoben hatte. Daran war sicherlich der Sturz schuld!

Das Overall erinnerte ihn an seinen momentanen Arbeitsplatz, wo er als Elektriker arbeitete. Ja, als Elektriker! Aber woran arbeitete er? Ach ja, an einem Ufo! Wieso an einem Ufo? Um den Grauen zu helfen! Wer sind die Grauen? Fragen und Antworten folgten einander in kurzem Schlagabtausch und ergaben bald eine zusammenhängende, plausible Geschichte.

Endlich war das Puzzle komplett: als er vor dreißig Jahren das Licht der Welt erblickte, arbeitete sein Vater als Elektrotechniker in der Area 51, und zwar im Geheimtrakt des Militärstützpunktes. Dort versuchten die Grauen nach dem ungewollten Absturz auf die Erde, mit Hilfe der Menschen ihren Flugkörper wieder funktionstüchtig zu machen. Seine Mutter starb kurz nach seiner Geburt an einer inneren Blutung, was in den achtziger Jahre eigentlich unvorstellbar war, aber Paul hatte beschlossen, an Heiligabend zur Welt zu kommen, und nach einigen Komplikationen … den Kopf durchgesetzt. Seine Mutter starb zwei Tage später an einer nicht erkannten inneren Blutung.

Mit drei Jahren wurde er im Kindergarten des Stützpunktes aufgenommen. Sein Vater starb kurze Zeit später und Paul wuchs als Waise unter der Obhut der Grauen und der Soldaten im Geheimtrakt der Area 51 auf. Nach seiner Ausbildung bot ihm der General den ehemaligen Platz seines Vaters als Elektrotechniker an, um in engster Zusammenarbeit mit den Grauen den Wiederaufbau des beschädigten Raumschiffes zu vollenden.

Zufrieden über die wiedergekehrte Erinnerung schnürte Paul sich den zweiten Schuh zu, als die Tür aufging und zwei Pfleger ins Zimmer traten.

»Hallo Paul, hoffentlich geht es dir wieder besser. Wir sollen sicherheitshalber ein paar Tests durchführen, bevor wir dich auf den Stützpunkt zurückbringen.«

Sie nahmen Paul in die Mitte, gingen die Treppe hinunter und betraten das Fitnesscenter der Klinik, in dem die modernsten Geräte zur Überprüfung der Patienten aufgebaut waren. In den nächsten zwei Stunden wurden Maximalkraft, Schnellkraft, Ausdauer, Reaktionsgeschwindigkeit und Gleichgewichtssinn getestet. Die Ergebnisse waren ausgezeichnet und so starteten die drei am späten Nachmittag in einem Krankenwagen Richtung Süden. Der erste Klon der neuen Serie sollte an seinen Arbeitsplatz gebracht werden.

»Die Fahrt dauert zirka eine Stunde, Paul! Ruh dich noch ein bisschen aus, morgen geht es wieder an die Arbeit«, sagte einer der beiden Pfleger. Den

Rest der Fahrt sprachen sie nicht viel. Man hörte ab und zu das Rauschen des Funkgerätes, einmal klingelte das Handy und der Fahrer bestätigte dem Anrufer ihre Ankunftszeit. Nachdem sie die Stadt auf der Bundesstraße verlassen hatten, fuhren sie zunächst durch einige kleinere Ortschaften. Der Verkehr wurde schwächer, die bebauten Landstriche immer seltener, bis der Wagen schließlich zwischen felsigen Hügeln durch karge, einsame Täler rollte, wo sich dem menschlichen Auge nichts anderes als Felsen, Sand und Gestrüpp bot. Nach fünfzig Minuten näherten sie sich ihrem Ziel, einem militärischen Sperrgebiet, auf das in immer kürzer werdenden Abständen Warnschilder mit absolutem Zutrittsverbot hinwiesen. Als der Krankenwagen an der Schranke des Haupteinganges zum Stehen kam, wurden sie von zwei bewaffneten Wachposten empfangen.

»Hallo Robert, hi Michael! Habt ihr heute den Spätdienst übernommen?«, eröffnete der Fahrer des Krankenwagens die Unterhaltung.

»Ja Joe, heute müssen wir dran glauben! Aber ihr beide seid auch spät unterwegs?«, sagte der ältere der beiden Wachposten und begrüßte lächelnd die Krankenpfleger der Klinik Salus. Während sein Blick auf den Rücksitz des Krankenwagens wanderte, um den Fahrgast zu mustern, zog der Fahrer ein Dokument aus der Brusttasche und hielt es der Wache entgegen.

»Das ist Paul Stjepanovic. Er hatte gestern einen Arbeitsunfall. Dexter hielt es für besser, ihn einen Tag unter Beobachtung zu halten und einigen Tests zu unterziehen. Aber es ist alles in Ordnung!«

Die Wache hörte aufmerksam zu und musterte das Dokument, das Robert ihm übergeben hatte.

»Und warum haben wir euch gestern nicht raus fahren sehen?«, fragte er skeptisch. » Wir hatten den gesamten Tag Dienst am Hauptausgang.«

»Weil Paul nach dem Sturz mit dem Helikopter in die Klinik gebracht wurde!«, antwortete Joe. »General Willis ist informiert, wie du dem Dokument entnehmen kannst. Es ist alles in Ordnung, Robert, mach bitte keinen Stress und lass uns passieren, sonst wird es Nacht, bis wir nachhause kommen.«

»Ich funke nur schnell die Zentrale an und melde, dass ihr angekommen seid. Sie sollen Paul gleich am Wagen abholen. Dann kommt ihr schneller von hier weg.«

Er ging ins Wächterhäuschen und sprach kurz mit seinen Kollegen in der Zentrale. Er nickte einige Male, beendete dann das Gespräch und kam zum Auto zurück.

»Okay, alles klar! Dexters Leute erwarten euch bereits! Wir sehen uns in ein paar Minuten wieder. Bis gleich!«

Der Pfleger hob dankend die Hand und gab Gas. Eine dicke Staubwolke erhob sich hinter dem anfahrenden Wagen und die beiden Soldaten flüchteten in ihr Häuschen zurück, um dem aufgewirbelten, feinen Sand zu entkommen.

Der Krankenwagen rollte langsam über die breite Hauptstraße an den symmetrisch rechts und links des Zufahrtsweges erbauten Gebäuden vorbei. Dort befanden sich die Büroräume der Verwaltung und einige Ausbildungsstätten für die Soldaten. Es folgten die Truppenübungsplätze und dahinter die Wohnungen und Schlafräume der Angehörigen des Militärstützpunktes. Der Wagen kam schließlich vor einem Hügel zum Stehen, an dessen Vorderseite das Erdreich vertikal abgetragen worden war, um einem riesigen Doppeltor mit Nebeneingang Platz zu machen. Zwei Soldaten traten durch die Seitentür ins Freie und kamen auf den Wagen zu. Sie grüßten die beiden Krankenpfleger, nahmen Paul in die Mitte und verschwanden kurz darauf wieder im Inneren des Hügels.

Die beiden Mitarbeiter der Klinik Salus stiegen wieder ein und starteten die Rückfahrt in den Feierabend.

»Ich bin wirklich gespannt, ob dieser Klon ohne Komplikationen zum Einsatz kommen wird«, sagte Joe zu seinem Begleiter. »Ist schon verrückt, was die beiden Ärzte da vollbracht haben. Pauls Reflexe sind optimal, die Reaktionszeiten sind besser als bei einem Sprinter. Hoffentlich übernimmt sein Gehirn die Neuprogrammierung ohne die Ausfallerscheinungen seiner Vorgänger.«

Sie näherten sich dem Haupteingang, winkten den beiden wachhabenden Soldaten freundschaftlich zu und rollten in ihrem verstaubten Krankenwagen der Abenddämmerung entgegen, die mit ihren dicken schwarzen Wolken und dem aufkommenden Sturm nichts Gutes zu verheißen schien.

9

Die Kapelle von St. Angel lag abseits der Stadt auf einer kleinen Anhöhe, umgeben von zahlreichen uralten Laubbäumen, zwischen denen sich eine schmale Zufahrtsstraße zum Eingang schlängelte. Die Abendmesse war seit ein paar Stunden beendet und Pater Timothy schmückte das Innere der Kirche für die morgige Hochzeit.

Heute hatten nur sehr wenige Gläubige die Messe mit ihm gefeiert, da seit Stunden ein schweres Unwetter tobte. Am späten Nachmittag waren die dunklen Wolken immer dichter zusammengerückt. Dann hatte es so heftig zu regnen begonnen, dass man glauben konnte, alle Schleusen des Himmels seien gleichzeitig geöffnet worden. Donner und Blitz wechselten sich in immer kürzeren Abständen ab und der Wind rüttelte und zerrte an den Türmchen und Erkern der kleinen Kirche, als wolle er die Gemäuer für immer und ewig vom Antlitz der Erde hinweg fegen. Die Atmosphäre erinnerte eher an den Vorabend eines Weltunterganges als an den einer fröhlichen Hochzeit.

Pater Timothy hatte alles für die morgige Zeremonie vorbereitet und ging langsamen Schrittes durch die Reihen der Kirchbänke: der Innenraum war mit Blumen geschmückt, die Gesangbücher lagen auf den Plätzen bereit. Der Pater begutachtete ein letztes Mal zufrieden sein Werk und wollte sich wie jeden Abend von seinem Herrn verabschieden.

»Was für ein Unwetter, Herr! Hoffen wir, dass du den Himmel für die Hochzeit morgen aufreißen lässt. George und Betty sind wirklich ein schönes Brautpaar … besonders die Braut, um ehrlich zu sein! Sie hätte wirklich einen Himmel blau wie ihre Augen für ihren Festtag verdient«, murmelte der Pater, während ein Lächeln seine Lippen umspielte.

»Welch schmutzige Gedanken, Pater Timothy!«, ertönte eine durchdringende Stimme vom Kreuz hoch über dem Altar. Der Pater zuckte erschrocken zusammen und drehte sich ungläubig um.

»Mein Gott!?«, rief er überrascht und gleichzeitig fragend. Als er den Kopf in Richtung Kreuz hob, blickte er auf einen lebendigen Körper in Lendenschurz, der den Platz des hölzernen Christus eingenommen hatte.

»Ja Pater, der bin ich!«, antwortete die Gestalt am Kreuze.

»Oh Gott, Ihr sprecht zu mir. Welch großes Wunder! Womit habe ich das verdient?«, sagte der Pater und fiel voller Ehrfurcht auf die Knie.

»Nein, Pater Timothy, dies ist kein Wunder. Dies ist eine Verurteilung! Deine unreinen Gedanken müssen bestraft werden … und ich bin gekommen, um diese Strafe zu verhängen!«

Pater Timothy starrte verängstigt auf den zum Leben erwachten Körper und murmelte einige entschuldigende Worte. Die Augen des Wesens am Kreuze leuchteten auf, das Licht wurde immer intensiver, bis aus den beiden Feuerbällen zwei gleißende Blitze hervorschossen und den vor dem Altar knienden Geistlichen mit zerstörender Gewalt trafen.

»Hiermit bestrafe ich dich«, ertönte die schmetternde Stimme, »… mit den Flammen der Hölle!«

Das Gewand des Geistlichen fing Feuer. Pater Timothy schrie auf, versuchte erfolglos, die lichterloh brennende Kutte vom Körper zu reißen, und stieß einen letzten verzweifelten Todesschrei aus, bevor die Flammen seinem Leben ein Ende setzten.

»Im Namen des Vaters, des Sohnes und des Heiligen Geistes, Amen!«, kommentierte die Christus ähnliche Gestalt das grausige Schauspiel und ließ ihren Körper langsam zu Boden gleiten. Das lendengeschürzte Wesen warf einen letzten Blick auf die brennenden Überreste des armen Paters und verschwand durch den Hinterausgang ins Dunkel der Nacht.

Eine Stunde später näherte sich Inspector Lucas dem Halbkreis blinkender Warnlichter, den die Polizeifahrzeuge und der Krankenwagen vor der Kapelle gebildet hatten.

»Hallo Inspector«, grüßte ihn ein Officer und hob das polizeiliche Absperrband, das eventuellen Neugierigen den Zutritt zum Tatort verwehren sollte. Lucas bückte sich kurz und erwiderte den Gruß, als er die abgesperrte Zone betrat. Nach der gestrigen schlaflosen Nacht hatte Lucas sich vorgenommen, an diesem Abend nach einem leichten Imbiss so schnell wie möglich ins Reich der Träume zu gelangen, aber kaum hatte er das Licht ausgeschaltet und sich in die wohlig warme Bettdecke gekuschelt, hatte das Bereitschaftshandy geklingelt und ihn gnadenlos in die momentan nur schwer zu ertragende Realität zurückgeholt.

»Was ist passiert, Joseph?« fragte er den Officer etwas müde, während sie auf den Eingang der Kapelle zu gingen.

»Ein Wanderer, den das Unwetter überrascht hatte, wollte Schutz in der Kapelle suchen«, berichtete Joseph. »Vor dem Gebäude angelangt hat er einen lauten Schrei gehört und ist in die Kirche gestürzt. Dort konnte er jedoch nur noch die verbrannten Überreste eines Menschen, vermutlich die des Geistlichen der Gemeinde, Pater Timothy, finden. Der Mann hat sofort die Polizei benachrichtigt. Das war etwa vor einer Stunde! Wir sind sofort losgefahren, haben zunächst die Spurensicherung und dann Sie informiert.«

Sie waren im Inneren der Kapelle angelangt und der Officer deutete auf den Zeugen.

»Der Mann hat außer den Überresten der verbrannten Leiche niemanden gesehen. Keinen Flüchtenden, keinen Verdächtigen. Wir haben seine Personalien bereits aufgenommen.«

Inspector Lucas nickte und betrachtete den jungen Mann, der sichtbar geschockt auf einer der hinteren Kirchenbänke saß. Man hatte ihm eine warme Decke über den durchnässten Körper geworfen. Eine Psychologin gab sich große Mühe, den völlig verstörten Mann zu beruhigen.

»Wer sollte denn einen Geistlichen verbrennen?« fragte sich der Inspector nachdenklich. »Vorausgesetzt dass es sich bei den verkohlten menschlichen Überresten wirklich um Pater Timothy handelt.«

»Vielleicht der Teufel in Person!« scherzte Officer Joseph, aber sein Lächeln verschwand, als ihn der strafende Blick des Inspector traf.

»Statt dumme Witze zu reißen, solltet ihr mir lieber ein paar Indizien bringen. Ihr wollt mir doch hoffentlich nicht sagen, dass auch in diesem Fall nichts Konkretes gefunden wurde!«

»Kein direkter Hinweis …«, versuchte der Officer seinen Vorgesetzten zu besänftigen, »… aber …«

Der Chef der Spurensicherung unterbrach Joseph:

»Inspector, wir wären fertig. Können wir den Leichnam zu unseren Kollegen in die Medizinische bringen?«

»Ja, ich möchte morgen einen ausführlichen Bericht auf dem Schreibtisch haben«, antwortete Lucas.

Der völlig verkohlte Leichnam wurde mit einem Tuch bedeckt weggetragen. Die Kollegen der Spurensicherung packten nach vollendeter Arbeit ihre Sachen ein und die Psychologin führte ihren Patienten nach draußen. Als alle die Kapelle verlassen hatten, wandte sich Lucas erneut dem Officer zu.

»Also, ihr habt keinen direkten Hinweis, aber was …?«, fragte er voller Ungeduld.

»Schauen Sie sich das an, Sir!«, entgegnete Joseph und zeigte auf drei große Nägel, die einige Meter entfernt auf dem Boden lagen. Lucas zog zwei dünne Latexhandschuhe aus der Manteltasche und streifte sie über seine Hände. Dann hob er die drei Nägel auf und betrachtete sie aufmerksam in der offenen Handfläche.

»Und nun drehen Sie sich bitte um, Inspector!«, fuhr der Officer fort und deutete mit dem Zeigefinger in die Höhe. Lucas Blick folgte der Richtung des ausgestreckten Arms bis hin zur Fingerspitze und landete … auf einem leeren Kreuz!

»Denken Sie, dass da ein Zusammenhang besteht, Inspector?« fragte der Officer zögernd.

Das durfte nicht wahr sein! Nach all den unaufgeklärten Mordfällen, nun auch noch das! Lucas seufzte kurz auf.

»Ein verkohlter Priester und eine verschwundene Christusfigur! Phantastisch! Kann mir vielleicht jemand sagen, wie ich das der Presse erklären soll?«

»Vielleicht könnte ein Exorzist helfen!«, schlug Joseph mit ernster Miene vor.

»Aber ja doch, damit die Journalisten uns erneut in Stücke reißen! Sind Sie denn völlig verrückt! Nein, nein, lassen Sie mich kurz überlegen. Mir wird schon was einfallen!«, sagte Lucas und betrachtete zunächst die drei Nägel in der Hand und dann das leere Kreuz über dem Altar.

Er ging grübelnd zur Sakristei, kam langsam zurück, blieb stehen, fuhr sich mit der Hand nervös durch die Haare und durchschritt die Strecke erneut. Nach mehreren Minuten nervösen Auf- und Abschreitens blieb er plötzlich vor dem Officer stehen. Er holte tief Luft und stieß dann die folgenden Worte möglichst überzeugend aus.

» Also … morgen werden wir folgende Schlagzeile in den Zeitungen lesen: nach der Abendmesse ist ein später Besucher in die Kirche gekommen, um sich die Beichte abnehmen zu lassen. Sein Wagen war in der Nähe ohne Benzin liegengeblieben und er kehrte mit einem vollen Kanister in der Hand von der Tankstelle zurück. Da es schon spät war, wies der Priester seine Bitte zurück. Darüber hat sich der jähzornige Besucher so geärgert, dass er den Geistlichen mit Benzin übergossen und angezündet hat. Um der Kirche einen noch größeren Schaden zuzufügen, hat er die Christusfigur vom Kreuz gestohlen und ist spurlos verschwunden.«

Officer Joseph sah seinen Vorgesetzten ungläubig an. War der Chef nun völlig verrückt geworden?

»Haben Sie das verstanden?« fragte der Inspector gereizt.

»Verstanden, Chef!«

»Noch Fragen?«

»Keine Fragen!«

»Gut! Das ist und bleibt die offizielle Version!« bestätigte Lucas. »Jetzt fahren Sie ins Präsidium und setzten Sie den Bericht auf. Und halten Sie mir ja die Presse vom Leib! Ich schau mich noch etwas um. Vielleicht finde ich doch noch irgend ein Indiz.«

»Okay Sir, dann viel Glück! Bis später!«

Der Uniformierte verschwand durch das Hauptportal und ließ seinen Chef allein in der Kirche zurück. Lucas ergriff die drei Nägel, welche die ganze Zeit in seiner rechten Hand geruht hatten, mit den Fingerspitzen der linken, hob sie in die Höhe und betrachtete sie mit grübelnder Miene.

»Glaubst du wirklich an das Märchen, das du gerade erzählt hast?«, ertönte eine ruhige Stimme hinter dem Inspector.

Lucas drehte sich blitzschnell um und zog seine Pistole aus dem Halfter. Sein Blick wanderte über die Sakristei und den Altar hin zur gegenüberliegenden Seite der Kirche, aber er konnte niemanden sehen.

»Wo zum Teufel bist du?«, stieß Lucas hervor und ging instinktiv in Deckung.

»Ich bin hier!«

Die Augen des Inspector folgten dem Klang der Stimme und landeten schließlich über ihm … auf dem Kreuz. Anstelle des gekreuzigten Christus sah Lucas eine seltsam gekleidete Gestalt, die scheinbar schwebend die Position der verschwundenen Holzfigur eingenommen hatte.

Lucas zuckte zusammen und seine Pistole schnellte nach oben.

»Immer mit der Ruhe, Inspector! Du wirst doch nicht auf einen armen Christus schießen!«

»Wer zum Teufel bist du?«, zischte Lucas mit zusammengepressten Lippen.

»Schon wieder nennst du den Teufel beim Namen, Inspector. Ich hoffe nur, dass du es aus Gewohnheit tust und nicht aus echter Zuneigung!«, sagte Exel und glitt sanft zu Boden, wo er direkt vor der Pistole des Inspector zum Stehen kam. »Aber da wir gerade vom Teufel sprechen, was würdest du sagen, wenn all die Dinge, welche in den letzten Wochen in Garden City geschehen sind und deine Stadt und ihre Bewohner in Aufruhr gebracht haben, wenn all das, was dir so unerklärlich erscheint, dem Werk dieses Teufels zuzuschreiben ist?«, fuhr Exel fort.

»Und wer zum Teufel …«, Lucas hielt kurz inne, atmete tief durch und begann ein zweites Mal, « … und wer soll deine Geschichte glauben? Meine kleine Notlüge bezeichnest du als Märchen und sprichst einen Moment später vom Werk des Teufels! Unglaublich!«, entgegnete Lucas mit einem ironischen Lächeln. »Das wäre ein Fressen für die Journalisten! Die würden mich zerreißen!«

»Ich glaube es«, entgegnete Exel mit ruhiger Stimme, »und meine Rasse glaubt es, die ihn seit ewigen Zeiten in den Weiten des Weltalls bekämpft.«

Er ging auf Jeff Lukas zu und fuhr fort.

»Ich bin vor wenigen Wochen auf diesem Planeten gelandet, um zu kontrollieren, wie weit die Arbeit meines Vorgängers gediehen sei, musste jedoch eine derbe Enttäuschung erleben. Mein bester Freund ist vor mehr als zweitausend Jahren auf die Erde gekommen, um unseren größten Gegner, den Anführer der Satanen, zu bekämpfen. Aber leider wurde er von den Menschen getötet, oder, um es genauer auszudrücken, er wurde erniedrigt, gefoltert und schließlich ans Kreuz geschlagen. Aber diese Geschichte kennst du ja sicher und ihre historischen Konsequenzen ebenfalls!«

Inspector Lucas war irritiert. Die Erscheinung des Mannes stand in völligem Widerspruch zu seiner Wortwahl und der Bestimmtheit seiner Stimme, die ihm eine fast unwiderstehliche, hypnotisierende Faszination verlieh. Lucas ging einen Moment in sich und konzentrierte sich auf den zu lösenden Fall. Er durfte sich nicht von der vorgespielten Überlegenheit des Mannes beeindrucken lassen. Was er hier vor sich sah, war nichts anderes als ein Krimineller, der ihn abzulenken versuchte, um im geeigneten Moment die Flucht zu ergreifen. Wenn er sein Gegenüber betrachtete, kamen ihm die Zeugenaussagen der letzten Tage in den Sinn: ein sehr großer Mann, mit muskulösem Körper, schwarzen Haaren, dunkel umrandeten Augen und dem Kostüm eines Balletttänzers. Die Beschreibung entsprach exakt dem Mann, der ihm gegenüberstand. Das musste der Verbrecher sein!

»Und weißt du, wie *deine* Geschichte enden wird?« setze Lucas den Dialog fort und hob seine Pistole etwas höher. »Sie wird damit enden, dass ich dich einbuchte, mein Lieber. Ganz einfach! Du denkst doch nicht, dass es ausreicht, sich mit Stiefeletten und einem Mäntelchen zu verkleiden und Märchen über einen Teufel zu verbreiten, um seine Verbrechen zu verschleiern. So leicht kannst du die Polizei nicht an der Nase herumführen. Ich werde dich noch heute Abend ins Gefängnis werfen und zwar persönlich!«

»Wie es die Menschen vor zweitausend Jahren mit meinem Freund getan haben!« entgegnete Exel mit trauriger Stimme. »Warum wollt ihr eigentlich jeden von uns ins Gefängnis werfen? Inspector, *wir* sind die Guten, *wir* sind diejenigen, zu denen ihr jeden Abend betet. *Wir* versuchen euch vom Bösen zu befreien! Und diesmal wird niemand am Kreuz enden! Diesmal wird kein Angehöriger unserer Rasse, kein Guter geopfert werden. Und weißt du warum?«

Exel war bei diesen Worten ganz nahe an Lucas herangetreten und tippte ihm, die Pistole völlig ignorierend, mit gestrecktem Zeigefinger auf die Brust. »Weil *du* mich unterstützen wirst! *Du* wirst mir helfen, den Teufel in Person und damit das Böse zu bezwingen!«

Exel kreuzte die Arme vor der Brust und sah den Inspector mit seinen tiefblauen, schwarz umrandeten Augen an.

»Beim Namen nennst du ihn ja schon ununterbrochen!«, fügte Exel mit einem Lächeln hinzu.

Lucas schluckte und versuchte seine aufkommende Unsicherheit zu bezwingen. Er durfte nicht auf den Trick dieses Verbrechers hereinfallen, dessen überzeugende Stimme und einnehmender Blick ihn immer mehr beeindruckten. Er musste sich zusammenreißen, er musste einen klaren Kopf behalten!

»Ach tatsächlich?«, konterte er mit gespielter Überheblichkeit. »Ich bin wohl ein wahrer Glückspilz! Als ich heute Morgen verschlafen aus dem Bett gestiegen bin, war ich noch ein ganz gewöhnlicher Inspector, der sich nach einem Kaffee auf den Weg ins Büro machte, um einigen kleineren oder größeren Kriminellen das Handwerk zu legen. Und nur ein paar Stunden später werde ich von dir angeheuert, nichts weniger als den Teufel in Person zu bezwingen, und mit ihm, alles Böse auf der Erde! Aber was sage ich? Nur auf der Erde? Nein, entschuldige, alles Böse im ganzen Weltall … für jetzt und in alle Ewigkeit, Amen!«

Er bewegte die Pistole kurz zweimal in Richtung Ausgang und forderte Exel zum Gehen auf.

»Los, lieber Alien! Da draußen gibt es ein Zimmer, das auf dich wartet, ein sehr gemütliches, warmes Zimmer, dessen Wände für Sonderlinge wie dich extra weich gepolstert sind. Es wird dir sicherlich gefallen. Komm, lass uns gehen!«

Aber Exel rührte sich keinen Zentimeter. Er neigte fast unmerklich den Oberkörper nach vorne und sagte voller Mitgefühl in seiner Stimme:

»Du machst dich über Dinge lustig, von denen du nicht die geringste Ahnung hast. Ihr Menschen lebt seit ein paar Jahrtausenden auf diesem Planeten und seid davon überzeugt, die einzig Erwählten im gesamten Weltall zu sein. Wie könnt ihr so überheblich und selbstzufrieden sein? Wie könnt ihr glauben, dass das Universum nur geschaffen wurde, um euch an schönen Abenden eine tolle Aussicht zu bieten? Dass die Millionen von Sterne nur deswegen im Dunkeln erleuchten, um euch während eines romantischen Stelldicheins einige Worte der Bewunderung zu entlocken?«

Exel ließ die Arme sinken und lehnte sich noch weiter nach vorne, so dass Lucas trotz der Waffe im Anschlag vor ihm zurückwich.

»Um euch herum geschehen unglaubliche Dinge und was macht ihr? Ihr wollt sie nicht sehen, ihr steckt den Kopf in den Sand. Nur nichts hinterfragen, nur nichts Unerklärliches wahrnehmen! Ihr benehmt euch wie kleine Kinder, Kinder, denen es viel Freude bereitet, Karussell zu fahren. Drehen wir einfach noch eine Runde auf der Erde … und noch eine … und weiter geht's! Das macht Spaß, das ist phantastisch, das ist problemlos und einfach! Viel einfacher als einmal innezuhalten und sich gewisse Fragen zu stellen. Denn Fragen erfordern Antworten und, um Antworten zu finden, müsstet ihr eure Gehirnzellen ab und zu für etwas Wichtigeres benützen, als zu überlegen, was ihr morgen anzieht, wohin ihr eure Freundin zum Essen einladet oder wie ihr ein amüsantes Wochenende verbringen könnt.«

Jeff folgte angespannt jedem Wort des Riesen. So ganz unrecht hatte er ja nicht! Es war viel Wahres an dem, was er sagte, aber musste man deshalb gleich an die Existenz des Teufels glauben!

»Du glaubst weder an mich noch an den Teufel, nicht wahr, Jeff?« unterbrach Exel seinen Gedankengang. »Mich hast du vor Augen, du siehst mich, könntest mich anfassen, wenn du den Mut hättest! Trotzdem willst du nicht an mich glauben. Und was würde geschehen, wenn der Teufel in Person vor dir erscheinen würde! Würdest du seine Präsenz ebenfalls ignorieren und sein Vorhandensein abstreiten? Vielleicht wirkt er überzeugender auf dich, vielleicht gelingt es ihm, dich tiefer zu beeindrucken als ich es getan habe! Wir werden es gleich sehen. Ich wünsche dir viel Spaß! Inspector Lucas, adieu!«

Lucas beobachtete verwirrt, wie die Umrisse des Mannes sich vor ihm verwandelten. Zunächst bebte der gesamte Körper des Fremden, dann begannen seine Muskeln zu wachsen und ihre Form zu verändern. Die zuvor glatte, prozellanweiße Haut wurde in wenigen Momenten von dicken Hornschuppen bedeckt. Der melancholische Balletttänzer verwandelte sich in kürzester Zeit in ein brüllendes, nach Schwefel stinkendes Ungeheuer, dessen imposanter Körper in seiner ganzen Größe auf den Inspector zukam.

Jeff taumelte, wich entsetzt zurück und stürzte schließlich beim Anblick des brüllenden, angreifenden Untiers rücklings zu Boden. Was sich da drohend über ihn beugte, ähnelte einer Art von Riesenechse, einem Reptil, das sein Maul, welches mit hunderten von spitzen Zähnen ausgestattet war und aus dem eine dickflüssige, grüne, stinkende Flüssigkeit tropfte, vor dem Inspector aufriss und zubeißen wollte.

»Gott sei mir gnädig!«, war Lucas letzter Gedanke, als sein Kopf im enormen Rachen des Monsters verschwand.

Als der Inspector die Augen wieder aufschlug, blickte er durch ein Kirchenfenster auf den leuchtenden Mond, dessen Licht die Dunkelheit der Kapelle durchbrach. Jeff lag auf dem kalten Steinboden und hörte nichts, keinen Laut. Es herrschte absolute Stille. Er schloss erneut die Augen und atmete tief durch. Aber das Einatmen brachte sein Herz unverzüglich zum Rasen. Dieser unangenehme schweflige Geruch! Seine Erinnerung kehrte schlagartig zurück: das entsetzliche Ungeheuer, der furchtbar stinkende Rachen mit den nach ihm schnappenden Reißzähnen! Der tiefe Schlund, in dem sein Kopf verschwunden war! Was war geschehen? War er bereits tot? Schmerzen hatte er keine! Vielleicht war er bereits im Jenseits gelandet und seine Seele entwich gerade seinen sterblichen Resten. Besorgt ließ er seinen Blick durch die Dunkelheit schweifen und zuckte im nächsten Moment zusammen. Da saß er, auf der ersten Stufe des Altars, die Ellenbogen auf seine Oberschenkel gestützt, den Blick direkt auf Jeff gerichtet. Nicht das wilde, stinkende Reptil, das ihn zuvor verspeisen wollte, sondern der Balletttänzer mit dem schwermütigen Blick. Der Mann erhob sich, ging auf Lucas zu und streckte ihm seine Hand entgegen. Der Inspector zögerte einen Moment, nahm jedoch die Hilfe des Riesen an. Eine kurze Bewegung und die enorme Kraft des Unbekannten ließ Jeff ein paar Sekunden schwerelos in der Luft schweben. Dann berührten seine Füße erneut den Boden.

»Nun Jeff, hast du den Teufel kennengelernt?«

Lucas schaute Exel ungläubig an.

»Mein Gott, was war das? Entsetzlich! Und dieser Gestank! Das warst du, nicht wahr? Wie hast du das gemacht?«

»Das war das, was ihr als Teufel bezeichnet. Für uns ist es die Rasse der Satanen, die den Planeten eines benachbarten Sternes der Galaxie Andromeda zu ihrer Heimat gemacht hat«, entgegnete Exel. »Die kleine Verwandlung musste ich inszenieren, um dich von meiner wahren Existenz zu überzeugen.«

»Satanen, Andromeda, der Teufel in Person?«, murmelte Jeff kopfschüttelnd. »Hast du die geringste Vorstellung, was in diesem Moment in mir vorgeht? Wie soll ich deiner Ansicht nach all diese unglaublichen Informationen verarbeiten. Von einer Sache hast du mich jedoch endgültig überzeugt: normal bist du nicht! Weder bei Gott, noch beim Teufel! Das hast du mir gerade bewiesen. Beeindruckend, das muss ich zugeben!« Immer noch benommen fuhr er zögernd fort: »Vielleicht sollte ich doch den Versuch wagen, dir zu glauben!«

»Jeff, vertrau mir«, bestärkte ihn Exel. »Es ist einen Versuch wert, glaub mir! Das gilt übrigens für uns beide! Dir werden sich neue Sichtweisen, neue Welten eröffnen und ich benötige unbedingt die Hilfe eines Menschen auf der Erde!«

»*Du* benötigst *meine* Hilfe?« fragte Lucas überrascht »Nach all dem, was du in den letzten Minuten erzählt und inszeniert hast! Das kann ich nicht glauben!«

»Das solltest du aber, mein Freund! Ja, ich brauche deine Hilfe, trotz meiner Stärke, trotz meiner für euch Menschen übernatürlichen Fähigkeiten. *Ich brauche dich,* ob du es glauben willst oder nicht!«

»Wie sollte ich dir helfen?« überlegte der Inspector und sah den Außerirdischen fragend an.

Exel atmete erleichtert auf. Er hatte Jeff überzeugt, nicht vollends, aber für einen Anfang sollte es reichen.

»Das ist ganz einfach«, antwortete Exel und kam gleich zu Jeffs erster Aufgabe. »Zunächst solltest du dich erkundigen, was in der Klinik Salus vor sich geht! Ich habe einen Verdacht, mir fehlt jedoch die Möglichkeit, ihn durch Beweise zu untermauern!«

»Die Klinik Salus?« überlegte der Inspector. »Meinst du die Klinik am Südrand der Stadt?«

»Ja, genau die!«, antwortete Ecel. »Fahr bitte hin und schau dich dort um. Du findest schon einen Weg! In der Klinik geschehen unrechte, böse Dinge. Davon bin ich fest überzeugt, kann es jedoch nicht belegen.«

Dann ging er Richtung Ausgang und rief dem Inspector eine letzte Warnung zu.»Und pass auf dich auf, die Handlanger des Teufels sind gefährlich! Viel Glück bei der Recherche! Ich melde mich in den nächsten Tagen bei dir!«

»Halt, halt, warte einen Moment!«, rief Jeff.

Exel hielt inne und drehte sich um.

»Bevor du ins Nichts verschwindest, könntest du mir vielleicht erklären, was mit diesem armen Priester passiert ist?«

»Wie bereits gesagt. Es war der Teufel oder jemand, der in seinem Namen und unter seinem Einfluss gehandelt hat!«

»War es auch der Teufel, der den Sexualverbrechern das Genick gebrochen hat?«, fragte Lucas.

»Nein, das war ich!«

»*Du*? Hattest du mir nicht gesagt, dass du ein Guter bist? Wie kann ein Guter jemanden, wer auch immer er sein mag, das Genick brechen?«

»Lucas, das waren keine Menschen. Ich könnte niemals einem Menschen ein Haar krümmen. Manchmal bedaure ich diese Tatsache, aber es ist nun einmal so! All diese Wesen, die ich unschädlich gemacht habe, waren keine Menschen, auch wenn sie so aussahen. Geh in die Klinik Salus! Ich bin sicher, dass du Antworten auf viele deiner Fragen finden wirst, sowohl was das Verschwinden der Obdachlosen als auch das Auftauchen der Liebespaarmörder angeht. Aber jetzt muss ich wirklich gehen. In ein paar Minuten beginnt die nächste Ballettstunde im Internet! Die darf ich nicht verpassen.«

Jeff sah ihn verständnislos an.

»Ich hoffe, du magst das klassische Ballett!«, fuhr Exel fort und lächelte dem Inspector schelmisch zu.

»Ja … aber …!«

»Dann bin ich beruhigt!«, sagte Exel, während beide auf den Ausgang zugingen. Bevor er die Tür öffnete, drehte er sich ein letztes Mal um.

»Apropos, ich hab mich noch nicht vorgestellt. Entschuldige! Mein Name ist Exel! Bis bald!«

Dann verschwand er nach einigen Pirouetten in kraftvollen, eleganten Sprüngen im Dunkel der Nacht.

»Bis bald, Exel!«, rief Lucas und murmelte: »Auf was habe ich mich da wieder eingelassen!«

In Gedanken versunken kehrte er zu seinem Auto zurück und stieg ein. Na ja, einen kurzen Blick in die Klinik konnte er morgen werfen! Was sollte dabei schon passieren!

10

Tylo tobte innerlich vor Wut. Er hatte zwar mit der Absage gerechnet, aber als er seine Vorahnung auf dem Monitor bestätigt sah, konnte er seinen Ärger nicht in Zaum halten. Im letzten Moment hatte die Firma Basic die Lieferung der wichtigsten Teile zur Fertigstellung des Raumschiffes storniert. Er nahm einen tiefen Zug an seiner Zigarre und versuchte sich zu beruhigen, aber wie so oft übermannte ihn der Zorn. Cholerisch schlug er mit der Hand so fest auf den Tisch, dass ein stechender Schmerz durch den Arm bis zur Schulter schoss und der metallene Aschenbecher erst nach einigen Hüpfern wieder zur Ruhe kam.

Diese Menschen! Wie er sie hasste! Umso mehr, da er wie schon so oft auf sie angewiesen war. In den letzten fünfzig Jahren hatten sie in präziser Kleinarbeit jedes Einzelteil ihres Flugkörpers, der bei der Notlandung auf der Erde beschädigt worden war, wiederhergestellt. Ununterbrochen war es in dieser Zeit zu Verzögerungen gekommen, da Materialien und Technologien, die zur Rekonstruktion des Raumschiffes nötig waren, auf diesem rückständigen Planeten nicht existierten. Dinge, die in ihrer Heimat seit Jahrtausenden zum täglichen Gebrauch gehörten, mussten auf der Erde erst *erforscht* werden. Die einfachsten Dinge wurden von dieser Rasse als enorme Entdeckungen gefeiert! Dumm, unterentwickelt und eingebildet! Sie glaubten tatsächlich, die einzigen Lebewesen – Entschuldigung, die einzig intelligenten Lebewesen, denn so bezeichneten sie sich – im weiten Weltall zu sein. Aber damit nicht genug! Nein, sie waren auch noch davon überzeugt, aus einem Einzeller entstanden zu sein. Vom Einzeller zum Homo sapiens! Unfassbar diese grenzenlose Dummheit!

Und so musste die Notlandung der Grauen natürlich Topsecret bleiben und die Innovationen, die sie aus dem Weltall mitgebracht hatten, der Öffentlichkeit nur schrittweise näher gebracht werden. Man musste von zufälligen Testergebnissen sprechen, von Experimenten der NASA! Notlügen, um das Auftauchen außerirdischer Technologien rechtfertigen zu können! Was für ein Kindertheater! Einfach lächerlich! Trotz seiner äußerst guten diplomatischen Fähigkeiten war es Tylo anfangs nicht gelungen, die politischen Staatsoberhäupter davon zu überzeugen, ihnen bei der Rekonstruktion des Raumschiffes zu helfen. Aber das Glück kam ihm zu Hilfe, oder besser gesagt, ein alter Nachbar aus dem Weltall: ein Satane, der seit langer Zeit in geheimer Mission auf der Erde verweilte. Er hatte während seines Aufenthaltes auf der Erde die einflussreichsten und skrupellosesten Menschen um sich versammelt und eine Organisation aufgebaut, die diese Gelegenheit beim Schopf gepackt hatte. Mit Hilfe der außerirdischen Technologien wollten diese Menschen die Macht an sich reißen und den gesamten Planeten unter ihre Herrschaft bringen.

Ihm sollte das egal sein, dachte Tylo, jedes Mittel war ihm recht. Er wollte nur zurück in die Heimat, weg von diesem Planeten, weg von diesen Menschen! Was nach ihrer Abreise auf der Erde passieren würde, interessierte ihn in keinster Weise! Nach ihnen die Sintflut!

Tylo zündete sich eine zweite Zigarre an und betrachtete wütend, wenn auch mit etwas mehr Ruhe die Nachricht auf dem Monitor:

…. können wir aufgrund der explosiv steigenden Energiepreise das von Ihnen in Auftrag gegebene Produkt nicht zum vereinbarten Preis liefern. Falls eine Preisanpassung für Sie in Betracht kommt, empfangen wir Sie gerne in den nächsten Tagen in unseren Geschäftsräumen. Anderenfalls sehen wir uns gezwungen, den Auftrag aufgrund fehlender Kostendeckung zu stornieren.

Sie würden ein anderes Unternehmen mit der Fertigstellung des Materials beauftragen! Es existierten zwar nur wenige Firmen, die in der Lage waren, Komponenten in der von ihnen benötigten speziellen Legierung herzustellen, aber Dexter würde das Problem schon lösen, auch wenn der Start ins Weltall sich dadurch erneut um Wochen verschieben würde. Tylo nahm den Telefonhörer in die Hand und wählte die Nummer des Lieutenants.

»Dexter, ich habe gerade eine E-Mail von Burt Adams erhalten. Er verlangt schon wieder mehr Geld, um unseren Auftrag auszuführen«, sagte Tylo aufgebracht.

»Wie wir befürchtet hatten, Tylo«, erwiderte Dexter. »Er versucht es ja nicht das erste Mal, aber diesmal können wir nicht nachgeben. Niemand ist über die zusätzliche letzte Bestellung informiert. Daher müssen wir mit dem bereits freigegebenen Budget auskommen. Außerdem hat der Präsident große wirtschaftliche Sorgen. Ihm fehlt jegliche Liquidität. Sie wissen ja, die Wirtschaftskrise!«, erklärte der Lieutenant und konnte sich ein Lächeln nicht verkneifen. » Da haben unsere Banker gute Arbeit geleistet. Dank des Hypernet sind sie weltweit vernetzt, ohne dass irgendjemand, CIA und FBI inbegriffen, ihre Pläne erkennen, geschweige denn durchkreuzen könnte. Mit den falschen Hiobsbotschaften haben sie dem Präsidenten ein nettes Problemchen eingebrockt. Und nicht nur ihm! Aber Sie wissen ja: je schlechter die Wirtschaftslage auf der Erde wird, umso leichter werde ich meinen Plan verwirklichen. Revolutionen kann man nur in schlechten Zeiten durchführen!«

»Ja ich weiß, nur trifft es in diesem Fall uns Graue! Nicht Ihre Revolution sondern unser Abflug wird sich um Wochen verzögern«, konterte Tylo verärgert.

»Beschweren Sie sich nicht, Tylo!« erwiderte Dexter und die Stimme des Lieutenant wurde hart. »Wir werden die letzten Ersatzteile noch einmal bestellen, diesmal bei einer anderen Firma, die die Technologien besitzt, den Auftrag durchzuführen. Das Wichtigste ist und bleibt, dass Willis nichts davon erfährt. Er ist sowieso schon misstrauisch geworden und wenn er etwas von dieser Bestellung erfährt, würde er sofort verstehen, dass ihm und dem Präsidenten nicht die Wahrheit gesagt wurde und der Abflug kurz bevorsteht … und zwar ohne seine Männer an Bord. Das würde uns allen das Genick brechen, euch Grauen ebenso wie mir und meiner Organisation!«

Tylo blieb nichts anderes übrig als zuzustimmen. Dexter versprach ihm, seine Beziehungen spielen zu lassen und die neue Bestellung so bald wie möglich aufzugeben. Als das Gespräch beendet war, drückte Tylo die Zigarre aus und erhob sich. Er musste seine Leute, die in der Konstruktionshalle auf seine Rückmeldung warteten, über die neue Lage informieren. Als er ein paar Minuten später die Eingangstür zur Halle öffnete, unterbrachen alle schlagartig ihre Tätigkeit und drehten sich zu ihm um. Die beiden Jüngeren der Truppe liefen erwartungsvoll auf ihn zu.

» Was ist los, Tylo?«, fragte Kaly. » Hat sich der Lieferant gemeldet? Ist alles in Ordnung?« In den letzten Tagen war die Unruhe unter ihnen gewachsen, da der lang ersehnte Augenblick der Rückkehr so greifbar nahe gekommen war.

»Tut mir leid, Leute, aber die Firma Basic hat den Auftrag annulliert, oder besser gesagt, Burt Adams hat ihn annulliert. Dieser miese, geldgierige Emporkömmling«, zischte Tylo wütend. »Ihm haben wir es zu verdanken, wenn wir die Abreise erneut verschieben müssen.«

Die Enttäuschung der Grauen war immens. Mit gesenktem Blick wandten sie sich ab und kehrten schweigend an ihre Arbeit zurück. Als Tylo sie dabei beobachtete, bemerkte er, dass der Älteste der Grauen nicht unter den Anwesenden war.

»Wo ist denn Syro?«, fragte er die beiden Küken der Gruppe.

»Der kontrolliert gerade zum tausendsten Mal die Sicherheitsschaltungen«, erwiderte Maya niedergeschlagen und begleitete ihn mit Kaly ins Innere des Raumschiffes. Syro saß hinter der Kommandozentrale und drehte sich um, als er die drei eintreten hörte.

»Es funktioniert hundert Prozent, Tylo!«, sagte er zufrieden lächelnd. »Nun fehlen nur noch die Teile des Antriebssystems und dann kann es endlich los gehen.«

Als er die Mienen der Eintretenden sah, wurde ihm jedoch bewusst, dass etwas Unangenehmes vorgefallen sei musste.

»Er wird nicht liefern, nicht wahr?«, schlussfolgerte er.

»Ja, Syro, dieser Mistkerl kriegt wieder den Hals nicht voll. Aber diesmal können wir den Aufpreis nicht bezahlen. Ich hab schon mit Dexter gesprochen. Er wird eine neue Bestellung aufgeben!«

Dem Ältesten ihrer Gruppe war die Enttäuschung ins Gesicht geschrieben. Syro hatte mehr als die anderen unter dem ungewollten Aufenthalt auf der Erde gelitten und wünschte sich als Stammesältester umso sehnlicher eine Rückkehr zu ihrem Heimatplaneten, um den Rest seiner Tage im Kreise der Familie verbringen zu können. Die Lebensdauer der Grauen kam zwar eher den Jahren Methusalems nahe als denen der heutigen Erdbewohner, aber Syro hatte bereits achthundert bewegte Jahre hinter sich gebracht. Obwohl er im Gegensatz zu Tylo die Menschen respektierte und schätzte, beabsichtigte er nicht, die ihm verbleibende Zeit in einem dunklen Erdhügel dieses Militärstützpunktes zu verbringen. Traurig schlug er die Augen nieder.

»Ein paar Wochen mehr oder weniger sind nicht ausschlaggebend«, seufzte er mit der Ausgeglichenheit eines weisen, alten Mannes und wandte sich erneut seiner Arbeit zu.

»Armer Syro! Tut mir wirklich leid«, sagte Maya und legte dem alten Mann voller Mitgefühl eine Hand auf die Schulter. »Du wünschst dir mehr als wir alle, so bald wie möglich in die Heimat zurückzukehren!«

Dann schüttelte sie jedoch mit jugendlicher Sorglosigkeit jegliches Gefühl der Enttäuschung von sich ab, drehte sich zu Kaly um und lächelte ihn aufmunternd an.

»Hast du Syro schon von unserer Überraschung erzählt? Wir werden für etwas Unterhaltung während der langen Fahrt sorgen.«

»Was habt ihr euch denn einfallen lassen?«, fragte Syro und sah die beiden Grauen mit wechselnden Gefühlen an.

Die beiden Jüngsten der Gruppe waren zwar eifrige und intelligente Graue, aber ihre Jugend gab ihnen diese Unbeschwertheit, diesen Leichtsinn, der manchmal katastrophale Folgen haben konnte.

»Schau, Syro, die Menschen haben zu ihrer Unterhaltung einige nette Computerspiele erfunden, die es bei uns nicht gibt. Man kann zum Beispiel alle möglichen Sportarten simulieren und sogar gegeneinander antreten. Ich dachte, wir veranstalten während der Rückfahrt ein kleines Turnier. *Zwei Fliegen mit einer Klappe* würden die Menschen sagen: Bewegung und gleichzeitig Spaß! Komm, ich zeig dir, wie es funktioniert.«

Syro verfolgte Kalys Vorführung vor dem Computer, wägte kurz die positiven und eventuellen negativen Folgen ab, und stimmte schließlich freudig zu.

»Kompliment, Kaly, das ist wirklich eine gute Idee. So wirst du uns die lange Rückreise etwas angenehmer gestalten!«

»Wann denkst du, werden wir starten?«, fragte Kaly.

»Na ja, wenn Lieutenant Dexter ein bisschen Druck macht, können die Komponenten vielleicht in vier Wochen geliefert werden. Danach benötigen wir eine weitere Woche, um sie einzubauen und alles ein letztes Mal zu testen, und dann kann es losgehen. Hoffen wir, dass Dexter und seine Ärzte es schaffen, uns zwei weitere Klone wie Paul zur Verfügung zu stellen. Tylo hatte zwar mehr Exemplare angefordert, aber nachdem die erste Serie unbrauchbar war, müssen wir uns wohl mit weniger Helfern zufrieden geben. Nun macht euch an die Arbeit. Es gibt noch viel zu tun!«

11

Ein paar Stunden später versuchten Maya und Kaly, wie so oft während ihres Aufenthaltes auf der Erde, sich den Nachmittag an ihrem technisch voll ausgestatteten Computer zu verschönern. Er bot ihnen, wenigstens virtuell, die Möglichkeit, dem Stützpunkt kurz zu entkommen, und so verbrachten sie täglich einige Stunden im Internet. Entweder in den verschiedenartigen Umgebungen der Computerspiele oder … verbotenerweise … im Hypernet, dem absolut geheimen, von niemandem erkennbaren und lokalisierbaren Netzwerk der Grauen. Nur Dexter und seine weltweite Organisation hatten Zugang zu diesem Netz, das den problemlosen Zugriff auf jeden auch noch so geschützten Server der Welt ermöglichte.

»Hey Maya, wenn unser Abflug schon verschoben wurde, so sollten wir uns wenigstens einen kleinen Spaß gönnen! Was hältst du davon?«, sagte Kaly und zwinkerte Maya lächelnd zu.»Ich hab die Schnauze voll vom Überwachen, Inspizieren, Überprüfen. Seit Jahren sind wir nun hier, arbeiten jeden Tag von morgens bis abends und folgen immer brav allen Anweisungen …«, er hielt einen Moment inne und setzte schmunzelnd hinzu, »… na ja, sagen wir, fast immer!«

Der junge Graue saß vor der riesigen Computerwand und zeigte auf einen der vielen Monitore, während seine weibliche Version hinter ihm stand und seinen Ausführungen folgte.

»Schau dir das an, Maya, das ist fantastisch! Ich hab mich über das Hypernet in den Server des Außenministeriums eingeloggt. Schau dir diese E-Mail an. Ich glaub das einfach nicht. Da schreibt der Außenminister dem Innenminister, dass die Frau eines europäischen Staatsoberhauptes *ein geiler Zahn* sei. Stell dir das vor! Er schreibt wortwörtlich:

Der Abend war dank der Anwesenheit seiner Ehefrau erträglich. Das ist wirklich ein geiler Zahn. Sie erinnert mich an Mary, unsere Studienkollegin. Kannst du dich noch an Mary erinnern? Als sie es uns beiden nach der Abschlussparty im Auto besorgt hat? Das waren noch Zeiten! Eine ähnliche Szene habe ich mir in der Nacht nach dem offiziellen Empfang mit der Frau Präsidentin vorgestellt. War echt geil mit ihr!

Das darf doch nicht wahr sein! Zwei Minister, die sich im offiziellen Server der Regierung solch eine E-Mail schreiben. Die denken auch, sie seien unantastbar. Überlege doch mal, was passieren würde, wenn so etwas im Internet erscheinen würde.«

»Du bist verrückt, Kaly, das würde einschlagen wie eine Bombe. Kannst du dir vorstellen, wie sich eine solche Meldung auf die internationalen Beziehungen auf der Erde auswirken würde?«, erwiderte Maya unentschlossen, stellte sich die Schlagzeilen jedoch in Gedanken vor und konnte sich ein Lächeln nicht verkneifen.

»Und wenn Tylo das erfährt! Der setzt uns bis ans Lebensende in Quarantäne, und zwar am entferntesten und einsamsten Ort, den er im Weltall finden kann. Vorausgesetzt natürlich, wir kommen jemals von hier weg!«

Kaly drehte sich um und schaute Maya aufmunternd in die Augen.

»Los, nun komm schon! Du bist doch sonst keine Spielverderberin. Ein bisschen Unterhaltung muss sein, sonst gehen wir auf diesem kleinen, langweiligen Planeten noch kaputt. Seit Jahren verspricht uns Syro, dass es bald Richtung Heimat geht, aber immer wieder kommt irgendetwas dazwischen, so wie heute!«

Kaly schaute erneut auf die Monitore.

»Diesem Adams müssten wir auch einen Denkzettel hinterlassen, damit er sich die nächste Stornierung zehnmal überlegt. Bist du nun dabei oder nicht?«

»Also gut!«, gab Maya nach, packte einen Stuhl und nahm neben Kaly vor dem Computer Platz..

»Dann kann es losgehen! Ich versuche, ein paar kompromittierende E-Mails auf dem Regierungsserver zu finden, und du machst dich auf die Suche nach allen interessanten Informationen über die Firma Basic. Schauen wir mal, ob wir diesem netten Herrn Adams, der uns den Aufenthalt hier zwangsweise verlängert hat, nicht eins auswischen können.«

Maya nickte und begann den Touchscreen des benachbarten Monitors zu berühren, um Daten über die Firma Basic zu suchen. Und dies gelang ihr in kürzester Zeit. Ihre langen Finger schienen wie bei einer Pianistin stets den richtigen Punkt zu finden. Über den Namen des Geschäftsführers gelangte sie an seine Telefonnummern, über die Nummern zu den getätigten Anrufen, über die Anrufe zu seinen momentanen geschäftlichen und privaten Beziehungen. Sie überprüfte seine offiziellen und spürte seine inoffiziellen

Bankkonten auf und speicherte jeden Geldtransfer in einer Datei ab. Dann importierte sie das Foto von Burt Adams in ein von den Grauen geschriebenes Softwareprogramm, welches eine Überprüfung der Aufzeichnungen aller Bewachungskameras im Lande durchführte und die Anwesenheit der auf dem Foto abgebildeten Person in den überwachten Räumen signalisierte.

Nach einer Stunde Arbeit beglückwünschten sich die beiden. Kaly hatte nach dem ersten E-Mail Fund weitere elektronische Nachrichten aufgestöbert, in denen Regierungsmitglieder anzügliche Kommentare über Kolleginnen und Kollegen in höchsten politischen Ämtern austauschten.

Maya dagegen hatte sehr interessante Dinge über Burt Adams in Erfahrung gebracht. Der Geschäftsführer der Firma Basic hatte im vergangenen Jahr eine erhebliche Summe an Steuergeldern hinterzogen, er erfreute sich einer heimlichen Geliebten und hatte vor einem Monat auf einer Party in Hollywood mit anderen illustren Gästen Kokain geschnupft. Entsprechendes Beweismaterial wie Dokumente, Telefongespräche und Videoaufnahmen hatten die beiden vom Hypernet ins offizielle Internet übertragen. Angst, entdeckt zu werden, mussten sie nicht haben, da ein Nachverfolgen aufgrund der fehlenden IP Zuordnung nicht einmal dem erfahrensten Hacker gelungen wäre.

»Kannst du dir vorstellen, was morgen los ist?«, sagte Kaly und konnte seine Erregung nur schwer verstecken.

Manchmal war es doch von Vorteil, ein Außerirdischer zu sein! Aufgeregt diskutierten sie, wann mit den ersten Reaktionen zu rechnen sei, als plötzlich die Tür aufging. Mit einem *Klick* ließ Kaly alle geöffneten Fenster auf den Monitoren verschwinden, gerade noch rechtzeitig, um nicht von Syro entdeckt zu werden.

»Wo wart ihr denn die ganze Zeit, wir haben euch schon überall gesucht. Könnt ihr nicht ein einziges Mal das tun, was man euch sagt. Los, ab in die Konstruktionshalle! Paul braucht beim Einbau der Bordelektronik eure Hilfe. Ich kann mich nicht immer selbst um alles kümmern. Ihr wollt doch auch so bald wie möglich von diesem Planeten verschwinden. Dann tut auch etwas dafür!« »Wir kommen, Syro! Entschuldige, aber wir hatten es einfach vergessen!«

Maya und Kaly sahen sich kurz mit einem verschwörerischen Lächeln an und liefen dann am Ältesten ihrer Truppe vorbei Richtung Konstruktionshalle.

Syro sah den jungen Grauen grübelnd hinterher und seufzte. Was hatten die beiden wohl jetzt wieder ausgeheckt? Weder die Notlandung, noch die vielen

Jahre auf der Erde hatten zu ihrem Reifungsprozess beigetragen. Einhundert Erdenjahre waren zwar für ihre Rasse keine große Zeitspanne, aber auch von den Jüngsten konnte man doch irgendwann erwarten, dass sie erwachsener wurden und sich nicht mehr wie Kinder aufführten! Dann huschte ein Lächeln über sein Gesicht. Na ja, er hatte sich in seinen ersten dreihundert Jahren auch so manchen Scherz erlaubt, den er heute niemanden mehr anvertrauen würde!

12

Inspector Lucas und sein Kollege Tom Costner saßen in ihrem Streifenwagen und waren zur Klinik Salus unterwegs. Seit seinem Zusammentreffen mit Exel waren nur zwei Tage vergangen, dennoch hatte er es geschafft, einen Durchsuchungsbefehl für die Klinik Salus zu bekommen.

»Warst du schon einmal in der Klinik, Tom?«, fragte der Inspector seinen Kollegen.

»Ja, vor vielen Jahren, als es noch ein Pflegeheim für alte Menschen war. Mein lieber Onkel Harry litt an Altersdemenz und so blieb meiner Tante nichts anderes übrig, als ihn zur Pflege im Heim unterzubringen. Es war ein wirklich gut geführtes Haus, alte edle Gemäuer mit modernster Einrichtung. Ich habe meinen Onkel oft besucht und denke, dass es den alten Leuten wirklich gut dort ging. Nach seinem Tode habe ich das Heim aus den Augen verloren. Vor ein paar Jahren ist der ehemalige Besitzer gestorben und die Erben haben das ganze Anwesen verkauft.«

Costner überlegte kurz und zeigte auf die Kreuzung vor ihnen.

»Da vorne müssen wir rechts abbiegen, wenn ich mich richtig erinnere!«

»Und wer hat den Komplex übernommen?«, fragte Lucas, ohne die Straße aus den Augen zu verlieren.

»Der neue Besitzer soll irgendein reicher Privatmann sein, der das Altenheim geschlossen und eine Privatklinik eröffnet hat. Es wurde damals nicht viel Reklame gemacht, aber ich glaube mich zu erinnern, dass eine Klinik für krebskranke Patienten im Endstadium eingerichtet wurde. Natürlich nur für Patienten, die das nötige Kleingeld haben, sich eine spezielle Behandlung in diesem exklusiven Ambiente zu erlauben«, fügte er hinzu. »Und da die Mehrzahl der Bevölkerung nicht zu diesem Kundenkreis gehört, gelangte die Klinik Salus rasch in Vergessenheit, wenigstens bei uns Durchschnittsmenschen.«

Lucas bog in die enge Zufahrtsstraße ein, die durch eine Parkanlage direkt zum Klinikeingang führte. Zirka hundert Meter vor dem Hauptgebäude blockierte eine Schranke die Einfahrt. Zwei Männer traten aus dem Pförtnerhaus neben der Schranke und kamen auf sie zu. Sie erinnerten in ihren Uniformen und den Pistolen im Halfter eher an Polizisten als an das Personal einer medizinischen Einrichtung.

»Halt!«, rief einer der beiden mit gehobener Hand und näherte sich der Fahrerseite. »Sie wünschen?«

Die Wachposten blieben neben dem Wagen stehen. Lucas zog die Polizeimarke aus der Jackentasche und lehnte sich aus dem geöffneten Seitenfenster, während Costner ein Dokument zum Vorschein brachte und es den beiden entgegenhielt.

»Guten Tag! Polizei! Wir haben einen Durchsuchungsbefehl. Würden Sie bitte die Schranke öffnen!«

Die beiden Männer änderten schlagartig ihren Gesichtsausdruck, das Lächeln und die zunächst lockere Körperhaltung verschwanden in wenigen Sekunden. Man konnte die Ausschüttung des Adrenalins in ihren Körpern quasi mitverfolgen. Einer der beiden nahm sein Funkgerät in die Hand und entfernte sich vom Wagen. Er sprach aufgebracht, vermutlich mit einem seiner Vorgesetzten, jedoch konnte Lucas die Worte nicht verstehen. Nach etwa einer Minute beendete er das Gespräch und flüsterte seinem Kollegen etwas ins Ohr.

»Öffnen Sie sofort die Schranke, das ist ein Befehl!« ‚rief Lucas energisch.

Die Wachposten gingen zur Seite und einen Moment lang schienen sie den Weg freigeben zu wollen.

»Aber natürlich, Inspector, gerne … !«, sagte einer der beiden, zog die Waffe und zielte auf den Streifenwagen.

Auch wenn sein Instinkt ihn bereits in Alarmstellung versetzt hatte, diese aggressive Reaktion hatte Lucas beim besten Willen nicht erwartet. Er legte blitzschnell den Rückwärtsgang ein und gab Vollgas.

»Runter, Tom! Kopf runter, die schießen auf uns! Wir müssen hier weg, geh in Deckung!«

Mit dem Fuß auf dem Gaspedal fuhr er mit eingezogenem Kopf die Zufahrtsstraße rückwärts hinunter. Die ersten Kugeln sausten mit schrillem Pfeifton durch die Luft, verfehlten jedoch das Fahrzeug. Lucas versuchte sich geduckt zwischen den beiden Sitzlehnen Sicht durch das Rückfenster zu verschaffen.

»Tom, pass auf, halt dich fest!«

Ein Lieferant war von der Hauptstraße auf den Weg zur Klinik abgebogen und sie fuhren mit Vollgas direkt auf den herankommenden Pick-up zu. Der Mann bemerkte entsetzt das auf ihn zurasende Auto und versuchte, wie auch

Lucas, durch eine Vollbremsung eine Kollision zu vermeiden. Aber es war schon zu spät. Die beiden Fahrzeuge prallten mit ohrenbetäubendem, metallenem Knirschen aufeinander.

»Raus hier, Tom, wir müssen hier raus! In Deckung!!!«, schrie Jeff seinem Kollegen zu.

Zwei Kugeln durchbrachen das Fenster und verfehlten nur knapp die Köpfe der beiden Insassen. Costner rollte seitlich aus dem Wagen und hechtete hinter das Gebüsch am Straßenrand. Lucas folgte ihm über den Beifahrersitz und endete nach einem gewagten Sprung bäuchlings neben seinem Kollegen. Mein armer Rücken, dachte Lucas und stöhnte auf, als sein Körper unsanft auf dem Boden aufschlug, aber dies war nicht der passende Moment, sich über Schmerzen Gedanken zu machen.

»Tom, ruf sofort die Zentrale an. Wir brauchen Verstärkung! Jetzt sofort, verstehst du, sonst blasen uns die Kerle das Hirn aus dem Kopf!«

Lucas rollte auf den Rücken, um seine Pistole erneut zu laden, während sein Begleiter hektisch das Funkgerät aus der Jacke zog.

»Zentrale, hallo, Zentrale! Hier spricht Wagen vierunddreißig, Officer Costner, hören sie mich? Wir brauchen dringend Verstärkung! Offener Schusswechsel vor der Klinik Salus. Zwei bewaffnete Männer haben das Feuer eröffnet. Wir benötigen sofortige Hilfe! Zufahrtsstraße Klinik Salus, verstanden?«

Lucas drehte sich mit geladener Pistole auf den Bauch und zielte in die Richtung, wo kurz zuvor die beiden Männer mit erhobener Pistole gestanden hatten. Aber die beiden Angreifer waren wie vom Erdboden verschwunden! Übriggeblieben waren nur die geschlossene Schranke und ein leeres Pförtnerhaus.

Die plötzlich eingetretene Stille nach dem Schusswechsel beunruhigte Lucas. Wo waren die Wachposten? Was ging hier vor? Warum die zunächst heftige Reaktion auf das Erscheinen der Polizisten und dann der abrupte Rückzug? Vielleicht war Exel doch nicht so verrückt, wie er aussah! Vielleicht lag er doch richtig! Hier schien einiges nicht mit rechten Dingen zuzugehen! Mit äußerster Konzentration wanderte sein Blick über das Gebäude. Dann nahm er ein berstendes Geräusch wahr, das ihn zusammenzucken ließ, so dass sein Finger instinktiv auf den Abzug drückte und einen Schuss auslöste. Er hörte zunächst den Knall seiner Pistole und dann ein ohrenbetäubendes Geräusch, das aus der Zielrichtung kam. Die Mauern bebten kurz, bevor mehrere Sprengsätze fast zeitgleich detonierten und vor ihren Augen das gesamte Gebäude in die Luft fliegen ließen. Lucas und Costner pressten sich gegen den Boden und hoben schützend die Arme über den Kopf. Sie waren zwar über hundert Meter von der Explosion entfernt, aber tausende kleiner Zementstücke sausten wie Geschosse durch die Luft und hagelten auf sie nieder. Nach einer Minute trat wieder Stille ein. Alles lag in einer riesigen grauen Wolke aufgewirbelten Staubs. Man hörte das dumpfe Rutschen des Gerölls, das sich weiterhin bewegte, um seine endgültige Ruheposition einzunehmen.

Lucas und Costner hoben die Köpfe und sahen ungläubig Richtung Klinik. Wo vor wenigen Minuten noch ein imposantes Gebäude den Hügel geschmückt hatte, lag jetzt ein riesiger Berg von Schutt und Geröll. Die beiden Polizisten richteten sich langsam auf, klopften Staub und Zement von ihren Kleidern und starrten verwirrt auf das apokalyptische Schauspiel.

»Woooww! Toller Schuss, Jeff! Ich würde sagen: Volltreffer!« bemerkte Costner scherzend, aber dennoch mit ernster Miene. »Was für Kugeln benutzt du gerade? Die Marke musst du mir wirklich verraten!«

Von weitem hörte man die Sirenen der nahenden Streifenwagen.

13

Die Detonation traf Exel völlig unvorbereitet, als er vom Gipfel eines nahestehenden Baumes den sich entfernenden Wagen beobachtete. Die Druckwelle riss ihn mit voller Gewalt vom Beobachtungspunkt, aber dank seines guten Gleichgewichtssinnes und der Fortbewegungsart, die er in den letzten Wochen gewählt hatte, war er es gewohnt, durch die Luft zu fliegen, und landete daher sicher auf beiden Beinen.

Unglaublich! war sein erster Gedanke. Damit hatte er nun wirklich nicht gerechnet. Gegenwehr ja, aber völlige Selbstzerstörung, nein! Er hatte mitverfolgt, wie der Streifenwagen von Inspector Lucas am Eingang der Klinik angehalten hat. Kurz nach dem Funkkontakt des Wachpostens mit dem Inneren der Klinik hatten drei Personen in aller Eile das Gebäude durch den Hinterausgang verlassen, waren hastig in eine Limousine eingestiegen und durch das Seitentor des Geländes weggefahren. Es handelte sich um den Klinikleiter und die beiden Ärzte, deren Gespräch Exel vor ein paar Tagen belauscht hatte. Einige Sekunden später erfolgte die erste Detonation und fast zeitgleich drei weitere. Die Explosionen waren gewaltig, die Zerstörung komplett. Hier waren Spezialisten am Werk gewesen, Sprengstoffspezialisten, die unter Berücksichtigung jedes kleinsten Details vier Sprengsätze angebracht hatten, deren präzise Positionierung und genau abgewogene Dosierung das Gebäude wie ein Kartenhaus zusammenfallen ließen.

Die Abfahrt der drei Personen erhielt durch die Explosion eine völlig andere Bedeutung. Es handelte sich nicht um eine kurze Vergnügungsfahrt, sondern um eine Flucht, eine unerwartete, überstürzte, bereits im Voraus bis ins Detail geplante Flucht. Exel nahm sofort die Verfolgung auf. Er durfte die Flüchtenden nicht aus den Augen verlieren, sonst war alles umsonst gewesen. Zwar war es schwierig, dem Wagen tagsüber unauffällig zu folgen, aber ihm blieb keine andere Wahl. In drei, vier Sprüngen gelangte Exel zum Seitentor und sah den Wagen an der nächsten Kreuzung links abbiegen. Zwar näherten sich Schaulustige aus allen Himmelsrichtungen, aber niemand schien auf ihn zu achten. Der Wagen fuhr Richtung Süden durch immer kleinere Orte, was Exel die Verfolgung erleichterte, da er schon bald keine Beobachter mehr fürchten musste.

Nach weiteren zehn Minuten war er überzeugt, dass das Fahrzeug zu einem Militärstützpunkt unterwegs war, der sich südlich von Garden City befand.

Militär, Waffen, Macht, überlegte Exel, das sah dem lieben Satanen ähnlich. So kannte er ihn! Aber warum gerade in diesem kleinen, abgelegenen Stützpunkt? Dafür musste es doch irgendeinen Grund geben. In der Klinik hatte man versucht, eine neue Spezies zu erschaffen, indem man obdachlose Landstreicher getötet und ihre Körper zur Schöpfung neu konzipierter Androiden verwendet hatte. Aber zu welchem Zweck? Die Antwort auf seine Fragen war sicher im Militärstützpunkt zu finden.

Exel setzte gerade zum nächsten Sprung an, als er entsetzt in das breite Tal vor sich blickte, das die Limousine in etwa hundert Metern Entfernung durchquerte. Es gab keine Möglichkeit, dem Wagen ungesehen zu folgen. Weder ein Baum, noch ein Busch oder ein größerer Felsbrocken konnten ihm als Versteck dienen. Er bremste abrupt ab, gerade noch rechtzeitig, um sich hinter einem Felsvorsprung zu verbergen. Wie konnte er nur so unvorsichtig sein? Vertieft in seine Gedanken hatte er nicht darauf geachtet, nicht von den Flüchtenden selbst entdeckt zu werden. Er hielt den Atem an und sah vorsichtig hinter dem Felsen hervor. Der Wagen fuhr weiter, sie hatten ihn nicht entdeckt. Es folgte ein tiefer Seufzer! Gerade noch gut gegangen!

In diesem einsamen Landstrich war eine Verfolgung zu gefährlich, aber er kannte ja nun das Ziel des Fluchtautos. Kaum war der Wagen hinter dem nächsten Bergzug verschwunden, änderte Exel seinen ursprünglichen Plan und lief querfeldein zum Militärstützpunkt. Von einer Anhöhe aus beobachtete er zehn Minuten später den Wagen vor der geschlossenen Schranke des Haupteinganges. Ein Wachposten sprach mit dem Fahrer und ließ den Wagen passieren. Die Limousine rollte auf der Hauptstraße zwischen flachen Gebäuden langsam auf einen Erdhügel zu, an dessen Frontseite sich ein riesiges Tor befand. Die Insassen stiegen aus, wurden von zwei uniformierten Soldaten begrüßt und verschwanden schließlich zu fünft im Inneren des Hügels.

Vielleicht hatte er Glück! Nachdem die Klinik Salus in die Luft geflogen war, hoffte Exel nun, die eigentliche Kommandozentrale des Projektes gefunden zu haben. Unter diesem Hügel befand sich mit Sicherheit etwas Geheimes, etwas Bedeutendes, vielleicht der Ort, an dem der Satane mit Hilfe des Militärs sein Vorhaben zu realisieren versuchte. Aber um welches Vorhaben handelte es sich? Viele Fragen standen noch offen, aber Exel war einen Schritt weiter gekommen, wenn auch nur einen kleinen!

14

General Willis stand am Fenster seines Büros und beobachtete den vorbeifahrenden Wagen. Wieder so ein furchtbar heißer Tag! Die Schweißtropfen standen ihm auf der Stirn und, nachdem einer der Tropfen der Schwerkraft nachgegeben hatte und seitlich an seiner Schläfe herunterlief, stoppte er den Fluss mit dem Ärmel seines weißen Hemdes.

Dexter hatte ihn informiert, dass einer der Grauen heftige Schmerzen verspürte und er daher den Besuch von Kent und den beiden Ärzten erwartete, die seit Jahren den Gesundheitszustand der Außerirdischen überwachten. Sie waren in alle Projekte des Präsidenten eingeweiht und hatten Zugang zum geheimsten Ort der Area 51. Dieser gesamte unterirdische Bereich wurde von einer Spezialmannschaft überwacht, deren Vorgesetzter Lieutenant Dexter war. Dexter war ihm nicht sonderlich sympathisch, wie fast alle, die in direktem Kontakt zu den Grauen standen. Die Außerirdischen inbegriffen! Ganz zu schweigen von diesem Zigarren verschlingenden Tylo!

Willis entfuhr ein tiefer Seufzer. Vielleicht lag es an seiner Voreingenommenheit! Vielleicht wollte sein Unterbewusstsein das Vorhandensein außerirdischer Wesen einfach nicht akzeptieren und so rückte er alle Dinge und Menschen, die diese grauen Wesen umgaben, in ein schlechtes Licht. Aber aus welchem Blickwinkel er die Situation auch betrachtete, er konnte sich des Gefühls nicht erwehren, dass im Stützpunkt etwas vor sich ging, was sowohl vor ihm als auch vor dem Präsidenten geheim gehalten wurde. Dass im Inneren des Hügels Dinge geplant und durchgeführt wurden, von denen man sie nicht in Kenntnis setzte!

Um jede Aktion der Grauen und ihrer Überwachungsmannschaft zu prüfen, hatte er persönlich eine Truppe von zwanzig Marines zusammengestellt, die ohne das Wissen der Wachmannschaft und des Lieutenant rund um die Uhr alle Tätigkeiten im Geheimtrakt verfolgten und ihm jegliche Veränderung, jegliche Besonderheit sofort meldeten. Man erstattete ihm Bericht über jeden Besuch, jede Lieferung oder Versendung von Material, über jede Kontaktaufnahme mit der Außenwelt, ob persönlich, per Telefon oder über das Internet.

Vor ein paar Tagen hatte Dexter ihn über die Ankunft eines neuen

Mitarbeiters informiert, der die Grauen in der letzten Phase der Rekonstruktion des Ufos unterstützen sollte. Laut Aussage der Grauen sollte diese Phase noch vierzehn Monate in Anspruch nehmen. Nach über einem halben Jahrhundert sollte das Raumschiff im Herbst nächsten Jahres mit den Grauen und einer Gruppe auserwählter Wissenschaftler die Rückkehr ins Weltall antreten.

Was danach geschehen sollte, war wohl keinem ganz klar, nicht einmal dem Präsidenten. Wenigstens waren die Grauen dann endlich vom Stützpunkt verschwunden! Welch herrliche Aussicht! Willis seufzte vor Erleichterung. Er drehte sich um und ging zum Schreibtisch zurück, als jemand energisch an die Tür klopfte.

»Ja bitte!«, sagte Willis.

Die Tür flog auf und der Anführer seiner Spezialeinheit, der Marin John Matthew, trat ein und salutierte.

»Wenn Sie gestatten, Sir.«

Der Marin ging ohne weitere Erklärungen auf den Fernseher zu, der auf der Kommode am anderen Ende des Büros stand und schaltete ihn ein.

»Das müssen Sie sich ansehen!«

Auf dem Bildschirm erschien eine apokalyptisches Szenarium: Polizisten, die suchend zwischen den Trümmern eines Gebäudes umher gingen, Ärzte, die sich über völlig verbrannte Leichen beugten, Krankenpfleger, die verkohlte menschliche Überreste in Plastikfolien einwickelten und auf Bahren zu den Krankenwagen trugen. Sirenen heulten, Schaulustige drängten sich an den Unfallort. Die Stimme einer Reporterin kommentierte:

» .... *wie wir von der Spezialeinheit der örtlichen Polizei erfahren haben, muss es in mehreren Punkten der Klinik Salus zu Explosionen gekommen sein, deren Ursachen noch unbekannt sind. Die Spurensicherung ist im vollen Einsatz, um festzustellen, welche Umstände zu den entsetzlichen Explosionen geführt haben. Bis zum jetzigen Zeitpunkt konnten keine Überlebenden geborgen werden. Die bisher gefundenen menschlichen Überreste lassen keine Identifikation zu. Die Suchtrupps haben jedoch die Hoffnung nicht aufgegeben und graben unentwegt zwischen den Trümmern weiter ....«,* fuhr die Moderatorin fort.

General Willis drehte sich zu Matthew um und sah ihn ungläubig an.

»Das ist ja entsetzlich! Die armen Menschen!«

Nach dem ersten Schock begannen seine Gehirnzellen nach Erklärungen zu suchen und er murmelte: »Aber Kent und die beiden Ärzte sind doch gerade hier vorbeigefahren? Das kann doch kein Zufall sein! Kaum haben die drei wichtigsten Personen die Klinik verlassen, fliegt sie in die Luft.«

Er stand auf, schnappte sich die Jacke seiner Uniform und zog sie beim Hinausgehen an.

»Wir müssen sofort rüber zum Hügel! Ich bin schon auf ihre Reaktion von Dexter und seinem Besuch gespannt! Da steckt doch was dahinter und, angesichts des Ausmaßes dieses Unglückes, etwas sehr Bedeutendes! Kommen Sie, Matthew, wir müssen das so schnell wie möglich klären!«

Sie gingen schnellen Schritts zum Jeep und hielten kurz darauf vor dem unterirdischen Bunker an. Die beiden passierten den Augenscanner an der Sicherheitsschranke und traten in den Wohn- und Arbeitsbereich der Grauen ein, wo das Sicherheitspersonal sie salutierte.

»General!«

»Lassen wir die Förmlichkeiten, Murray! Bringen Sie mich sofort zu Lieutenant Dexter.«

Murray lockerte seine Haltung und ging den beiden voran ins Innere des Hügels. Seitlich der schwach beleuchteten Eingangshalle befand sich der Raum des Wachmannes, dessen Mobiliar eher an ein Büro Ende der achtziger Jahre erinnerte. Nur der moderne Computer deutete darauf hin, dass man sich im einundzwanzigsten Jahrhundert befand. Nachdem sie einen langen, kahlen Korridor durchschritten hatten, an dessen Wänden mehrere Überwachungskameras angebracht waren, öffnete Murray die Tür zur Konstruktionshalle, in der sich das Raumschiff der Grauen befand.

Und hier, hinter dieser Tür, schien eine neue Welt zu beginnen. Man überschritt nicht einfach eine Schwelle, sondern man trat in eine neue Dimension, in ein anderes Universum, nicht so sehr wegen des Objektes an sich, das den hell erleuchteten Raum beherrschte, sondern wegen der Atmosphäre, die es ausstrahlte. Das Gefühl, das jeden Eintretenden durchflutete, war das einer leichten Brise, die sanft durch die Haare streifte und einen Hauch von Unendlichkeit verbreitete, von aufgehenden Gestirnen, von Sternen, die sich zusammenballten, um dadurch neue Galaxien entstehen zu lassen. Wer auch immer dieses Flugobjekt konstruiert hatte, war bei diesen Naturereignissen zugegen gewesen, und das Raumschiff war ihr glaubwürdiger Zeuge.

Es thronte inmitten des riesigen Hangars umgeben von futuristisch gestylten Möbeln und modernsten elektronischen Geräten, beleuchtet von unzähligen größeren und kleineren Lichtquellen, die überall in der riesigen Halle angebracht waren, um dem Betrachter auch das kleinste Detail sichtbar zu machen.

Seitlich der Einstiegsrampe war eine Gruppe von fünf Personen, oder besser gesagt von vier Personen und einem Grauen, in ein lebhaftes Gespräch verwickelt: Dexter, Kent, die beiden Ärzte und Tylo. Sie unterbrachen ihre Konversation sofort. Dexter ging auf Willis zu und salutierte.

»General, was führt Sie zu uns? Sie kommen doch eher selten hier unten vorbei. Etwas Dringendes?«, fragte er betont ungezwungen, aber trotz des lächelnden Gesichtes und des loyalen Tons gelang es ihm nicht, die Anspannung in seiner Stimme zu verbergen.

Die Besucher gaben sich ebenfalls größte Mühe, Unbekümmertheit auszustrahlen, und grüßten Willis mit einem Lächeln, begleitet von einem leichten Nicken des Kopfes. Tylo verhielt sich völlig neutral. Er brauchte keine Freundlichkeit vorzutäuschen, da ihre gegenseitige Abneigung allen bekannt war. Er verschränkte nur die Arme vor der Brust und drehte sich dem Raumschiff zu, als müsse er sich um etwas Wichtigeres kümmern als den General.

»Ja, so könnte man es nennen, Dexter«, fuhr Willis fort. »Etwas sehr Dringendes, besonders für ihre Gäste.«

Er ging einen Schritt auf den korpulentesten der drei Besucher zu.

»Mr. Kent, wir haben gerade durch eine Fernsehübertragung erfahren, dass die Klinik Salus aufgrund mehrerer Detonationen explodiert ist. Das Unglück muss sich kurz nach ihrer Abfahrt ereignet haben. Wurden Sie bereits unterrichtet?«

Bei diesen Worten sah er Kent direkt in die Augen. Er wollte jede Gemütsbewegung, wenn auch nur die geringste, sofort wahrzunehmen. Kent riss die Augen auf, schaute mit gespieltem Entsetzen das Ärztepaar Smith an, das die Erschütterung über die scheinbar überraschende Nachricht geradezu meisterhaft vortäuschte.

»Mein Gott, wie konnte das passieren? Das ist unmöglich ...«, murmelten die beiden Ärzte, während Kent auf Willis zuging.

»Was haben die Medien denn berichtet? Wurde bereits eine Ursache gefunden? Stellen Sie sich vor ... oh Gott ... wenn Tylo keine Schmerzen gehabt hätte, dann wären wir jetzt ebenfalls in die Luft geflogen«, stotterte Kent und drehte sich zum Ehepaar um. » Amely, Frank, ist euch klar, dass wir jetzt alle tot wären.«

Dann ging er zu Tylo und legte ihm beide Hände auf die Schultern.

»Ist Ihnen bewusst, dass Sie uns das Leben gerettet haben, mein Lieber? Wenn Dexter uns nicht wegen Ihrer Beschwerden gerufen hätte, wären wir wahrscheinlich tot! Wir müssen sofort zum Unglücksort! Mein Gott, die armen Menschen!«, jammerte Kent weiter. Dann wandte er sich wieder Willis zu:

»Gibt es Überlebende? Ist schon etwas bekannt?«, fragte er den General mit aufgebrachter Stimme.

»Bis jetzt konnten keine Überlebenden gefunden werden!«, antwortete Willis und hatte den Eindruck, ein kurzes Strahlen in Kents Augen zu erblicken, obwohl dieser krampfhaft versuchte, seinen Schmerz über das Geschehene zum Ausdruck zu bringen.

»Entsetzlich! Lasst uns fahren! Vielleicht können wir helfen. Die Polizei hat sicher Fragen. Kommt, gehen wir!«

Dabei fasste er jeweils einen der Ärzte beim Arm und schob sie Richtung Tür. »Murray, begleiten Sie die drei Gäste hinaus. Matthew, Sie eskortieren den Wagen bis zum Ausgang. Dexter, können wir einen Moment miteinander sprechen!«, befahl General Willis.

Die beiden Marines nahmen die drei Besucher in ihre Mitte und brachten sie zum Ausgang. Willis ging mit Dexter bis ans Ende der großen Halle, damit die Anwesenden ihrem Gespräch nicht folgen konnten.

»Dexter, warum sind die drei gerade jetzt hier aufgetaucht?« fragte der General seinen Untergebenen schroff.

»Wie ich Ihnen bereits telefonisch mitgeteilt hatte, Tylo ging es nicht gut. Er hatte Schmerzen. So habe ich das Ehepaar Smith um Hilfe gebeten und Kent wollte sie begleiten. Gott sei Dank war es nichts Ernstes, eine Art Magenverstimmung. Wir haben ihm ein Medikament verabreicht, das sich in den letzten Jahren bei dieser Art von Beschwerden bewährt hat«, sagte Dexter ruhig und schaute Willis fest in die Augen.

»Ich habe den Wagen mit den drei Besuchern an meinem Fenster vorbeifahren sehen. Seitdem sind höchstens fünfzehn Minuten vergangen«, hielt Willis ihm entgegen. »Wie sollen die Ärzte in so kurzer Zeit den Grauen untersucht, eine Diagnose gestellt und ihm das richtige Medikament verabreicht haben, um dann ein paar Minuten später mit dem scheinbar Genesenen in die Halle zurückzukehren?«

Dexters Gehirnzellen arbeiteten auf Hochtouren, aber er schaffte es dennoch, einen völlig ruhigen, entspannten Eindruck zu machen. Er war seit

Jahren daran gewöhnt, seinem Vorgesetzten und den meisten Menschen Unwahrheiten zu erzählen und ihnen gleichzeitig ruhig in die Augen zu sehen.

»Um ehrlich zu sein, General, habe ich Tylo das Medikament bereits nach dem Telefonat mit der Klinik Salus verabreicht. Wir konnten dieses Krankheitsbild in den letzten Jahren mehrere Male bei ihm beobachten und wussten daher, was zu tun ist. Wahrscheinlich hat er wieder zu viel Zigarrenrauch verschluckt«, fügte er zuletzt scherzend hinzu.

»Und warum sind die drei dann überhaupt hier erschienen?«

»Weil wir dies bis zum heutigen Tag immer so gehandhabt haben! Ich gebe den Grauen, falls es sinnvoll erscheint, vorab ein Medikament. Etwas später kommt stets einer der beiden Ärzte vorbei, um den Gesundheitszustand des Außerirdischen zu überprüfen und sicher zu gehen, dass es die richtige Entscheidung war«, log der Lieutenant ohne jegliche Unsicherheit.

»Und die Ärzte haben sich in den wenigen Minuten vergewissert, dass es Tylo gesundheitlich wieder gut geht?«, fragte der General mit leichter Provokation in der Stimme.

»Ja Sir!«, war die kurze und überzeugende Antwort von Dexter und damit war das Gespräch beendet.

15

Gegen Abend saß Inspector Jeff Lucas an seinem Schreibtisch im Polizei-präsidium und las den ersten kurzen Bericht der Spurensicherung über die heutige Explosion. Irgendjemand hatte mit höchster Präzision mehrere Sprengsätze im Inneren des Gebäudes angebracht, deren Zündung über einen zentralen Hauptschalter zur völligen Zerstörung der Klinik führen sollte … und es heute getan hat. Von dem majestätischen Klinikgebäude war ein gro-ßer Trümmerhaufen übriggeblieben ohne einen einzigen Überlebenden. Sie hatten sich selbst in die Luft gejagt, zerstört, ausgelöscht, ohne auch nur die geringste Spur zu hinterlassen.

Was war Exel ins Auge gefallen? Was sollte niemand erfahren? Wer steckte hinter der ganzen Sache? Der Außerirdische hatte ihm den Auftrag gegeben, sich in der Klinik umzusehen, daher musste er bereits einen Verdacht haben und eine Spur verfolgen. Er hatte sicher von der Explosion gehört und würde sich bald mit ihm in Verbindung setzen. Bei diesem zweiten Gespräch musste Exel ihm einiges mehr über seine Aufdeckungen berichten und alle Fragen be-antworten, die Jeff sich momentan stellte. Ein Geräusch ließ ihn aufschrecken.

»Hallo Schatz, noch so spät bei der Arbeit!«, begrüßte ihn eine junge Dame, die schwungvoll die Tür öffnete und mit einem Notizblock in der Hand ins Büro trat. Sowohl die engen Blue Jeans als auch das anliegende rosa T-Shirt betonten ihre ausgesprochen weiblichen Kurven. Dichte blonde Locken um-spielten ihr ovales Gesicht mit der hohen Stirn, den großen stahlblauen Augen und der kleinen Stupsnase, die dem Ganzen eine freche Note gab.

Sie ging um den Schreibtisch herum, legte Inspector Lucas von hinten die Arme um den Hals und gab ihm einen zärtlichen Kuss auf die Wange.

»Schön, dass du noch hier bist, dann können wir gemeinsam nachhause fahren. Ich konnte erst jetzt Schluss machen. Die Explosion hat uns den gan-zen Tag auf Trab gehalten. Wir arbeiten seit heute Morgen auf Hochtouren. Bei euch war es sicher nicht anders. Du siehst müde aus, Jeff!«

»Hallo Gina!«, erwiderte Jeff lächelnd und drehte den Kopf leicht zur Seite, um seine Lippen auf die ihren zu drücken. »Ja, hier war die Hölle los. Ich hoffe, du hast nicht vor, mir heute Abend noch Fragen zu stellen«, fuhr er fort und seufzte müde, da er den beruflichen Ehrgeiz seiner holden *fast Gattin* gut kannte.

»Warum fragst du?«, antwortete Gina und schaute ihn verstohlen von der Seite an. »Könntest du mir denn schon etwas über den Fall verraten?«

So sehr er diese Frau liebte, so sympathisch und geistreich sie auch war … sie war und blieb eine Journalistin! Er hatte sie vor zwei Jahren kennengelernt, nachdem sie aus familiären Gründen in ihre Heimatstadt zurückgekehrt war. Ihre Mutter war an Krebs erkrankt und so hatte sich Gina entschlossen, ihre Karriere in New York aufzugeben, um ihren Eltern in der schweren Zeit beizustehen. Sie hatte aufgrund ihres hervorragenden Curriculums sofort eine Stelle beim *Garden Telegraph* bekommen und die beiden waren sich gleich in den ersten Wochen nach ihrem Arbeitsantritt bei einer Pressekonferenz begegnet. Ginas offene und unbeschwerte Art, ihre Intelligenz und die gesunde Mischung aus Humor und Ironie hatten ihn sofort beeindruckt, wobei neben den inneren Werten – um ehrlich zu sein – auch ihre kurvenreiche Schönheit unübersehbar war. Er war der festen Überzeugung gewesen, dass Gina niemals einen Mann wie ihn in die engere Wahl gezogen hätte, aber bald stellte sich heraus, dass dies ein Irrtum war. Nach einigen beruflichen Zusammenkünften hatte sie ihm unmissverständlich zu verstehen gegeben, dass sie ihn anziehend fand. Und so begann vor eineinhalb Jahren ihre Beziehung, nach einem romantischen Abendessen und einer gemeinsamen stürmischen Nacht .. wie nach dem Drehbuch eines Hollywoodfilmes.

Ihre Mutter war vor sechs Monaten gestorben und so fassten sie den Entschluss, ihre Verbindung der ersten Härteprobe zu unterziehen, dem Einzug in eine gemeinsame Wohnung. Aufgrund ihrer beruflichen Positionen war ein Zusammenleben nicht einfach. Gina hatte sich zur Topjournalistin des Garden Telegraph hochgearbeitet und Jeff war der wichtigste Mann der örtlichen Polizeidienststelle. Bis jetzt war es beiden gelungen, Beruf und Privatleben in gesundem Maße zu trennen, aber oft war dies wirklich nicht einfach. Er saß an der Quelle von Informationen, für die jede Zeitung in Garden City tausende von Dollar bezahlt hätte, und Gina war die beste und ehrgeizigste Journalistin einer dieser Zeitungen. Sie war intelligent genug um zu verstehen, dass er keine Informationen weitergeben durfte, und hielt sich meist zurück, nicht jedoch, ohne wenigstens den Versuch gestartet zu haben, ihm die ersten nicht allzu geheimen Neuigkeiten zu entlocken.

»Gina, sei mir nicht böse, aber heute war ein harter Tag und ich kann noch nichts über den Vorfall berichten. Daher erspare mir bitte irgendwelche spitz-findigen Fragen, auf die ich diplomatische Antworten finden müsste. Tu mir den Gefallen! Bitte!«

»Entspann dich, mein Lieber«, flüsterte Gina ihm ins Ohr, löste die Um-armung und trat einen Schritt zurück. »Heute werde ich dich nicht mit Fragen durchlöchern. Heute werde ausnahmsweise *ich* einmal *dir* ein paar Informa-tionen geben, einige Tipps und Denkanstöße, die dir bei der Lösung des Falls nützlich sein könnten.«

Jeff stutzte und die Falte zwischen seinen Augenbrauen vertiefte sich um Einiges mehr. Was sollte das nun wieder bedeuten?

»Eine Hand wäscht die andere! Du hast mir schon so oft geholfen und heute möchte ich es tun!«, fügte sie lächelnd hinzu.

»Na dann zeig mal, was du zu bieten hast!«, sagte Jeff, verschränkte seine Arme hinter dem Kopf und streckte die Beine aus. » Schieß los!«

»Schon mal was von der Area 51 gehört?«, fragte sie herausfordernd und setzte sich auf die Schreibtischecke direkt vor Jeff.

»Ja, und?«

Gina riss ungläubig die Augen auf.

»Wie bitte? Das glaub ich jetzt nicht!« explodierte sie, »*Ja, und?* Ich spreche von der Area 51 und du antwortest einfach *Ja, und?*! Ich fasse es nicht, kein ironisches Lächeln, keine dumme Bemerkung, ich solle dich mit meinen Theo-rien über die Existenz außerirdischen Lebens in Ruhe lassen? Das darf ja wohl nicht wahr sein! Ich hatte dieses Gespräch bis ins kleinste Detail vorbereitet, jeden Satz, jedes Wort. Ich hatte mir für jede deiner imaginären provokativen Fragen eine logische Antwort zurechtgelegt und du zerstörst mir alles mit einem einfachen: *Ja, und?*«.

Jeff schaute sie verständnislos an. Was war denn mit Gina los? Hatte sie nach der Explosion zu viele Interviews geführt? Er hatte schon genug Probleme und heute Abend fehlte ihm jegliche Energie für eine berufliche Diskussion mit Gina. Daher seufzte er einmal tief, zuckte mit den Schultern und sagte: »Ja, mach weiter!«

»Das zahle ich dir irgendwann heim, Jeff Lucas, das schwöre ich dir!«, be-merkte Gina und versuchte sich zu beruhigen. »Also, ich mache weiter, Okay! Weißt du, wer der Geschäftsführer der Klinik Salus ist?«

»Nein, keine Ahnung«, antwortete der Inspector.

»Mark Kent«, sagte Gina triumphierend, aber ihr Triumph löste sich ins

Nichts auf, als sie in das fragende Gesicht ihres Gesprächspartners blickte. »Mark Kent!« wiederholte sie gereizt, »Sag nur, du hast den Namen noch nie gehört? Mark Kent, der berühmte Arzt, der aufgrund seiner Experimente im Bereich der Klonung von Menschen aus dem Ärzteregister gestrichen wurde.«

Sie wusste zwar, dass Jeff sich von allem fernhielt, was nicht, wie er sagte, Hand und Fuß hatte und empirisch nachweisbar war, aber manchmal ärgerte sie sich über seine Engstirnigkeit. Sie war das exakte Gegenteil von ihm. Alles was mit paranormalen Phänomenen, außerirdischen Erscheinungen oder ähnlichen Dingen zu tun hatte, zog sie magisch an. Wenn sie Artikel schreiben konnte, die sich mit geheimnisvollen, unerklärlichen, mysteriösen und völlig unwahrscheinlichen Themen befassten, fühlte sie sich in ihrem Element.

Trotz ihrer gegensätzlichen Ansichten liebte sie diesen Mann über alles. Er war ein ruhiger Mensch mit introvertiertem Charakter, der ohne viele Worte seine zuvor gut überlegte Meinung zum Ausdruck brachte und dessen trockener Humor sie immer wieder zum Lachen brachte. Jeff war keine Schönheit, aber sein herbes Äußeres hatte ihr vom ersten Moment an gefallen. Er war trotz seiner achtunddreißig Jahre und der vielen Stunden hinter dem Schreibtisch in Form geblieben. Ein bisschen Speck hatte sich zwar wie bei so vielen Männern seines Alters in der Bauchgegend angesetzt, aber ab und zu gelang es ihr, ihn zu einem gemeinsamen Besuch im Fitnessstudio oder zu einer Runde Jogging am naheliegenden See zu überreden, so dass er ihr immer noch einen durchtrainierten Körper bieten konnte.

Da Jeff keine Anstalten machte, Ginas rhetorische Frage zu beantworten, redete sie einfach weiter.

»Also, du bist einer der wenigen, der noch nie etwas von Mark Kent gehört hat! Warum sollte mich das auch wundern? Nach über einem Jahr müsste ich dich gut genug kennen, um etwas anderes zu erwarten«, seufzte sie. »Aber es gibt da einen Punkt, der interessant für dich sein könnte. Der besagte Kent hat längere Zeit in der Area 51 gearbeitet. Was exakt sein Aufgabenbereich war, ist offiziell nicht bekannt. Meine Informanten sind der Meinung, dass seine Arbeit im wissenschaftlichen Studium außerirdischer Wesen bestand, die sich nach inoffiziellen Berichte seit dem Vorfall Roswell im Militärstützpunkt aufhalten sollen.«

Sie erhob sich vom Schreibtisch und ging ans Fenster.

»Das heißt, du denkst, dass zwischen der Klinik Salus und der Area 51 ein Zusammenhang besteht?«, hakte Jeff nach und stand ebenfalls auf.

»Ja, davon sind wir überzeugt«, fuhr Gina fort, »aber es haben sich neue Elemente während der Untersuchung ergeben, die uns gezwungen haben, unsere anfängliche Theorie zu verwerfen.«

»Was heißt *wir* und von welchen *Elementen* sprichst du?«

Jeff trat neben Gina ans Fenster und betrachtete ihr Gesicht, das vom Scheinwerferlicht eines vorbeifahrenden Autos beleuchtet wurde. Langsam drehte sie sich zu ihm um.

»Tut mir leid, Jeff, aber mehr kann ich dir momentan nicht sagen. Ich darf meine Informationsquelle nicht preisgeben und die Dokumente, um die es sich handelt, sind äußerst geheim.«

»Entschuldige Gina, aber das kann ja wohl nicht dein Ernst sein!«, erwiderte Jeff verärgert und begann, im Zimmer auf und ab zu gehen. »Du kommst in mein Büro, wirfst mir irgendwelche Namen an den Kopf, mit dem Hinweis, dass du Informationen zur Aufdeckung meines Falles hast, um mir am Ende zu unterbreiten, dass du mir die wichtigsten Details nicht mitteilen darfst. Was soll das?«, fragte er aufgebracht und blieb direkt vor Gina stehen. »Ich habe hier einen Fall zu klären und mein Problem lautet: Warum wurde die verfluchte Klinik in die Luft gesprengt? Wer hat es getan und was wollte er verbergen? Ich brauche Antworten auf diese Fragen, ich brauche Informationen, die mich weiterbringen. In der Zentrale reden alle von der Kommandozentrale einer terroristischen Vereinigung, was die einfachste Erklärung wäre. Jetzt tauchst du auf und sprichst mit altkluger Miene von der Area 51, was in eurem Ufo Kauderwelsch so viel bedeutet wie graue Männchen. Aber zuletzt erwähnst du, dass *ihr eure* Meinung geändert habt, wobei ich bei dem *ihr* davon ausgehe, dass es sich wie schon so oft um deine verrückten, in alles Außerirdische vernarrten Hacker handelt. Wenn *sie* deine Informanten sind, kannst du mir dieses große Geheimnis ruhig preisgeben.«

Gina zögerte einen Moment, bestätigte aber dann seine Vorahnung.

»Auch, mein Schatz, meine lieben Hacker sind es auch!«

»Und welche Spur soll ich eurer Meinung nach verfolgen? Die der Terroristen oder die der grauen Männchen?«, fügte er zuletzt in einem Anflug von Sarkasmus hinzu.

Spitzbübisch lächelte sie ihren Partner an.

»Die der grünen Männchen solltest du verfolgen, die der grünen«, und setzte hinzu, »denn die Außerirdischen gibt es in allen Farben!«, um ihn gänzlich aus der Reserve zu locken.

Aber Jeff sah nur grübelnd auf den vorbeirollenden Abendverkehr.

»Grün, aha, sehr interessant!«, und murmelte voller Ernst. »Irgendwie fühle ich mich zwar auf den Arm genommen, aber vielleicht habt ihr recht!«

Nun war es Gina, die ihn sprachlos von der Seite ansah und die Stirn in Falten legte.

»Heute werde ich einfach nicht schlau aus dir, Jeff Lucas!«, sagte sie verblüfft und schüttelte den Kopf

»Wieso?«, fragte der Inspector zerstreut.

»Bis vor ein paar Tagen hätte ich dir unwiderlegbare Beweise von gewissen Dingen vorlegen können und du hättest mich aufgrund deiner übertriebenen Skepsis und deiner Abneigung alles *nicht Belegbaren* gegenüber einfach ausgelacht«, erwiderte Gina ungläubig. »Und heute nimmst du sogar meine Witze für bare Münze. Du akzeptierst alle Ideen, bringst kein Gegenargument, keinen Widerspruch, nichts! Was ist nur los mit dir?«

»Ja, was ist los mit mir? Das würde ich auch gerne wissen!«, sagte er geistesabwesend. »Vor ein paar Tagen hab ich so einen Typ kennengelernt, einen sehr seltsamen Typ! Ich hab dir nichts davon erzählt, da alles einfach zu absurd war und ich erst einmal prüfen musste, ob überhaupt etwas Wahres an seinen Aussagen war! Aber es ist etwas Wahres dran … leider!«

»Das muss wirklich eine interessante Persönlichkeit sein, die es in kürzester Zeit geschafft hat, einen Skeptiker wie dich vom Gegenteil zu überzeugen.«

Gina sah Jeff neugierig aus den Augenwinkeln an und fuhr nach einer kurzen Pause fort:

»Wenn ich es mir recht überlege, Jeff, würde ich diesen seltsamen Typ gern kennenlernen«, sagte sie bestimmt. »Er muss wirklich etwas ganz Besonderes sein, wenn du deine Ansichten seinetwegen so schnell geändert hast. Du musst ihn mir vorstellen!«

»Zieh keine vorschnellen Schlüsse, Gina! Glaub nur nicht, dass ich von einem Moment zum anderen ein Verfechter der Ufologie oder ähnlichen Blödsinns geworden bin«, wehrte Jeff ab. »Ihn kennenlernen!« er überlegte kurz und lächelte. »Ich denke nicht, dass das eine gute Idee ist. Weiß du … er stinkt nämlich manchmal wie der Teufel!«

» Was? Er stinkt?!«

»Ja, aber nur in gewissen Situationen!«, fügte er hinzu und sein Lächeln verschwand schlagartig, da ihn seine Worte an die schreckliche Vision in der Kapelle erinnerten.

»Jetzt willst *du* mich aber auf den Arm nehmen«, sagte Gina und schlug die Arme trotzig über der Brust zusammen.

»Ja Schatz, natürlich«, versuchte er seine Partnerin zu beruhigen »Vergiss es! War nur ein dummer Scherz!«

»Den du dir wirklich ersparen konntest!«, erwiderte Gina verärgert.

Aber dann nahm Jeff sie versöhnend in die Arme und drückte ihr einen zärtlichen Kuss auf die Lippen.

»Lass uns nachhause gehen, Schatz, und an etwas anderes denken. Ich bin wirklich müde.«

»Du hast recht Jeff! Genug von der Klinik Salus und der Area 51! Aber da ich dir nun schon meine Informationsquelle verraten habe, versprich mir, dass du meinen Freunden einen Besuch abstatten wirst. Sie sind wirklich im Besitz von Informationen, die dir bei dem Fall weiterhelfen könnten.«

»Okay, versprochen! Bist du nun zufrieden?«, erwiderte Jeff und küsste sie erneut.

Während sie Hand in Hand das Büro verließen, dachte Jeff noch einmal über Ginas Vorschlag nach. Mit ihren Freunden reden, mit diesen verrückten Hackern! Na ja, ein Verrückter mehr oder weniger, machte nun auch keinen Unterschied mehr. Vielleicht konnten sie ihm diesmal wirklich helfen!

16

»Holde Ophelia, hast du etwas Interessantes über den besagten Militärstützpunkt finden können?«, fragte Exel und schmiegte sich in die weichen Kissen
seines sahnefarbenen Sofas. Seit ihrer Landung auf der Erde war der Außerirdische ununterbrochen Tag und Nacht unterwegs gewesen. Zwar war sein
Heimatplanet von zwei Sonnen umgeben, so dass er weder unter den heißen
Sommertemperaturen litt noch – aufgrund der kurzen Nächte auf Sirius –
unter fehlenden Schlaf. Aber ein bisschen Ruhe auf dem kuscheligen Lieb-
lingssofa tat ihm gut. Exel hoffte mit Ophelias Hilfe, mehr Klarheit in seine
Nachforschungen zu bringen.

»Ja, sogar etwas sehr Interessantes!«, antwortete die künstliche Intelligenz,
zufrieden mit dem Ergebnis ihrer Recherchen.

Das stilisierte Frauengesicht öffnete mit einem Augenschlag ein Projektions-
fenster mitten im Raum, in dem Exel einen Bericht in dreidimensionalen
Bildern mitverfolgen konnte.

»Am 2. Juli 1947 stürzte ein unbekanntes Flugobjekt in der Wüste New
Mexikos ab, und zwar in der Umgebung von Roswell. Roswell wiederum liegt
ganz in der Nähe des von dir entdeckten Militärstützpunktes.«

»Wooow! Das ist in der Tat eine interessante Information! Außerirdische!
Daher hat es den Satanen in diese verlassene Gegend getrieben!«, horchte Exel
auf. Man sah zwischen Kakteen und Felsen die Umrisse eines Raumschiffes,
umgeben von dichten Rauchschwaden.

»Das ist das Schauspiel, das sich einigen Soldaten und dem Videoamateur bot,
als sie vor über sechzig Jahren aus dem naheliegenden Militärstützpunkt zum
Absturzort eilten. Wie du siehst, ist das Flugobjekt fast unbeschädigt. Vor dem
Raumschiff liegen zwei leblose Körper, die nicht menschlichen Ursprungs sind,
sondern eindeutig den Bewohnern der uns benachbarten Rasse der Grauen zuzu-
ordnen sind. Im Inneren des Ufos wurden sechs weitere Graue gefunden. Einige
waren zwar verletzt, aber sie überlebten die Notlandung. Der Vorfall wurde nur
den höchsten Rängen des Heeres und dem Präsidenten persönlich gemeldet.
Spezialeinheiten brachten Flugkörper und Insassen sofort von der Absturzstelle
an einen geheimen Ort, der später unter dem Namen Area 51 bekannt wurde.«

Ophelia startete eine neue Aufzeichnung, in der ein Angehöriger der Streitkräfte im Fernsehen eine offizielle Erklärung abgab, die vom Bordcomputer kommentiert wurde:

»In diesen ersten Stunden nach dem Absturz der Außerirdischen herrschte totale Verwirrung und so sickerte die höchst geheime Nachricht an irgendeiner undichten Stelle durch. Der Leiter des Stützpunktes sah sich gezwungen, ein ehrliches Statement zu den Ereignissen abzugeben, doch kurz nach der Ausstrahlung dieser Erklärung machte sich ein Spezialteam an die Arbeit, jedes seiner Worte, jedes Foto, jede Filmaufzeichnung, um alles, was bis jetzt an die Öffentlichkeit gedrungen war, als Falschmeldung darzustellen. Die Überreste des Ufos wurden als Überreste eines Versuchsballons, der aus meteorologischen Gründen in der Luft unterwegs war, bezeichnet. Der Stützpunktleiter musste seine Erklärung offiziell zurückziehen und wurde vom Dienst suspendiert.«

Ophelia unterbrach die Vorführung und drehte sich kurz zu Exel um, der zwar gemütlich auf dem Sofa lag, jedoch jedes ihrer Worte aufmerksam verfolgte.

»Ich gehe davon aus, dass du die wichtigsten geschichtlichen Hintergründe des letzten Jahrhunderts kennst, Exel.«

»Ja Ophelia, mach ruhig weiter, ich habe auf dem Hinflug die Geschichte dieses Planeten studiert.«

»Okay, also, zu diesem Zeitpunkt, kurz nach dem zweiten Weltkrieg, war auf der Erde die Gefahr groß, dass ein erneuter Krieg zwischen Amerika und den kommunistisch regierten Staaten ausbrach. Stell dir vor, in einer solchen Situation wäre die Nachricht durchgedrungen, dass die Vereinigten Staaten im Besitz eines außerirdischen Raumschiffes und dessen Besatzung waren, was wiederum indirekt mit dem Besitz außerirdischer Technologien gleichzusetzen war. Das hätte wie die Menschen so schön sagen, *wie eine Bombe eingeschlagen* und wäre eventuell der Auslöser für einen dritten Weltkrieg gewesen«, schloss Ophelia ihre Zusammenfassung.

»Das heißt, acht Graue mussten aus irgendeinem Grund auf der Erde landen!«, kommentierte Exel und versuchte, einen Zusammenhang zu den momentanen Ereignissen zu knüpfen.

»Acht Graue, von den zwei beim Aufprall ums Leben kamen«, fuhr Ophelia fort. »Aber es war ein Unfall. Das Raumschiff hatte einen technischen Defekt, das geht eindeutig aus den letzten Funkmeldungen des Kommandanten an die Heimatstation in Zeta Reticuli hervor. Es war zweifellos eine Notlandung, in keinster Weise geplant, jedoch wegweisend für die Entwicklung gewisser Technologien auf der Erde, Technologien, die wir auf Sirius schon seit Jahrtausenden verwenden, die jedoch für die Erdbewohner Mitte des vergangenen Jahrhunderts völlig unerreichbar zu sein schienen. Daher kannst du sicher nachvollziehen, dass die Vertuschung des gesamten Vorfalls von Seiten der Amerikaner akribisch bis ins kleinste Detail fortgesetzt wurde. Man erzeugte Aufzeichnungen vorgetäuschter Sichtungen fliegender Objekte, man veröffentlichte eindeutig gefälschte Beweise für das Vorhandensein außerirdischer Phänomene, man setzte alles in Bewegung, um das Geschehene unglaubwürdig erscheinen zu lassen und die Wahrheit zu verheimlichen. Area 51 wurde – natürlich unter Ausschluss der Öffentlichkeit – von diesem Zeitpunkt an in ein Forschungszentrum zum Studium außerirdischer Technologien umgewandelt. All dies erfolgte in direkter Zusammenarbeit mit unseren grauen Nachbarn, für deren Aufenthalt im unterirdischen Teil des Militärstützpunkt ein eigener Lebensbereich eingerichtet wurde, in dem sie die letzten sechzig Jahre verbracht haben.«

Nun war Exel hellwach. Außerirdische im Militärstützpunkt! Die Ärzte der Klinik Salus zu Besuch bei ihnen. Da war der Satane sicher nicht weit entfernt! »Liebste Ophelia, ich denke, besser konntest du mir die Area 51 nicht näher bringen«, sagte Exel und setzte sich auf. »Es ist zwar schwer für mich zu verstehen, wie die Grauen es über sechzig Jahre unter dem Hügel ausgehalten haben, aber um wieder ein Sprichwort der Menschen zu benutzen: Not bringt den Ärzten Brot! In diesem Fall wohl den Ärzten der Klinik Salus! Was meinst du?«

»Warte einen Augenblick, Exel«, sagte Ophelia und meinte es buchstäblich. Sie schloss ihre mandelförmigen Augen und warf einen Blick in ihr Inneres, um in den Billiarden von Informationen ihres Computergehirnes die gesuchte Antwort zu finden. Dann schlug sie erneut die Augen auf und bot Exel ein herausforderndes Lächeln.

»Du könntest recht haben, Exel. Der Leiter der Klinik Salus ist ein Mann namens Mark Kent, der lange Jahre in der Area 51 beschäftigt war. *Er* arbeitete dort an einem Projekt im Bereich der Klonung. Vielleicht wollte er seine wissenschaftlichen Errungenschaften in der Klinik in die Realität umsetzen«, folgerte Ophelia.

»Aber seine Experimente müssen etwas mit den Grauen zu tun haben. Aus welchem Grund wäre er sonst auf den Stützpunkt geflüchtet?«

Exel erhob sich und begann in kleinen Schrittfolgen und Pirouetten diagonal durch den Raum zu tanzen.

»Nicht schon wieder, Exel!«, stöhnte der Computer.

»Das hilft mir beim Nachdenken, liebe Ophelia. Leider kann ich nicht wie du aus einem immensen Informationsschatz schöpfen. Ich muss kombinieren, Zusammenhänge suchen, Lösungen finden … und dabei helfen mir diese geschmeidigen, eleganten Bewegungen. Sie bieten mir absolute Entspannung und steigern mein Konzentrations- und Kombinationsvermögen«, und es folgte eine Pirouette. »Kent arbeitet mit einem Ärzteehepaar für die Grauen. Aber warum? Er stellt eine Art Klon her, aber wozu brauchen die Grauen künstlich zum Leben erweckte Wesen?«

Es folgten zwei kleine Sprünge. Ophelia schaute ihren Herren verärgert an. Sie hasste es, wenn er diese lächerlichen Bewegungen ausführte. Sie fühlte sich als sein Computer gedemütigt.

»Exel, wenn du nicht sofort aufhörst, werde ich meinen Informationsfluss stoppen. Du wirst es noch schaffen, einen Kurzschluss in mir zu verursachen!«

»Ach Ophelia, lass mir doch diese kleine Freude. Mein Körper und meine Seele erquicken sich an diesem klassischen Tanz der Menschen.«

Als er jedoch das erzürnte Gesicht des Computers erblickte, hielt er inne und legte sich wieder auf das enorme Sofa.

»Besser so? Zufrieden?«

Ophelia schien aufzuatmen und ein versöhnliches Lächeln erhellte ihr Gesicht. »Viel besser, Exel«, und gleichzeitig begann sie in ihren inneren elektronischen Datenbanken nach Antworten zu suchen.

»Die Grauen sind mit dem Standardmodell X22 auf der Erde notgelandet. Es werden mindestens acht, im besten Falle jedoch zwölf Besatzungsmitglieder benötigt, um dieses Modell während des Fluges zu bedienen. Wenn man bedenkt, dass sie nur noch zu sechst sind und sicherlich irgendwann Richtung Heimat starten wollen, würden die Grauen einige zusätzliche Helfer für die Kontrolle des Raumschiffes benötigen.«

»Ja, das klingt plausibel, Ophelia. Aber wenn die Menschen den Grauen im Geheimtrakt der Area 51 bei der Rekonstruktion des Raumschiffes geholfen haben, um ihnen die Rückkehr in die Heimat zu ermöglichen, was werden die

Grauen ihnen wohl als Gegenleistung angeboten haben? Eine Mitfahrgelegenheit in den Weltraum? Die Unterwerfung ihrer Rasse?«

Exel setzte sich auf und versuchte, die Einzelteile des Puzzles korrekt zusammenzusetzen.

»Der *auferstandene* Obdachlose soll also den Grauen als Besatzungsmitglied bei der Rückkehr in ihre Heimat zu dienen.«

»Dies wäre eine logische Erklärung«, fügte Ophelia hinzu. »Sie haben den Toten ... man könnte sagen ... geläutert. Mit der neuen Körperflüssigkeit und den in seine Gehirnzellen eingespielten Erinnerungen und Denkweisen scheint Paul zwar von seinem äußeren Erscheinungsbild her ein Mensch zu sein, er fühlt und denkt jedoch sicher wie ein Grauer.«

»Ja, das wäre möglich, Ophelia. Und da man mit der Herstellung der Besatzungsmitglieder gerade jetzt begonnen hat, wird wohl der Start ins Weltall kurz bevorstehen«, setzte Exel seinen Gedankengang fort. »Und da hat sicher unser lieber Satane die Finger im Spiel!«

»Und einige Menschen! Denn für all diese Vorhaben benötigen die Grauen unbedingt die Hilfe der Menschen«, führte der Computer seine Überlegung fort. »Wie sieht ein Menschenschlag aus, der all das Böse, das in den letzten Wochen hier vorgefallen ist, der all diese Toten in Kauf nimmt?«, murmelte Exel und sah seinen Computer mit trauriger Miene an. »Ich kann mir nicht vorstellen, dass alle Angehörigen des Militärstützpunktes in diese Machenschaften eingeweiht sind.«

»Alle nicht, aber ein Teil sicherlich!«, fiel Ophelia ihrem Herrn ins Wort. »Ein Teil, der skrupellos sein Ziel verfolgt und vor nichts zurückschreckt, nicht einmal vor dem Tod seiner Mitmenschen. Und da wären wir wieder bei unserem lieben Nachbarn angelangt, der stets, was auch immer er denkt, plant oder tut, Leid und Unglück über alle Beteiligten bringen möchte.«

»Ja leider! Und so wird es auch diesmal sein«, bestätigte Exel. »Satanas muss sich Menschen zu Freunden gemacht haben, die im nahen Umfeld der Grauen leben und in ständigem Kontakt zu ihnen stehen. Falls sich im Bunker der Area 51 in der Tat das notgelandete Raumschiff befindet, so wurde dieses sicher mit dem Einverständnis aller in dieser Zeit regierenden Präsidenten wiederhergestellt. Aber warum wird nach dieser langjährigen Unterstützung von Seiten der Regierung die Besatzung für den Rückflug heimlich durch Klone gestellt? Warum nimmt man nicht Wissenschaftler und Raumfahringenieure, um die Grauen ins All zu begleiten und ihren Planeten zu erforschen?«

»Das entspricht wohl dem offiziellen Plan, Exel, aber hier wird etwas hinter den Kulissen geplant, was die offiziellen Stellen nicht erfahren sollen.«

»So wird es sein, Ophelia. Wir müssen so bald wie möglich die Menschen identifizieren, die all das Böse der letzten Wochen geplant oder gutgeheißen haben. Denn wo Böses geschieht, ist der Teufel nicht fern! Ich bin überzeugt, dass er der Urheber und Drahtzieher des gesamten Projektes ist. Wir müssen verhindern, dass er noch mehr Unheil auf der Erde und im Weltall anrichtet. Endlich scheinen wir auf der richtigen Fährte zu sein!«, sagte Exel und seufzte tief. »Das ist angesichts der vielen Opfer jedoch mein einziger Trost.«

»Ja, alles spricht dafür, dass wir ihm auf der Spur sind«, bestätigte der Computer.

»Und um die Spur nicht zu verlieren«, sagte Exel und zwinkerte Ophelia zu, »muss ich schneller vorwärts kommen, sowohl bei meinen Recherchen als auch«, und warf seinem Bordcomputer ein verschmitztes Lächeln zu, »bei der Bewältigung größerer Entfernungen. Ich muss meine Bewegungen perfektionieren, um schneller und effektiver ins Geschehen eingreifen zu können.«

Und sogleich begann er, in weiten Kreis um das mitten im Raum schwebende Hologramm zu tanzen.

»Exel, bitte überspanne den Bogen nicht! Ich ertrage das nicht!«, beschwerte sich das erboste Antlitz des Computers.

Aber diesmal konnte Ophelia ihren Herrn nicht umstimmen. Exel hüpfte und drehte sich voller Enthusiasmus durch den Innenraum seines Raumschiffes, solange bis … sie aufgab und sich selbst abschaltete.

17

Inspector Jeff Lucas fuhr im Wagen Richtung Stadtrand. Hier irgendwo musste doch diese verfluchte Epson Road sein. Warum hatte er nur das Navi nicht mitgenommen? Zwar hasste er all die modernen Apparate wie Handy, iPad und Computer, aber momentan verfluchte er sich, das Navigationssystem in seiner Schublade im Büro gelassen zu haben. Nichts funktionierte heute mehr ohne die neuen Technologien! Die ganze Welt drehte sich um diese kleinen Teufelsmaschinen, die ihm jedes Mal von neuem Kopfzerbrechen bereiteten. Mit einem normalen Handy konnte man heutzutage fast alles machen ... außer problemlos telefonieren. Vor lauter Grafik, Sonderoptionen, Passwörtern und anderen Schikanen war ein simpler Telefonanruf für Inspector Jeff Lucas eine fast kriminologische Aufgabe geworden.

Seit einer halben Stunde fuhr er nun schon im Kreis herum und suchte die Epson Road 18. Er hatte bereits zwei wortkarge Passanten nach dem Weg gefragt, aber beide hatten nur entschuldigend die Schultern gehoben, um verstehen zu geben, dass sie ihm leider nicht weiterhelfen konnten. Als er gerade im Begriff war, vor einem Einkaufsladen zu parken und den dritten Versuch zu starten, sah er fünfzig Meter vor sich ein uraltes verbogenes Straßenschild, das durch das Werbeplakat eines Spielkasinos in Las Vegas halb verdeckt wurde und ihm beim ersten Vorbeifahren entgangen sein musste. EPS N OAD konnte man auf dem abgenutzten Stück Blech noch erkennen.

Der Inspector setzte den Blinker und bog ab. Er befand sich in einer engen Sackgasse, die in einer langgezogenen Kurve zwischen alten, baufälligen Häusern auf einen hohen Holzzaun zu führte, vor dem einige Jugendliche auf dem Wendeplatz wetteiferten, ihren Basketball in den Korb zu werfen.

Das vorletzte Haus links hatte Gina ihm erklärt. Er wendete und parkte am Straßenrand vor einem heruntergekommenen einstöckigen Haus. Jeff Lukas ging auf die Eingangstür zu und wollte klingeln, aber ein Klingelknopf war weit und breit nicht zu sehen. So klopfte er an die hölzerne Tür und die Berührung reichte aus, die angelehnte Tür einen Spalt zu öffnen. Er stieß sie etwas weiter auf und trat ein.

»Hallo, ist da jemand? Die Tür ist offen. Hallo?«

Der kurze Flur führte Lukas in einen großen offenen Raum, wo drei junge Männer aufgeregt vor einem Monitor standen und diskutierten. Einer der drei saß mit der Stuhllehne zwischen den Beinen auf seinem Stuhl und zeigte auf den Monitor. Er war wohl der jüngste der kleinen Gruppe. Lucas schätzte ihn auf höchstens achtzehn Jahre. Hinter ihm standen rechts und links des Stuhles zwei Männer, die ein paar Jahre älter zu sein schienen. Der Schlankere der beiden hatte dichtes dunkles Haar, das unter der verkehrt aufgesetzten Baseballmütze nicht genügend Platz fand und sich daher seitlich einen Weg suchte. Auf der großen Nase ruhte eine Nickelbrille, deren beide runde Gläser mit dem oberen Rand an die dichten buschigen Augenbrauen stießen. Er schien der Älteste der Gruppe zu sein. Der dritte im Bunde war ein etwas rundlicher, rothaariger Mann Mitte zwanzig, mit Stupsnase und Sommersprossen, der ebenfalls eine Baseballmütze trug, die auf den kleinen abstehenden Ohren aufsetzte.

»Schaut euch das an Jungs, das ist unvorstellbar!«, sagte der Lockenkopf mit aufgeregter Stimme. »Da ist schon wieder so eine E-Mail aus der Area 51, die an eine nicht identifizierbare IP Adresse gesendet wurde. Das gibt es doch nicht!«

Lucas räusperte sich, um die Aufmerksamkeit der drei Männer vom Monitor auf seine Person zu lenken, aber dies war wohl ein sinnloses Unterfangen. Sie schienen ihn überhaupt nicht wahrzunehmen.

»Hank, das kann nicht sein, wir müssen etwas übersehen haben!«, sagte der Träger der Nickelbrille.

»Nein, Harry, ich habe nichts übersehen«, entgegnete Hank und richtete den Zeigefinger auf den Monitor. » Siehst du vielleicht eine IP Adresse hier?«

»Nein, sehe ich nicht«, antwortete Harry, » aber vielleicht gibt es eine zusätzliche Protektion, was meinst du Henry?«

Gerade als der rothaarige Henry Luft zum Antworten nahm, berührte der Inspector von hinten dessen Schulter. Henry schreckte zusammen, presste die eingeatmete Luft in einem unterdrückten Schrei aus den Lungen und drehte sich ruckartig um. Als er Lucas sah, entspannte er sich sofort und sah den Inspector verärgert an.

»Hey Mann, kannst du nicht anklopfen, bevor du hier einfach hereinspazierst? Ich hab fast 'nen Herzinfarkt gekriegt!«

Lucas wollte zunächst antworten und empört sagen, dass er bereits seit ein paar Minuten versuche, seine Anwesenheit zu signalisieren, ohne von irgendjemanden im Raum wahrgenommen zu werden, aber dann ließ er es bleiben. Welchen Sinn sollte es haben, diesen total durchgedrehten Typen mit logischen Argumenten zu kommen?

»Hallo zusammen, mein Name ist Lucas, Inspector Lukas. Ich bin ein Bekannter von Gina, die mir sagte, dass ihr vielleicht eine interessante Information für mich habt!«

»Sorry Inspector, aber ist das Ihre Art, jemanden um einen Gefallen zu bitten?«, fragte Harry und fuhr fort. » Jeff, nicht wahr? Du heißt doch Jeff, oder? Jeff, der Lover von Gina! Wie hast du dich genannt, ihren Bekannten? Also gut, lieber Bekannter, Höflichkeit öffnet alle Türen, hast du den Spruch schon mal gehört?«

»Ja, das habe ich!« erwiderte Lucas und atmete zweimal tief durch, um seinen Ärger unter Kontrolle zu bringen. Er musste die Beherrschung bewahren. Leider wollte *er* etwas von *ihnen*. So setzte er zum zweiten Versuch an.

»Könntet ihr bitte so nett sein, mir zu sagen, was euch in den letzten Wochen aufgefallen ist und nach Ginas Meinung für meine Recherchen interessant sein könnte!«

»Das hört sich schon viel besser an!«, bestätigte Harry zufrieden lächelnd.

Hank drehte den Stuhl um und schaukelte, mit dem Brustkorb an die Rückenlehne gelehnt, langsam vor und zurück.

»Wir haben in den letzten Wochen einen regen Datenfluss zwischen der Area 51 und der Klinik Salus bemerkt. Es wurden täglich mehrere Dateien online aus dem Militärstützpunkt zur Klinik gesendet ...«

»... Dateien, die 16.384 Bit verschlüsselt sind«, unterbrach ihn Harry und zündete sich eine Zigarette an.

Hank schaute ihn böse an.

»Kannst du ein für alle Mal aufhören, die Leute zu unterbrechen«, schrie er gereizt. »Denkst du, dass ich *16.384 Bit verschlüsselte Dateien* nicht selbst sagen kann? Hast du gehört, *16.384 Bit verschlüsselte Dateien*, ich kann es selbst sagen, ob du es glaubst oder nicht!«

»Okay, entschuldige Hank«, sagte Harry kleinlaut, » am mir so vor, als würdest du dieses Detail gerade übergehen ...!«

»Leute, atmet mal tief durch«, kommentierte Inspector Lucas das Wortgefecht und trat zwischen die beiden. »Entschuldigt, aber für mich ist es völlig irrelevant, wer von euch beiden spricht, Hauptsache es gelingt ihm, sich verständlich auszudrücken. Ich bin beim besten Willen kein Computerfreak.

Kann mir also jemand erklären, was an diesen 16.384 Bit verschlüsselten Dateien so besonders sein soll?«

»Was besonders an ihnen sein soll? Das ist nicht dein Ernst, Jeff!«, sagte Hank und schaute den Inspector völlig entgeistert an. »Ist es doch!«, fuhr er ein paar Sekunden später resigniert fort, nachdem sein Blick den des Inspector gekreuzt hatte.

»Technologien von Außerirdischen, das ist das Besondere, lieber Inspector!«, unterbrach Harry erneut den Jüngeren. »Ein *menschlicher* Computer besitzt nicht die Leistung, eine 16.384 Bit verschlüsselte Datei zu erstellen. Aber noch unglaublicher ist die Tatsache, dass die bereits verschlüsselte Nachricht …«, und warf einen stolzen Blick auf seine beiden Kameraden, »… noch einmal verschlüsselt wurde, und zwar mit 32.768 Bit. Um es einfach zu sagen: die verschlüsselte Nachricht enthält eine weitere verschlüsselte Nachricht, die die eigentlichen Informationen erhält. Noch eine außerirdische Technologie. Zwei außerirdische Technologien könnten zwei Außerirdische bedeuten!«, schlussfolgerte der Brillenträger lächelnd. »Vielleicht ist die Erde ein neuer Treffpunkt für E.T.s geworden«, setzte er scherzend hinzu. »Das würde den Tourismus in unserer Gegend endlich wieder ein bisschen ankurbeln!«

Dann nahm er einen tiefen Zug an seiner Zigarette, stieß den Rauch in kleinen runden Ringen rhythmisch gegen die Decke und endete siegessicher mit den Worten:

»Wer ist nun das Genie hier? Das hattet ihr beide bis jetzt nicht bemerkt, nicht wahr?«

Der Lockenkopf schlug trotzig die Arme übereinander.

»Na toll, das nennst du Teamarbeit! Und wo ist unser Motto geblieben: einer für alle und alle für einen?«, warf Hank ihm vor. »Außerdem hast du *mein* Programm dafür benutzt.«

»Jungs, hallo! Könntet ihr eure persönlichen Rivalitäten vielleicht auf einen späteren Zeitpunkt verschieben und mir sagen, ob die E-Mails alle an die gleiche Adresse versandt wurden. Ich verstehe zwar nicht sehr viel von Computern, aber nach meinem Wissen besitzt jeder Computer eine IP Adresse, die man zwar mit verschiedenen Tricks verstecken kann. Für Experten wie euch sollte das doch kein Problem darstellen, oder?«

Nun mischte sich auch der runde Rothaarige ins Gespräch ein.

»Eigentlich nicht, da hast du vollkommen recht, aber in diesem Fall ist es leider so, wenigstens bei einigen E-Mail Nachrichten. Nach stundenlangem

Tüfteln haben wir als Empfänger die IP Adresse eines Computers in der Klinik Salus identifizieren können. Aber bei den meisten anderen E-Mails hat es nicht funktioniert.«

Er setzte sich vor den Computer, betätigte kurz die Tastatur und zeigte auf den Bildschirm.

»Wir sind wirklich fähige Hacker, aber so was habe ich noch nie gesehen. Hier sieht man es eindeutig. Diese E-Mail wurde von einer IP Adresse in der Area 51 versendet, aber nun schaut euch dieses Feld an, die Empfängeradresse: leer! Einfach leer! Aber die E-Mail wurde versendet, das können wir prüfen, aber sie endet im Nichts, im Nirwana, ohne Rückmeldung einer fehlerhaften Zustellung.«

»Dafür gibt es unserer Meinung nach nur eine Erklärung«, sagte Hank. »Ja, es muss ein weiteres Netzwerk existieren, oder besser gesagt, ein Netzwerk, das dem normalen Netzwerk übergeordnet ist«, fuhr Harry fort, ohne sofort den Groll seines Kumpanen auf sich zu ziehen.

Aber als dieser hinzufügte: »Vielleicht wurde auch hier eine neue Protektion aufgebaut!«, warf Henry ihm einen zerstörerischen Seitenblick zu. Das war zu viel für den Hacker! Befreundet oder nicht!

»Was willst du damit behaupten? Dass ich nicht in der Lage bin, eine neue Protektion wiederzuerkennen?«, schrie Henry und drehte sich wütend zu Harry um, der ihm den zuvor tief eingesogenen Zigarettenrauch ins Gesicht pustete.

»Ja, das könnte ich damit gemeint haben«, erwiderte Harry und ging kampflustig auf Henry zu, bis sie sich Auge in Auge gegenüber standen.

»Mein lieber Harry, jetzt hör mir genau zu! Falls du in der Lage bist, einen PC von einer Spülmaschine zu unterscheiden, dann wirst du in diesem Fall eindeutig erkennen, dass hier hinter der IP Adresse nichts steht. Hier gibt es nichts Zusätzliches, keine neue Protektion, sondern hier fehlt etwas!« Dabei zeigte er auf den Monitor. »Siehst du das? Es *fehlt* etwas!«

Inspector Lucas hatte genug von den drei Streithähnen.

»Dank euch Jungs, wenn ich eure Hilfe noch einmal benötige, melde ich mich!«

Aber keiner der drei hörte ihm zu. Während er zur Tür hinausging, hörte er noch *Netzwerk über dem Netzwerk* und *neue Protektion, ha,ha,ha* und dann stand er wieder auf der Straße.

Er ging zum Wagen und überlegte. Die drei Hacker waren zwar völlig neben der Kappe, aber sie hatten ihm einen wichtigen Hinweis gegeben. Die Klinik Salus war in Kontakt mit dem naheliegenden Militärstützpunkt. Das war ein völlig neuer Anhaltspunkt!

Aber noch eine weitere Tatsache war ihm heute bewusst geworden: dass man als Untermensch angesehen wurde, wenn man nicht wenigstens die Grundregeln der digitalen Welt verinnerlicht hatte. Als er losfuhr, fasste er den festen Vorsatz, endlich einen Crash Kurs zur Verbesserung seiner Basiskenntnisse im Umgang mit Computern zu machen! Dies tat er nicht das erste Mal, aber zwischen guten Absichten und ihrer Umsetzung lagen oft Welten!

18

»Paul, kannst du kurz kommen und mir helfen?«, fragte der junge Kaly, der sich gerade über ein Dutzend elektrischer Kabel beugte.

»Ich wollte die Außensensoren anschließen und kontrollieren, ob das Softwareprogramm die Daten korrekt verarbeitet«, sagte er, als Paul sich näherte. »Aber irgendwie klappt es nicht. Ich muss etwas übersehen haben!«

Seit ein paar Stunden arbeiteten sie nun schon daran, die Sensoren an den für sie vorgesehenen Punkten in der äußersten Schicht des Raumschiffes anzubringen.

»Dann lass uns mal schauen!« Paul beugte sich neben Kaly hinter die Schaltzentrale und überprüfte die einzelnen Kabel.

»Da haben wir es ja! Hier muss der Fehler liegen. Das grüne müssen wir dort hineinstecken!«

Dabei schaute er Kaly über die Schulter an und deutete auf eines der zahlreichen Kabel, die sich vor den beiden überkreuzten.

»So müsste es stimmen. Probier noch einmal!«

Paul erhob sich und betrachtete den Hauptmonitor neben Kaly.

»Okay, ich hab das Programm aktiviert! Hoffentlich klappt es diesmal, dann sind wir dem Ziel wieder etwas näher!«

Kaly lächelte Paul an und öffnete das Startprogramm. Man hörte ein leises Summen und kurz darauf konnte Kaly die Option *Außenkontrolle* aktivieren.

»Paul, kannst du mir kurz beim Test helfen? Schauen wir, ob die Sensoren funktionieren und die Daten korrekt an die Datenbank weitergegeben werden. Ich denke, wir fangen mit ganz simplen Dingen wie Hitze und Feuchtigkeit an. Was meinst du?«

»Ja, so sehen wir am schnellsten, ob etwas nicht stimmt«.

Paul stieg auf das Gerüst, welches das Raumschiff auf der gesamten Höhe umgab, ging vor einem der Sensoren, den sie in der letzten Stunde eingebaut hatten, in die Hocke und zündete sein Feuerzeug.

»Kaly, was sagt das Programm? Meldet der Sensor erhöhte Wärmeeinwirkung?«, schrie er in den Raum.

»Ja Paul, scheint zu funktionieren! Mach das Feuerzeug doch bitte kurz aus und dann wieder an! Warte einen Moment!«, rief der Graue und hielt ein paar Sekunden inne. »Ja, perfekt, scheint zu funktionieren! Die Daten werden korrekt aufgenommen und weitergeleitet. Jetzt probieren wir es mit der Feuchtigkeit. Hast du was zum Testen mitgenommen?«

»Ja Kaly, ich hab eine Flasche Mineralwasser dabei. Das sollte reichen. Pass auf, ich schütte ein paar Tropfen auf den Sensor!« Es trat eine kurze Pause ein. »Und? Siehst du eine Reaktion? Was zeigt das System an?«

Schweigen! Dann hörte er Kalys resignierte Stimme:

»Nichts, keine Reaktion. So ein Mist, ich hatte es schon befürchtet. Irgendwas muss ja immer schief gehen!«

»Na, nun lass nicht gleich den Kopf hängen! Es ist sicher nur eine Kleinigkeit!« Paul sprang vom Gerüst und lief zu Kaly hinüber, der enttäuscht die Messfelder betrachtete, die trotz der Feuchtigkeitseinwirkung keinerlei Veränderung anzeigten. Er hatte viel Zeit in die Erstellung des Softwareprogramms investiert und nun schien es nicht zu funktionieren. Er wechselte von der Programmfunktion in den Quelltext und überprüfte seine Eingaben.

»Ich muss irgendwo einen Fehler gemacht haben, aber wo?«

Paul betrachtete über die schmalen Schultern des Grauen hinweg den Monitor. Seit seinem Unfall vor ein paar Tagen fühlte er sich irgendwie seltsam. Zwar hatte man seinen Gesundheitszustand in der Klinik Salus überprüft und ihm versichert, dass er weder eine Gehirnerschütterung noch andere Verletzungen erlitten hatte, aber irgendetwas stimmte nicht mit ihm. So sehr er auch versuchte, sich bei der Arbeit zu konzentrieren, er schien von einem Wattebausch umgeben zu sein. Der Aufprall hatte bestimmt seine Wahrnehmung beeinträchtigt und er musste nur etwas Geduld haben.

Er konzentrierte sich erneut auf den Monitor, wo Kaly den Quelltext nach eventuellen Fehlern durchsuchte. Während tausende von Zahlen- und Buchstabenkombinationen den Monitor von oben nach unten durchliefen, schien Pauls Gedächtnis in unregelmäßigen Abständen von einer Art Geistesblitz erleuchtet zu werden, von einer spontanen Eingebung, die ihm die vertikal verlaufenden Schriftzeichen sekundenlang verständlich erscheinen ließen. Es waren kurze aufblitzende Momente, die auf wundersame Weise die Tür zu einem parallelen Gedächtnis öffneten und ihm Dinge offensichtlich erscheinen ließen, die einige Augenblicke später wieder hinter verschlossenen Türen verschwanden.

Kaly stoppte den schnellen Fluss der Matrizen. Er schien etwas entdeckt zu haben und überprüfte nun Zeile für Zeile die einzelnen Formeln und Schriftzeichen. Und während Paul den Quelltext betrachtete, zeigte ihm ein erneuter Gedankenblitz den Irrtum des Programmierers. Ja, da war er, ein kleiner Denkfehler mit großen Folgen! Gerade wollte er Kaly darauf hinweisen, als dieser bereits seine Finger über die Tastatur gleiten ließ.

»Schau dir das an! So ein dummer Fehler. Ich sollte mich schämen. Das dürfte einem alten Hasen wie mir wirklich nicht passieren!«, murmelte er.

Er korrigierte die fehlerhafte Sequenz im Quelltext und drehte sich erleichtert zu Paul um.

»Na ja, *alter Hase* ist für mich Grauen vielleicht übertrieben!«, sagte er schmunzelnd. »Da müssen schon noch ein paar hundert Jahre Erfahrung dazu kommen. Aber nach mehreren Jahrzehnten im Bereich der Programmierung sollten mir solche Fehler nicht mehr unterlaufen! Paul, kannst du bitte nochmal aufs Gerüst steigen und einen zweiten Versuch starten!«

Paul war verwirrt und zögerte einen Moment. Wie war das möglich? Wie konnte er den Fehler gleichzeitig mit Kaly bemerken, obwohl er nicht die Kenntnisse eines Programmierers besaß? Er war zwar ein absolutes Ass im Bereich der Elektrotechnik, aber die Bearbeitung von Quelltexten und das Programmieren von Softwaretools waren ihm völlig unbekannt.

»Paul, was ist los? Komm, steig hoch und probiere nochmal!«, drängte der junge Graue.

So folgte er Kalys Bitte, stieg auf das Gerüst und tropfte erneut ein wenig Flüssigkeit auf den Sensor, wobei er sich weiterhin den Kopf über seine vorherige Entdeckung zerbrach. Kurz darauf drang Kalys heitere Stimme zu ihm hinauf:

»Es hat geklappt! 99,96% Luftfeuchtigkeit! Danke Paul! Du kannst wieder runterkommen. Nun funktionieren Software und elektrische Schaltkreise!«, rief der junge Graue. »Als Elektriker bist du einfach ein Genie!«

»... und als Programmierer scheinbar auch!« führte Paul den Satz in Gedanken weiter, während er vom Gerüst herab stieg.

19

»Weißt du, was wir heute machen?«, sagte Jeff in vielversprechendem Ton, während er mit Gina das Polizeipräsidium verließ.

»Nein, Jeff!«, antwortete Gina neugierig. »Raus mit der Sprache! Spann mich nicht auf die Folter!«

»Heute möchte ich dich einfach nur verwöhnen«, versprach Jeff mit einem geheimnisvollen Lächeln auf den Lippen. »Wenn wir nachhause kommen, bereite ich dir etwas ganz Besonderes vor!«

»Etwas ganz Besonderes?«, wiederholte Gina mit herausfordernder Stimme und zwinkerte ihm verführerisch zu.

»Ja, etwas ganz, wirklich ganz Besonderes …«, beteuerte Jeff mit geschwellter Brust, »… meine berühmten Spaghetti alla Carbonara, von denen du noch viele Nächte träumen wirst!«, schwärmte er und hängte sich zufrieden bei seiner Partnerin ein.

»Phantastisch, Liebling!«, seufzte Gina etwas enttäuscht, da sie etwas völlig anderes im Sinn hatte, fügte aber liebevoll hinzu, »Dann lass uns von dieser phantastischen Carbonara träumen!«

Kurze Zeit später betraten sie das Apartment und Jeff half Gina mit fast theatralischer Geste aus dem Mantel. Er führte sie zuvorkommend zum Sofa und forderte sie auf, Platz zu nehmen.

»Mach's dir gemütlich, Gina, und schau dir in Ruhe dein Lieblingsprogramm an. Ich geh in der Zwischenzeit in die Küche und kümmere mich um alles.«

Bei diesen Worten schaltete er mit der Fernbedienung den Fernseher ein.

»Visitors … nicht wahr? Oder bevorzugst du heute eine andere Art von Außerirdischen?«

»Nimm mich bitte nicht auf den Arm!«, entgegnete Gina etwas schnippisch, »Visitors geht in Ordnung!«

»Okay, dann also Visitors«, fuhr Jeff lächelnd fort, wählte das Programm und schritt mit einer solchen Inbrunst und Hingabe Richtung Küche, als wolle er dort die Welt verändern.

»Bis gleich mein Schatz!«, und schon war er hinter der Tür verschwunden.

Kaum hatte Jeff den Lichtschalter betätigt, blieb er wie versteinert stehen.

»Was zum Teufel machst du denn hier?« ,fragte Jeff und seine gute Laune war wie weggeblasen. Vor ihm saß mitten auf dem Küchentisch Exel und biss in eine rohe Kartoffel.

»Schhh!«, flüsterte Exel und hielt seinen Zeigefinger vor den gespitzten Mund. »Schrei nicht so! Was soll denn deine Freundin denken.«

Dann biss er erneut in die Kartoffel und fügte hinzu:

»Und bitte erwähne nicht immer den Namen des Teufels!«

»In Ordnung! Iss deine Kartoffel, geh zur Seite und lass mich kochen«, sagte Jeff und ging zum Kühlschrank. »Die Dame im Wohnzimmer ist nämlich hungrig und ich habe ihr eine Carbonara versprochen, die auch die Toten zum Leben erwecken würde.«

»Ich wäre vorsichtig bei solchen Redensarten. Du willst mir doch hoffentlich nicht mein Handwerk stehlen? Wunder sind immer noch meine Spezialität!«

Jeff blieb ihm die Antwort schuldig. Er hatte den Kühlschrank geöffnet und sah ungläubig auf den gähnend leeren Innenraum.

»Aber … das ist doch nicht möglich … was hast du mit meinem Kühlschrank gemacht?«

Exel zuckte unschuldig mit den Schultern.

»Na ja, ich muss mich doch langsam akklimatisieren. Daher dachte ich, es sei eine gute Idee, einmal die Nahrungsmittel zu testen, mit denen ihr euren Magen täglich füttert.«

»Aber der Kühlschrank war voll!«

»Und jetzt ist es mein Magen … eigentlich hat sich nichts verändert!«, sagte Exel und schaute Jeff lächelnd in die Augen. »Nur der Ort, an dem sich der Inhalt des Kühlschranks befindet.«

Jeff wollte Exel gerade wütend an die Gurgel springen, als sich die Tür öffnete, und Gina neugierig in die Küche schaute.

»Was ist denn hier los? Mit wem sprichst du denn dauernd?«

Dann blieb sie wie angewurzelt stehen und starrte Exel mit aufgerissenen Augen an.

»Jeff, wer ist dieser Typ?«

»Gina, hallo Schatz … !«

Aber bevor Jeff eine plausible Antwort finden konnte, meldete sich Exel zu Wort und brachte ihn mit einer versteckten Geste zum Schweigen.

»Hallo Gina! Es freut mich, dich endlich kennenzulernen!«

Exel erhob sich mit einem eleganten Sprung vom Küchentisch und baute seinen mächtigen Körper vor Gina auf, um dann leicht den Kopf zur Begrüßung zu neigen.

»Du solltest wissen, dass unser lieber Jeff ein Überraschungsessen für dich geplant hat, und da ich – bei aller Bescheidenheit – ein außergewöhnlicher Koch bin, habe ich ihm angeboten, euch ein Menü vorzubereiten, das ihr nie vergessen werdet!«

Gina schaute zunächst Jeff und dann Exel argwöhnisch an.

»Das ist aber nett! Dann leg mal los, ich hab nämlich einen Bärenhunger!«

»In ein paar Minuten ist alles fertig«, erwiderte Exel und begleitete die beiden zur Tür. »Nun verschwindet endlich aus der Küche und macht es euch am Tisch bequem. Ich kümmer mich um alles andere!«

Er drückte das Pärchen höflich aber mit Nachdruck zur Tür hinaus.

»Lasst den Profi in Ruhe arbeiten!«, und dann waren sie draußen.

Die beiden nahmen am Tisch Platz und Ginas Blick verriet nichts Gutes.

»Darf man vielleicht erfahren, wo du diesen Typ aufgegabelt hast?«, fragte Gina gereizt. »Wie hat er sich genannt? Einen außergewöhnlichen Koch! Mir kommt er eher vor wie ein außergewöhnlicher Irrer! Was soll denn diese blödsinnige Verkleidung?«, beendete sie ihren Kommentar.

»Ich gebe ja zu, dass er etwas seltsam aussieht, aber wenn er behauptet, ein ausgezeichneter Koch zu sein, dann wird er es auch sein!«, setzte Jeff fast aufmüpfig entgegen. »Und die Tatsache, dass er so seltsam gekleidet ist, liegt daran, dass … dass sein Restaurant …«, er stockte einen Moment, «…. *Extravagant* heißt!«, fuhr er fort, »Ja genau, *Extravagant,* der Name war mir kurz entfallen!«

Jeff beglückwünschte sich für seinen Einfall und schaute Gina erleichtert an, aber sein Lächeln erstarb, als er das keineswegs überzeugte Gesicht seiner Partnerin sah.

»*Extravagant*? Ich wüsste nicht, jemals den Namen dieses Restaurants gehört zu haben«, bemerkte Gina und blickte Jeff, der nervös auf seinem Stuhl hin und her rutschte, noch eindringlicher an.

Was hatte Exel sich dabei gedacht, ohne jegliche Vorwarnung in seiner Wohnung aufzutauchen!

»Nun komm schon Schatz!«, hörte er sich sagen. »Such doch nicht in jeder Sache ein Mysterium. Ich habe ihn während einer Ermittlung kennengelernt und ihm damals aus der Patsche geholfen und nun will er sich dafür revanchieren. Das ist alles!«

Dies entsprach fast der Wahrheit, versuchte Jeff sein schlechtes Gewissen zu beruhigen.

»Und außerdem muss das Restaurant noch eröffnet werden, deshalb hast du noch nie davon gehört«, endete er seine Erklärung in der Hoffnung, überzeugend gewirkt zu haben. Verflucht, er hatte an einen tollen Abend gedacht: eine wunderbare Carbonara, gute Musik, eine Flasche Rotwein und dann …. das Paradies!

Aber stattdessen befand er sich gerade in der Hölle. Ein Außerirdischer in der Küche, der nach der Plünderung des Kühlschranks damit beschäftigt war, ein Abendessen aus dem Nichts zu zaubern. Gina, die momentan eher mit dem Gedanken spielte, ihn in der Badewanne übernachten zu lassen als an ihrer Seite. Und zu guter Letzt die Tatsache, dass er seiner Liebsten statt der versprochenen Mahlzeit eine Lüge nach der anderen auftischen musste.

Und wem hatte er all dies zu verdanken? Diesem Typ, der mit seinen Leggins, seinen Stiefeletten und dem Mäntelchen plötzlich in seinem Leben aufgetaucht war. Wie alt sollte er sein? Was hatte er gesagt? Zweitausend Jahre? Dreitausend Jahre? dachte Lucas verärgert. Eines war jedenfalls sicher! Exel würde keinen Tag älter werden, weil er, Jeff Lucas, ihm gleich den Kragen umdrehen würde, und zwar hier und sofort!

Was geht ihm wohl gerade durch den Kopf? dachte Gina verwundert, als Jeff sich grinsend vom Stuhl erhob und entschlossen auf die Küchentür zuging.

Ich werde meine stählernen Finger um seinen stinkenden Hals legen! war der Gedanke, der Jeff gerade durch den Kopf ging. Dann werden wir sehen, ob es ihm gelingt, sich selbst wieder zum Leben zu erwecken! Aber gerade als er die Tür zur Küche wütend aufreißen wollte, flog ihm diese von alleine entgegen.

»Et voilà!«, waren Exels Worte, der in kleinen Sprüngen und Schrittfolgen einen triumphalen Einzug ins Esszimmer hielt. Sogar Nurejew wäre neidisch geworden!

Dabei jonglierte er elegant eine riesige Platte, auf der zwei Hummer in Spaghettibett angerichtet waren, garniert mit einer Unmenge von Scampis und Jakobsmuscheln. Der Duft, der diesem Göttermahl entwich, hätte sogar das berühmte Chanel 5 zu einem gewöhnlichen Parfum deklassiert.

Zwei Drehungen, eine Verbeugung, ein Mona Lisa Lächeln und dann stellte Exel das gastronomische Kunstwerk vor Gina auf dem Tisch ab. Der Duft, der scheinbar den sanften Bewegungen einer orientalischen Bauchtänzerin folgend durch die Luft schwebte, erreichte schließlich die Nasenflügel einer verblüfften Gina, die ihn voller Enthusiasmus in sich hinein sog.

Jeff war wie angewurzelt neben der offenen Küchentür stehengeblieben und beobachtete ungläubig die gesamte Szene. Nachdem Exel das Tablett abgestellt hatte, drehte er zwei elegante Pirouetten, schob den völlig erstaunten Jeff energisch Richtung Tisch und begann die beiden nach allen Regeln der Kunst wie ein echter Profi zu bedienen. Wo um alles in der Welt hatte der seltsame Typ das gelernt? Natürlich war er ein Außerirdischer und besaß daher übernatürliche Fähigkeiten, aber es musste doch auch für ihn Grenzen geben!

Ganz im Gegenteil! Was Exel kurz darauf tat, übertraf wirklich jede Grenze der menschlichen Vorstellungskraft!

Gina saß vor ihrem Teller und sah den Hummer, der weiterhin einladend seinen Duft zu ihr aufsteigen ließ, in seiner dicken Schale erwartungsvoll an. Nichts hätte sie lieber getan, als den köstlich duftenden Leckerbissen unverzüglich zu verspeisen, aber leider sah sie keinerlei Werkzeug auf dem Tisch, das auch nur im Entferntesten für das Öffnen des Panzers geeignet war. Noch während ihr Blick suchend über den Tisch schweifte, trat Exel an den Tisch und versetzte dem Schwanz des Krustentieres mit der Gabel einen kurzen Schlag, und siehe da, sei es durch ein Wunder, sei es durch Magie, der Hummer auf Ginas Teller öffnete sich wie ein Schmuckkästchen, um seinen köstlichen Inhalt vor ihren staunenden Augen auszubreiten. Ein zweiter Schlag und auch Jeffs Hummer entledigte sich problemlos seines Panzers. Gina entfuhr vor Überraschung ein Freudenschrei, während Jeff keine wahre Erleichterung über den Verlauf des Abends empfinden konnte. Wie sollte er nach diesem Auftritt seiner geliebten Partnerin je wieder eine Carbonara anbieten können?

Nachdem alle Gaumenfreuden auf dem Tisch ausgebreitet waren und der Raum von einem unbeschreiblichen Duft erfüllt war, zog Exel sich mit einer Verbeugung in die Küche zurück und ließ die beiden alleine. Kaum hatte sich die Küchentür hinter ihm geschlossen, warf Gina ihrem Gegenüber einen Handkuss zu, ergriff ihr Besteck und stürzte sich auf Hummer und Beilagen. Zunächst beobachtete Jeff sie voller Skepsis, dann voller Neugierde und schließlich gab er sich einen Ruck. Warum sollte er sich den Abend verderben? Es freute ihn, Gina mit solchem Appetit essen zu sehen und so ergriff auch er seine Gabel, spießte ein Stück Hummer auf und führte das weiße dampfende Fleisch zu seinem Mund. Er kaute zögernd, schluckte den Bissen vorsichtig hinunter und ... hob beide Mundwinkel zu einem strahlenden Lächeln. Phantastisch, es schmeckte köstlich! Und so folgte er dem Beispiel seiner Tischpartnerin und stürzte sich auf den vollen Teller, der nach nicht allzu langer Zeit ohne Hummer und Spaghetti vor ihm stand. Jeff lehnte sich zufrieden zurück und brachte nur ein einziges Wort heraus:

»Großartig!«

Gina sah Jeff mit schmachtendem Blick an, streckte ihre Hand aus und legte sie sanft auf seinen Handrücken.

»Das Essen war ausgezeichnet«, seufzte sie. »Aber deine Carbonara schmeckt sicher viel viel besser«, log sie, ohne mit der Wimper zu zucken.

Bevor Jeff antworten konnte, tanzte Exel erneut ins Zimmer, entfernte die leeren Teller und kehrte wenige Augenblicke später mit dem Hauptgang zurück, einem dampfenden Seewolf umgeben von allen nur denkbaren Gemüsevariationen. Mit wenigen gekonnten Handgriffen säuberte Exel den herrlichen Fisch, legte die Filets auf die Teller der sprachlosen Gäste und verschwand erneut in der Küche.

»Das wird ein Erfolg!«, sagte Gina zwischen einem Bissen und dem anderen.

»Was?«, fragte Jeff, nachdem er ein weiteres Stück zarten Fischfilets verspeist hatte.

»Das Restaurant deines Freundes natürlich! Aber jetzt bin ich satt, ich kann nicht mehr!«

Bei diesen Worten legte sie das Besteck auf den Rand ihres Tellers und lehnte sich zurück.

»So viel habe ich schon lang nicht mehr gegessen! Dein Freund kocht wie ein Gott!«

»Da liegst du gar nicht so falsch ...«, murmelte Jeff, spießte das letzte Stück Seewolf auf die Gabel und schob es genüsslich in den Mund.

Gina wollte seit längerem über ein heikles Thema mit Jeff sprechen und angesichts seiner guten Laune schien dies der richtige Moment zu sein.

»Weißt du, was Sherlock Holmes einmal gesagt hat?«

»Nein, was hat er gesagt?«, fragte Jeff neugierig und kaute weiter.

»Dass, wenn es keine plausible Erklärung für etwas gibt, nur eine nicht plausible übrig bleibt!«

»Bist du wirklich sicher, dass er das gesagt hat?«, erwiderte Jeff, ohne zu verstehen, worauf Gina hinaus wollte.

»Mehr oder weniger! Hör zu, Jeff, ich weiß, dass du nicht gerne über grüne

Männchen und Ähnliches sprichst, aber ich denke, wir sollten das Thema noch einmal in Angriff nehmen.«

Jeff hielt inne und legte sein Besteck auf den leeren Teller. Aha, darauf wollte sie hinaus! Bis jetzt war es Jeff stets gelungen, jedes Argument seiner Partnerin mit stichhaltigen Beweisen zu widerlegen. Seit dem Auftauchen von Exel war seine Überzeugung jedoch zutiefst erschüttert und, da der Grund seiner Zweifel nur einige Meter entfernt in der Küche stand, brachte er beim besten Willen nicht die Kraft auf, sich mit Gina über dieses Thema zu unterhalten.

»Gina, ich hab momentan wirklich nicht die geringste Lust, mit dir über Außerirdische zu diskutieren!«

»Immer der gleiche Dickkopf«, platzte Gina heraus und sah Jeff mürrisch an. »Gibt es denn keine Möglichkeit, diesen Punkt einmal in Ruhe mit dir zu besprechen? Was muss ich mir denn einfallen lassen, um irgendwann mit dir ein ernsthaftes Gespräch über außerirdisches Leben führen zu können?«

Dann hielt sie einen Moment inne. »Vielleicht muss ich dich einfach dazu zwingen! Aber wie?«

»Du willst mit mir über Außerirdische sprechen, wenn ein außer ... gewöhnlicher Koch nebenan in der Küche steht?«, lenkte der genervte Jeff im letzten Moment ein. »Heute Abend bitte nicht, Schatz. Es war ein langer Tag und ich will nur noch eins: ins Bett gehen! Daher begebe ich mich jetzt in die Küche, danke unserem Koch für das wunderbare Essen und schicke ihn nachhause.«

»Also gut! Einverstanden!«, gab Gina seufzend nach.

Wenn er sich von vornherein schon sträubte, war es sinnlos, auf ein Gespräch zu bestehen und den herrlichen Abend dadurch zu verderben. Aber in den nächsten Tagen würde sie sich etwas einfallen lassen. Zu viele Dinge waren in den letzten Wochen geschehen, die genau dieses von ihm verpönte Thema betrafen.

»Ich hoffe nur, dass du dich gebührend bei ihm bedankst«, fuhr sie versöhnend fort. »Er sieht zwar etwas verrückt aus, aber seine Kochkünste sind wirklich einmalig!«

»Ich werde ihm dein Lob überbringen«, sagte Jeff und ging Richtung Küche.

Als er die Tür öffnete, saß Exel wieder auf dem Tisch mitten in der Küche ... und zwar mitten in einer blitzsauberen Küche. Wie er das wieder geschafft hatte? So als hätte das Abendessen niemals stattgefunden!

»Hat euch das Essen geschmeckt?«

»Ja, es war hervorragend!«, war seine ehrliche Antwort. »Aber wo zum Teu … hm … aber wo um alles in der Welt hast du so gut kochen gelernt?«

Jeff war wirklich neugierig, wie ein Außerirdischer, falls er wirklich einer war, sich so spezielle Kochkünste aneignen konnte.

»Schaust du nie Fernsehen, Jeff. Da gibt es phantastische Shows mit den besten Küchenchefs. Die zeigen dir in kürzester Zeit die tollsten Rezepte, mit allen Tricks, die dazu gehören.«

»Aha«, murmelte Jeff, auch wenn ihn diese Aussage keineswegs überzeugte. Er könnte sich hunderte dieser Sendungen ansehen, ohne jemals die von Exel gebotene kulinarische Meisterleistung hervorzuzaubern. Und er war ziemlich sicher, dass es dem größten Teil der Menschheit ähnlich erging! Aber ein zweiter Punkt bereitete ihm weitaus mehr Kopfzerbrechen.

»Und wo hast du den Hummer und die Fische her gezaubert? Der Kühlschrank war leer, völlig leer, nachdem du alles aufgegessen hattest!«

»Der Kühlschrank ja, aber mein Magen nicht!«, antwortete Exel ruhig.

»Was willst du damit sagen?«, fragte Jeff und seine Augen weiteten sich entsetzt, da er die Antwort, die er eigentlich nicht hören wollte, bereits erahnte.

»Hat man dir in der Schule nicht das erste Gesetz der Thermodynamik beigebracht, Jeff? Es besagt, dass die Dinge weder *erschaffen* noch *zerstört* werden, sondern einem dauernden Wandel unterliegen.«

»Was willst du damit sagen?«, wiederholte Jeff seine Frage mit gezwungen ironischen Unterton. »Soll das bedeuten, dass du den Inhalt des Kühlschranks in deinem Magen in das verwandelt hast, was wir gerade gegessen haben?«

»Warum nicht?«, säuselte Exel lächelnd. »Das wäre eine Möglichkeit!«

Jeff erbleichte und musste bei der Vorstellung einen spontan aufkommenden Brechreiz unterdrücken.

»Hey Jeff! War nur ein Scherz! Ich bin eben … wie sagt ihr Menschen noch mal? … ein Spaßvogel. Beruhige dich!«, beteuerte der Außerirdische und legte ihm eine Hand auf die Schulter. »Ich habe alles fertig verpackt im Supermarkt um die Ecke eingekauft!«

Jeff atmete erleichtert auf und langsam kehrte wieder Farbe in sein bleiches Gesicht zurück.

»Bevor ich gehe, möchte ich dir jedoch den eigentlichen Grund meines Kommens mitteilen«, fuhr Exel nun mit ernster Stimme fort. »Das Essen sollte das vorzeitige Dankeschön für einen Gefallen sein, um den ich dich bitten möchte. Deine hübsche Partnerin hat drei Freunde, die sich sehr gut mit den irdischen Kommunikationssystemen auskennen. Könntest du sie bitten, dem Leiter der Area 51, General Willis, eine geheime Botschaft zukommen zu lassen. Mir sind diesbezüglich leider die Hände gebunden. Gina solltest du momentan nicht in unser Vorhaben einweihen. Sie ist zwar auf unserer Seite, aber der richtige Zeitpunkt ist noch nicht gekommen.«

Dann schilderte Exel seinem irdischen Freund, welchen Inhalt die Nachricht an General Willis haben sollte, verabschiedete sich mit einem Handkuss von Gina und verschwand im Dunkel des Treppenhauses.

Endlich allein! dachte Jeff und entspannte sich. Aber als er die Eingangstür hinter dem entschwundenen Gast schloss, durchfuhr ihn der Gedanke wie ein Blitz!

Es gab gar keinen Supermarkt um die Ecke!

20

Der Präsident saß mit aufgestützten Ellenbogen am Schreibtisch und hielt seinen Kopf zwischen beiden Händen. Entsetzt starrte er auf das Foto und die fette Schlagzeile, die die Titelseite einer der meist gelesenen Zeitungen Amerikas zierten:

AUSSENMINISTER TRÄUMT
VON SEXABENTEUER MIT KANZLERFRAU

Unter der Schlagzeile lächelte ihm auf einem Schwarzweißfoto sein eigenes Gesicht entgegen, das neben dem amerikanischen Außenminister, dem besagten Kanzler und dessen Gattin versuchte, den Fotografen seine beste Seite zu zeigen. In dem Artikel wurde bis ins kleinste Detail die E-Mail seines Außenministers an einen ehemaligen Studienkollegen, nichts weniger als den momentanen Innenminister, wiedergegeben. Sie war die verfänglichste einer Reihe von E-Mails, die am vergangenen Tag auf der meistbesuchten Webseite des Internets veröffentlicht worden waren. Es handelte sich um Nachrichten, die auf dem Server der Regierung geschrieben und innerhalb seines Stabes versandt worden waren. Wie konnten diese Informationen an die Öffentlichkeit gelangen? Eigentlich gab es nur zwei Möglichkeiten. Entweder war es jemand aus den eigenen Reihen gewesen, der aus rein persönlichen Gründen den Minister bloßstellen wollte, oder sie hatten es mit einem genialen Hacker zu tun. Die erste Variante war zwar nicht angenehm, konnte aber der Regierung keinen allzu großen Schaden zufügen. War die Person erst einmal identifiziert, konnte jegliche nationale und internationale Kritik auf dieses Individuum abgewälzt werden. Das war zwar alles andere als eine gute Wahlwerbung für ihn und das Team seiner regierenden Partei, aber nach einer begrenzten Anzahl von Artikeln und Talkshows würde die Sache recht schnell in Vergessenheit geraten. Zunächst einige entschuldigende Worte an die Presse, um die diplomatischen Beziehungen wieder auf ein gutes Niveau zu bringen, zwei drei Wochen später eine Einladung des Herrn Kanzlers und seiner Frau Gemahlin im Weißen Haus, und dann konnte die Angelegenheit langsam zu den Akten gelegt werden.

Was aber, wenn diese höchst geheimen Daten nicht durch ein Regierungs-
mitglied, sondern durch einen dieser genialen Computerexperten ins Netz
gesetzt worden waren? Das wäre eine Katastrophe! Dann würde es sich nicht
um einen persönlichen Racheakt, sondern um die bewusste Veröffentlichung
geheimer Dokumente zur Bloßlegung der Regierung und zur Gefährdung der
diplomatischen Beziehungen handeln. Wie viele weitere Veröffentlichungen
würden noch folgen? Das Ausmaß des politischen Schadens wäre unermesslich!

Ein Piepsen riss den Präsidenten aus seinen apokalyptischen Szenarium.

»Sir, die beiden Herren sind eingetroffen!«, meldete seine Sekretärin durch
die Sprechanlage.

Er hatte die Leiter der beiden größten Sicherheitsbehörden zu sich beordert,
den Direktor des National Cyber Security Center NCSC im US-Heimatschutz-
ministerium und den Leiter des Geheimdienstes National Security Agency
NSA.

Ein paar Sekunden später öffnete sich die Tür und die Herren Brown und
Nilson näherten sich mit betretenen Gesichtern dem Schreibtisch des Präsidenten.

»Meine Herren, Sie haben sicher die letzten Schlagzeilen gelesen? Wie
ist das möglich? Das ist eine Katastrophe!«, begann der Präsident die Be-
sprechung.»Herr Präsident, es ist uns völlig unklar, wie es zu dem Datenraub
kommen konnte«, begann Brown, der Chef des NCSC.»Unsere IT-Spezialisten
und Forensiker haben sofort versucht, die IP Adresse des Absenders zu identifizieren, aber dies war trotz unserer Spezialisten und deren hervorragender
technologischen Kenntnisse nicht möglich. Unser Netzwerk ist durch höchste
Sicherheitsvorrichtungen geschützt! Das kann Ihnen mein Kollege Nilson
ebenfalls bestätigen«, wobei er fast hilfesuchend auf den zwar größeren, aber
ein paar Jahr jüngeren Mann deutete. »Daher ist es eigentlich undenkbar, dass
ein Externer diesen Schutzschild durchbricht, ohne entdeckt zu werden!«,
entschuldigte sich Brown.

»*Eigentlich undenkbar*! Sehr interessant! Aber was Sie *eigentlich undenkbar* nennen, ist eingetreten und zu einer beängstigenden Realität geworden«,
schlug der Präsident zurück. »Sie können sich sicher vorstellen, welche Auswirkungen diese Geschichte haben wird … auch auf Ihre Karriere!«

Nun nahm Nilson die Verteidigung der Sicherheitsbehörden und gleichzeitig seiner eigenen Person auf.

»Wir haben alle Sicherheitseinstellungen erneut überprüft. Es ist nicht möglich, dass sich jemand von außen ins Netzwerk eingeloggt hat. Momentan werden alle E-Mail Accounts der einzelnen Nutzer überprüft, um den Nachrichtenfluss der letzten Tage noch einmal Minute für Minute nachzuvollziehen. Falls es jemand aus den eigenen Reihen war, werden wir ihn finden, das verspreche ich Ihnen, Sir. Kollege Brown hat seine Leute bereits angesetzt, alle Heimcomputer der Regierungsmitglieder zu untersuchen, da die besagten E-Mails zunächst vom zentralen Server auf einen externen Computer heruntergeladen und dann von einer für uns nicht identifizierbaren IP Adresse im Internet veröffentlicht wurden. Alle User, die eine Freischaltung besitzen, um von zu Hause auf den Hauptserver zuzugreifen, arbeiten mit dem gleichen Softwareprogramm. Wir werden dieses Programm einfach in umgekehrter Richtung nutzen, das heißt, wir werden vom zentralen Server aus die einzelnen Heimcomputer hacken und überprüfen.«

Der Präsident stand auf und ging in Gedanken vertieft in seinem Büro auf und ab.

»Das bleibt natürlich unter uns!«, verkündete der Präsident nach einer langen Pause. »Verpflichten Sie Ihre Leute schriftlich zur absoluten Geheimhaltung. Ich möchte nicht, dass irgendjemand erfährt, dass wir die Heimcomputer der einzelnen Minister hacken. Das wäre die nächste Katastrophe! Haben Sie das verstanden, meine Herren, absolutes Stillschweigen und Sie berichten nur an mich, ausschließlich an mich! Ist das klar?«

Brown und Nilson nickten.

»Verstanden, Sir!«

»Dann lassen Sie uns jetzt weiterarbeiten! Ich verlasse mich auf Sie. Wir müssen den Schuldigen unbedingt finden und zwar so bald wie möglich. Ich werde gleich versuchen, den Kanzler telefonisch zu erreichen, und mich für die Aussage unseres Außenministers entschuldigen. Ich kann nur hoffen, dass er es eher als ein Kompliment für seine First Lady als eine öffentliche Beleidigung ansieht. Und dann schicken Sie mir den Außenminister persönlich vorbei. Mit dem habe ich ein paar ernste Worte unter vier Augen zu besprechen!«

Die beiden Sicherheitsbeauftragten verabschiedeten sich und verließen eilig das Büro.

»Carol!«, sagte der Präsident durch die Sprechanlage, »Bitte verbinde mich so schnell wie möglich mit dem Kanzler. Falls er sein Handy ausgeschaltet hat, versuch es über seine Sekretärin. Die weiß sicher am ehesten, wo er gerade zu erreichen ist! Das kennst Du ja, meine Liebe!«, fügte er mit einem süffisanten Lächeln hinzu.

Dann zündete er sich eine Zigarre an und wartete auf den Anruf. Glück gehabt! Sicher wurde sein Heimcomputer gerade in diesem Moment durchstöbert. Wie es der Zufall so wollte, hatte er im letzten Monat die glorreiche Idee gehabt, seine gesamten Pornofilme auf ein externes Speichermedium zu verschieben, so dass im Zuge der Untersuchung nur einige Urlaubsbilder und seine persönliche Post auf der Festplatte gefunden werden konnten. Beruhigt lehnte er sich in seinen Stuhl zurück und nahm einen weiteren Zug an der Zigarre. Dann klingelte auch schon das Telefon.

21

»Das geschieht im Recht, diesem miesen geldgierigen kleinen Bastard«, zischte Tylo und las weiter. »Phantastisch, seht euch das an!«

Tylo saß in der Halle, in dem das Raumschiff den letzten Feinschliff für die bevorstehende Abreise erhielt. Er las im Internet die Nachrichten des Tages und sein graues Gesicht erstrahlte in einem breiten Lächeln. Der Inhalt des Textes, den er auf dem Monitor von oben nach unten scrollte, übertraf seine schlimmsten Rachegedanken.

»Seht nur, ich kann es kaum glauben! Da hat ihn jemand richtig in die Pfanne gehauen, diesen widerlichen überheblichen Adams! Wie ich das genieße! Ihr habt ja keine Vorstellung!«

Die fünf Grauen, die an den verschiedensten Teilen des Raumschiffes tätig waren, unterbrachen ihre Arbeit und näherten sich neugierig dem Computer, an dem Tylo, wie immer mit einer Zigarre zwischen den Fingern, auf den Monitor sah und mit lauter Stimme zu lesen begann:

BURT ADAMS IN DROGEN- UND STEUERSKANDAL VERWICKELT!
BASIC VOR DEM RUIN!

Der Geschäftsführer der Firma BASIC wurde überführt, im vergangenen Jahr Steuern in Höhe von 300 Millionen US Dollar hinterzogen zu haben. Bilder einer Überwachungskamera, die von Unbekannten ins Netz gesetzt wurden, zeigen den Industriellen während einer Drogenparty in der Villa eines berühmten Hollywoodstars. Die Polizei konnte während der Hausdurchsuchung auf seinem Anwesen in Beverly Hills mehrere Kilo Kokain sicherstellen. Die Untersuchungen laufen. Die Autoren dieser unglaublichen Aufdeckung bleiben weiterhin unbekannt. Es wurden keinerlei Zuordnungsadressen im Internet gefunden. Aufgrund der Veröffentlichung stürzen die Aktien des Unternehmens BASIC im freien Fall. Seit Börsenstart hat die Aktie bereits 54% ihres Wertes verloren. Die Firma BASIC steht vor dem Konkurs!

Tylo lehnte sich zufrieden in seinen Sessel zurück.

»Na, was sagt ihr? Hat er das nicht wirklich verdient?«

Die anderen stimmten zu und freuten sich wie ihr Anführer über die Aufdeckungen. Die gerechte Strafe für das gierige und überhebliche Verhalten von Burt Adams! Darüber waren sich alle einig. Kaly und Maya lachten verschmitzt und amüsierten sich über die absehbaren Folgen ihrer gestrigen Manipulation.

Während sich die Grauen lebhaft diskutierend ihrer Arbeit zuwandten, las Syro die Nachricht ein zweites Mal durch: … *von Unbekannten …. keinerlei Zuordnungsadressen im Internet …*? Wie war das möglich? Jeglicher Online Zugriff auf die Internetseite durch Außenstehende sollte für ein forensisches Team nachvollziehbar sein, falls es sich bei den Urhebern nicht um die genialsten Hacker dieses Planeten handelte. Aber welchen Grund sollten irgendwelche Hacker haben, Burt Adams in der Öffentlichkeit bloßzustellen? Ja sogar seine Existenz zu ruinieren? Syro hatte eine andere Befürchtung und die Vorstellung gefiel ihm ganz und gar nicht!

Sein Blick wanderte vom Monitor in die Halle, konnte aber das gewünschte Ziel nicht finden. So verließ er die Kommandozentrale und inspizierte die einzelnen Wohnräume, jedoch ohne Erfolg. Als er die Küche betrat, drangen entfernte Geräusche an sein Ohr. Er blieb stehen, lauschte konzentriert und orientierte sich. Die Geräusche kamen aus dem Aufenthaltsraum. Er verließ die Küche, schlich auf die Tür am Ende des langen Gangs zu und verharrte einen Moment. Die vorher noch wagen Geräusche waren nun exakt identifizierbar. Es handelte sich um das unterdrückte Gelächter zweier Grauer. Er legte lautlos die Hand auf die Türklinke und öffnete sie ruckartig. Die beiden jüngsten der Gruppe, Kaly und Maya saßen vor dem Computer und krümmten sich vor Lachen. Endlich hatte er gefunden, was er suchte!

Als Syro eintrat, erstarb das Lachen im Bruchteil einer Sekunde und Kaly versuchte blitzschnell, die Webseite zu schließen, die gerade auf dem Monitor geöffnet war. Aber Syro war schneller und blockierte die Hand des jungen Grauen.

»Das hab ich mir doch gedacht! Wer anders sollte sich schon eine solche Dummheit ausdenken! *Unbekannte … keine Zuordnungsadresse!* Das könnt nur ihr gewesen sein. Ist euch eigentlich bewusst, dass ihr unser gesamtes Projekt durch diesen Spitzbubenstreich in Gefahr bringt? Wie konntet ihr nur unser Hypernetz für diesen dummen Scherz verwenden?«, fragte der Älteste der Graue aufgebracht. »Da brauch nur jemand, der im Fall Burt Adams ermittelt, misstrauisch zu werden und Nachforschungen anzustellen. Man würde zwar in diesem Fall nichts finden, aber wenn die Menschen erst einmal auf etwas Unerklärliches aufmerksam werden, dann lassen sie nicht mehr locker. Und wenn dann noch jemand auf die Idee kommt, die CIA einzuspannen, dann können wir unsere Abreise endgültig vergessen. Seid ihr denn von allen guten Geistern verlassen?«

Syro stockte kurz. Schon wieder eine Redensart der Menschen! Na ja, nach über sechzig Jahren war dies eigentlich kein Wunder! Sechzig Jahre! Und nun setzten die beiden unbesonnenen Jugendlichen wegen eines Schabernacks alles aufs Spiel! Er wollte es einfach nicht glauben!

»Syro, bitte verrate uns nicht«, flehte Maya und schaute den alten Grauen reumütig an. »Wir waren einfach wütend auf diesen geldgierigen Industriellen, durch dessen Schuld sich unser Abflug erneut verzögert. Das musst du doch verstehen. Du willst doch auch weg von diesem Planeten, oder?«

»Natürlich will ich von hier weg«, schrie Syro die beiden an, »aber nun erklärt mir bitte, inwiefern die Beschuldigungen gegen Adams unseren Abflug beschleunigen sollten? Vielleicht ist mir etwas entgangen, vielleicht habe ich irgendetwas nicht richtig verstanden! Könntet ihr es mir also erläutern? Wozu soll die ganze Sache dienen?« Er hielt einen Moment inne. »Ich höre keine Antwort«, fuhr er aufgebracht fort. »Dann gebe ich euch die Antwort. Sie dient zu nichts, zu absolut nichts!«

Die beiden Jugendlichen standen mit gesenkten Köpfen vor dem Gruppenältesten.

»Aber verdient hat er es!«, erwiderte Kaly trotzig. »Hätte er sich mit dem vielen Geld zufrieden gegeben, das wir ihm angeboten haben, könnte er in aller Ruhe weiter auf seinen Partys Kokain schnupfen und das Finanzamt in den nächsten zwanzig Jahren um horrende Summen betrügen. Aber nein, er musste uns einen Strich durch die Rechnung ziehen, nur weil er den Hals nicht voll kriegen konnte!«

»Das ist kein Grund, unser Projekt in Gefahr zu bringen«, setzte Syro entgegen. »Außerdem könnte ich wetten, dass ihr es einzig und allein wegen des Spaßfaktors gemacht habt und nicht der Gerechtigkeit wegen. Ihr hattet Langeweile und wolltet mal wieder etwas zum Lachen haben … und das ist euch ja gelungen, wie ich sehe! Geht jetzt sofort zurück an die Arbeit und untersteht euch, noch einmal unser übergeordnetes Netz für solche Kindereien zu benutzen, sonst könnt ihr was erleben!«

Dann drehte er sich um und verließ den Raum. Maya und Kaly liefen eingeschüchtert hinter ihm her.

»Du wirst uns aber nicht bei Tylo verpetzen!«, rief Maya dem alten Grauen flehend hinterher. »Bitte Syro, sag ihm nichts, bitte, versprich uns das!«

Syro blieb stehen und schaute die beiden mit ernster Miene an.

»Aber nur, wenn ihr mir versprecht, dass dies die allerletzte Dummheit war, die ihr auf der Erde begangen habt. Ihr seid doch wirklich alt genug, um euch der Auswirkungen gewisser Handlungen bewusst zu sein. Wenn Tylo sich nicht selbst einen Reim auf die Sache macht, dann werde ich ihn nicht darauf hinweisen«, sagte der Älteste der Grauen. »Zufrieden, ihr beide? Und nun ab an die Arbeit!«

»Danke Syro!«

Und schon rannten sie, der Strafe glimpflich entkommen, unbeschwert und lachend von dannen.

22

Inspector Lucas hatte etwas früher Schluss gemacht. Gina war mit einer Freundin unterwegs und wollte erst spät nachhause kommen, und so erwartete ihn heute – im Gegensatz zum gestrigen lukullischen Abendessen – leider nur die altbewährte Tiefkühlpizza. Was konnte es Schöneres geben, als einen anstrengenden und erfolglosen Tag mit einer Tiefkühlpizza zu beenden? dachte er mit einem gewissen Sarkasmus. Er hatte nicht einmal die Zeit gefunden, Exels Bitte nachzukommen und Ginas Freunde zu besuchen.

Bei diesem Gedanken erinnerte er sich an die allgemeine Aufregung über die Schlagzeilen im Internet heute und ein Lächeln huschte über sein Gesicht. Diese Hacker! Unglaublich, was im Netz veröffentlicht worden war. Ganz Amerika war geschockt. Es musste sich um extrem fähige Computercracker handeln. Ginas Freunde? Verrückt genug wären sie für eine solche Aktion, davon war er überzeugt. Morgen würde er sie darauf ansprechen.

Lucas stieg die letzten Stufen zum Apartment hinauf und suchte seinen Schlüssel in der Tasche. Dann öffnete er die Tür, zog im Halbdunkel seine Jacke aus und drückte auf den Lichtschalter. Als er sich umdrehte, blieb er wie versteinert stehen. Zwei unbekannte Männer standen mit gezückten Pistolen mitten im Zimmer. Instinktiv wollte seine rechte Hand zum Colt im Halfter greifen, hielt aber sofort inne. Für einen Selbstmord war er noch zu jung und so ließ er die Hand in entspannter Haltung wieder sachte neben sein Bein gleiten.

»Hallo Inspector, wenn Sie die Ruhe bewahren, werden wir die dicksten Freunde, das verspreche ich Ihnen!«, sagte einer der beiden Männer, die mit ihren schwarzen Anzügen, den strahlend weißen Hemden, ihren Sonnenbrillen und schwarzen Hüten, gepflegt und makellos bis ins letzte Detail, dem Film *Men in Black* entsprungen zu sein schienen.

»Wir möchten Sie um einen Gefallen bitten!«, fuhr der zweite Besucher fort.

»Aber gerne …«, antwortete Lucas mir gespielter Gelassenheit, während seine grauen Zellen auf Hochtouren arbeiteten, »… wo wir doch schon fast Freunde sind.«

Welche Möglichkeiten standen ihm zur Verfügung? Praktisch keine! Er musste die Eindringlinge überraschen, einen Moment ablenken, um die Kontrolle über die Situation zurückzugewinnen. Aber wie? Oder womit? Dann kam ihm erneut die Pizza in den Sinn, die im Kühlfach auf ihn wartete. Vielleicht war sie doch nicht so übel am Ende dieses Tages!

»Hört zu, ich tu euch gerne jeden Gefallen der Welt, aber lasst mich zuerst etwas in den Magen schieben. Ich habe seit heute Morgen nichts mehr gegessen und langsam verweigert mein Gehirn jegliche Art der Zusammenarbeit. Im Gefrierfach liegen zwei Familienpizzas *Quattro stagioni*. Was haltet ihr davon, wenn ihr mir beim Essen Gesellschaft leistet?«

Langsam, ohne eine falsche Bewegung zu machen, ging er auf den Kühlschrank zu.

»Keine Spielereien, Inspector!«, warnte einer der beiden Eindringlinge.

»Keine Angst, ich bin hungrig, nicht lebensmüde«, scherzte Jeff und öffnete in Zeitlupentempo das obere Gefrierfach.

»Ah, da sind sie ja! Wie schon gesagt, ich lade euch gerne ein, das macht gar keine Umstände«, fuhr Lucas fort und umfasste immer noch bedächtig mit jeder Hand eine der tiefgefrorenen Pizzas. Dann erfolgte der Tempowechsel! Jeff drehte sich blitzschnell um und schleuderte die beiden Pizzas mit voller Wucht Richtung Angreifer. »Bedient euch!«

Die beiden Schachteln sausten wie fliegende Untertassen durch die Luft und trafen die beiden *Men in Black* mitten ins Gesicht. Während der Inspector sich auf den Boden warf und nach einer eleganten Rolle seitwärts erneut zum Stehen kam, schwankten die Getroffenen, versuchten vergebens das Gleichgewicht wiederzufinden und fielen schließlich rücklings auf den Boden. Beim Aufprall verloren sie ihre Sonnenbrillen und, was der Inspector erhofft hatte, die beiden Pistolen. Ohne seine Angreifer auch nur eine Sekunde aus den Augen zu verlieren, stieß er die beiden Waffen mit dem Fuß außer Reichweite. Rollenwechsel gelungen! Diesmal hatte *er* die Pistole im Anschlag und hielt die beiden Eindringlinge in Schach.

»So, und nun zu euch! CIA, FBI, MIB?«

Die Männer auf dem Boden tasteten stöhnend nach ihren langsam anschwellenden Nasen und kamen wieder auf die Beine.

»Schon gut, Jeff Lucas! Vielleicht haben wir uns nicht auf die netteste Art und Weise vorgestellt, aber wir haben wirklich nichts gegen dich. Wir müssen dich nur irgendwie überzeugen, uns zu begleiten«, sagte der ältere der beiden Eindringlinge.

»So ist es!«, fuhr der Jüngere fort. »Es gibt da jemanden, der das unwiderstehliche Bedürfnis hat, mit dir zu sprechen. Wir können dir nicht sagen, um wen es sich handelt, aber eines können wir dir versprechen: das Gespräch mit dieser Person wird ein einzigartiges Erlebnis für dich sein!«

»Nein danke!«, winkte Lucas ab. »Da muss ich passen! Einzigartige Erlebnisse hatte ich in den letzten Tagen schon zu viele!«

»Wie du meinst, Inspector. Wir können natürlich auch härtere Maßnahmen ergreifen, Maßnahmen, die überzeugender und eventuell schmerzhafter sein könnten. Die Entscheidung liegt bei dir!«

»Soll das eine Drohung sein?«, fragte Lucas und hob die Pistole etwas höher. »Vielleicht ist euch entgangen, wer momentan die Waffe in der Hand hält. Ich würde etwas vorsichtiger bei der Wahl der Worte sein.«

»Die Pistole hilft dir nicht viel. Wir hatten schon in Betracht gezogen, dass du den Helden spielst«, erklärte der Ältere und fast gleichzeitig klingelte das Handy in seiner Tasche. »Vielleicht hilft dir dieser Anruf bei der Entscheidung!«

Als der Mann in die Jackentasche greifen wollte, blockierte Lucas die Bewegung durch das Entsichern seiner erhobenen Waffe.

»Ganz langsam, mein Freund, ganz ganz langsam! Mach ja keine falsche Bewegung, sonst schieße ich dir eine Kugel durch den Kopf … und zwar ohne eine *Hilfe bei der Entscheidung* zu benötigen!«

»Ruhig Blut, mein Freund, es ist wirklich nur das Handy!«, sagte der Mann besänftigend und zog in Zeitlupe sein klingelndes Smartphone aus der Tasche. Lucas näherte sich mit äußerster Vorsicht, ohne dabei den zweiten Eindringling aus den Augen zu verlieren, riss ihm blitzschnell das klingende Telefon aus der Hand und entfernte sich ein paar Meter. Sobald die Verbindung hergestellt war, traute Jeff seinen Augen und Ohren nicht. Auf dem Display erschien eine gefesselte Gina, die sich verzweifelt an Jeff wandte:

»Jeff, bitte hilf mir! Sie haben gesagt, dass sie mich in Stücke reißen, wenn du nicht sofort den beiden Männern folgst«, schluchzte sie aufgelöst. »Du musst den Männern sofort folgen! Hast du verstanden? Auf der Stelle!«

Dann wurde der Anruf unterbrochen.

»Ihr miesen Schweine!«, schrie Lucas wütend. »Wenn ihr meiner Freundin auch nur ein einziges Haar krümmt, war diese Pizza nur die Vorspeise eines sehr umfangreichen Menüs! Das verspreche ich euch! Und nun los, lasst uns gehen!«

»Endlich sagst du mal was Vernünftiges!«, atmete der Jüngere erleichtert auf. Dann verließen beide mit erhobenen Händen das Apartment, gefolgt von Lucas, der sie weiterhin mit der Pistole im Anschlag, aber mit sehr viel weniger Überzeugung, in Schach hielt.

23

»So kann es mit Willis nicht weitergehen!«, sagte Tylo voller Überzeugung. »Wir stehen kurz vor dem Start des Raumschiffes. Früher oder später wird er aufdecken, dass wir den Termin ohne sein Wissen vorverlegt haben. Das dürfen Sie nicht zulassen, Dexter, auch in Ihrem Interesse. Sie müssen etwas unternehmen!«

Tylo, Paul und Dexter saßen im Aufenthaltsraum und diskutierten bei einer Tasse Kaffee über die nächsten Schritte, die unternommen werden mussten. Der Graue rauchte wie immer eine dicke Zigarre, deren Rauch den gesamten Raum erfüllte. Dies stimmte weder Dexter noch Paul sehr glücklich, aber Tylo war nicht nur der Wortführer der Grauen, sondern ebenfalls am rechthaberischsten und so brachte keiner der beiden den Mut auf, ihn deswegen zurechtzuweisen.

Der gestrige Besuch von Willis in der Kommandozentrale hatte alle in Alarmstufe versetzt, denn er war der eindeutige Beweis, dass der General misstrauisch geworden war und zwar misstrauischer, als es ihnen in der Endphase des Projektes lieb war.

»Sie haben recht, Tylo, ich war gestern ebenfalls überrascht!«, antwortete Lieutenant Dexter und nippte an seiner Tasse. »Ich hatte Willis bewusst über das Eintreffen der drei Besucher aus der Klinik Salus informiert, damit er auf keinen Fall Verdacht schöpft. Wer konnte schon ahnen, dass Matthew ihm die Fernsehübertragung zeigt. Willis schaut tagsüber nie Fernsehen!«, fügte er mit düsterer Miene hinzu.

»Auf alle Fälle hat er gestern offenkundig sein Misstrauen und seinen bis jetzt niemals ausgesprochenen Verdacht, hintergangen zu werden, zum Ausdruck gebracht«, sagte Tylo und seine bereits runzlige Stirn legte sich noch mehr in Falten. »Wir müssen vorsichtiger sein! Genau das hat uns Willis gestern zu verstehen gegeben. Er hat sich nicht versteckt, nein, er hat seine Bedenken in unmissverständliche Worte gefasst und uns durch seine unangenehmen Fragen eine klare Botschaft gesendet. Das erste Mal in den letzten zehn Jahren!«

»So ist es Tylo! Er stellt eine Gefahr für uns dar. Der Start eures Raumschiffes ist die bedingungslose Voraussetzung für jede weitere Phase des Projektes.

Ohne eure Rückkehr ins All, wird der Plan des Satanen nicht aufgehen. Dank eurer Technologien, dank des Hypernetzes und der guten Beziehungen des Satanen zu Bankern, Politikern und Angehörigen der Streitkräfte auf der ganzen Welt haben wir zwar eine mächtige und handlungsfähige Organisation aufgebaut, wir benötigen jedoch unbedingt die Unterstützung eurer Rasse aus dem Weltraum, um unser Vorhaben erfolgreich zu beenden.«

Tylo lehnte sich bei den Worten Dexters zufrieden zurück und blies eine weitere Rauchschwade gegen die Decke.

»Daher müssen wir sicherstellen, dass sich unser Abflug ins All nicht erneut verzögert«, stimmte der Graue zu. »Willis ist ein allzu großer Risikofaktor. Wir müssen etwas unternehmen und ich denke, uns bleibt nur eine einzige Möglichkeit!«

»Mord?«, fragte Paul entsetzt und sah die beiden ungläubig an.

»Aber nein, Paul«, entgegnete Tylo und seine Mundwinkel verzogen sich zu einem heimtückischen Grinsen.

»Wer wird denn gleich von Mord sprechen!« Dann drehte er den Kopf zu Dexter und sah ihn verschwörerisch an. »Ein tragischer Unfall hört sich doch viel besser an. Denken Sie nicht auch, Dexter?«

Der Lieutenant und der Anführer der Grauen sahen sich in vertrautem Einvernehmen an. Die Gedanken der beiden lagen fast immer auf der gleichen Wellenlänge, so dass sie sich auch ohne viele Worte verstanden. Sie schienen wie eineiige Zwillinge zu sein, natürlich nur was ihre Psyche und nicht ihre äußere Erscheinung anging. Jede ihrer Überlegungen entsprang einem schlechten, niederträchtigen Gedanken. Immer spielte das Böse eine ausschlaggebende Rolle in ihren Plänen und den daraus folgenden Aktionen. Obwohl sie völlig verschiedenen Rassen angehörten, hätten sie sich geistig nicht näher stehen können.

Das Klingeln eines Telefons unterbrach die angespannte Atmosphäre, die sich während des Gespräches aufgebaut hatte. Dexter zog sein Handy aus der Jackentasche und nahm den Anruf entgegen.

»Dexter!«

Fast zeitgleich nahm das Gesicht des Militärs einen feierlichen, fast andächtigen Ausdruck an.

»Ja, Sie haben recht, wir hatten gerade ähnliche Dinge in Betracht gezogen.« Tylo und Paul hatten Dexters Reaktion auf die Stimme am anderen Ende der Leitung beobachtet und ahnten, mit wem er sich gerade unterhielt.

Dexter schien durch die Worte seines Gesprächspartners in eine Art Trance gefallen zu sein. Er lauschte der tiefen, eindringlichen Stimme, die ihn stets auf die gleiche Weise gefangen hielt. Sie war böse und hypnotisierend, zugleich verführerisch und einfühlsam. Eine Stimme, die ihn in wohliger Sicherheit wiegte, eine Stimme, der er sich bedingungslos ausgesetzt fühlte.

»Dexter«, hauchte die Stimme, »Dexter, Sie werden mich nicht enttäuschen, nicht wahr? Sie wissen, dass das Raumschiff rechtzeitig starten muss. Wir haben es fast geschafft! Bald werden Sie die Macht an sich reißen und nicht nur diesem Stützpunkt voranstehen, sondern mit unseren Freunden die Welt regieren. Die Grauen werden sich nach der Rückkehr in ihre Heimat erkenntlich erweisen und Sie bei dem Vorhaben unterstützen. Sie wissen, was auf dem Spiel steht!«

»Ja ich weiß«, antwortete Dexter automatisch, ohne den wahren Sinn seiner Worte wirklich zu verstehen. Er spürte die Macht, die von dieser Stimme ausging, die Macht, durch die er bald zu den wichtigsten und mächtigsten Männern des Erdballs zählen würde. Niemand konnte ihn daran hindern, weder die Marines noch der liebe Willis. Nicht einmal der Präsident persönlich! Mit einem Helfer wie dem Anrufer an seiner Seite konnte ihn niemand aufhalten. Er fühlte sich stark, er fühlte sich mächtig, er fühlte sich unbesiegbar.

Die Stimme, die durch das Telefon zu ihm drang, sprach weiter.

»Sie müssen in den nächsten Tagen noch vorsichtiger sein, noch wachsamer, Dexter. Willis ist ein ebenbürtiger Gegner, den Sie besiegen werden. Auf welche Art und Weise überlasse ich Ihnen. Aber nun hat sich noch ein weiterer Widersacher hinzu gesellt, der alles daran setzen wird, den Abflug des Raumschiffes zu verhindern und unser Projekt zunichte zu machen. Bei ihm handelt es sich leider nicht um einen simplen General. Bei ihm handelt es sich um etwas Besonderes, um etwas Gefährliches, gefährlich sogar für mich!«

Dexters Hochstimmung verflog bei diesen Worten. Ein Gegenspieler, der sogar seinem Gesprächspartner gefährlich werden konnte? Das klang beunruhigend und nahm ihm das bis jetzt unangetastete Gefühl absoluter Sicherheit.

»Und wo befindet sich dieser gefährliche Gegner, wie können wir ihn aufspüren?«, fragte er irritiert.

»Bis jetzt konnte ich ihn nicht lokalisieren, aber ich weiß, dass er präsent ist. Er hat unser Spiel noch nicht völlig durchschaut, aber er lernt schnell und ist uns auf der Spur. Wir müssen handeln, wir müssen den Abflugtermin vorverlegen, bevor er die Kommandozentrale findet und unseren Plan durchkreuzt. Dexter, Sie kümmern sich um Willis, ich bleibe meinem Gegenspieler auf den Fersen. Es wird nicht leicht sein, er ist eine wahre Herausforderung! Ich melde mich in den nächsten Tagen erneut bei Ihnen. Grüßen Sie die Grauen! Bis bald!«

Und damit war das Gespräch beendet. Dexter steckte nachdenklich sein Handy in die Tasche und blieb regungslos sitzen.

»Was ist los Dexter? Was hat er gesagt? Läuft alles nach Plan?«, fragte Tylo nervös, nachdem er den Wandel in Dexters Gesicht mitverfolgt hatte.

»Es gibt eine neue Gefahr für unser Projekt!«, antwortete der Lieutenant besorgt. »Mehr hat er nicht gesagt. Es ist ein neuer Gegner aufgetaucht und zwar einer, der ihm ebenbürtig sein soll! Das hat er jedenfalls behauptet!«

»Ich hab's gewusst, verdammt noch mal!«, fluchte Tylo und schlug mit einer Hand auf den Tisch. »Ich hab Sie doch vor ein paar Tagen darauf hingewiesen, dass wir einen Flugkörper wahrgenommen haben, der ganz in der Nähe gelandet sein muss. Verflucht! Ich hab Willis und den Präsidenten ausdrücklich gebeten, uns jede Information diesbezüglich weiterzugeben, aber sie hatten keinerlei Hinweise über die Sichtung eines nicht identifizierbaren Flugobjektes. Ich denke nicht, dass sie mir etwas vorgemacht haben, das hätte ich bemerkt. So weit reichen meine sensitiven Fähigkeiten bei euch Menschen. Unser Nachbar vom Planeten Sirius ist also wirklich auf der Erde gelandet! Das verheißt nichts Gutes, wenn man bedenkt, mit wem wir uns verbündet haben. Sataner und Sirianer sind seit ewigen Zeiten Erzfeinde.«

»Und was bedeutet das für uns?«, mischte sich Paul ein. »Müssen wir unseren Plan ändern?«

»Nein!«, stießen Tylo und Dexter fast gleichzeitig aus. Dexter stand auf und begann, unruhig im Zimmer auf und ab zu gehen.

»Wir müssen noch vorsichtiger sein! Tylo, sag deinen Leuten bitte, dass sie jede überflüssige Kommunikation mit der Außenwelt vermeiden sollen. Keine Telefonate, keine E-Mails, keinerlei Kommunikation im Internet oder über das Hypernetz. Wir müssen unsichtbar werden, wir dürfen keinerlei Spuren hinterlassen. Falls ihr unbedingt Nachrichten weitergeben oder austauschen müsst, kommt bitte zu mir.«

Dexter nahm neben Tylo Platz und sah dem Grauen entschlossen in die Augen.

»Und nun zu Willis. Was sollen wir mit ihm machen? Der Satane hat uns absolute Handlungsfreiheit gegeben.«

»Ich hätte da eine Idee!«, sagte Tylo, stand auf und nahm einen weiteren Zug an seiner Zigarre. Er blieb hinter Paul stehen und legte ihm eine Hand auf die Schulter.

»Paul, könntest du so nett sein und uns die Akte über Willis bringen. Sie ist in meinem Büro, in der obersten Schublade des Schreibtisches. Das würde uns sehr helfen.«

»Aber sicher, Tylo, kein Problem, ich bin gleich wieder da.«

Er stand auf und verließ das Zimmer. Kaum hatte sich die Tür hinter ihm geschlossen, fragte Dexter:

»Warum haben Sie ihn hinaus geschickt, Tylo? Er denkt und fühlt doch wie ihr! Er ist in alles eingeweiht! «

»In alles … bis auf seine Entstehung!«, fuhr Tylo fort. »Und da ich gerade auf diesen Punkt zu sprechen komme, wollte ich lieber allein mit Ihnen sein.«

»Über Klone wollen Sie sprechen?«, wunderte sich Dexter.

»Ja, besser gesagt, über den letzten Klon der ersten Serie. Erinnern Sie sich? Einer der verrückten Klone läuft immer noch frei herum. Das sollten wir uns zu Nutze machen! Denken Sie nicht auch?«

Ein hinterlistiges Lächeln breitete sich auf Dexters Gesicht aus.

»Ich verstehe, wir werden den verrückten Klon verwenden, um Willis in einem tragischen Unfall ums Leben kommen zu lassen und den Klon danach ebenfalls aus dem Weg schaffen. Das ist eine phantastische Idee. Kompliment, Tylo!«

»Aber das haben *Sie* sich gerade ausgedacht, Dexter, …«, kommentierte Tylo hinterlistig, »… auch wenn sie meine Gedanken nur in Worte gefasst haben. Wir hatten mal wieder die gleiche Eingebung. Genau so hab ich mir das vorgestellt! Auf diese Weise eliminieren wir Willis und machen gleichzeitig den letzten Klon unschädlich. Wie sagt ihr Menschen: zwei Fliegen mit einer Klappe!«

Man hörte Schritte näher kommen.

»Über die Einzelheiten sprechen wir später, Dexter!«

Dann ging die Tür auch schon auf und Paul trat mit der gewünschten Mappe ins Zimmer.

24

Inspector Lucas saß auf dem Rücksitz eines Chevrolet neben dem jüngeren der beiden *Men in Black*, während der ältere den Wagen durch die Steppe Richtung Süden lenkte. Zwar hielt Jeff weiterhin den Colt in der Hand, aber angesichts der Tatsache, dass Gina in der Gewalt der Entführer war, hatte die Waffe keine große Bedeutung mehr. Vor ihnen tauchte eine verlassene Tankstelle auf. Der Fahrer fuhr rechts ran und hielt vor einer der Tanksäulen.

»Warum halten wir? Hoffentlich nicht, um an dieser verlassenen Zapfsäule Benzin nachzufüllen!«, scherzte Lucas und sah den Fahrer fragend an.

»Keine Angst, Jeff, der Tank ist fast voll, aber du wirst gleich sehen, dass dieses Plätzchen gar nicht so verlassen ist!«

Die drei verließen den Wagen und betraten den ehemaligen Verkaufsraum der Tankstelle, der nicht größer als zwei auf drei Meter war. Außer der Theke stand nur noch eine kleine Kommode in dem holzgetäfelten Zimmer.

»Bleiben Sie stehen, Inspector! Gleich geht's bergab«, sagte der Ältere der beiden lächelnd.

Dann schob er ein lockeres Paneel der Holzverkleidung zur Seite und drückte auf den Knopf, der sich dahinter versteckte. Sofort kam Bewegung in den Fußboden. Lucas schreckte trotz der Warnung zusammen, beruhigte sich aber, als er merkte, dass der Fußboden sanft nach unten glitt. Sie fuhren in einer Art Schacht an zwei Ausgängen vorbei, dann hielt der Aufzug im dritten Untergeschoss. Die Tür öffnete sich und vor ihnen lag ein großes, hell erleuchtetes Büro, in dem sie von einem stattlichen blonden Mann erwartet wurden, der ihnen hinter einem großen Schreibtisch sitzend zulächelte. Irgendwie kamen Jeff die Gesichtszüge des Mannes bekannt vor, aber er konnte sich beim besten Willen nicht erinnern, ob und wo er ihn schon einmal gesehen hatte.

»Hallo Inspector Lucas! Schön, dass Sie gekommen sind«, sagte der Mann und wandte sich dann den beiden Begleitern zu. »Jungs, ihr könnt jetzt gehen. Danke für eure Unterstützung!«

Aber das war gar nicht nach Lucas Geschmack. Er hob die Waffe und schrie gereizt.

»Keiner kann gehen. Keiner verlässt diesen Raum, bevor ich nicht meine Freundin Gina gesund und ohne Fesseln vor mir stehen sehe.«

Stille! Dann ertönte das rhythmische Klappern herannahender Absätze.

»Schrei doch nicht so, ich komme ja schon!«, hörte Lucas eine ihm bekannte weibliche Stimme rufen und dann stolzierte Gina freudig lächelnd ins Zimmer. Ohne Handschellen und jegliche Fessel! Lucas Anspannung löste sich schlagartig und ließ völligem Unverständnis Platz.

»Steck die Pistole wieder ein, sonst kriege ich wirklich noch Angst!«, scherzte Gina und kam auf ihn zu.

»Ja ... aber ... dann geht es dir also gut?«

Jeff ließ den Arm mit der Waffe sinken und nahm gänzlich verblüfft den flüchtigen Kuss entgegen, den Gina ihm auf die Lippen drückte. Die Verblüffung schlug im nächsten Moment in Ärger um, als er sah, dass Gina nach dem Kuss die zwei Männer, die ihn hierher geschleppt hatten, ebenfalls mit einem Lächeln begrüßte.

»Was geht hier eigentlich vor? Du bist weder gefesselt, noch geknebelt und scheinst deine Entführer auch noch gut zu kennen? Was soll das, Gina? Welches Spiel treibt ihr mit mir?«

Seine Stimme war in ständigem Crescendo von einem zögernden Piano zu einem durchdringenden Forte angewachsen, da ihm langsam bewusst wurde, dass man ihn an der Nase herumgeführt hatte.

»Warum zum Teufel habt ihr mich hierher gelotst?«, schrie er erbost in den Raum.

»Nun beruhige dich doch, Jeff! Ich wollte dir endlich meinen Bruder vorstellen und gemeinsam mit ihm unsere Zentrale. Da wir nicht mit Sicherheit wissen, ob wir heimlich überwacht werden, haben wir eine Art Entführung vorgetäuscht, damit du nicht, ohne es zu wollen, in diese Angelegenheit hineingezogen wirst«, erklärte Gina und stellte sich zwischen ihren Bruder und ihren Lebenspartner. »So könntest du aussagen, dass du von dieser unterirdischen Basis nicht den leisesten Schimmer hattest. Was ja auch der Wahrheit entspricht! Ich weiß nicht, wie oft ich versucht habe, dich unserer Organisation näher zu bringen! Das letzte Mal gestern Abend. Aber du bist ja nie auf meine Gespräche eingegangen. Ich habe einfach keine andere Möglichkeit mehr gesehen, dich zu diesem Gespräch zu ...«, sie überlegte kurz, »sagen wir ... zu überreden.«

Dann sah sie ihren Bruder an und deutete mit einem Nicken auf Jeff.

»Darf ich vorstellen: Jeff Lucas, mein Lebenspartner und Inspector der Polizeieinheit Garden City«, verkündete Gina und begleitete ihre Worte mit einer feierlichen Geste der Hand.

»Jeff, das ist mein älterer Bruder Ralph Kidman, Experte in Wirtschaftspolitik und Gründer dieser Organisation«, fuhr sie fort, während sie die gleiche Geste in Richtung ihres Bruders wiederholte.

Deshalb kam ihm der blonde Mann von Anfang an so bekannt vor! Er hatte die gleichen Gesichtszüge wie seine jüngere Schwester.

»Was ist nun das wieder für eine Geschichte?«, seufzte Jeff und sah die beiden Geschwister unschlüssig an. Dann drehte er sich zu einem der Entführer um und fuhr fast verzweifelt fort:

»Was habe ich dir vor kurzem gesagt? Einzigartige Erlebnisse hatte ich bereits zu viele in den letzten Tagen! Und nun? Zwei Men in Black, eine vorgetäuschte Entführung, Bruder und Schwester, ein geheimer unterirdischer Stützpunkt in der Wüste. Nun fehlt nur noch James Bond, dann ist die Szene komplett!« murmelte Jeff Lucas kopfschüttelnd und ließ sich dann kraftlos in einen Sessel fallen.

»Na ja, die Rolle des James Bond solltest du eigentlich übernehmen«, neckte ihn Gina und blieb vor seinem Sessel stehen. »Nun beruhige dich doch! Wir wollten wirklich kein Spiel mit dir treiben, aber wir dachten, es sei der beste Weg, dich über unsere Organisation zu informieren und … über mein wahres Leben!«, beendete Gina den Satz.

»Dein wahres Leben?«, fragte Jeff ungläubig. »Was soll das heißen? Dass ich bis jetzt nur dein falsches Leben kannte?«

»Das Leben, das du bis jetzt nicht kanntest, oder besser gesagt, nicht kennenlernen wolltest!«

»*Dein* falsches Leben, zu dem *ich* ja wohl auch gehöre?«, Jeffs Stimme wurde erneut lauter. »Das ist ja phantastisch! Dann kann ich mich ab sofort einen falschen Achtunddreißiger nennen!«

Jeff stand auf und näherte sich langsam seiner Partnerin, bis sie sich Auge in Auge gegenüberstanden.

»Sag, dass das nicht wahr ist, sag mir bitte, dass ich nicht eineinhalb Jahre an der Nase herumgeführt wurde?«

»Nun hör endlich auf, mich anzuschreien! Setz dich hin und hör mir erst mal zu!«, forderte ihn Gina fast schreiend auf.

»Gina, nun fang nicht auch noch an zu schreien!«, unterbrach sie Ralph und legte ihr seine Hand beschwichtigend auf die Schulter. »Irgendwo kann ich den Inspector verstehen! Dein Plan war wirklich etwas übertrieben!« Und dann an Jeff gewandt: »Wir haben Ihnen wirklich viel zugemutet!«

Jeff schaute Ginas Bruder wütend an, als er aber den ehrlichen und besorgten Ausdruck in den Augen des Mannes erblickte, beruhigte er sich und nahm erneut in seinem Sessel Platz.

»Also gut! Da *ich* nun schon einmal entführt wurde und hier bin, werde ich mir die ganze Geschichte anhören!«, sagte er resignierend und fand sich mit der Situation ab. »Aber eins verspreche ich dir, Gina. Nach der heutigen Überraschung wirst du mir sehr viele Dinge erklären müssen und zwar unter vier Augen!«

Dann lehnte er sich zurück.

»Schießt los!«

Ginas Bruder blieb vor Jeffs Sessel stehen und begann.

»Inspector, Sie haben doch sicher bereits von dem Fall Roswell gehört!«

»Wie sollte ich dies nicht getan haben! Wenn man etwas Zeit mit Ihrer Schwester verbringt, ist es unvermeidbar, dass man von jeder fliegenden Untertasse, die sich jemals unserem Planeten genähert hat, auch das kleinste Detail kennt.«

»Jeff, lass bitte die Sticheleien und hör meinem Bruder zu!«, schimpfte Gina, warf ihm jedoch einen belustigten Blick zu.

Wer kann ihr schon widerstehen, wenn sie dich so ansieht? dachte Jeff.

Ralph Kidman begann mit ruhiger Stimme die Geschehnisse und Hintergründe der Ereignisse von Roswell im Jahr 1947 darzustellen und zeigte Jeff auf dem Monitor seines Laptops einige dokumentarische Aufzeichnungen: die Notlandung des Raumschiffes, die Bergung der Grauen und einige Reportagen über den naheliegenden Militärstützpunkt.

»Die Ergebnisse dieser wissenschaftlichen Forschungen in der Area 51 werden jeden Tag von der gesamten Menschheit verwendet!«, beendete er seine ausführliche Schilderung. »Und jetzt, Schwesterchen, bist du an der Reihe! Das ist dein Spezialgebiet!«

Gina setzte sich seitlich auf den Schreibtisch und hob einen kleinen rechteckigen Gegenstand zwischen Daumen und Zeigefinger in die Höhe.

»Dieser elektronische Chip wurde auf der Grundlage außerirdischer Technologien gebaut. Es war ein gigantischer Schritt in der Entwicklung der digitalen Forschung. Wenn man sich die riesigen elektronischen Schaltkreise ins Gedächtnis ruft, die für die Rechner der ersten Computergenerationen verwendet wurden, wird jedem klar, wie sehr dieses kleine Teil aus Silizium die Welt verändern musste! Und es getan hat! Und es immer noch tut! Ich denke, das leuchtet jedem von uns ein.«

Gina legte den Chip auf den Schreibtisch und stand auf.

»Was nicht alle wissen, ist die Tatsache, dass hinter dieser Erfindung ein ganz präziser Plan steckt, ein Plan, den ich als teuflisch und im gleichen Atemzug als genial bezeichnen würde. Ein Plan, dessen vorgegebenes Ziel in weiter Ferne zu liegen schien, nun aber in nächste Nähe gerückt ist.«

Gina kam auf ihren Partner zu und sah ihn herausfordernd an.

»Jeff, hast du dich jemals gefragt, warum die größten Hersteller von Computern, oder besser gesagt, von CPUs, den *central processing units,* amerikanischer Herkunft sind?«

Jeff schaute Gina konsterniert an.

»Nein, ehrlich gesagt nicht! Darüber habe ich mir noch nie Gedanken gemacht«, erwiderte Jeff und fügte in einem Anflug von Selbstironie hinzu: »Aber du kennst ja meine hervorragenden Kenntnisse im Bereich der digitalen Technologien!«

»Ja, leider!«, kommentierte Gina und klopfte ihm fast mitfühlend auf die Schulter. »Die hast du leider schon allzu oft unter Beweis gestellt, mein Schatz!«

Dann setzte sie sich auf die Armlehne seines Ledersessel und gab die Gesprächsführung wieder an ihren Bruder ab.

»Und so existiert kaum ein Computer, der nicht eine CPU besitzt, die nach amerikanischem Patent gebaut wurde. Wissen Sie, was das bedeutet? In kürzester Zeit wird in jedem Haushalt, in jedem Büro, in jeder öffentlichen Einrichtung ein Personal Computer mit amerikanischem Herzen stehen.«

»Und nun kommen wir zum i-Pünktchen des gesamten Plans!«, fuhr Gina fort und drehte sich mit einem fast triumphierenden Lächeln zu Jeff. »Ein Computer ohne Betriebssystem ist eine Anhäufung elektronischer Regelkreise, und mehr nicht. So entstanden Softwarefirmen, die immer differenziertere Betriebssysteme produzierten und weiterhin neue Upgrades generieren. Heute wird der Großteil aller existierenden Computer mit einem amerikanischen Betriebssystem konfiguriert. Und so schließt sich der Kreis. Man könnte Hardware und Software, bis auf wenige Ausnahmen, als amerikanisches Monopol bezeichnen.«

»Aber diese Entwicklung war doch sehr langwierig«, setzte Jeff kleinlaut entgegen. »Und die Entstehung des Betriebssystem, das heute von der Mehrheit der Anwender benutzt wird, könnte man als einen Glückstreffer bezeichnen, wenn ich mich richtig entsinne.«

»Ja Jeff, ein Glückstreffer! Zumindest wollte man das die Öffentlichkeit glauben lassen«, erwiderte Gina und erhob sich erneut. »Natürlich musste all dies zur Aufrechterhaltung der guten internationalen Beziehungen geheim gehalten und als zufällige Erfindung dargestellt werden. Daher wurden diese *neu entwickelten* Technologien in genau festgesetzten Zeitabständen auf den Markt gebracht, als Ergebnisse eines natürlichen Forschungsprozesses im Bereich der Elektronik. Um nicht die Kontrolle über das Projekt zu verlieren, wandte man sich bei der Realisierung dieser sogenannten *Erfindungen* nicht an etablierte Großkonzerne sondern an Neustarter ohne große Erwartungshaltung. Der Rest ist Teil der Computergeschichte!«

»Du meinst also wirklich, es war kein Zufall?«, fragte der Inspector unsicher.

»Jeff, glaubst du wirklich, dass ein Langhaariger, ein Student und ein paar Elektrotechniker in einer Garage das produzieren konnten, was unsere heutige Welt völlig verändert hat? Noch dazu in kürzester Zeit und ohne einen Cent in der Tasche!«

Die beiden Geschwister standen nun nebeneinander und setzten zum Finale an.

»Bis jetzt handelte es sich zwar um einen gut durchdachten Plan, aber das Meisterstück fehlte noch! Man musste all diese Computer auf irgendeine Art und Weise miteinander in Verbindung setzten, um sie gleichzeitig kontrollieren und manipulieren zu können. Um was es sich dabei handelt, können Sie sich sicherlich vorstellen, Jeff!«, sagte Ralph Kidman. »Auch wenn Sie, wie meine Schwester behauptet, nicht allzu bewandert in diesem Bereich sein sollen!«

»Internet?!«, antwortete Inspector Lucas und schüttelte den Kopf, da ihm die Antwort unwahrscheinlich, aber gleichzeitig völlig einleuchtend erschien.

»Exakt, Inspector! Dank dieses weltweiten Netzwerkes haben gewisse Leute heutzutage die Möglichkeit, auf jeden Computer zuzugreifen, der mit einem amerikanischen Betriebssystem bedient wird und eine Verbindung ins Internet aufgebaut hat. Können Sie sich vorstellen, was das bedeutet, Inspector?«, fragte Ralph und sah Lucas erwartungsvoll an

Jeff ließ sich die Ausführungen kurz durch den Kopf gehen und antwortete mit einer Gegenfrage.

»Der Bedeutung dieser Worte bin ich mir bewusst, aber warum unterrichtet ihr gerade mich über diese Enthüllungen, warum informiert ihr einen einfachen Inspector der Polizei von Garden City über einen eventuellen weltweiten Komplott? Ist das nicht zu viel der Ehre? Wie sollte ich euch helfen? Was sollte ich verändern? Und warum informiert ihr mich erst jetzt über diese interessanten Aufdeckungen, nach so vielen Jahren?« Jeff schüttelte ungläubig den Kopf und entfernte in Gedanken ein Haar vom Ärmel seiner Jacke. »Seit ein paar Tagen scheint jeder, den ich treffe, bemüht zu sein, mir eine noch absurdere und unglaublichere Geschichte zu präsentieren.«

Dann griff er suchend zunächst in die eine und dann in die andere Jackentasche und wurde schließlich fündig.

»Ich brauch jetzt erst mal eine Zigarette! Vielleicht hilft ein bisschen Nikotin, um etwas Ordnung in meinem Kopf zu machen.«

»Steck dir ruhig eine Zigarette an. Du weißt ja, was ich davon halte!«, kritisierte Gina, zog aber gleichzeitig einen Aschenbecher aus der untersten Schublade und stellte ihn auf den Schreibtisch. Dann stand sie auf und ging Richtung Tür.

»Ich mach uns einen Kaffee! Willst du auch einen, Ralph?«

»Ja danke, Gina, gerne!«, antwortete ihr Bruder und wandte sich wieder Jeff zu, der gerade den ersten tiefen Zug an seiner Zigarette nahm.

»Und nun zu Ihrer Frage, warum wir gerade jetzt größtes Interesse an Ihrer Person zeigen.«

Er machte eine kurze Pause und fügte mit einem Lächeln hinzu: »Unter *wir* verstehe ich unsere Organisation, nicht meine liebe Schwester, die natürlich eine ganz andere Motivation hat.«

Dann wurde er wieder ernst und kam zu seiner eigentlichen Bitte.

»Wer hat Ihnen die Information bezüglich der Klinik Salus gegeben? Und erzählen Sie mir bitte nicht, dass es reiner Zufall war. Wir wissen genau, und Sie besser als wir, dass es nicht so ist. Die Klinik muss Teil eines sehr geheimen und wichtigen Projektes gewesen sein. Daher ist es für uns von größter Bedeutung zu erfahren, wer Ihnen diese Information weitergegeben hat. Sie müssen uns helfen!«

Die letzten Worte hatte Ralph mit lauter, fast gebieterischer Stimme ausgesprochen. Er kam mit seiner imposanten Gestalt auf den Inspector zu und blieb, eine Antwort erwartend, direkt vor ihm stehen. Jeff ließ sich nicht aus der Ruhe bringen. Er nahm einen weiteren Zug an seiner Zigarette, blies den Rauch gegen die Decke und lachte kurz auf.

»Wenn das alles ist, was Sie von mir erfahren möchten, Herr Kidman. Nichts leichter als das! Die Information wurde mir von einem Mann gegeben, den man als eine Mischung aus einem Balletttänzer und einem Marwell Helden bezeichnen könnte. Ab und zu stinkt er wie ein verfaulter Fisch, der allzu lange Zeit in einer kräftigen Schwefelmarinade gelegen hat, um kurz darauf phantastisch duftende Speisen auf den Tisch zu zaubern. Manchmal macht es ihm Spaß, sich selbst ans Kreuz zu hängen, dann tanzt er wieder inbrünstig in Schrittfolgen des klassischen Balletts durch den Raum. Ach ja, fast hätte ich es vergessen: er muss mindestens zweitausend Jahr alt sein und seine fixe Idee ist der Teufel, der Satan oder ich weiß nicht, wie Sie das personifizierte Böse nennen möchten.«

Jeff Lucas hatte seine Worte mit aussagekräftigen Gesten begleitet und machte zum Abschluss zwei elegante Sprünge quer durch den Raum. Er kam direkt vor Ralph Kidman zum Stehen und sah ihm provokant in die Augen.

»Na, Herr Kidman, was haben Sie nun vor? Werden Sie uns *beide* ausschalten?«

»Nein, Inspector, auf keinen Fall«, antwortete Ralph Kidman und ging um den Schreibtisch herum. Er stütze sich mit beiden Händen auf der Tischplatte ab, schüttelte mehrere Male den Kopf und lachte auf, als er sich die einzelnen von Jeff geschilderten Szenen noch einmal durch den Kopf gehen ließ.

»Ich denke nicht, dass meine liebe Schwester damit einverstanden wäre. Sie hält große Stücke auf Sie. Wer weiß, vielleicht wegen Ihres ausgeprägten Sinnes für Humor. Balletttänzer, Marwell Held! Das klingt wirklich gut«, sagte Ralph Kidman lachend und setzte sich wieder.

In diesem Moment trug Gina ein Tablett mit drei Tassen duftenden Kaffees ins Zimmer. Ihr Bruder nahm eine Tasse, bedankte sich und trank den ersten Schluck.

»Der Inspector hat eine unglaubliche Phantasie, Gina. Ich kann verstehen, dass du ihn magst!«

Dann nippte er erneut an der Tasse und zwinkerte seiner Schwester zu. Jeff nahm ebenfalls eine Tasse und dankte Gina.

»Sehen Sie, Herr Kidman! Gerade dann, wenn ein Mensch die Wahrheit sagt, wird ihm am wenigsten geglaubt!«

Gina ging auf seine Bemerkung nicht ein, nahm ebenfalls einen Schluck Kaffee und setzte das Gespräch fort, wo sie es kurz zuvor unterbrochen hatte.

»Jeff, wir versuchen seit langer Zeit, diesen Komplott aufzudecken. Und dazu benötigen wir jede nur denkbare Unterstützung. Wir möchten, dass du dich unserer Organisation anschließt. Glaub mir, wir sind wirklich auf der Seite des Guten. Wenn du irgendetwas weißt, was uns weiterhelfen könnte, dann sag es uns bitte!«, bat sie ihren Lebenspartner eindringlich.

Lucas sah die beiden Geschwister an und lachte erneut auf.

»Entschuldigt meine Reaktion, aber in den letzten Tagen begegne ich ausschließlich Personen, die mir einzigartige Geschichten erzählen und dabei beteuern, zu den Guten zu gehören und gegen das Böse zu kämpfen. Am Ende werde ich noch feststellen, dass ich der einzig Böse in der ganzen Geschichte bin. Und was werde ich dann als braver Inspector machen? Ich werde mich selbst eliminieren! Na, was haltet ihr davon?«

Seine Worte verfehlten nicht den gewünschten Effekt. Die Geschwister Kidman brachen in Gelächter aus und die Spannung, die sich während des Gespräches aufgebaut hatte, verflog im gleichen Moment.

»Sie gefallen mir immer besser, Inspector!«, brachte Ralph prustend hervor. »Sie wären wirklich ein humorvoller neuer Helfer!«

»Ja, er besitzt einen ganz speziellen Humor, lieber Bruder, auch wenn er oft sehr dickköpfig, griesgrämig und asozial sein kann!«, fügte Gina mit einem leichten Seitenhieb hinzu.

Aber bevor Jeff antworten konnte, fuhr sie fort:

»Wir haben festgestellt, dass die Urheber dieses Komplottes von irgendjemanden überwacht werden, aber es gelingt uns nicht in Erfahrung zu bringen, von wem. Diese Information ist von größter Bedeutung! Unsere Organisation hatte nicht den geringsten Hinweis über verdächtige Vorgänge in der Klinik Salus, aber da das gesamte Gebäude in die Luft gesprengt wurde, ohne Rücksicht auf Menschenleben, musste es sich um etwas äußerst Wichtiges und Geheimes handeln. Der unbekannte Überwacher wusste dies! Davon sind wir überzeugt!«

Dann trat Gina vor Jeff, legte ihm beide Hände auf die Schultern und sah ihm tief in die Augen.

»Er wusste es und du wusstest es auch, nicht wahr?«

Jeff umfasste die Hände seiner Partnerin und erwiderte ihren Blick.

»Gina, ich werde alles in meiner Macht Stehende tun, um euch bei der Aufdeckung des Komplottes zu helfen. Das verspreche ich euch! Was den seltsamen Unbekannten angeht, so existiert er in der Tat, aber ich kenne ihn zu wenig. Er ist ein Einzelgänger und, wie ihr sicher bereits feststellen konntet, ist er nur schwer ausfindig zu machen. Er scheint ein Typ zu sein, der lieber alleine agiert. Mehr kann ich euch momentan nicht über ihn sagen. Ich habe keinerlei Vorstellung, wo er sich momentan aufhalten könnte, aber von einer Sache bin ich fest überzeugt: dass er sich auch in diesem präzisen Moment um die Angelegenheit kümmert!«

25

»Bist du sicher, dass es eine gute Idee ist, all diese Menschen in unsere Mission einzuweihen?«, fragte Ophelia und sah Exel skeptisch mit ihren großen mandelförmigen Augen an.

»Ja, meine Liebe, ohne die Hilfe einiger vertrauenswürdiger Menschen kann ich das Böse auf der Erde nicht besiegen. Wenn es nur um den Satanen ginge, könnte ich die Sache vielleicht alleine in die Hand nehmen, aber unser lieber Nachbar hat sowohl die Grauen als auch eine Reihe von Menschen in höchst strategischen Positionen zu seinen Mitspielern gemacht.«

Exel stand vor der großen gewölbten Glasscheibe und betrachtete aus dem Inneren des Ufos die ihm vertraute Umgebung des Seegrunds mit seiner Vielfalt an glitzernder Fische. Dann verließ er seinen Aussichtspunkt und nahm auf dem Lieblingsplatz seines irdischen Zuhauses Platz, dem futuristischen weißen Sofa. Das Hologramm seiner Artificial Intelligence in Form des Frauengesichtes schwebte wie immer durch den Raum.

»Was sollten diese primitiven Menschen dir schon anhaben?«, fragte das Hologramm verärgert. »Du könntest sie mit einem einzigen Blick außer Gefecht setzen, wenn du nur wolltest. Warum hältst du dich so zurück? Ich verstehe das einfach nicht!«

Sie kannte die wahren Fähigkeiten ihres Herren und akzeptierte nicht, dass er diese kleinen, unfähigen, fast wehrlosen Geschöpfe um Hilfe bat.

»Ophelia, wir sollen zwar den Satanen von der Erde verbannen, aber wir sollen gleichzeitig die Bewohner dieses Planeten wieder auf die Seite des Guten bringen. Dazu kann man niemanden zwingen. Die Menschen müssen selbst zur Erkenntnis kommen, dass hinterhältiges, gemeines und gewalttätiges Verhalten nur kurzfristig Vorteile bringt, sie auf lange Sicht jedoch ins Unheil stürzt«, erklärte der Außerirdische seinem Bordcomputer. »Aber warum fügen die Menschen ihrem Nächsten überhaupt etwas Böses zu? Ich habe ein bisschen in der Geschichte des Planeten herum gestöbert. Es sind meistens rein persönliche Gründe wie Neid, Gier nach Geld oder Macht und ... Sex. Der spielt wohl auf diesem Erdball eine entscheidende Rolle.«

»Sex? Noch nie gehört!«, sagte Ophelia und begann in ihrem Inneren unter den Billionen von Informationsfetzen nach Erläuterungen über diesen Begriff zu suchen. Die Augen des Computers spiegelten die unterschiedlichsten Gemütsstimmungen wieder, bis sich das stilisierte Gesicht wieder beruhigte und Exel verschämt von der Seite ansah.

»Könnten wir bitte das Thema wechseln!«

»Er ist ja nur einer der Beweggründe«, beruhigte er Ophelia, »aber ein sehr wichtiger, wenn man die Geschichte der Menschheit näher betrachtet. Bis heute spielt der Sex scheinbar in allen Lebensbereichen der Menschen eine bedeutende Rolle, eine leider viel zu bedeutende Rolle.«

Exel setzte sich auf und fuhr fort.

»Grundsätzlich würde ich sagen, dass man auf der Erde zwei Kategorien von Menschen unterscheiden kann: die erste Kategorie setzt ihre Ideologie und ihren Willen mit Anmaßung und Gewalt durch, rücksichtslos und ohne jegliche Toleranz. Die zweite dagegen gewährt ihren Mitmenschen absolute Gedankenfreiheit. Sie hat zwar ihre eigenen Vorstellungen und Grundsätze, akzeptiert jedoch andersartige Denkansätze und gibt diesen die notwendige Entfaltungsmöglichkeit, falls ihr eigener Lebensbereich dadurch nicht eingeschränkt oder negativ beeinflusst wird. Die Grenze zwischen Toleranz oder Akzeptanz und Erdulden, Ertragen oder Erleiden ist oft sehr subtil. Nur ein gesundes Verhältnis zwischen beiden Polen ermöglicht das friedliche Zusammenleben unterschiedlich denkender Menschen und Völker.«

»Ich gehe davon aus, dass die Anhänger des Satanen der ersten Kategorie angehören, nicht wahr?«, warf Ophelia ein.

»Richtig kombiniert, meine Liebe!«, bestätigte Exel. »Sie haben nur ein Ziel vor Augen: die Erde zu beherrschen! Sie wollen Macht besitzen und ausüben, und zwar nicht zum Wohle der Menschheit, sondern einzig und allein ihres eigenen Vorteils willen, ohne Rücksicht auf geistige und moralische Grundsätze. Es muss mir gelingen, diejenigen, die auf unserer Seite stehen, dazu zu bringen, die Menschen auf der Seite des Bösen zum Nachdenken und vielleicht zur Besinnung zu bringen. Nur so werden sie unsere Mission unterstützen, den Leitgedanken unserer Rasse verstehen und gleichzeitig ihrem eigenen Volk den Weg zu Ausgeglichenheit und Zufriedenheit weisen«, erklärte Exel voller Überzeugung.

»Ich dachte, wir sollten den Satanen aufstöbern und von der Erde vertreiben. Aber du hast dir wohl höhere Ziele gesetzt! Du scheinst Vertrauen in diese Erdbewohner zu haben und hohe Erwartungen in sie zu setzen. Hoffentlich nicht allzu hohe!«, bemerkte Ophelia mit einem Hauch von Verachtung.

Exel überhörte die Provokation seines Computers und sprach entschlossen weiter.

»Natürlich ist unser erstes Ziel, das Vorhaben des Teufels und seiner Helfer zunichte zu machen Aber dies werden wir nicht in wenigen Wochen realisieren. Es bedarf geraumer Zeit, eine Organisation aufzulösen, die seit Jahrhunderten unter den Fittichen unseres Nachbarn gewachsen ist und ihre Struktur gefestigt hat«, entgegnete Exel. »Wir werden nichts unversucht lassen, um die Gefolgsmänner des Satanen seinem direkten Einfluss zu entziehen und ihnen die Möglichkeit zur Einsicht zu geben. Aber unser erstes kurzfristiges Ziel ist und bleibt, den Start des Raumschiffes in der Area 51 zu verhindern!«

»Und dies soll dir mit einer Handvoll Menschen ohne jegliche außerordentliche Fähigkeiten gelingen?«, fragte Ophelia skeptisch.

Exel erhob sich, ohne dem Hologramm zu antworten.

»Ich muss mich jetzt ein bisschen bewegen«, sagte er in ernstem Ton und tanzte in einigen Pirouetten ans andere Ende des Raumes.

»Nicht schon wieder, Exel! Bitte verschone mich!«, stöhnte das Hologramm.

»Es hilft mir beim Denken und tut meinem Körper gut. Wie sagten die alten Römer: mens sana in corpore sano!«, fügte er nach einer weiteren Drehung hinzu. Für dich etwas schwierig nachzuvollziehen, meine Liebe!«

Woraufhin Ophelia mit beleidigtem Augenschlag seine nächste Diagonale durchs Zimmer verfolgte.

»Aber nun zurück zu deiner Frage«, sagte Exel nach der letzten Drehung. »Erstens besitzt jeder von ihnen außerordentliche Fähigkeiten und zweitens handelt es sich nicht um eine Handvoll, sondern um eine Truppe von zwei Dutzend! Na ja, nachdem es mir gelungen sein wird, Willis von unserer guten Sache zu überzeugen.«

»Ganze zwei Dutzend, das ist ja phantastisch! Was kann da noch schief gehen?«, stichelte Ophelia weiter.

»Zunächst haben wir da Jeff«, fuhr Exel unbeirrt fort, »der sich als Polizist auf legalem Weg Zugang zu den verborgensten Orten verschaffen und durch gezielte Recherchen die geheimsten Details in Erfahrung bringen kann. Gina stehen als Journalistin alle Türen offen, um nicht ihr Äußeres zu vergessen, das keine unerhebliche Rolle spielt, wenn du dich an die Suche über das Wort Sex erinnerst.«

»Na ja, sie sieht ganz ordentlich aus, aber so umwerfend ist sie nun auch wieder nicht!«, bemerkte Ophelia pikiert und verdrehte leicht die Augen.

»Dann haben wir die drei Hacker«, fuhr Exel unbeeindruckt fort. »Sie besitzen außergewöhnliche Kenntnisse im Bereich der digitalen Netzwerke, der gängigsten und schnellsten Kommunikationssysteme der Menschen. Mit ihrer Hilfe können wir jeden Punkt auf der Erde erreichen, alle Satelliten und sogar von der Erde versandte Raumschiffe und Weltraumstationen.«

»Raumschiffe nennst du diese durch Wasserstoff angetriebenen Sardinenbüchsen, die sich langsam wie Schnecken ein paar tausend Kilometer ins All vortasten!«?, kritisierte Ophelia,

Exel zuckte nur mit den Schultern, um ihr seine Zustimmung in diesem Punkt kundzutun, und setzte seine Aufzählung fort.

»Weiter geht es mit Ginas Bruder, der uns mit seiner kleinen, aber tatkräftigen Organisation in vielen Dingen unterstützen wird. Was er im zivilen Bereich bewegen kann, wird General Willis im militärischen tun. Er weiß zwar noch nichts von seinem Glück, hat jedoch selbst bemerkt, dass hinter seinem Rücken heimliche Dinge geplant werden, und daher mit seinen eigenen Nachforschungen begonnen. Er und seine Mannschaft von Marines werden sich im Kampf gegen das Böse sicher gerne auf unsere Seite schlagen.«

»Wenigstens wird sich dann endlich mal jemand gegen das Böse *schlagen,* was du ja niemals tust. Immer nur diese lächerlichen Sprünge und Hüpfer, um deine Gegner außer Gefecht zu setzen, obwohl du ganz andere Kaliber einsetzen könntest!«

»Meine Liebe, du weißt doch auf welcher Seite wir stehen, oder? Wir vertreten das Gute, wir können nicht mit Gewalt und Anmaßung reagieren, wenn wir diese Vorgehensweise aufs Höchste verurteilen. Sicher, manchmal wäre es der einfachere Weg, aber nicht der überzeugendere«, und fügte Exel hinzu. »Aber nun lass mich noch den letzten Helfer zu meiner Liste hinzufügen: Paul!«

»Wie bitte? Das ist nicht dein Ernst!«, brüskierte sich Ophelia. »Du meinst diesen Toten, diesen Klon vollgepumpt mit dem Gengut der Grauen? Das glaub ich einfach nicht! Solch einem Wesen kannst du unmöglich dein Vertrauen schenken, Exel!«

»Doch Ophelia! Seine Hilfsbereitschaft wird unserer Sache am förderlichsten sein. Er steht in ununterbrochenem, direktem Kontakt zu den Grauen und den menschlichen Drahtziehern des Satanen. Er genießt ihr volles Vertrauen, da sie noch nicht bemerkt haben, dass zwar der Großteil seiner Gehirnzellen mit neuen Daten überspielt wurde, die nicht überschriebenen Bereiche jedoch in einer Art Selbstwiederherstellung die verbliebenen Datenstrukturen erneut zusammenfügen. Ähnlich wie bei einem Softwareprogramm für die Datenrettung, falls du dich jemals mit diesem Thema befasst hast«, erklärte Exel und zwinkerte Ophelia zu. »Falls nicht, würde ich es dir dringend empfehlen. Es könnte irgendwann einmal lebenswichtig für dich sein.«

Ophelia sah ihn betreten an, ging ein paar Sekunden in sich und kehrte nach kurzer Suche mit erleichterter Miene zurück zum Gespräch.

»Dank dir für den Tipp, Exel. Jetzt habe ich eine ungefähre Vorstellung, was in Pauls Gehirn gerade vor sich geht!«

»Paul hatte bereits die ersten Erinnerungsflashs, so dass es hoffentlich nicht allzu schwer sein wird, ihn von der Wahrheit meiner Schilderungen bezüglich seines Ablebens als Mensch und seiner Wiedergeburt als biochemische Neuschaffung zu überzeugen. Er ist in seinem ersten Leben ein guter, toleranter und kluger Mensch gewesen und hat dieses Charaktergut in sein neues Leben mitgenommen. Ich bin sicher, dass er uns nicht an seine Schöpfer verraten wird.«

»Dann hoffen wir, dass du recht behältst, Exel. Eine falsche Einschätzung Paul gegenüber hätte entsetzliche Folgen! Aber bis zum heutigen Tag hat dich dein Gefühl noch nie getäuscht. Hoffen wir, dass es nach Millionen von Jahren in diesem Fall nicht anders sein wird.«

Dann schwebte Ophelia in Richtung Nebenraum.

»Wenn du meine Hilfe nicht mehr benötigst, würde ich mir die Zeit mit ein paar Spielen der Menschen vertreiben.«

»*Du* möchtest freiwillig etwas benutzen, was die Menschen geschaffen haben?«

»Na ja, ab und zu haben sie ganz gute Ideen! Nichts Geniales!« betonte das Hologramm, plauderte aber lebhaft weiter. »In diesem Spiel kann ich in einen von mir gewünschten Körper schlüpfen und ein *anderes* Leben führen! Ich kann endlich einmal etwas *Nicht Gutes* tun, ohne mir gleich eine Predigt von dir anhören zu müssen! Vielleicht teste ich heute auch mal diese Geschichte mit dem Sex aus!«

»Ophelia! Also bitte!«, empörte sich Exel. »Du bist zwar kein eigenständiges Lebewesen, aber dennoch hatte ich gehofft, dir wenigstens die Grundsätze unserer Leitgedanken näher gebracht zu haben. Als meine Mitarbeiterin wirst du mich hoffentlich nicht in aller Öffentlichkeit bloßstellen!«

»Keine Angst, Exel, ich muss ja niemandem sagen, dass ich für dich arbeite«, neckte sie ihn weiter. »Außerdem hab ich die Grundsätze der Sirianer sehr wohl verinnerlicht. Aber hier geht es um ein Spiel und da wirst du mir doch eine kleine Überschreitung zugestehen. Es ist so furchtbar langweilig, immer nur Gutes zu tun! Findest du nicht?«

Exel blieb Ophelia eine Antwort schuldig.

»Na, dann geh und amüsiere dich ein bisschen. Ich werde es auf meine Weise tun!«, sagte Exel und begann, den Raum mit einigen eleganten Schrittfolgen zu durchqueren.

»Tamtara! Tamtaramtata!«

»Das ist das beste Mittel, mich so schnell wie möglich loszuwerden!«, murmelte Ophelia. »Wer soll das schon aushalten?«, und dann verschwand sie im Nebenzimmer und ließ ihren verzückt tanzenden Herrn allein zurück.

26

Wieder stand Jeff vor der Tür in der Epson Road, wieder fand er keine Klingel, um die Bewohner über seine Anwesenheit zu informieren, nur war diesmal im Gegensatz zu seinem ersten Besuch die Tür verschlossen. Er hatte schon mehrere Male geklopft, aber keinerlei Geräusch deutete darauf hin, dass sich einer der drei jungen Männer in der Wohnung befand, geschweige denn, ihm die Tür öffnen wollte. So ging er über den holprigen Weg am Haus entlang zurück zu seinem Auto. Vor dem Haus der Hacker standen drei alte verrostete Fahrräder. Gina hatte ihm irgendwann gesagt, dass ihre drei Freunde kein Auto besaßen, aber wo zum Teufel waren sie dann?

Schon wieder *zum Teufel*! Exel hatte Recht, er nannte ihn allzu oft in letzter Zeit beim Namen!

Er wollte die Hacker erneut um einen Gefallen bitten, oder besser gesagt, Exel hatte ihn gebeten, es für ihn zu tun! Dass diese Hacker händchenhaltend und die Natur bewundernd spazieren gingen, konnte er sich beim besten Willen nicht vorstellen, aber in der Nähe gab es weder einen Supermarkt noch ein Einkaufszentrum, wo sie sich die Zeit vertreiben konnten. Also wo zum Teu …. nicht schon wieder! … steckten sie?

Jeff schaute unentschlossen die Straße hinauf und hinunter. Dann fiel ihm der kleine Platz am Ende der Sackgasse ein. Nach zirka hundert Metern hörte er die ersten unterdrückten Rufe und dann sah er hinter der Biegung den Wendeplatz vor sich liegen. Harry, Hank und Henry liefen mit einen Basketball spielend über den Platz.

»Harry, hier, gib den Ball ab, hier!«, schrie Hank und fuchtelte mit den Armen, während der Angesprochene sich auf Henry konzentrierte, der damit beschäftigt war, seinem Freund während des Dribbelns den Ball abzufangen. Sie spielten eindeutig zwei gegen einen, Hank und Harry gegen Henry.

Gerade als Harry den Ball anhob, um ihn zu Hank hinüber zu spielen, fing Henry ihn geschickt ab, dribbelte kurz und legte den Ball mit einem klassischen Dreischritt gekonnt in den Korb.

»Gewonnen!«, jauchzte Henry und lief die Arme in die Höhe reißend um die niedergeschlagenen Freunde herum.

»Warum hast du nicht vorher abgespielt. Ich stand direkt unter dem Korb!«, schnaubte Hank verärgert.

Sein Partner wollte gerade etwas erwidern, als Jeff dazwischen trat.

»Hallo Jungs, heute mal Sport, wie ich sehe. Ihr habt wohl die Schnauze voll, immer nur stur in eure Monitore zu schauen!«

»Ach, der Herr Inspector in Person«, erwiderte Henry. »Was verschafft uns die Ehre? Sind Sie mal wieder am Ende ihres Lateins, was den Gebrauch des Computers angeht?«

»So könnte man es nennen, Henry! Auch wenn ich behaupte, dieses Latein nie erlernt zu haben. Ich brauch unbedingt eure Hilfe! Diesmal besuche ich euch ohne Ginas Wissen. Und ich wäre euch sehr dankbar, wenn es so bleiben würde. Abgemacht?«

Die drei nickten.

»Worum geht es denn?«, tönte es gleichzeitig aus drei Richtungen.

»Ihr müsst General Willis, dem Leiter der Area 51 über eine geheime Lieferung in den nächsten Tagen informieren.«

Während sie gemeinsam zurück zum Haus gingen, schilderte Jeff den Hackern sein Anliegen. Dann verabschiedete er sich, stieg in seinen Wagen und fuhr davon.

Ein paar Minuten später saßen die drei voller Tatendrang vor einem einzigen großen Monitor. Hank saß in der Mitte und tippte in schnellem Rhythmus auf die Tastatur.

»Ginas Lover hat leicht reden. So als ob das die leichteste Sache der Welt wäre! Der hat vielleicht Vorstellungen!«

»Sagen wir eher, er hat überhaupt keine Vorstellung! Er hat nicht die leiseste Ahnung, was dies IT technisch bedeutet. Also, legen wir los!«, forderte Henry seine Kumpanen auf. »Logge dich erst mal in den Hauptserver ein. Das haben wir doch vor ein paar Tagen geschafft! Nur müssen wir diesmal mit jemandem kommunizieren und nicht einfach nur Informationen einlesen. Das macht das Ganze viel komplizierter. Los Hank, fang an!«

Hanks Finger sausten über die Tastatur. Er folgte der gleichen Prozedur, mit der sie sich vor zwei Tagen Zugriff auf den Server der Area 51 verschafft hatten. Kurze Zeit später öffnete sich die Hauptseite des Servers.

Sie knackten den Zugang zum Exchange Server des Militärstützpunktes und sahen alle Benutzer der elektronischen Post auf dem Monitor aufgelistet.

»Und jetzt?«, fragte Hank und schaute die beiden fragend an.

»Schau mal in Willis E-Mail Account!«, meinte Harry. »Vielleicht finden wir hier eine Möglichkeit.«

Klick und vor ihnen öffnete sich die Outlook Datei von General Willis.

»Schau, da ist ein Unterordner *private E-Mails*!«, sagte Henry und zeigte mit dem Finger auf einen Punkt des Monitor.

Klick und das Unterverzeichnis öffnete sich und zeigte eine lange Reihe eingetroffener Nachrichten aufgelistet, fast alle von der gleichen E-Mail Adresse: anna.willis@hotmail.com.

»Das muss seine Frau sein! Bingo! Hätte nicht gedacht, dass er es uns so einfach macht.«

Hank atmete erleichtert auf. Die Tatsache, dass Willis von der Privatadresse seiner Frau E-Mails empfangen hatte, vereinfachte ihnen die Arbeit.

»Schauen wir mal, welches Thema die Dame momentan beschäftigt.«

Er öffnete einige E-Mails und fand sehr schnell, was er suchte:

Hallo Schatz, die Post ist gerade angekommen. Ben hat leider wieder ein Absage erhalten. Aber wir geben nicht auf und suchen weiter. Sollten alle Stricke reißen, muss er halt doch dein Angebot annehmen und in der Area anfangen, auch wenn dies nicht sein Herzenswunsch ist. Ich wollte Dich nur auf dem Laufenden halten!
Einen angenehmen Tag! Bis heute Abend!
Ciao Anna

»Die E-Mail wurde erst vor ein paar Minuten abgeschickt. Wenn wir Glück haben, sitzt seine Frau noch vor dem Rechner. Der Sohn von Willis sucht wohl gerade einen Job. Henry, schick der Dame gleich eine E-Mail, die sie neugierig macht, natürlich mit dem .exe File im Hintergrund. Lass deine Phantasie spielen! Was hältst du von: *Wir geben jungen Menschen eine Chance* oder *Seriöser Job für Einsteiger* und schreib ein paar Zeilen. Wichtig, dass sie die E-Mail öffnet, damit sich unser Programm automatisch auf ihrem Rechner installiert.«

Henry war zwar nicht sehr beglückt, sah Hank mürrisch an und brummelte etwas vor sich hin, aber nach wenigen Minuten drückte er auf *Senden* und die E-Mail suchte sich ihren Weg.

»Hoffen wir, dass sie auf den Köder anspringt.«

Gespannt saßen die drei vor dem Monitor und warteten auf ein Bestätigungszeichen, das ihnen automatisch das Öffnen der Nachricht signalisierte. Es vergingen etliche Minuten, aber nichts geschah. Die Nervosität stieg.

Hank holte sich einen Kaffee, Henry zündete sich eine Zigarette an, Hanry riss einen Beutel Chips auf und begann den Inhalt in sich hineinzustopfen. Acht Minuten, immer noch nichts! Zehn Minuten, keine Rückmeldung!

»Das wird heute nichts mehr, Jungs. Schauen wir gegen Abend nochmal rein. Ich logge mich jetzt aus dem Server aus, das wird mir zu gefährlich!«

Gerade wollte er die Verbindung unterbrechen, als ein Gong vom Computer ertönte. Alle drei stürzten vor den Monitor, um die Nachricht zu lesen.

»Jaaa! Bingo! Sie hat die E-Mail geöffnet! Jetzt kann es losgehen! Harry, logg dich bitte auf Frau Willis Computer ein. Jetzt schreiben wir dem Herrn General ein paar nette Worte.«

Eine halbe Stunde später kam Willis von einem Routinerundgang in sein Büro zurück. Zunächst warf er einen Blick auf die Dokumente, die während der letzten Stunde auf dem Schreibtisch gelandet waren, dann überprüfte er wie immer die eingegangenen E-Mails. Noch eine Nachricht von Anna! Seltsam! Was war denn heute los? Sonst meldete sie sich höchstens einmal am Tag, und nur dann, wenn es wirklich wichtig war! Ein Doppelklick und er begann zu lesen. Zunächst wurden die beiden vertikalen Furchen zwischen den Augenbrauen etwas tiefer, dann beugte Willis den Oberkörper leicht nach vorne, um näher an den Monitor zu rücken, so als wolle er sicher gehen, dass die Worte, die er vor sich auf dem Bildschirm las, keine Fata Morgana waren. Was sollte das bedeuten? Das war doch keine Mitteilung von Anna, auch wenn allen Anschein nach die E-Mail von Annas Rechner an ihn versandt worden war.

Sehr geehrter Herr Willis,
wir möchten Sie informieren, dass die Firma TECNOS übermorgen gegen Mittag Material in der Area 51 abliefern wird. Das Material dient der endgültigen Fertigstellung des Raumschiffes und wurde Ihnen nicht gemeldet. Man verschweigt Ihnen Dinge. Bitte verhindern Sie die Auslieferung und passen Sie auf sich auf.
Ihre Freunde

Willis stützte beide Ellenbogen auf die Tischplatte, legte sein Kinn auf die in einander gelegten Händen und las die Nachricht ein zweites und drittes Mal. Dann schloss er seinen E-Mail Account und nahm das Telefon in die Hand.

»Matthew, kommen Sie bitte sofort in mein Büro!«

Zwei Minuten später hörte Willis die schnellen Schritte seines engsten Vertrauten im Korridor, dann stand Matthew auch schon vor seinem Schreibtisch und salutierte.

»General!«

»Danke, dass Sie so schnell gekommen sind, Matthew! Ich habe vor ein paar Minuten eine seltsame Nachricht erhalten. Falls der Inhalt der Wahrheit entspricht, haben wir ein Problem! Ein sehr großes Problem!«

27

Wo sollte er noch suchen? Nun fuhr er schon seit zwei Stunden durch diesen Außenbezirk, aber keine Spur von dem Klon. Er war von vornherein der Überzeugung gewesen, dass dies kein guter Plan war, aber leider hatte er von allen Beteiligten am wenigsten zu sagen. Er sollte auf die wage Andeutung zweier alter Leute hin diesen Typ ausfindig machen. Typ war vielleicht zu viel gesagt, zutreffender wäre eigentlich *Wesen*! Wie konnte man jemanden bezeichnen, der in einem toten, aber durch die Wissenschaft zu neuem Leben erweckten Körper steckte. Die Hülle war die eines Toten, das Innere eine Art Neuinstallation: neue Körperflüssigkeit, neue Erinnerungen, neues Leben. Was ging wohl in solch einem Wesen vor, welche Gedanken wanderten durch seinen Kopf, welche Erinnerungen hatte er, welche Empfindungen? Armer Tropf, dachte er, ein Monster wie dieses war wirklich nicht zu beneiden! Aber Gefühle beiseite, er musste ihn finden, und zwar schnell. Nicht nur weil langsam der Abend hereinbrach und ihm die Suche erschwerte, sondern weil er im Falle einer allzu späten Rückkehr auf den Stützpunkt Aufmerksamkeit erwecken würde. Und Aufmerksamkeit war das letzte, was sie momentan benötigten. Aufmerksamkeit und unangenehme Fragen! Unangenehme Fragen, auf die man zwar immer eine zufriedenstellende Antwort finden konnte, die aber in der jetzigen Situation das gesamte Projekt unnütz in Gefahr bringen würden!

Genug jetzt, er musste dieses arme, künstlich erschaffene Leben finden, und zwar schnell, dachte er … dachte *Paul*, und richtete seine Konzentration wieder auf die Suche nach dem fehlgeschlagenen Probanden. Wie lautete die Aussage des alten Pärchens? Sie hatten einen mit Lendenschurz bekleideten Mann in der Warner Road Richtung Westen laufen sehen. Auf dem Rücken soll er zwei Holzbalken getragen haben, hatte die Zeugin berichtet, zu einer Art Kreuz geformt. Sie verglich den Klon mit Christus, der vor zweitausend Jahren auf der Erde gelebt haben soll und zum Gründer einer der bedeutendsten Religionen dieses Planeten wurde. Paul war seit Kindesalter mit der Kultur und der Geschichte der Grauen aufgewachsen, die keine Religionen kannten und an keinen Schöpfer glaubten, und so maß er dem Wort Religion keine tiefere Bedeutung bei. Die Zeugin dagegen umso mehr, denn die sehr religiöse alte Dame hatte in dem fehlerhaft programmierten Probanden den besagten Christus wiedererkannt und sein Erscheinen der Polizei gemeldet.

Paul war von Tylo über die mysteriösen Geschehnisse informiert worden, die sich vor einer Woche in der Kapelle St. Angel zugetragen hatten. Die Grauen und Dexter hegten den Verdacht, dass es sich um den besagten Klon handelte. Zeugenaussagen gab es zwar in diesem Fall keine, aber die Kapelle als Tatort eines seltsamen, weiterhin unaufgeklärten Mordfalles und die heutige Meldung standen vielleicht in direktem Zusammenhang. Sie mussten den Klon so bald wie möglich finden und unschädlich machen, bevor die Öffentlichkeit auf ihn aufmerksam wurde … aber erst nachdem dieser gestörte Klon General Willis ausgelöscht hatte. Das war der Plan, den Tylo und Dexter gemeinsam mit dem geheimnisvollen Anrufer geschmiedet hatten. Während Willis in einem vorgetäuschten Unfall durch die Hand des Probanden ums Leben kommen sollte, würde der Klon nach vollbrachter Tat durch die Hand seines Schöpfers ins Jenseits befördert werden … diesmal für immer und ewig!

Die untergehende Sonne hatte die dunklen Wolken, die sich am abendlichen Himmel zu einem Gewitter zusammenballten, in ein dunkles Rot getaucht. Es würde sicher bald regnen. Wo hatte sich dieser verfluchte Klon nur versteckt? Paul schaute verzweifelt auf die Uhr, er musste ihn jetzt finden, aber wo? Wo konnte der falsche Christus mit seinem Kreuz hin wollen? Und plötzlich hatte er die Erleuchtung … aber ja … warum hatte er nicht schon früher daran gedacht? Das war die Lösung! Er riss das Steuer nach rechts, um die Straße hinauf zum Hügel einzuschlagen und zog sich so die Flüche einiger Autofahrer zu. Jetzt wusste er, wo er ihn finden konnte! War Christus vor zweitausend Jahren nicht auf einem Hügel gekreuzigt worden? Nach fünf Minuten in rasendem Tempo war er sicher, die richtige Entscheidung getroffen zu haben. Am obersten Punkt des Hügels erhob sich ein Kreuz gegen das leuchtende Rot des scheinbar brennenden Himmels, dessen Farbe sich durch die heranziehenden schwarzen Gewitterwolken immer mehr verdunkelte. Paul bremste, parkte den Wagen am Straßenrand und stieg aus. Einen Moment lang betrachtete er das apokalyptische Schauspiel, das sich um den Hügel herum vorbereitete. Eine trotz des warmen Sommerabends kühle Brise ließ ihn erschaudern. Dann lief er los, um die letzten hundert Meter, die ihn von dem christlichen Symbol trennten, zu Fuß hinter sich zu legen.

Als er nur noch ein paar Meter von dem Gesuchten entfernt war, hörte er ihn murmeln:

»Sinnlos … ich hab nun alles ausprobiert. Es funktioniert einfach nicht!« Der Klon betrachtete niedergeschlagen das Kreuz. »Siehst du«, fuhr er fort, da er offenbar das Eintreffen Pauls bemerkt hatte, » mir fehlt einfach eine Hand.«

Dann streckte er einen Arm zu Paul aus, um ihm den Hammer und die Nägel zu zeigen, die er in seiner Hand hielt.

»Ich verstehe«, erwiderte Paul, ohne es wirklich zu tun. Erst nach kurzer Überlegung erfasste er den Sinn der Worte und sagte verständnisvoll:

»Man kann sich eben nicht alleine kreuzigen, mein Lieber. Da steckst du in einem ganz schönen Schlamassel!«

»In der Tat!«, seufzte der Klon und ließ die Arme betrübt neben dem Oberkörper hängen. »Irgendwann hat mir mal jemand erzählt, dass Gott die Frauen nur aus einem einzigen Grund geschaffen hat: um den Männern bei ihrer eigenen Kreuzigung zu helfen. Jetzt verstehe ich, was er meinte«, erklärte der Klon und nickte mit dem Kopf, um den Ernst seiner Worte noch einmal zu unterstreichen. »Aber als ich heute Morgen ein Frau gebeten habe, mir bei meinem Unterfangen zu helfen, ist sie schreiend davon gelaufen. Komisch, oder? Das passt doch eigentlich nicht zusammen!«, fügte er verzweifelt hinzu, aber einen Moment später ließ ein Funken der Hoffnung sein Gesicht erleuchten. »Aber vielleicht könntest du mir behilflich sein! Ja natürlich, das ist die Lösung!«, sagte der Klon und streckte Paul Hammer und Nägel entgegen.

Paul überlegte kurz und suchte nach einer passenden Antwort auf das Angebot des verrückten Klons.

»Glaub mir, ich würde dir wirklich gerne helfen!«, sagte Paul und versuchte, einen ernsten Gesichtsausdruck zu wahren. » Aber es gibt da ein Problem, ein großes Problem. *Ich bin leider keine Frau!* Daher kann dein Plan nicht funktionieren, tut mir leid. Das wirst du sicher verstehen!«

Und wieder ließ der Klon die Arme hängen und blieb mit gesenktem Haupt bewegungslos stehen, während die langen Haare, geschmückt durch eine Dornenkrone, von den aufbrausenden Windböen durchwühlt wurden.

»Du hast recht, mein Freund! Das hatte ich leider nicht bedacht!«, bestätigte er seinem Gegenüber.

Paul betrachtete ihn wortlos und versuchte zu verstehen, ob die Tropfen, die über die Wangen des Klons rollten, Tränen oder einfach nur Regentropfen waren. Dann wandte er sich wieder seiner Aufgabe zu, und zwar den Probanden dorthin zu bringen, wo Tylo und Dexter ihn haben wollten.

»Aber vielleicht gibt es doch ein Lösung!«, lockte Paul und sah erneut einen Hoffnungsschimmer über das Gesicht des Klonen huschen.

»Wirklich? Ist das dein Ernst?«

»Ja, wir könnten mit falschen Karten spielen!«

»Mit falschen Karten?«, fragte der Klon verunsichert.

»Pass auf, das ist ein genialer Plan! Ich könnte mich einfach als Frau verkleiden! Dann wäre alles wieder der Vorschrift entsprechend und es könnte klappen. Was hältst du davon?«

Einen Moment lang hatte Paul Angst, der Klon würde ihm vor Freude um den Hals fallen, und trat vorsichtshalber einen Schritt zurück.

»Das würdest du wirklich für mich tun?«, fragte der Klon verzückt und sah Paul hoffnungsvoll an.

»Langsam, langsam … ich habe gesagt, ich könnte! Ja, das könnte ich eventuell tun … unter einer Bedingung!«

»Jede Bedingung, die du wünschst«, rief der Klon voller Begeisterung.

»Du müsstest vorher etwas für *mich* erledigen«, sagte Paul lächelnd.

Der Klon stockte einen Moment und dann änderte sich sein Gesichtsausdruck schlagartig.

»Nein … *das* kannst du nicht von mir verlangen!«, sagte er entsetzt.

»Was kann ich nicht verlangen?« fragte Paul verdutzt. Was konnte der Klon meinen? Sein Gegenüber versteckte die Hand, mit der er Hammer und Nägel festhielt, hinter seinem Rücken.

»Nein, ich werde dir nicht helfen …ich kann dir nicht helfen … dich zu kreuzigen! Nein, das ist unmöglich! Du könntest mir dann bei meiner Kreuzigung nicht mehr behilflich sein,« schrie er Paul verzweifelt ins Gesicht.

Das glaube ich einfach nicht! dachte Paul. Das darf nicht wahr sein! Dieser misslungene Klon ist wirklich völlig übergeschnappt!

»Beruhige dich, mein Lieber!«, erwiderte Paul und versuchte krampfhaft, sich ein Lächeln verkneifen. »Ich denke nicht im Entferntesten daran, mich an zwei Holzbalken zu hängen.«

»Was verlangst du dann von mir?«, fragte der Klon verständnislos und erforschte Paul argwöhnisch mit seinem Blick.

»Weißt du, ich kenne da einen Sünder, ein verachtungswürdiges Wesen, das jeden Tag nicht anderes im Sinn hat, als deinen Namen in den Schmutz zu ziehen«, flunkerte Paul, dem das Gespräch Vergnügen zu bereiten begann.

»Da ich dies nicht mehr länger ertragen kann, bin ich gekommen, um dich zu bitten, diesen Sünder an den einzigen Ort zu geleiten, den er verdient: die Hölle!«

»Die Hölle wird eine zu geringe Strafe sein für denjenigen, der meinen Namen beleidigt!«, schrie der Klon und erhob die Arme wild gestikulierend gegen den Himmel. Als er sich beruhigt hatte, starrte er Paul mit irrem Blick an.

»Weißt du, was ich mit diesem Geschöpf machen werde? Ich werde ihn ganz besonderen Höllenqualen aussetzen.« Ein gnadenloses Lächeln verzog seine Mundwinkel. »Unerträgliche Qualen, erzeugt durch ein riesiges Kreuz, an das er sich selbst schlagen soll! Und ich werde ihm sogar das zugestehen, was mir verweigert wurde!«

»Und was?«, fragte Paul mit echter Neugierde, da er dem Gedankengang des missratenen Gehirnes nicht mehr folgen konnte.

»In meiner großen Güte werde ich ihm einen dritten Arm zur Verfügung stellen, ausgestattet mit Hand, Hammer und Nägeln«.

Es folgte eine gewollte Pause, die Paul durch eine diesmal aufrichtige Frage unterbrach.

»Entschuldige, das verstehe ich nicht! So machst du es ihm doch viel leichter!« »Ganz im Gegenteil!« erwiderte der Klon und ein boshaftes Lachen schüttelte seinen Körper. » Denn der dritte Arm wird gerade so lang sein, dass er, wie sehr sich der Frevler auch bemüht und streckt, sein Ziel niemals erreichen wird«, schloss er befriedigt seine Erklärung.

»Donnerwetter!«, rief Paul überrascht. Das Labyrinth der Gedankenspiele des Probanden war wirklich unergründbar.

»Das ist wirklich ein teuflischer Plan …«, Paul räusperte sich. » Entschuldige, ich vergaß, wer du bist! Ich wollte natürlich sagen, ein Plan, der perfekt für diesen Teufel ist!«, setzte er schnell hinzu.

»Das denke ich auch! Aber nun sag mir, wo, wie und wann ich diesen niederträchtigen Menschen in die Hölle verfrachten kann, um ihm die gebührende Strafe aufzuerlegen«, fragte der Klon und folgte dann aufmerksam Pauls Ausführungen.

Nachdem dieser ihm die Einzelheiten des Planes dargelegt hatte, drehte der Klon sich in majestätischer Geste zum Kreuz und proklamierte feierlich:

»Mein geliebtes Holz, noch ist der Moment nicht gekommen, dir deine entschwundene Lymphe durch mein Blut zurückzuerstatten, aber sobald ich die mir übertragene Aufgabe erfüllt habe, werden wir uns endlich vereinen und zu einem Ganzen zusammenwachsen.«

»Amen!«, fügte Paul hinzu und entfernte sich von diesem Ort des Wahnsinns, ohne noch einmal zurückzublicken.

Aber als er sich seinem Wagen näherte, war er nicht mehr sicher, jeglichen Wahnsinn hinter sich gelassen zu haben. Auf der Motorhaube lag ausgestreckt in seiner ganzen Länge ein seltsam verkleideter Mann, seitlich auf den gebeugten Arm gestützt.

»Hallo Paul, du hast dir nicht gerade den besten Moment für einen abendlichen Spaziergang ausgesucht. Gleich wird der Himmel seine Schleusen öffnen und mit Blitz und Donner so manch hinterhältigen Gedanken der Menschen verurteilen!«

Paul beobachtete voller Neugierde den Mann, der elegant vom Auto glitt und sich breitbeinig vor ihm aufgebaute.

»Ich mag wohl den falschen Moment für einen Spaziergang gewählt haben, aber du sicherlich die falsche Kleidung für diese Welt«, entgegnete er spöttisch.

»Da magst du nicht ganz unrecht haben«, bestätigte Exel, »aber ich fand sie passend für meine momentane Rolle. Apropos Rolle, ich habe gehört, dass du seit kurzem ebenfalls in eine neue Rolle geschlüpft bist!«

»Ich wüsste nicht, was dich meine Rollen angehen sollten. Ich kenne dich nicht und bin mir einer Sache völlig sicher: dass *du* keinerlei Rolle in meinem Leben spielst! Wenn du gestattest, ich habe es eilig, ich muss fahren!«

Dabei versuchte Paul an dem unbekannten Riesen vorbei zum Auto zu gelangen. Aber als dessen Hand sich im Vorbeigehen auf seine Schulter legte, wurde Pauls Körper plötzlich von einem warmen und sehr intensiven Gefühl durchflutet, das ihn gefangen hielt.

»Paul, ich werde bald eine sehr große Rolle in deinem Leben spielen. Hör mir bitte einen Moment zu und versuche dich zu besinnen. Du kennst mich in der Tat nicht, aber ich bin dir in deinem früheren Leben begegnet, in dem Leben, das du geführt hast, bevor du in deine neue Rolle …«, er zögerte einen Moment, »… hineingezwungen wurdest, falls man dieses äußerst gewalttätige Eingreifen als einfaches *Zwingen* bezeichnen kann!«

Paul hielt inne und blickte Exel verstört an.

»Wovon sprichst du? Altes Leben, neue Rolle, gewalttätiges Eingreifen! Du scheinst mir verrückter als der falsche Christus dort oben zu sein!«

»Glaub mir, der falsche Christus ist nicht falscher als du!«

»Was willst du damit sagen? Ich laufe nicht mit einem Lendenschurz bekleidet durch die Gegend und versuche ununterbrochen, mich ans Kreuz zu schlagen!«

»Das ist korrekt, aber du läufst als Grauer verkleidet durch die Gegend und bildest dir ein, diesem dir ebenbürtigen Wesen überlegen zu sein. Na ja, vielleicht bist du es auch … oder sagen wir besser, du warst es einmal!«

Paul starrte Exel bei diesen Worten völlig überrumpelt an. Wie konnte dieser unbekannte Mann etwas von der Existenz der Grauen wissen. Das war ein Staatsgeheimnis! Das wussten nur die Militärs des Stützpunktes und einige wenige Menschen, die an Dexters Komplott beteiligt waren. Und was sollten die Andeutungen über seine Herkunft?

»Woher hast du diese Informationen. Wer hat dich über das Vorhandensein der Grauen informiert?«, fragte Paul entsetzt.

»Mein lieber Paul, dass die Grauen seit über sechzig Jahren in einem Hügel unter der Erde vergraben sind, wissen oder ahnen sicher viele Menschen. Aber die Frage, die du dir stellen solltest, ist eine andere: warum bin ich überzeugt, zu den Grauen zu gehören? Diese Frage solltest du dir beantworten. Dann würdest du deinem wahren Ich sehr viel näher kommen!«

»Da brauche ich nicht lange zu überlegen«, setzte Paul fast trotzig entgegen. »Ich bin zwar genetisch kein Grauer, bin aber von klein auf mit der Geschichte und Kultur dieser Rasse aufgewachsen und betrachte sie daher als meine Familie. Aus diesem Grund fühle ich mich eher als ein Grauer als ein Mensch.«

Er hatte die letzten Sätze fast mit einer Art Stolz ausgesprochen und sah Exel herausfordernd an.

»Aber warum erzähle ich dir das überhaupt! Das ist ja wohl meine Sache, *mein* Leben!«

Exels Hand ruhte weiterhin auf der Schulter des Klon, nur dass er langsam den Druck erhöhte.

»Paul, konzentriere dich einmal! Geh in dich! Du sprichst von deinem Leben. Welchem Leben? Kannst du dich wirklich nicht an deine letzten Worte und Gedanken erinnern? Du hast damals gesagt, *sehe ich so aus, als ob ich dir irgendetwas schenken könnte* und dann gedacht, *mein Leben!* Kann man so etwas wirklich definitiv verdrängen?«

Im gleichen Moment zuckte Paul erschreckt zusammen. Da war er wieder, dieser Gedankenblitz, der ihm die Tür zu einer anderen Welt öffnete. Diesmal war es ein äußerst unangenehmes Gefühl, das er empfand, eine Mischung aus Depression und plötzlich steigender Angst. Er hörte sich die Worte sagen, die der Unbekannte gerade zitiert hatte, dachte noch *mein Leben* und dann folgte dieser schreckliche Schmerz, der ihm die Besinnung raubte.

Mit weit aufgerissenen, angsterfüllten Augen sah er Exel verstört an.

»Ich sehe, dein Gehirn hat dir eine weitere Erinnerung an dein früheres Leben geschenkt. Versuch dich zu entsinnen, Paul! Du bist kein von den Grauen adoptiertes und nach ihren Vorstellungen aufgezogenes Kind, du bist kein Elektrotechniker, der seit vielen Jahren in der Area 51 arbeitet. Nein, du bist, auch wenn du es nicht hören möchtest, *du bist ein Klon!* Ein Klon wie dieser falsche Christus, nur ohne Fehler in der Programmierung und mit einer sehr starken, nicht völlig ausgelöschten Persönlichkeit!«

Paul schwankte benommen, so dass Exel ihn einen Moment lang stützen musste. Dann lehnte er sich Halt suchend gegen das Auto und starrte völlig abwesend in die Ferne. Er schien sich die Szene seiner Ermordung noch einmal ins Gedächtnis zurück zu rufen, erhob dann den Blick zu Exel und sah ihn mit verzweifeltem Gesichtsausdruck an.

»Ich bin tot, nicht wahr. Ich wurde erschlagen. Mein Gott, was haben sie mit mir gemacht?«

Er griff sich an den Hinterkopf, so als wolle er die Verletzung, die ihm das Leben genommen hatte, noch einmal ertasten.

»Sie haben dir eine neue Erinnerung gegeben und dich mit einer niemals zuvor an Menschen getesteten Behandlung zum Leben erweckt. Wenn du es wirklich wünschst, wird es dir gelingen, die neu eingespielte Erinnerung zu verdrängen und deine alte Persönlichkeit wieder in den Vordergrund zu schieben, um mit ihr weiter zu leben. Dann wirst du nicht als Klon, sondern als der wiederauferstandene Paul Stjepanowic leben und aufgrund der dir eingepflanzten Technologien fast unsterblich sein. Daher lass den Kopf nicht hängen, sondern freue dich auf dieses neu erlangte, fast ewige Leben!«

»Aber ich bin ein Monster, eine Kombination aus künstlicher Maschine und menschlicher Leiche! Entsetzlich! Wie soll ich mich darüber freuen?«, stammelte Paul und betrachtete kopfschüttelnd seine beiden Hände, auf der Suche nach einem äußeren Zeichen für seinen inneren Zustand.

»Paul, du wirst etwas Zeit benötigen, um diese Wahrheit zu verarbeiten«, versuchte Exel ihn zu beruhigen. » Du wirst in Anwesenheit der Grauen sicher des Öfteren in dein Dasein als vorprogrammierte Maschine zurückfallen, aber wenn du es wirklich wünschst, wenn du begehrst, wieder der alte Paul zu werden, wenn du dein gescheitertes früheres Leben akzeptierst und deiner alten Persönlichkeit die gebührende Wertschätzung entgegenbringst, dann wird es dir gelingen.«

Das Unwetter hatte sich in den wenigen Minuten dem Hügel genähert. Die Windböen brausten immer heftiger auf und die ersten dicken Tropfen des Sommergewitters zeichneten sich in dunklen Punkten auf der Kleidung der beiden ab. Zuckende Blitze erleuchteten den schwarzen Himmel, begleitet vom drohenden Grollen der kurz darauf folgenden Donner. Exel ergriff Pauls Arm und führte ihn zur Wagentür.

»Komm, lass uns einsteigen, sonst werden wir noch völlig nass! Du musst zurück zum Stützpunkt, damit niemand Verdacht schöpft. Nimm mich bitte ein Stück mit, dann erkläre ich dir, weshalb ich deine Hilfe benötige. Du kannst mich unten am See raus lassen!«

Dann begann der Regen wie aus offenen Schleusen auf sie herunter zu prasseln und sie flüchteten ins Wageninnere. Welch seltsames Trio, dachte Exel lächelnd, als er noch einmal zurückblickte und den irrsinnigen Klon bei einem weiteren vergeblichen Versuch beobachtete, sich selbst zu kreuzigen: ich, der ich den Platz meines sirianischen Freundes auf der Erde eingenommen habe, den die Menschen Christus nennen, ein Psychopath, der versucht, dessen Platz am Kreuz einzunehmen, und der arme Paul, der als einziger von uns eine wahre Auferstehung hinter sich hat. Verrückt! Die Familie scheint zu wachsen! Hoffentlich falle ich nicht in eine Identitätskrise, bei so vielen Christusfiguren!

Bei seinem Gedanken schlug ein Blitz in nächster Nähe ein und Exel schaute zum Himmel empor, bevor er sich zu Paul herumdrehte. Ist ja schon gut! War nur ein Scherz! Ich wende mich gleich wieder meiner Aufgabe zu!

Und so war es denn auch.

28

»General!«

Die beiden Wachposten salutierten, als der Leiter der Area 51 wie jeden letzten Samstag im Monat in seinem Wagen am Haupttor stehenblieb.

»Es geht wohl zum Golfspielen, General! Ein herrlicher Tag heute, das Gewitter gestern Abend hat endlich Abkühlung gebracht!«

»Ja, Robert, man spürt richtig, wie die Natur aufatmet«, sagte Willis und sog die morgendliche Luft tief in seine Lungen. »Das wird der Rasen des Golfplatzes sicher auch getan haben. Vor vier Wochen war es einfach zu heiß, da macht selbst das Golfspielen keinen Spaß mehr. Aber heute wird es phantastisch sein! Nun muss ich weiter, sonst komm ich zu spät zu meiner Verabredung. Michael, Robert, bis später!«, grüßte General Willis, während die beiden erneut die Hand zum militärischen Gruß erhoben.

Die Schranke öffnete sich und der Wagen rollte langsam aus dem Stützpunkt. Dem General stand zwar über eine Stunde Fahrt bevor, aber den weiten Weg nahm er gerne in Kauf, um seinem liebstem Hobby, dem Golfspielen, nachzukommen. Wenn er es irgendwie einrichten konnte, fuhr er stets am Ende des Monats auf den großen Golfplatz in der Nähe von Las Vegas, um der Sand- und Salzwüste zu entkommen, in der er jeden Tag seiner Arbeit nachging, und bei dem geliebten Sport mit Freunden ein paar Stunden abzuschalten. Er freute sich auf den gemütlichen Spaziergang über den weichen, grünen Rasen der Anlage, die ihren Mitgliedern einen achtzehn Loch Parcours zwischen künstlich angelegten Seen und einzelnen Baumgruppen mit kühlendem Schatten und gemütlichen Sitzgruppen zur Verfügung stellte.

Seine Uniform hing heute im Schrank und er genoss es, in bequemer Golfkleidung, begleitet von Frank Sinatra, dessen melancholische Stimme das Wageninnere erfüllte, Richtung Süden zu fahren.

Robert und Michael wollten gerade in ihr klimatisiertes Wachhäuschen zurückkehren, als ein weiterer Wagen an der Schranke hielt. Überrascht drehten sie sich um. Gleich zwei Wagen am Samstagmorgen! Seltsam! Der Marin Murray saß in Uniform und mit seiner gewohnten sturen Miene gewappnet hinter dem Steuer. Die *rechte Hand* von Lieutenant Dexter war ein skrupelloser, nach Anerkennung lechzender Soldat, der die Nähe der Vorgesetzten stets der Gesellschaft seiner Gefährten vorgezogen hatte. Sein verbissener Charakter wurde von keinem der Soldaten geschätzt, aber sie mussten ihn aufgrund seiner Vorzugsstellung beim zweiten Mann des Stützpunktes tolerieren.

»Guten Morgen, Murray, was gibt es denn Wichtiges zu tun, dass Dexter dich am Wochenende auf Reisen schickt?«, versuchte ihn Robert aus der Reserve zu locken.

»Ich wüsste nicht, was dich das angeht, Robert. Mach deine Arbeit und öffne mir die Schranke!«, antwortete Murray trocken, ohne den Wachposten eines Blickes zu würdigen.

»Da verlangt wohl einer der Grauen wieder nach einer Extrawurst, die keinen Aufschub erlaubt! Dann fahr mal los und tu deine Pflicht! Einen angenehmen Tag, Marin Murray!«, fügte er mit einem Hauch von Ironie hinzu und lächelte Michael kameradschaftlich zu.

Er öffnete die Schranke und ließ den Wagen mitsamt seinem unsympathischen Insassen passieren. An der Hauptstraße angelangt, bog Murray links ab und fuhr, wie einige Minuten zuvor General Willis, Richtung Las Vegas.

Willis rollte mit offenen Fenstern über die kaum befahrene Bundesstraße. Noch musste er die Klimaanlage nicht einschalten, die Temperatur war angenehm und der Fahrtwind, der seine morgendliche Frische ins Innere des Fahrzeuges wehte, lud Willis zu einem weiteren tiefen Atemzug ein. Dann summte er die Melodie mit, die der gute alte Frankieboy aus den Lautsprechern erklingen ließ ... *Top of the list, king of the hill* ... , um dann das schrille, einen halben Ton versetzte *New York, New York* folgen zu lassen. Ach, was für ein herrlicher Tag, einfach lebenswert!

Und während der General glücklich summend hinter dem Steuer seines Wagens saß, versuchte jemand anderes, seinen verschmutzten, fast nackten Körper erneut an ein Kreuz zu hängen, und zwar entlang der breiten Bundesstraße, auf der Willis Richtung Süden unterwegs war. Der Klon hatte die von Paul beschriebene Stelle problemlos gefunden und sein Kreuz, versteckt hinter einer hohen Felswand, etwa zehn Meter von der Straße entfernt in den Boden gegraben. Der Highway überquerte hier auf einer neu erbauten Brücke die tiefe felsige Schlucht, in der sich vor tausenden von Jahren ein rauschender Fluss seinen Weg gegraben hatte, dessen vertrocknetes Bett heute nur noch an die längst vergangenen wasserreichen Zeiten erinnerte.

Trotz der frühen Morgenstunde entfaltete die Sonne bereits ihre sommerliche Kraft. Der Klon stand von Schweiß überströmt, falls man die ausgestoßene Flüssigkeit als Schweiß bezeichnen konnte, aber zufrieden mit sich selbst neben dem aufrecht stehenden Kreuz. Der erste Schritt war getan! Das Kreuz stand fest in der Erde. Gerade wollte er mit dem zweiten beginnen, als ihm von hinten jemand die Hand auf die Schulter legte.

»Mein Freund, kann ich dir behilflich sein. Du scheinst ein schwieriges Unterfangen im Sinn zu haben!«, begrüßte Exel das nur mit einem Lendenschurz bedeckte, verschmutze Wesen.

Der Klon hielt kurz inne, ohne dem unbekannten Mann allzu viel Beachtung zu schenken.

»Dies Unterfangen ist ein leichtes im Vergleich zu meinem eigentlichen Vorhaben. Dies alles tue ich nur, um die Gunst eines Mannes zu gewinnen, der mir bei der Verwirklichung des Endzieles hilfreich sein wird. Aber nun lass mich weitermachen. Ich bin bereits spät dran.«

Der Klon begann etwas unbeholfen am Kreuz nach oben zu klettern, rutschte jedoch auf halbem Weg ab und glitt zum Ausgangspunkt zurück.

»Ich muss nach oben, sonst wird es nicht funktionieren«, sagte er verzweifelt und startete den zweiten Versuch.

»Was wird nicht funktionieren?«, fragte Exel, obwohl er die Antwort aufgrund der Geschehnisse von St. Angel bereits erahnte. Damals war er leider zu spät eingetroffen, heute sollte dies nicht passieren.

»Das Kreuz gibt mir die Kraft, mit feurigen Blick manch sündigen Menschen zu richten und ein solcher wird in Kürze die verdiente Strafe empfangen«, sagte der Klon zunächst stolz, um im nächsten Moment entmutigt fortzufahren, »jedoch nur, wenn es mir gelingt, die korrekte Position am Kreuz einzunehmen.«

Exel nahm ein leises Motorengeräusch wahr und drehte sich kurz zur Straße um. Gerade in diesem Moment näherte sich der Wagen des Generals der Brücke. Der Außerirdische baute sich daher in voller Größe vor dem Klon auf, um ihm die Sicht zu nehmen, und bot ihm großzügig seine Hilfe an.

»Was hältst du davon, wenn ich dir dabei helfe? Wenn du in meine Hände steigst, kommst du schneller nach oben und kannst deinen Plan vielleicht noch rechtzeitig umsetzen!«, sagte er, während das Geräusch des Wagens sich wieder entfernte. Er ließ beide Arme gestreckt vor dem Oberkörper hängen, legte eine Handfläche in die andere und bückte sich leicht nach vorne.

»Na, was meinst du?«, fragte Exel und sah den Probanden aufmunternd an.

Die trübe Miene des Klon erhellte sich schlagartig.

»Ja, das könnte klappen. Das probieren wir gleich!«

Er stieg auf das lebende Trittbrett und hing etwas später, den Querbalken von hinten mit beiden Armen umfassend, in der gewünschten Position am Kreuz.

»Phantastisch, so wird es funktionieren! Nun kann ich mein Versprechen einlösen und das sündige Menschenkind seiner gerechten Strafe zuführen«, sagte der Klon und begann mit gefährlich funkelnden Augen die Straße zu fixieren, auf der er das vorbeifahrende Auto des Generals erwartete. Stattdessen rollte der Wagen des Marines auf sie zu. Murray war dem Fahrzeug des Generals in kurzem Abstand gefolgt, um zu kontrollieren, ob der Klon wirklich die von Paul erhaltenen Anweisungen umsetzte.

»Da ist er ja, der Gotteslästerer, den ich ins Reich der Frevler und Sünder schicken werde. Strafe, wem Strafe gebührt! Verflucht seist du, in Ewigkeit, Amen!«, rief der Klon und zwei feurige Strahlen schossen aus seinen Augen direkt auf das am Straßenrand haltende Fahrzeug.

Die Gewalt des Aufpralls katapultierte den Wagen in die Luft, er fing Feuer, prallte kurz vor dem Abgrund auf, machte eine weitere Umdrehung und verschwand schließlich mit Krach und Getöse in der Tiefe des felsigen Canyons. Es folgten eine heftige Explosion und, nachdem wieder Ruhe eingetreten war, mehrere dunkle Rauchwolken, die friedlich aus der Schlucht emporstiegen und himmelwärts entschwanden, als letzte sichtbare Zeugen der verbrecherischen Tat.

Strahlend vor Glück betrachtete der Klon das Ergebnis seines Feuerwerkes und sah auf Exel hinab, der immer noch die Füße des Probanden von unten stütze.

»Geschafft! Auch diesen frevelhaften Gotteslästerer habe ich in die Hölle geschickt und mir dadurch den Weg in den Himmel gebahnt. Lass mich herunter! Ich muss zu meinem Freund eilen und ihm die gute Botschaft überbringen.« Der Klon löste seinen Griff und Exel ließ ihn langsam zu Boden gleiten. »Dank seiner Hilfe werde ich mich endgültig mit meinem geliebten Kreuz vereinen, für immer und ewig!«, fuhr er verzückt fort und begann, das Kreuz aus dem sandigen Boden zu graben.

»Warum so viel Aufwand, mein Lieber? Ich könnte dir viel schneller und schmerzloser den Zugang ins Reich der Seligen verschaffen«, schlug Exel ihm vor. » Ein kurzer Ruck und deine Mission auf der Erde wäre beendet.«

Aber kaum hatte der Klon die Worte des Außerirdischen vernommen, drehte er sich um und stürmte mit erzürnter Miene auf ihn zu.

»Niemand wird mich von diesem Kreuz trennen, dem letzten Ort der Zuflucht in einer Welt voller Schmach und Sünde. Und wer es wagen sollte, mir den letzten Willen zu verweigern, den werde ich zerstören!«, warnte der Klon sein Gegenüber und stieß Exel unsanft mit beiden Händen nach hinten.

»Wie du meinst, ich habe dir die sanfte Variante angeboten!«, entgegnete Exel, ging ein paar Schritte zurück und begann, in eleganten Schritten einen großen Kreis um den Klon zu ziehen, ohne ihn aus den Augen zu verlieren.

»Heute möchte ich es einmal mit Musik probieren. Das ist amüsanter und führt gewiss zu einer besseren Ausführung«, fügte Exel hinzu, zog einen Silikonstöpsel aus der Innentasche seines Umhanges und befestigte ihn am Ohr.

»Ah, phantastisch!«, schwärmte der Außerirdische. »Mit Musik geht alles besser«, und begann zum Dreivierteltakt des *Schwanensee* ein Solo zu tanzen. Welch himmlischer Tanz! Zwei Schritte *Adagio*, eine Pirouette mit gestrecktem Bein, noch zwei Schritte und ein *Plié*. Göttlich!

Der Klon betrachtete mit völligem Unverständnis den tanzenden Exel, der seinerseits die Verwunderung des Gegners nutzen wollte, um ihn nach einigen schnellen Schrittfolgen mit einem Sprung des *Grand Allegro* am Kopf zu treffen. Dieser jedoch erwachte aus seiner Erstarrung, gerade rechtzeitig, um dem entscheidenden Schlag im letzten Moment auszuweichen.

»Du willst den Kampf?«, zischte er wütend. »Den sollst du haben!«

Er warf dem Kreuz, das neben ihm lag, einen zärtlichen Blick zu und sagte mit sanfter Stimme:

»Geliebtes Kreuz, hab noch einen Augenblick Geduld! Bald werde ich mich mit dir vereinen!«

Dann stürmte er siegessicher auf Exel zu und wollte ihn mit beiden Händen am Hals packen. Zwei Schritte *en aseconde* … und der Klon griff ins Leere. Er fiel unsanft zu Boden, stand jedoch einen Moment später erneut auf den Beinen. Als künstliche Maschine empfand er keinerlei physischen Schmerz und die Schürfwunden, die er sich durch den Sturz am nackten Körper zugefügt hatte, verschwanden vor Exels Augen innerhalb weniger Sekunden.

Erstaunlich, dachte Exel, so zurückgeblieben schienen diese Menschen doch nicht zu sein! Nur gut, dass der Klon für seinen feurigen Blick das Kreuz benötigte, sonst müsste er sich ernste Sorgen um sein hübsches Mäntelchen machen!

»Tamtata, tamtarata!«, summte Exel vor sich hin, vollführte zwei Drehungen um sich selbst und wehrte den nächsten Angriff des Klon mit dem gestreckten Bein ab.

Sein Gegner, seitlich getroffen vom rotierenden Bein, strauchelte erneut und stürzte zu Boden. Exel setzte zur nächsten Attacke an und flog in weitem Spagatsprung auf sein Gegenüber zu. Aber noch bevor er ihn erreicht hatte, befreite sich der Klon erneut durch eine blitzschnelle seitliche Rolle aus der Situation. Der Tanzende landete, ohne seinen Gegner getroffen zu haben, in einem *Grand-plié*, vollführte eine halbe Drehung und sah dem grinsenden Klon direkt in die Augen. Die beiden Kämpfenden standen sich einen Moment lang bewegungslos gegenüber.

Wie du willst, beschloss Exel, dann muss ich dir das Genick eben im Flug brechen, und nahm, begleitet von der Melodie Tschaikowskys, in einem weiteren *petit Allegro* Geschwindigkeit auf.

»Wen willst du mit diesen lächerlichen Sprüngen eigentlich beeindrucken?«, rief das Wesen in Lendenschurz spöttisch, aber es sollten seine letzten Worte sein.

Während der Klon zum Gegenstoß ansetzte, erhob sich Exel beidbeinig in einer hohen Grätsche in die Luft, schloss dann ruckartig die Beine um den Kopf des Klons und machte horizontal eine Drehung um hundert und achtzig Grad, die von einem unschönen knackenden Geräusch begleitet wurde. Er beendete den Flug in einer *Arabeske* und stand nach einer weiteren halben Drehung um die Körperachse direkt vor dem Opfer. Dort verharrte er mit perfekter Körperspannung in einem *Effacé in avant*, beide Arme elegant gegen den Himmel erhoben, bis der Schlussakkord ausgeklungen war.

»Tut mir leid, mein Lieber!«, sagte Exel, während er den Stöpsel aus seinem Ohr entfernte. »Was die Kreuzigung angeht, musste ich deine Pläne vereiteln, da diese Art des Tod dich zwar außer Gefecht gesetzt, aber nicht definitiv vernichtet hätte. Deinen letzten Wunsch kann ich dir jedoch erfüllen!«

Er versteckte das Kreuz in einer Nische am hinteren Rand der Felswand und legte den leblosen Körper des Klons ausgestreckt darauf.

»Es fehlen zwar die Nägel, aber ich hoffe, dass du dennoch, auf welche Art auch immer, deinen Frieden finden wirst!«

29

Der General beobachtete zufrieden den weiten Flug des kleinen runden Balles, der auf dem weichen Green landete, zweimal in die Höhe hüpfte und dann dort liegen blieb, wo er nach Willis Berechnung hätte liegen bleiben sollen. Er atmete die frische Luft des herrlichen Sommervormittages ein und fühlte sich mit der gesamten Welt in Einklang. Unglaublich, wie dieses Spiel ihn fesselte und all seine Probleme vergessen ließ! Kaum hielt er einen der Golfschläger in den Händen, wurde er quasi in eine parallele Welt versetzt, eine Welt in der nur noch sein Schläger, der Ball und er selbst existierten. Wenn er es sich recht überlegte, hatten die Mitspieler eigentlich keine große Bedeutung. Sie fügten sich zwar in das von ihm geschaffene Bühnenbild ein, wie die Nebenbesetzung in einem Schauspiel, aber der Hauptdarsteller war und blieb immer er selbst. Aus diesem Grund war ihm diese Stunde, die er vor Beginn der eigentlichen Partie fern von Menschen und Geräuschen zum Aufwärmen nutzte, so wichtig.»Schöner Schlag, Willis, ein fast perfekter Swing!«

Die Stimme hinter seinem Rücken ließ den General zusammen zucken. Alle wussten, dass er während dieser Aufwärmrunde nicht gestört werden wollte!»Danke!«, antwortete er verärgert und drehte sich um. Im ersten Moment, geblendet durch das helle Sonnenlicht, konnte Willis nur die Umrisse einer imposanten Figur wahrnehmen. Daher hob er eine Hand vor die Augen, um den Störenfried besser erkennen zu können, eine Geste, die Exel sogleich zum Scherzen verleitete:

»Danke für den militärischen Gruß, General, aber zum Glück gehöre ich nicht zu Ihren Kollegen!«

Willis dagegen konnte der Bemerkung nichts Humorvolles abgewinnen.

»Wer sind Sie?«, fragte er verärgert.

Langsam gewöhnten sich seine Augen an die Helligkeit und er konnte die Figur deutlicher erkennen.

»Und was machen Sie in diesem Aufzug auf dem Golfplatz?«

»Sie meinen diesen Look? Ja, vielleicht nicht gerade das Passende für den Golfplatz, aber meine Garderobe ist etwas limitiert.«

Dann nahm er dem völlig überrumpelten General den Golfschläger aus der Hand, näherte sich einem Ball, der auf dem Boden lag, und sagte unbekümmert:

»Wenn ich richtig verstanden habe, muss man bei diesem Spiel den Ball in eines der Löcher schlagen, die mit den Fähnchen gekennzeichnet sind, nicht wahr!«

Er umfasste den Schläger mit einer einzigen Hand, holte aus und traf den kleinen weißen Ball mit dem Kopf des Holzes.

»Aber was machen Sie denn da?«, sagte der General aufgebracht und versuchte mit einer brüsken Bewegung den Schläger wieder an sich zu reißen, hielt aber inne, als er die Flugbahn des Balles verfolgte und sah, dass dieser direkt im etwa hundert und fünfzig Meter entfernten Loch endete.

»Aber … wie … soll das ein Scherz sein?«

Willis sah Exel fassungslos an.

»Gar nicht so schwierig!«, sagte dieser lächelnd und gab dem General sein Holz zurück. Dieser nahm den Schläger verblüfft entgegen, sah Exel ungläubig an, überlegte kurz und legte ihn erneut in Exels Hände.

»Können Sie das wiederholen?«

»Meinen Sie das ernst, General? Das war reines Anfängerglück! Aber, wenn Sie unbedingt wollen, kann ich es noch mal probieren! Das gleiche Loch?«

»Nein, das dort hinten!« sagte der General und zeigte auf die weiter entfernte Fahne des folgenden Loches, die man im Wind flattern sah.

»Aber das sind mehr als dreihundert Meter!« entgegnete Exel und nahm den Schläger erneut in die Hände. »Okay, schauen wir mal, was sich machen lässt! Aber jetzt müssen Sie mir die korrekte Haltung zeigen, General!«

»Ich denke nicht, dass das in Ihrem Fall notwendig ist«, erwiderte Willis mit einer gewissen Vorahnung.

»Also gut, wie Sie meinen. Dann probiere ich es diesmal mit der linken Hand. Normalerweise gelingt mir mit links alles besser!«, sagte Exel und setzte zum Schlag an, ohne den Ball auch nur anzusehen. Der Ball flog in hohem Bogen durch die Luft, zog ein paar Kurven, prallte zweimal auf dem Rasenteppich ab und rollte schließlich langsam in das von Willis angezeigte Loch.

»Das habe ich mir fast gedacht«, sagte Willis bestimmt, diesmal ohne jegliche Verwunderung. »Und nun sagen Sie mir, wer Sie wirklich sind!«

»Auch das können Sie sich denken, General!«

»Von welchem Planeten?«, fuhr der General ohne Zögern fort.

»Das hat keine Bedeutung, Willis! Wichtig ist nur, dass wir beide auf der gleichen Seite stehen.«

»Und welche Seite wäre das?«, fragte der General.

Er hatte es satt, mit Außerirdischen zu tun zu haben. Ihm reichte die Gruppe von Grauen, die ihm seit Jahren auf der Nase herumtanzte und um die er sich ununterbrochen kümmern musste. Nun kam auch noch dieser Unbekannte hinzu!

»Unsere, Willis, unsere! Du … ich darf dich doch duzen, nicht wahr? Du hast keine Vorstellung, wie ähnlich wir uns sind!«

»Ähnlich? Wir? Beim Golfspielen sicherlich nicht!«, scherzte Willis und sah Exel fragend an.

»Auch beim Golfspielen! Du musst einfach daran glauben! Willis, glaub daran«, sagte Exel und gab Willis mit einem Lächeln das Holz zurück, »glaube … und dann probiere!«

Der General umfasste unschlüssig den Schaft des Schlägers.

»Glauben? Und in was?«

»In mich, Willis, nur in mich!«

»Mit einer Hand? Vielleicht auch noch mit der linken?« fragte der General voller Selbstironie.

»Wir wollen es nicht übertreiben … dein Glaube allein reicht dafür nicht aus!«

»Okay, dann schlag ich auf traditionelle Weise. Ich bin ja schließlich kein Außerirdischer!«

»Genau, auch wenn du es für mich eigentlich bist!«, erwiderte Exel amüsiert.

»Da hast du auch wieder recht! Ich glaube, das nennt man Wechselseitigkeit!«

»Siehst du? Da wären wir schon wieder beim Glauben!«

Der General legte sich den Golfball zurecht, umschloss den Schaft des Schlägers mit beiden Händen und holte zweimal zur Probe aus.

»Und was soll ich von dir glauben?«, fragte Willis, blieb jedoch weiterhin auf Schläger und Ball konzentriert.

»Dass ich dein Freund bin und dass wir gemeinsam außergewöhnliche Dinge realisieren werden«, beantwortete Exel die Frage.

»Wie dies hier?«, fügte Willis hinzu und traf den Ball mit einem gekonnten Swing.

Beide schauten schweigend dem Ball hinterher, der sich nach einem perfekten Flug direkt im gewünschten Loch versenkte.

»Wie viel stammt wohl von dir?«, fragte Willis bei sich und sprach weiter. »Hast du eigentlich einen Namen?«

»Vierzig Prozent!«

»Du heißt vierzig Prozent?«

Der General konnte sich ein Lachen nicht verkneifen und Exel sah ihn belustigt an.

»Exel, mein Name ist Exel!«

»Dann waren also vierzig Prozent des Schlages dein Verdienst, richtig, Exel?«

»Ja, General, ein Beispiel dafür, dass Einigkeit stark macht!«

»Schade! Wenn der Schlag auf meinem Mist gewachsen wäre, hätte ich meine militärische Karriere an den Nagel gehängt und wäre Profi geworden!«

Dabei seufzte er und steckte den Schläger in die Golftasche zurück.

»Das wäre momentan völlig unpassend«, entgegnete Exel. »Dann könnten wir nämlich nicht mehr vereint gegen das Böse kämpfen. Und genau das werden wir in Zukunft tun, Willis. Wir werden das Böse aus dem All und das Böse auf Erden bekämpfen. Vereint werden wir es schaffen! Wir werden die Pläne unserer menschlichen und nicht menschlichen Gegner durchkreuzen und so das Schlimmste verhindern. Ich hoffe, du hast alles in die Wege geleitet, um die morgige Lieferung zu verhindern! Das ist die unabdingbare Voraussetzung für unsere Gegenoffensive!«

»Ach du warst das, der mir die E-Mail geschickt hat«, sagte der General überrascht.

»Nein, nicht ich, aber ein paar Freunde von mir! Diese Lieferung darf auf keinen Fall den Empfänger erreichen! Nur so können wir den Start des Raumschiffes verhindern!«

»Die Lieferung wird nicht stattfinden, dafür habe ich gesorgt!«, bestätigte Willis und sah an Exel vorbei in die Ferne. »Da kommen meine Golfpartner. Ich denke, es ist besser, du verschwindest jetzt!«

»Ja, das denke ich auch! Ich melde mich bei dir, Willis!«

Und dann war er verschwunden!

30

Murray stand mit zerrissener, völlig verschmutzter Uniform und schweren Abschürfungen an Gesicht und Händen, aber dennoch in strammer militärischer Haltung, vor seinem Vorgesetzten und erstattete Bericht über die Gründe seines bemitleidenswerten Zustandes.

»… als ich am Einsatzort eintraf, war weder von General Willis noch von seinem Fahrzeug etwas zu sehen, Sir. Während ich am Straßenrand anhalten wollte, traf mich bereits der zerstörerische Blick des Klons …«, brachte er etwas stockend hervor, «… und katapultierte das Auto in die Höhe. Da ich die exakte Position seines Verstecks hinter dem Felsen kannte, hatte ich mich umgedreht und den Feuerstrahl auf *mich* zu schnellen sehen, gerade rechtzeitig, um die Fahrertür zu öffnen und vor dem Sturz in die Tiefe aus dem Wagen zu springen. Im freien Fall ist es mir gelungen, am oberen Rand der Schlucht einen Felsvorsprung fassen zu bekommen, der mir das Leben gerettet hat, Sir!« schilderte der Marin und versuchte jegliche Emotion zu verbergen, obwohl ihm der Schreck weiterhin im Nacken saß.

Alle Marines der Area 51 waren zwar Teil einer speziell geschulten Elitetruppe, aber ein Soldat wie Murray, für den einzig und allein die Karriere im Vordergrund stand, hatte die letzten Jahre seiner Militärlaufbahn nicht gemeinsam mit seinen Gefährten bei operativen Einsätzen verbracht, sondern hinter dem Schreibtisch, wo er täglich versuchte, für die ihm vorschwebende Laufbahn Gunst und Anerkennung bei seinen Vorgesetzten zu erhaschen. Und so war er in keinster Weise an ein Szenario wie das heutige gewöhnt.

Die Tür flog auf und Tylo stürzte aufgeregt ins Zimmer.

»Wie konnte das passieren, Dexter? Es war doch alles bis ins letzte Detail durchgesprochen. Ich habe noch einmal mit Paul gesprochen. Er hat die Anweisungen exakt an den Klon weitergegeben!«, sprudelten die Worte aus dem Grauen heraus.

»Aber es ist eben nur ein Klon, oder besser gesagt, es war ein Klon, da Murray ihn mit gebrochenem Genick am Kreuz liegend gefunden hat«, nahm der Lieutenant seinen Lieblingsmarin in Schutz.

»Mit gebrochenem Genick?«, rief Tylo entsetzt aus. »Oh nein, dann ist er uns auf der Spur! Murray, erzählen Sie. Ist Ihnen etwas Seltsames aufgefallen?«

Der Marin hob nur leicht eine Augenbraue, sah den Grauen an und versuchte, seinen Ärger unter Kontrolle zu halten. Ob ihm etwas aufgefallen sei? Fast hätten ihn zwei riesige Feuerbälle in menschliche Spareribs verwandelt, dann hatte ihn eine Felsvorsprung vor dem sicheren Sturz in den Tod gerettet und dieser kleine graue Wicht wagte es zu fragen, ob ihm etwas Seltsames aufgefallen sei? Reiß dich zusammen, Murray, denk an deine Karriere, tief durchatmen, lächeln!

»Nein, Herr Tylo! Als ich nach einer längeren Kletterpartie, die meine gesamte Konzentration und Kraft erfordert hatte, wieder den Rand der Schlucht erreicht hatte, war außer dem toten Klon nichts mehr zu sehen.«

»Okay Murray! Sie können jetzt gehen!«, unterbrach Dexter die Schilderung, als er den etwas gereizten Unterton in der Stimme des Marines bemerkte. »Ich melde mich, sobald ich neue Anweisungen für Sie habe, Murray. Gehen Sie jetzt erst mal unter die Dusche und ruhen Sie sich aus. Sie sind bis Montag beurlaubt. Danke für Ihren Einsatz!«

Der Marin salutierte und verließ das Zimmer. Tylo ging aufgebracht in Dexters Büro auf und ab und zog mehrere Male hektisch an seiner Zigarre.

»Der Klon mit gebrochenem Genick! Willis unversehrt beim Golfspielen! Wissen Sie, was das bedeutet, Dexter? Das ist eine Katastrophe!«, rief Tylo nervös.

»Ja, das ist es! Da will uns jemand ins Handwerk pfuschen, jemand, der mehr weiß, als wir erahnen können. Wir wurden ja vom Satanen gewarnt! Eigentlich hatte er versprochen, sich selbst um den ebenbürtigen Gegner zu kümmern. Das ist ihm scheinbar nicht gelungen!«, sagte Dexter trocken. »Wir müssen alle nur denkbaren Sicherheitsmaßnahmen einhalten, um den Transport am Montag unversehrt in den Hangar zu bringen, sonst können wir den baldigen Start des Raumschiffes vergessen! Wenn dieser Termin platzt, können wir den vorgesehenen Zeitplan nie und nimmer einhalten! Das wäre ein entsetzlicher Schlag für unsere Organisation.«

Man hatte sie zwar über einen höchst unangenehmen Gegner in Kenntnis gesetzt, aber dass dieser Unbekannte ihnen so gefährlich werden konnte, hätte Dexter niemals vermutet.

»Kommen Sie Tylo, wir rufen die Firma Tecnon an und besprechen noch einmal jeden Schritt des Transportes bis ins kleinste Detail. Wenn die

Lieferung morgen unversehrt in der Area 51 eintrifft, kann uns keiner etwas anhaben, weder Willis noch der große Unbekannte!«, sagte der Lieutenant zuversichtlich. Ob er sich da nicht täuscht? dachte der Graue und sah Dexter skeptisch an. Bis jetzt hatten beide immer die gleichen Vorstellungen und ähnliche Ziele vor Augen gehabt, aber diesmal konnte der Graue den Optimismus seines Partners nicht teilen. Er kannte den Sirianer, seine Fähigkeiten und sein Durchsetzungsvermögen. Die nächsten Tage würden zeigen, ob er recht behielt, auch wenn er diesmal vorzog, eines Besseren belehrt zu werden.

31

Der kleine Konvoi schlängelte sich über enge Serpentinen langsam dem obersten Punkt des Passes entgegen. Es war gewiss nicht die kürzeste und bequemste Strecke, um das gewünschte Ziel zu erreichen, aber sicherlich die am wenigstens beobachtete. Seitdem die neue Bundesstraße den Canyon auf einer breiten Brücke im Tal überquerte, musste niemand mehr den gefährlichen Weg über den steilen Pass wagen. Auch wenn die vielen kleinen Tunnel eine Überwachung aus der Luft fast unmöglich machten, befolgte die Besatzung des Konvois exakt jede Sicherheitsvorgabe. Im ersten Lastwagen der Eskorte war eines der modernsten Erkennungs- und Ortungssysteme installiert, welches den Beteiligten über Radar und GPS jegliche Annäherung eines Objektes unverzüglich signalisierte. Nichts hatte man dem Zufall überlassen, um die vier Lastwagen der Firma Tecom mitsamt der wertvollen Ladung unbemerkt und sicher an ihren Bestimmungsort zu bringen. Jede auch noch so übertriebene Sicherheitsmaßnahme war gerechtfertigt, angesichts der Tatsache, dass man diesen Materialtransport als einen der geheimsten und bedeutendsten in der Geschichte der Menschheit bezeichnen konnte.

»Fahrzeug in Annäherung, Sechs-Uhr-Position, Geschwindigkeit vierzig Meilen, Entfernung zwei Kilometer«, verkündete einer der Sicherheitsbeauftragten.

Auf dem Monitor des GPS war die Miniatur eines Fahrzeuges zu erkennen, das sich schnell näherte und den Konvoi schon bald überholte.

»Weiter beobachten, bis es wieder vom Monitor verschwindet!«

Der Leiter der Operation wollte nichts ungeprüft lassen, auch wenn es sich bei der Fahrerin des Wagens um eine ältere Dame handelte, von der keine direkte Gefahr für ihre Mission auszugehen schien.

»Jawohl Captain! Das Fahrzeug fährt gerade in den nächsten Tunnel hinein. Wir werden das Signal zirka zwei Minuten lang verlieren!«

»Okay!«

Der Konvoi fuhr langsam weiter und näherte sich nach kurzer Zeit ebenfalls dem Tunnel, in dem zuvor das Fahrzeug verschwunden war.

»Captain … das ist seltsam …!«

Der Gesichtsausdruck des Operationsleiters wurde schlagartig angespannt und hart.

»Was ist seltsam?«

»Dass das Fahrzeug noch nicht auf der anderen Seite herausgekommen ist. Es hätte den Tunnel vor zwanzig Sekunden verlassen müssen, aber ich sehe das Signal weiterhin nicht auf dem Monitor des GPS.«

Der Captain nahm sofort das Mikrofon, das er am Gürtel trug in die Hand und alarmierte seine Leute.

»Sofort alle Einheiten zum Stillstand bringen! Nicht in den Tunnel fahren! Ich wiederhole, nicht in den Tunnel fahren!«

»Denken Sie, dass es sich um eine Falle handelt?«, fragte der Soldat hinter dem GPS etwas perplex.

»Ich weiß es nicht und hoffe ehrlich gesagt, es nicht entdecken zu müssen. Wir warten auf alle Fälle, bis das Fahrzeug wieder den Tunnel verlässt. Danach werde ich eine Truppe zur Kontrolle hinein schicken.«

»Vielleicht ist der alten Dame einfach schlecht geworden oder sie hat aus Angst vor dem Tunnel die Geschwindigkeit reduziert.«

»Wir werden seh …«

Bevor der Captain den Satz beenden konnte, begann die Erde zu zittern, und es folgte ein donnerndes Grollen. Von der Felswand, die sich oberhalb der stehenden Lastwagen befand, lösten sich mehrere riesige Felsblöcke und schlugen als Steinlawine direkt auf dem Konvoi auf. Die Gewalt des Aufpralls war enorm, die schweren Fahrzeuge durchbrachen die Leitplanke und stürzten mit großem Getöse über hundert Meter in die Tiefe.

Dies alles dauerte nicht länger als zwei Minuten. Nachdem die Steinmassen zur Ruhe gekommen waren und der aufgewirbelte Staub sich gelegt hatte, rollte das Fahrzeug mit der alten Dame am Steuer langsam rückwärts aus dem Tunnel heraus und kam kurz vor dem Erdrutsch, der die gesamte Straße verschüttet hatte, zum Stehen. Die Frau verließ den Wagen und sah in den Abgrund hinunter.

»Auftrag erfüllt!«, sagte die Fahrerin. »Jetzt seid ihr an der Reihe!«

Dann schaltete sie das Handy aus, stieg wieder ins Auto und entfernte sich vom Tatort. Hinter dem felsigen Bergkamm kam – wie aus dem Nichts – ein Schwarm riesiger Transporthubschrauber angeflogen. Sie glitten den Abhang hinunter und landeten neben den Überresten der hinab gestürzten Lastwagen.

Aus einem der Hubschrauber sprang ein Mann mit schwarzem Overall, gefolgt von einer Gruppe von Soldaten und Technikern.

Er blieb kurz stehen und betrachtete zufrieden das sich ihm bietende Schauspiel.

»Und jetzt lasst alles verschwinden. Es darf nichts zurückbleiben, nicht einmal das kleinste Stückchen Blech!«

32

Die drei Hacker stießen ein euphorisches *Woooww aus,* nachdem sie als letzte der Siebenergruppe ins Innere des Ufos gebeamt worden waren.

»Sensationell, megagalaktisch, absolute Spitzenklasse!«, tönte es abwechselnd aus den Mündern der drei verzückten Computerfreaks, die immer noch ungläubig ihre teleportierten Körper abtasteten.

»Nie hätte ich mir träumen lassen, einmal wie Mr Spock von einem Ort zum anderen gebeamt zu werden!«, rief Hank und schaute die übrigen Gäste, die auf die gleiche Art und Weise trocken auf den Seegrund gelangt waren, mit strahlenden Augen an.

Exel hatte die kleine Truppe menschlicher Helfer in sein irdisches Zuhause eingeladen und sie – wie er es selbst jeden Tag seit seiner Ankunft auf der Erde handhabe – von einer Sitzbank am Rande des Sees mitten ins Wohnzimmer des Raumschiffes transportiert. Immer noch überwältigt von der schnellen und unkomplizierten Beförderungsart begannen die sieben Gäste, sich neugierig in dem großen, eher spartanisch eingerichteten Raum umzusehen. Die Wände schienen aus einer nicht definierbaren Mischung aus Samt und Stuck zu bestehen und waren in Pastelltönen gehalten. Man sah weder Schränke noch Tische, nur das übergroße sahnefarbene Sofa thronte inmitten des Zimmers vor einer riesigen Glaswand, durch welche die Fische neugierig die freudige Abwechslung im Inneren des Ufos beobachteten. Obwohl das Sofa groß genug war, um allen Anwesenden einen bequemen Sitzplatz zu bieten, wagte es niemand, auf dem einzigen Möbelstück im Raum Platz zu nehmen.

Der Hausherr selbst, den nur drei der geladenen Gäste bereits kannten, war noch nicht erschienen, und so warteten sie etwas befangen auf das, was als Nächstes geschehen würde. Da sie sich im Raumschiff eines Außerirdischen befanden, waren sie zwar auf die unwahrscheinlichsten Dinge gefasst, aber als plötzlich Ophelia in den Raum schwebte und die Anwesenden mit einem leichten Nicken ihres stilisierten Kopfes begrüßte, ging dennoch ein Raunen der Bewunderung durch die Gruppe, welches das Herz der künstlichen Intelligenz etwas höher schlagen ließ.

»Herzlich willkommen! Nehmen Sie bitte Platz. Der Gastgeber wird gleich erscheinen!«, ertönte die tiefe sanfte Stimme des Computers.

Die Gäste folgten gerne der Einladung und ließen sich auf den weichen bequemen Kissen des riesigen Sofas nieder. Einer neben dem anderen saßen sie aufgereiht vor dem schwebenden Bordcomputer, so als würden sie im ersten Rang auf den Beginn einer Vorführung warten … und die Vorführung sollte beginnen!

Ophelia schwebte zur Seite und ließ ihren großen Augen zwei violett leuchtende Strahlen entspringen, die sich in einer Nische des Raumes vereinten, um in spiralförmig immer schneller drehenden Wirbeln eine Art Nebel zu erzeugen. Gebannt folgten die Zuschauer dem Schauspiel und beobachteten die langsam wachsende Nebelbank, in der einige Momente später die Umrisse eines Orchesters in Kleinformat zu erkennen waren, dessen Mitglieder den Nussknacker von Tschaikowsky spielten. Die Beleuchtung wurde schwächer, während die sanfte Melodie mit ihren Schwingungen den Raum erfüllte und die Anwesenden langsam in einen fast tranceartigen Zustand versetzte.

Der Spannungsbogen der Musik wuchs in stetig wachsendem Crescendo bis hin zu einem heftigen Forte, dem absoluten Höhepunkt der Melodie. Und in exakt diesem Moment blitzte ein Lichtkegel in der Mitte des Raumes auf, in dem Exel wie durch Magie plötzlich erschien. Er verharrte einige Sekunden mit gesenktem Haupt und begann zum erneuten Einsatz der Musik, ein atemberaubendes Solo zu tanzen.

Gibt es Worte, um den Auftritt eines Außerirdischen im Tanz des klassischen Balletts zu beschreiben?

Nein! Und so lassen wir der Phantasie ihren Lauf!

Das Publikum blieb am Ende der Vorstellung regungslos sitzen, ohne auch nur einen Gedanken an den zwar hochverdienten, jedoch in diesem Moment störenden Applaus zu verlieren, aber in dem stillen Bewusstsein, etwas Einzigartigem und nicht Wiederholbarem beigewohnt zu haben.

»Liebe Freunde, zunächst möchte ich mich bedanken, dass ihr meiner Einladung gefolgt seid!«, sagte Exel und verbeugte sich vor seinen Gästen.

Seine Stimme schien die Zuschauer wieder in die Realität zurückzuholen und sogleich begann jeder auf seine Weise, ihm die Begeisterung über das Gesehene zu bekunden.

»Danke, danke!«, wehrte der Tänzer bescheiden ab. »Schön, dass es wenigstens *euch* gefallen hat! Die holde Ophelia konnte ich bis jetzt leider nicht für meine Ballettkünste begeistern!«

Das Frauengesicht sah Exel pikiert an, ging aber nicht auf seine Provokation ein. Sie hatte Wichtigeres zu tun. Zunächst öffnete sie mit dem Knipsen der Augen eine vorher unsichtbare Tür in der Wand, aus der sieben weiche ergonomisch geformte Sitzflächen zu den einzelnen Gästen schwebten. Ein zweiter Augenschlag und drei kleine Roboter mit jeweils sechs Armen schwebten lautlos auf die Gäste zu. Ihre Arme endeten in großen herrlich verzierten Platten, auf denen eine Unendlichkeit duftender Häppchen und gefüllter Gläser angerichtet waren, die die Augen der Gäste aufleuchten ließen.

»Jeff, sieh dir das an! Phantastisch! Jakobsmuscheln auf Spargelstückchen! Das musst du einfach probieren!«, brachte Gina entzückt nach der ersten Kostprobe hervor.

Während alle freudig überrascht den gastronomischen Köstlichkeiten frönten, nahm Jeff einen meisterhaft angerichteten Happen in die Hand und begutachtete ihn skeptisch. Was hatte Exel nach dem Abendessen vor ein paar Tagen angedeutet? Er drehte den Happen nach rechts und links und betrachtete ihn von allen Seiten.

»Keine Sorge, mein Freund! Es ist nicht das, was du denkst!«, ertönte Exels Stimme und dann spürte Jeff den freundschaftlichen Druck einer Hand auf der Schulter. »Direkt neben dem See gibt es *wirklich* einen großen Feinkostladen! Und Ophelias Kochkünste sind sogar auf Sirius bekannt!«

Der Inspector sah Exel erleichtert an und verspeiste dann voller Genuss den kulinarischen Leckerbissen, der nicht der einzige an diesem Nachmittag bleiben sollte. Jeder aß und trank, was sein Herz begehrte, man sprach, scherzte und lernte sich kennen, falls man es nicht bereits tat.

»Ach, *ihr* habt mir im Namen meiner Frau die E-Mail zugesandt!«, sagte General Willis zu den drei jungen Hackern. »Einfach unglaublich, was ihr mit euren Computern zustande bringt! Ich nutze zwar die neuen Technologien und bewundere ihre ständigen Fortschritte, aber zu mehr bin ich nicht fähig. Nur gut, dass ihr von nun an auf meiner Seite steht! Ihr hättet mein Gesicht sehen sollen, als ich die Nachricht gelesen habe.«

»Na, dann schauen Sie sich ….«« wollte Henry beginnen.

»Ich dachte, wir hatten uns alle auf das *Du* geeinigt«, unterbrach ihn General Willis.

»Okay, also, dann schau dir mal das Gesicht an, das dauernd auf Augenhöhe vor uns schwebt. *Das* ist unglaublich, *das* ist phantastisch! Eine künstliche Intelligenz, die ohne Telekommando, ohne Eingaben durch den User selbstständig agiert und Billionen von Informationen in kürzester Zeit verarbeitet, um seinem Gegenüber sogar schlagfertige Antworten zu geben«, begeisterte sich der sommersprossige Henry, näherte seine Hand dem stilisierten Kopf und zwinkerte dem Computer kameradschaftlich zu.

So sehr die Bewunderung von Seiten der Menschen Ophelia schmeichelte, so sehr war sie eine Bestätigung, dass diese zurückgebliebenen Wesen in keinster Weise der Zuneigung Exels würdig waren, geschweige denn, ihn in seinem Unterfangen unterstützen konnten.

»*Schlagfertig* soll ich dir antworten?«, wiederholte Ophelia in ihrem elektronischen Inneren. »Wie du möchtest!«, und schaltete ihren automatischen Schutzmechanismus auf Alarmstufe.

Als Henry den Kopf quasi zu berühren schien, durchzuckte ihn ein Stromstoß, der die Hand mitsamt seines Besitzers zurück schnellen ließ. Er umfasste die schmerzenden Finger und sah zunächst Ophelia und dann Willis verwirrt an.

»Sorry, aber wie du selbst sagtest, meine Antworten sind manchmal *sogar schlagfertig*, vor allem wenn mich ein fremdes Objekt zu berühren versucht.«

Diesmal zwinkerte Ophelia dem jungen Gast kameradschaftlich zu und schwebte von dannen, während Harry und Hank sich köstlich über die Lektion amüsierten, die das Hologramm ihrem immer noch verdutzten Freund erteilt hatte.

Ophelia näherte sich der Vierergruppe, die ein paar Meter weiter fröhlich plauderte.

»Dann hoffen wir, dass unsere kleine Truppe wirklich den von dir erwarteten Erfolg haben wird«, sagte Ralph Kidman und erhob sein Glas, um mit Exel anzustoßen.

»Den hat sie bereits gehabt«, erwiderte Exel und stieß mit Ginas Bruder an.

»Gestern ist es uns gelungen, den ersten großen Coup zu landen und den Plan des Satanen und seiner Anhänger zu durchkreuzen.«

Dann nippte er an der Flüssigkeit, die sich in seinem Glas befand, ließ seine Geschmacksnerven das unbekannte Getränk beurteilen und kam zu dem Ergebnis, dass dieser Aperitif zwar für ihn ungewöhnlich, aber sehr schmackhaft war.

»Hm, nicht schlecht, Ophelia! Dieses Getränk hat es in sich! Ich würde sagen *göttlich*, andere vielleicht *teuflisch gut*! Wie so oft eine Frage des Blickwinkels, je nachdem, auf welcher Seite man steht!«

»Weder göttlich, noch teuflisch gut, Exel, einfach nur Prosecco mit einem Schuss Campari. Trink bitte nicht zu viel! Du weißt, dass du Alkohol nicht gut verträgst. Ich habe keine Lust, dich die ganze Nacht durchs Raumschiff tanzen zu sehen!«, stellte Ophelia nüchtern fest.

Dann drehte sie sich zu Ralph Kidman um und sah den großen blonden Mann voller Bewunderung an. Auch wenn es sich bei den Menschen um zurückgebliebene Wesen handelte, war bei diesem Exemplar sicher nur der Verstand betroffen, denn was ihre großen Augen da erblickten, war alles andere als zurückgeblieben. Ein Prachtexemplar von einem Mann, dachte Ophelia.

»Noch einen Aperitif, Herr Kidman?«

»Nein danke, Ophelia, aber bitte sag doch Ralph zu mir. Wir werden ja in den nächsten Monaten sehr eng zusammenarbeiten. Ich hoffe, du wirst uns kleine unwissende Menschen mit deinem höchst effizienten elektronischen Gehirn tatkräftig unterstützen!«

Selbstkritisch und Kavalier! Dieser Mensch gefällt mir immer besser! Ophelia schaltete den Selbstschutz aus und näherte sich dem Gesicht von Ralph Kidman.

»Natürlich werde ich dich unterstützen!«, hauchte sie ihm zu. »Möchtest du eine kleine Kostprobe?«

Ralph hob überrascht eine Augenbraue.

»Aber gerne, nichts lieber als das!« antwortete er komplizenhaft.

»Erlaubst du?«, fragte Ophelia und sah Exel entwaffnend … na ja, sagen wir lieber … entschlossen an, da ihr Herr in seinem gesamten Leben nie eine Waffe getragen hatte. Und da Exel die Entschlossenheit seines Bordcomputers allzu gut kannte, nickte er nur und sagte seufzend:

»Wenn du es nicht lassen kannst!«

Ophelia näherte sich langsam dem Gesicht von Ralph Kidman, bis sich die Wangen der beiden berührten. Ralph zuckte kurz zusammen, schmiegte sich jedoch erneut an das kühle Gesicht von Ophelia, als er die Intensität des Datentransfers spürte, den der Computer für ihn vorbereitet hatte. Der Kontakt dauerte nur wenige Sekunden, aber als Ophelia sich von Ralph trennte, sah er sie überwältigt an.

»Du wirst uns sicher tatkräftig unterstützen! Davon bin ich überzeugt!«, bestätigte Ralph, immer noch ungläubig, dass das, was er vor ein paar Sekunden erlebt hatte, der Wirklichkeit entsprach. Aber ihm blieb kaum Zeit zum Überlegen, denn Gina stürzte sich wissbegierig, wie es nur eine Journalistin tun konnte, auf ihren Bruder und entlockte ihm jede Information und Emotion, die Ophelia ihm in den kurzen Augenblicken übertragen hatte.

»Die beiden lassen wir besser alleine!«, sagte Exel zu Jeff und schob ihn sanft beiseite. Der Außerirdische sah seinem irdischen Freund ernst in die Augen und fragte:

»Bist du bereit, Jeff?«

Als Jeff seinen Blick erwiderte ohne zu antworten, fragte Exel erneut.

»Du erinnerst dich an meine Verwandlung in der Kapelle, du hast unseren Gegner gesehen, du hast ihn gespürt, gerochen! Ich will die Menschheit vor ihm schützen, ich werde ihn bekämpfen, manchmal sprechend, manchmal tanzend. Bist du bereit, den *Pas de deux* mit mir zu gehen, um das Böse zu bezwingen?«

»Ich hoffe, die richtige Wahl getroffen zu haben«, antwortete Jeff, »und vertraue darauf, dass du mich auffangen wirst, wenn ich einmal strauchle!«, fügte er hinzu und erwiderte den Blick des Außerirdischen mit noch ernsterem Gesicht.

»Darauf kannst du dich verlassen, mein Freund!«

Als die Gäste langsam ruhiger wurden, zog Exel mit ein paar Pirouetten erneut die Aufmerksamkeit auf sich und blieb schließlich in der Mitte des Raumes stehen.

»Ihr habt euch in der letzten Stunde alle kennengelernt, so dass ich nicht jeden noch einmal einzeln vorstellen werde. Einige unter euch sind bereits befreundet, andere werden im Verlauf unseres Projektes Freunde werden, davon bin ich überzeugt. Jeder von euch besitzt Fähigkeiten, die uns beim Kampf gegen das Böse helfen werden, aber nur unsere Einheit, unsere gegenseitige Unterstützung, das Vertrauen und der Glaube in uns und das Gute werden es ermöglichen, die mächtigen allgegenwärtigen Kräfte des Bösen zu überwinden. Jeder von uns hat in den letzten Wochen Bekanntschaft mit den Freunden meines Gegners gemacht, sei es durch die Morde in Garden City, die ich leider nicht verhindern konnte, sei es durch das Erscheinen der Klone, sei es durch das Auftauchen von Nachrichten aus dem Hypernet. Gestern ist uns ein erster Gegenschlag gelungen, gestern konnten wir den vorzeitigen, geheimen Abflug des Raumschiffes verhindern und somit das erste große Ziel des Satanen zunichte machen. Dafür möchte ich euch allen herzlich danken.

Es hat uns gezeigt, dass wir das Böse bezwingen können, auch wenn es sich in diesem Fall nur um einen kleinen Zwischensieg handelt. Unser Widersacher arbeitet pausenlos an der Verbreitung des Bösen, mit Hilfe der mächtigsten Menschen des Erdballs. Daher ist unser voller Einsatz gefragt und zwar für eine sehr lange Zeit!«, schloss er seine kurze Rede.

»Exel, aber wie sollen wir gegen jemanden kämpfen, von dem niemand weiß, wo er sich aufhält?«, fragte General Willis.

»… und wie er aussieht!«, fügte Gina hinzu.

Ich weiß, wie er aussieht, dachte Jeff, und ich bin in keinster Weise erpicht, diesem scheußlichen Etwas wieder über den Weg zu laufen.

»Wie er aussieht und wo er sich befindet, ist nicht so wichtig«, ergriff Exel erneut das Wort. »Er ist überall präsent, wo etwas Böses geschieht, wo es nur gedacht oder ausgesprochen wird. Und wenn es uns gelingt, diese schlechten Gedanken und Worte zu unterbinden, sind wir unserem Ziel einen großen Schritt näher gekommen«, und fügte zu allerletzt hinzu. »Aber zu eurer Information: morgen werde ich den Satanen aufsuchen. Ich habe seine Schwingungen bereits wahrgenommen und werde einen Ausflug Richtung Westen machen, um ein bisschen Meeresluft zu schnuppern.«

33

An diesem heißen Sommertag war der Strand voller Menschen. Menschen, die beschlossen hatten, den Tag nicht in der heißen Innenstadt hinter Kochtöpfen oder Schreibtischen zu verbringen, sondern im Schatten eines großen Sonnenschirmes. Sie wollten die angenehm erfrischende Brise genießen, die vom Meer auf das Festland wehte und sie aufatmen ließ. Die Wellen brachen sich in regelmäßigem Rhythmus am weißen Sandstrand und wiegten so manchen Badegast langsam in den Schlaf.

Dieses wohlbekannte Bild eines schlummernden Sandstrandes um die Mittagszeit wurde plötzlich durch das Auftauchen einer seltsamen Erscheinung belebt.

»Mama, schau mal!«, rief ein Kind überrascht und zeigte auf den hochgewachsenen Mann, der in anliegenden Beinkleidern und mit flatterndem Umhang an ihnen vorbei ging. »So schau doch, Mama, der sieht aus wie Superman, nur ein bisschen altmodischer!«

»Tom, sei sofort still und lass den Herrn in Ruhe. Wie oft habe ich dir schon gesagt, dass man nicht mit dem Finger auf jemanden zeigt!«, rügte die Mutter den kleinen Jungen.

Vom Geschrei des Jungen aufmerksam geworden, blinzelten einige junge Damen über ihre großen Sonnenbrillen und sahen dem langsam durch den Sand schreitenden Mann freudig überrascht hinterher.

»Woow, schaut euch den tollen Typ an! Zwar etwas komisch gekleidet, aber einfach umwerfend! Wie der erst in der Badehose aussehen wird!«

Exel bewegte sich, ohne auf die Kommentare der Badegäste zu reagieren, geradewegs auf sein Ziel zu. Es war hier am Strand, dessen war er sich bewusst, es musste ganz in der Nähe sein. Er ging langsam einige Schritte weiter und blieb stehen. Die Frequenz der Schwingungen, die er fühlte, hatten ihr Maximum erreicht und so schloss er die Augen, um ihre Intensität noch eindringlicher auf sich wirken zu lassen. Dann drehte er seiner Wahrnehmung folgend den Kopf langsam nach rechts. Das musste er sein, er lag direkt vor ihm ausgestreckt auf einem großen roten Badetuch. Exel würde ihn zwischen tausenden von Menschen wiedererkennen und dies beruhte wohl auf Gegenseitigkeit. Denn kaum hatte Exel den nur mit einem Bikini bedeckten Körper entdeckt, öffneten sich die Augen einer atemberaubenden Blondine und zwei große dunkelbraune, fast schwarze Pupillen blickten ihn forschend an.

»Hallo Exel, ich habe dich bereits erwartet!«, begrüßte ihn die Dame. »Wie hübsch du dich gemacht hast!«, fuhr sie fort und setze sich langsam auf.

»Danke, auch du hast dich angestrengt! Ich hätte dich fast nicht erkannt!«, sagte Exel und blieb vor der blonden Schönheit stehen.

Der Frauenkörper rutschte zur Seite und machte ihm auf dem Badetuch Platz.

»Komm, setzt dich! Was verschafft mir die Ehre deines Besuches?«

»Du weißt doch, dass wir es nicht lange ohne einander aushalten«, entgegnete Exel, als er sich neben den Satanen setzte, »wenigstens nicht länger als ein paar tausend Jahre.«

»Möchtest du damit sagen, dass wir uns im Grunde des Herzens eigentlich lieben?«, fragte die blonde Gestalt und schaute ihn herausfordernd aus den Augenwinkeln an. »Du bist doch nicht etwa gekommen, um mir ein unmoralisches Angebot zu unterbreiten? Gerade jetzt, wo ich eine brave Mama geworden bin!«

Dabei zeigte sie auf ein kleines Kind, das neben dem Badetuch im Sand spielte. Exel drehte sich um.

»Na, das nenne ich nun wirklich eine Überraschung! Wer hätte das gedacht? Soll der Kleine irgendwann mal in deine Fußstapfen treten?«, fragte Exel und wandte sich wieder seinem Gegenüber zu. »Und der liebe Herr Papa, welches Ende hast du ihm beschieden?«

»Um ehrlich zu sein, weiß ich nicht, wo die vollen Windeln des Kleinen geendet sind. Auf jeden Fall war in jeder Windel ein wenig seiner Wenigkeit zu finden. Guter Einfall, nicht wahr? Statt ihn um Unterhalt zu bitten, hab ich ihn einfach zum Unterhalt gemacht. Nur das Beste für meinen kleinen Dämon! Teuflisch und gleichsam unterhaltsam, findest du nicht? Aber jetzt hat mein Liebling wirklich Hunger«, sagte die Blondine, als der Kleine auf allen Vieren im Sand auf sie zu kroch. Sie schälte eine Banane und drückte dem Kind ein Stückchen in die Hand.

»Ich kann mir bildlich vorstellen, wie sehr sich der Papa gefreut hat, dir bei der Ernährung des Kleinen hilfreich zu sein.«

»In der Tat hab ich durch ihn eine Menge Geld gespart. Du weißt doch, wie teuer das Leben heute geworden ist, Exel!«

Der Kleine hielt das Bananenstückchen in der Hand und inspizierte Exel mit forschendem Blick.

»Mama, ist der Mann auch so gut wie Papili?«

»Nein, Dämon, der Herr ist bei weitem nicht so gut wie dein Papa! Aber jetzt iss deine Banane und stör uns nicht!«, antwortete die Mutter und schaute wieder zu Exel.

»Wieso hast du dich eigentlich so ... wie soll ich sagen ... *zugerichtet*?«, fuhr die Blondine fort. »Anders kann man es beim besten Willen nicht nennen! Du scheinst eine Mischung aus dem Helden einer tragischen Oper und dem eines Comic Heftes zu sein. Gibt es einen bestimmten Grund dafür?«

»Um nicht aufzufallen!«, entgegnete Exel mit einem Lächeln.

»Um nicht aufzufallen?«, wiederholte die Blondine erstaunt.

»Ja, nicht so sehr wegen des Aussehen, sondern wegen meines Verhaltens. Wenn ein normaler Mensch sonderbare Dinge tut, dann wundern sich alle darüber und suchen nach einer plausiblen Erklärung. Wenn dagegen ein seltsamer Mensch sich sonderbar verhält, dann kümmert es niemanden, weil nichts anderes von ihm erwartet wird. Und du weißt besser als ich, dass wir beide oft recht seltsame Dinge tun, nicht wahr! Sehr seltsame Dinge ... wie zum Beispiel ... Mama werden!«

»Exel, lass bitte diesen ironischen Unterton. Du hast ja keine Vorstellung, welche Probleme mir diese Mutterschaft bereitet, existenzielle Probleme!«, sagte der Satane gereizt.

»Existenzielle Probleme? Dir?«, fragte nun Exel überrascht. »Ach, du armer Teufel, möchtest du Mitleid in mir erwecken?«

»Ja, ich armer Teufel! Im wahrsten Sinne des Wortes! Gerade du müsstest verstehen, dass ich meinem Kleinen manchmal etwas Gutes tun möchte, wie zum Beispiel, ihm eine bessere Welt bieten, ihm gute Manieren beibringen und viele andere Dinge. Aber nein, das ist mir nicht erlaubt, da ich nur Böses tun darf! Verstehst du? Ich darf nur Böses tun! Wo bleibt da die Willensfreiheit? Mein einziger Trost ist, dass es dir nicht besser ergeht«, sagte der Teufel und strich sich nervös eine Haarsträhne aus dem Gesicht.

»Ganz unrecht hast du nicht«, erwiderte Exel und schaute dem Satanen tief in die Augen. »Sogar ich habe gelegentlich das Bedürfnis, dem ein oder anderen einen Tritt in den Allerwertesten zu versetzen, wenn er es verdient hat. Aber nein! Das ist mir untersagt. Immer nur lächeln und die andere Wange hinhalten!«

Dann blickte Exel auf die ruhenden Strandgäste und fügte mit einem traurigen Lächeln hinzu:

»Sieh dir dagegen all diese Menschen an! Sie haben völlige Willensfreiheit. Sie können in jeder Sekunde ihres Lebens entscheiden, ob sie sich auf die Seite des Guten oder des Bösen stellen möchten. Sie haben die Möglichkeit, ihren eigenen Weg zu wählen, und können diese Entscheidung in jedem Moment ihres Lebens wieder ändern. Uns dagegen, die wir sie erschaffen haben, ist diese Freiheit untersagt. Wir haben keine andere Wahl. Ich würde fast sagen: Ironie des Schicksals!«

Er seufzte tief und ließ den Blick noch einmal über den Strand schweifen.

»Aber wir sollten uns nicht beklagen, da wir es schließlich sind, die die Spielregeln aufgestellt haben.«

Dann drehte er sich wieder dem Satanen zu und kam auf sein eigentliches Anliegen zu sprechen.

»Aber da wir uns gerade über diese Welt unterhalten, lass mich zum Grund meines Besuches kommen. Kannst du mir vielleicht erklären, welche Teufelei du diesmal geplant hast. Was hast du vor? Du willst die Welt dieser armen Menschen doch sicher wieder einmal *in deinem Sinne* besser gestalten!«

Als er keine Antwort erhielt und das verschmitzte Lächeln des Teufels sah, fuhr er fort:

»Ja, ja, ich weiß schon! Ich muss es wieder ganz alleine aufdecken, wie die letzten Male auch. Findest du nicht, dass du mir wenigstens ab und zu deine Zusammenarbeit anbieten könntest?«

»Ach Exel, nach so vielen Jahren bist du immer noch zum Scherzen aufgelegt!«, entgegnete der Teufel, drehte die langen blonden Haare im Nacken zu einem Knoten zusammen und legte sich wieder entspannt auf das Badetuch zurück. »Aber diesmal muss ich dich enttäuschen. Deine Vorahnung ist nicht ganz korrekt. Statt den Erdbewohnern eine einzige bessere Welt zu bieten, möchte ich ihnen den Zugang zu vielen besseren Welten eröffnen.«

»So etwas Ähnliches habe ich mir fast gedacht!«, reflektierte Exel. »Nach der Entdeckung der Klone in der Klinik Salus und dem Geheimtrakt in der Area 51 wurde mir klar, dass diese Wesen die Besatzung für das Raumschiff der Grauen stellen sollten. Du willst wohl das ganze Weltall mit deinen irdischen und nicht irdischen Verbündeten kolonisieren. Aber dies wird dir nicht gelingen! Das Sonnensystem wurde deinetwegen bereits in Quarantäne gesetzt. Als Vorsichtsmaßnahme, falls wir etwas übersehen sollten! Jedenfalls geht die erste Runde an uns! Die Klone sind alle in die Luft geflogen … und zwar nicht in einem Raumschiff … sondern mit der Klinik Salus, während das eigentliche Raumschiff dank unseres Eingreifens auf der Erde geblieben ist.«

»Ja, ich weiß, das hätte wirklich nicht passieren dürfen!«, erwiderte der Teufel verärgert. »Du hast sicher bemerkt, dass ich dir auf den Fersen war. Wir können unsere Präsenz ja nicht voreinander geheim halten! Leider! Aber wie sollte ich ahnen, dass du in kürzester Zeit gleich mehrere Menschen dazu bringen würdest, an deiner Stelle ins Geschehen einzugreifen. Während ich auf *dich* aufgepasst habe, haben *sie* in aller Ruhe meinen Plan kaputt gemacht!«

Die Blondine setzte sich auf und über das verärgerte Gesicht huschte erneut ein Lächeln.

»Na ja, sagen wir lieber: sie haben den Plan verzögert! So leicht gebe ich mich nicht geschlagen! Du kennst mich ja!«, säuselte der Satane, »Ich habe viel Zeit und Geduld!«

»Ja, ich weiß, mein Lieber …«, erwiderte Exel und warf der Blondine einen Seitenblick zu, »… die habe ich jedoch auch! Und ich werde sie mit größter Sorgfalt einsetzen!«

»So wie du es bis jetzt immer getan hast, Exel! Nur hoffe ich diesmal von Herzen, dass es dir nicht gelingen wird. Überlege doch mal, welch perfekte Siedler diese Menschen abgeben würden!« Die Blondine hielt einen Moment inne. »Perfekt in meinem Sinne natürlich! Kannst du dir vorstellen, in welchen Zustand sie die von ihnen kolonisierten Welten versetzen würden? Ich denke, dass ein Teufel sich keine besseren Untertanen wünschen könnte!«

»Da täuscht du dich, lieber Satane!«, entgegnete Exel. »Es gibt mehr gute Menschen unter ihnen, als du dir vorstellen kannst. Sie tun nicht immer das Richtige und denken leider allzu oft an Geld und Macht, aber im Grunde ihres Herzens sind sie auf meiner Seite, bis auf wenige unverbesserliche Ausnahmen. Auf alle Fälle sollten sie noch ein Weilchen auf der Erde bleiben.«

Bei diesen Worten erhob sich Exel.

»Mach's gut, Satanas! Sogar dir darf ich nur Gutes wünschen!«, und entfernte sich langsam. Dann drehte er sich ein letztes Mal um und fügte mit leichter Ironie hinzu. »So viel zum Thema: *die andere Wange hinhalten.* Bis zur zweiten Runde! Adiós!«

Dann verschwand er zwischen den Sonnenschirmen und ließ das Böse – wenigstens in diesem Moment – hinter sich zurück.

TEIL 2

Der Sterbende Schwan

Diejenige Einheit, die in Gott unzertrennlich ist, muss also im Menschen zertrennlich sein, –
und dieses ist die Möglichkeit des Guten und Bösen.

Friedrich Schelling (geb. 1775 in Leonberg)

Über das Wesen der menschlichen Freiheit

1

»Ja, Chief, alles ist vorbereitet, wie Sie es befohlen haben. Auftrag erfüllt! Morgen wird sich zeigen, ob Ihr Plan aufgeht!«

»Was wollen Sie damit sagen, Dexter? Zweifeln Sie etwa an meinen Entscheidungen?«, fragte die dunkle Stimme am anderen Ende der Leitung mit drohendem Unterton.

»Nein Sir, nein …«, stotterte Lieutenant Dexter. Die Reaktion des verärgerten Gesprächspartners ließ die ersten Schweißtropfen auf seiner Stirn erscheinen.»Das will ich hoffen, Lieutenant! Sie sollten mehr Vertrauen in meine … nennen wir es … Intuition … haben. Befolgen Sie exakt meine Anweisungen und alles wird genau nach unseren Vorstellungen verlaufen.«

»Sicher Chief, natürlich, ich habe vollstes Vertrauen!«, setzte Dexter bekräftigend hinzu und zog mit der freien Hand ein Taschentuch aus der Uniformjacke, um die immer zahlreicher auftretenden Schweißperlen aus seinem Gesicht zu entfernen.

»Dann bis morgen, Dexter. Und machen Sie keinen Fehler, das wäre fatal … besonders für Sie!«, sagte die Stimme und der Körper, aus dem sie ertönte, beendete das Telefonat, indem der Hörer auf einer alten, schmutzigen Gabel ablegt wurde, die sich im hinteren Bereich einer heruntergekommenen Spielhölle befand. Dann trat der Körper durch eine Schwingtür zurück in den Saal voller Slot Machines und Glücksspielautomaten und bewegte sich in eleganten schwingenden Bewegungen zwischen den uralten Billardtischen auf den Ausgang zu.

»Mensch, Eddy, schau dir mal dieses rassige Pferdchen an. Das wäre doch einen Ritt wert. Was meinst du?«, sagte ein bulliger Riese mit enganliegender Lederhose und schulterfreiem T-Shirt und legte seinen Billardstock auf der grünen samtenen Oberfläche des Tisches ab. Er ließ seinen Mitspieler stehen und ging auf die atemberaubende Blondine zu, die in ihrem engen türkisblauen Etuikleid, das sich wie eine zweite Haut um den kurvenreichen Körper schmiegte, auf gleichfarbigen High Heels selbstsicher den dunklen Raum durchquerte.

»Hey Lady, was treibt denn so 'ne kühle Blonde in dieses verlassene Loch am Ende der Welt? Vielleicht etwas Aufwärmung nötig? Ich geb Ihnen gerne etwas von meiner Hitze ab«, scherzte der Mann und zwinkerte Eddy grinsend zu. »Ich bin bereits am Kochen!«

Die Blondine schien den Kraftprotz nicht wahrzunehmen und setzte unbeeindruckt ihren Weg zum Ausgang fort. Zwei große Schritte und der Macho befand sich in der Mitte des Raumes, um der langhaarigen Schönheit den Weg zu versperren. Der tätowierte nackte Arm des Mannes griff nach ihrer Schulter, aber noch bevor die Hand den Körper der Frau berühren konnte, drehte ihr Kopf sich leicht zur Seite und ein glühender Blick traf den Störenfried, ein Blick, der den bulligen Körper nach hinten katapultierte und ihn ein paar Meter durch die Luft fliegen ließ, bis er rücklings mit solcher Gewalt auf den Billardtisch prallte, dass dieser vor den Augen des völlig verdutzten Spielpartners in tausend Stücke zerbarst.

Ohne sich noch einmal umzudrehen, trat die weibliche Figur durch die Schwingtür ins Freie, wo eine strahlend saubere schwarze Limousine auf sie wartete. Sie ging an den beiden verstaubten, schweren Motorrädern vorbei, setzte sich ans Steuer des Wagens und startete den Motor. Eine riesige Staubwolke aufwirbelnd fuhr der Wagen auf die verlassene Straße, die schnurgerade durch die trockene, steinige Steppe Richtung Norden führte.

Als sie Fahrtgeschwindigkeit aufgenommen hatte, blickte die Fahrerin kurz auf den Rücksitz und ergriff mit der rechten Hand das Füßchen eines blonden kleinen Jungens, der – sicher angeschnallt – der Dame zufrieden, aber etwas müde zulächelte.

»Na Dämon, wie war die Eidechse? Hat dir der kleine Snack geschmeckt?«

Aber der Kleine hatte bereits die Augen geschlossen und war in die sanfte Art tiefer Bewusstlosigkeit gefallen, die den Schlaf unbekümmerter Kinder auszeichnet, um den sie so mancher Erwachsene beneidet.

2

Wieder schlängelte sich der kleine Konvoi der Firma Tecom – wie vor einigen Monaten – über die zahlreichen Serpentinen auf der engen Straße dem Pass entgegen. Wieder wurde die Ladung von einer Sicherheitstruppe mit den modernsten Erkennungs- und Ortungssystemen eskortiert, wieder waren die Nerven aller bis zum Zerreißen gespannt. Nur wusste die Begleittruppe diesmal, dass sie mit der Annäherung einiger Fahrzeuge zu rechnen hatte. Wie viele Fahrzeuge es sein würden, war nicht bekannt, welchen Typs ebenfalls nicht, sicher war nur – zur Beruhigung aller Beteiligten – dass der Konvoi diesmal nicht durch mehrere heftige Explosionen in unauffindbar kleine Einzelteile zerlegt werden würde. Diesmal sollte sich der Konvoi den Aggressoren stellen, diesmal sollte die Ladung ohne Gegenwehr übergeben werden.

»Konnten Sie bereits ein Fahrzeug orten, Commander?«, fragte Murrey den Verantwortlichen des Sicherheitssystems.

»Nein, Sir, bis jetzt kein Objekt in Annäherung!«

Die beiden saßen im Laderaum des ersten LKWs vor einem der modernsten Ortungssysteme, das über Radar und GPS die Annäherung jeglichen größeren Objektes signalisierte.

»Lange kann es nicht mehr dauern. Halten Sie sich bereit. Ich schaue kurz im letzten Wagen nach dem Rechten!«

Dann öffnete er die hintere Tür, sprang aus dem langsam rollenden Wagen und stieg kurz darauf in die Fahrerkabine des letzten Glieds der langen Kette ein.

»Hi Bill, bis jetzt kein Fahrzeug in Sicht!«, beantwortete der Marin den fragenden Blick des Fahrers.

»Gleich haben wir den höchsten Punkt erreicht«, bemerkte Bill etwas nervös. »Dann geht es wieder dem Tal entgegen. Bin gespannt, wo sie auf uns warten.«

Aber auch auf den folgenden Kilometern durch die zunächst felsige, dann sandige Wüste tauchte außer einem alten Camper, der ihnen auf dem Highway entgegen tuckerte, kein Fahrzeug auf.

Nun wurde auch Murrey langsam nervös. Er nahm das Funkgerät in die Hand und kontaktierte Lieutenant Dexter, der im Stützpunkt geblieben war.

»Lieutenant, hier spricht Murrey, hören Sie mich?«

Nach einem kurzen Knacken und einem länger anhaltenden Rauschen meldete sich der Vorgesetzte des Marin.

»Hallo Murrey, hier Dexter! Schon etwas gesichtet?«

»Negativ, Sir, außer einem Camper ist uns bis jetzt kein einziges Fahrzeug begegnet, weder auf dem Land- noch auf dem Luftweg.«

»Wie weit sind Sie vom Stützpunkt entfernt?«

»Zirka fünf Kilometer, Sir«, erwiderte Murrey und sah auf die Uhr. »Bei diesem Tempo müssten wir in zehn Minuten in der Area sein.«

»Ich warte mit ein paar Leuten vor dem Hangar auf Sie. Wir öffnen kurz das Nebentor an der Südseite, wenn ihr eintrefft! Bis gleich!«

Lieutenant Dexter schaltete das Funkgerät aus und steckte es in die Seitentasche seiner Uniform. Nachdenklich sah er zum Fenster hinaus. Warum war der Konvoi bis jetzt nicht angehalten worden? Diesmal hatten sie bewusst die Information durchsickern lassen, dass die Ersatzteile für das Raumschiff heute geliefert wurden. Willis, sein direkter Vorgesetzter und Leiter des Militärstützpunktes, würde den Konvoi doch nicht im Inneren der Area 51 blockieren? schoss es Dexter durch den Kopf. Na ja, und wenn schon, beim Stand der Dinge, war es eigentlich egal.

Er verließ sein Büro und ging durch die Kommandozentrale, wo Tyro und die anderen Grauen ihn bereits erwarteten.

»Hallo Dexter? Erzählen Sie! Wurde der Konvoi bereits angehalten?«, fragte der Anführer der Grauen und nahm einen tiefen Zug an seiner Zigarre.

»Nein Tyro, sie rollen weiter Richtung Südeingang. Vielleicht wollen sie uns im Inneren der Area überrumpeln. Ich muss jetzt raus, die Jungs warten bereits am Seiteneingang.«

Dann marschierte Dexter schnellen Schrittes aus der Kommandozentrale Richtung Ausgang und ließ die Grauen und ihr Raumschiff hinter sich. Er zog das Funkgerät erneut aus der Jackentasche und gab letzte Anweisungen an seine Leute im Inneren des Stützpunktes.

»Marin Andrew, hier sprich Lieutenant Dexter! Hören Sie mich?«

»Ja, Sir, klar und deutlich!«

»Sie wissen, sobald die Lastwagen den Eingang passiert haben, schließen Sie das Tor ab und verschwinden mit Ihren Leuten. Es läuft anders, als wir gedacht haben. Ich will keinen von euch in der Nähe sehen!«, befahl Dexter mit lauter Stimme.

»Roger!«, antwortete der Marin, nahm aber das Wort noch einmal auf. »Sir, Annäherung des Konvois aus Richtung Süden. Ich sehe vier Fahrzeuge, keine Begleitobjekte. Geschwindigkeit zirka dreißig Stundenkilometer. Voraussichtliche Ankunft drei Minuten!«

»Danke Andrew. Bis später! Out!«, endete der Lieutenant das Gespräch und funkte dann seine Leute im Inneren des Hangars an.

»Marines, der Konvoi ist in drei Minuten hier. Haltet euch bereit. Sobald die Lastwagen vor dem Hangar anhalten, kommt ihr heraus, verstanden? Ich will keine Waffen sehen! Ihr kommt nur zum Ausladen, ist das klar?«

Der Marin am anderen Ende der Leitung bejahte und dann war auch dieses Gespräch beendet.

Dexter trat aus dem Hangar auf den großen Platz vor dem Hügel, in dessen Innerem seit über sechzig Jahren das geheimste militärische Projekt der USA realisiert wurde, der Wiederaufbau des Raumschiffes, in dem außerirdische Wesen 1947 in der Nähe von Roswell in Nevada abgestürzt waren. Seit fünf Jahren war Dexter Leiter des Geheimtraktes und er hatte in diesen Jahren alles vorbereitet, um mit Hilfe der Grauen und ihrer außergewöhnlichen Technologien und Kenntnisse, die Macht an sich zu reißen. Nicht nur die Macht über diesen kleinen Militärstützpunkt, inmitten der salzigen, verstaubten Wüste Nevadas, dachte Dexter und ein Lächeln durchzuckte kurz seine Mundwinkel. Nein, die Macht über den gesamten Erdball. Einige wenige mächtige und einflussreiche Geschäftsleute sowie Militärs aus den höchsten Rängen unterstützen ihn dabei. Leider waren sie bei dem gesamten Projekt auf die Technologien dieser kleinen grauen Wesen angewiesen, weswegen er Tylo, dem Anführer der Grauen, als Gegenleistung versprochen hatte, das Raumschiff ohne menschliche Begleitung zurück ins Weltall starten zu lassen. Entgegen den Plänen des ersten Mannes der Vereinten Nationen Amerikas, der die Hoffnung schürte, die Grauen durch die jahrelange Unterstützung bei der Rekonstruktion des Raumschiffes zu seinen Verbündeten gemacht zu haben. Er wollte mit Hilfe der Grauen das Weltall kolonisieren! Was hatte er erwartet? Dass die Außerirdischen ihm den Weg ebnen würden, um nicht als freie Graue, sondern als kolonisierte Untergebene in ihre Heimat zurückzukehren? Ein weiterer verrückter, eingebildeter Politiker, der die Militärs wie Sklaven behandelte. Sollte Willis, der Leiter der Area 51, dem Idioten doch hinterher laufen. Er würde es sicher nicht tun! Bald würde der Präsident nach *seiner* Nase tanzen, würde *seine* Befehle ausführen und vor *ihm* stramm stehen, wo und wann er es wollte.

Bei diesem Gedanken leuchtete das Gesicht des Lieutenant auf. Er hatte noch einen weiteren Joker in der Tasche, den großen mächtigen Unbekannten, den Satanen, dem kein menschliches Wesen etwas anhaben konnte, nicht einmal die Außerirdischen. Er hatte ihn noch nie gesehen, immer nur seine verführerische, überzeugende Stimme am Telefon gehört. Die Außerirdischen hatten den Kontakt zwischen Dexter und dem Satanen hergestellt. Sie kannten ihn seit Millionen von Jahren, kannten seine Macht, und seine außergewöhnlichen Fähigkeiten. Aber jetzt genug! Jetzt sollte der erste Gegenstoß gegen Willis starten. Hoffentlich lief alles nach Plan!

Der erste Wagen des Konvoi überquerte am Südtor die Grenzlinie zwischen Außenwelt und Area 51. Drei weitere Lastwagen rollten, dichte Staubwolken aufwirbelnd, durch den Seiteneingang und kamen fünfhundert Meter weiter auf dem großen Platz direkt vor dem Eingang des unterirdischen Lebensbereichs der Grauen zum Stehen. Dexter näherte sich schnellen Schrittes seinem Lieblingsmarin Murrey, der aus dem Fahrerhaus des ersten LKWs sprang. Als Dexter vor ihm stand, erhob der Soldat den Regeln entsprechend die Hand zum militärischen Gruß. In exakt diesem Moment, als alle vier Fahrzeuge und der aufgewirbelte Staub wieder zur Ruhe gekommen waren, kehrte Bewegung in die gesamte Szene zurück.

Über die drei Zufahrtsstraßen rasten jeweils zwei gepanzerte Truppenwagen nebeneinander auf den Platz zu, während hinter dem Hügel zwei Helikopter wie summende Bienen emporstiegen und in ausreichender Höhe über dem Platz in Wartestellung gingen. Als der Konvoi von allen Seiten umzingelt war, brauste ein Jeep mit vier Fahrgästen an den Panzerwagen vorbei und hielt mit quietschenden Bremsen direkt neben Dexter und Murrey. Drei Marines sprangen mit Maschinengewehren im Anschlag aus dem Fahrzeug, gefolgt von General Willis, der neben seinem direkten Untergebenen stehenblieb.

»Dexter! Keine Gegenwehr. Sagen Sie Ihren Leuten, sie sollen die Waffen stecken lassen. Jeder Widerstand ist sinnlos. Sie sind umzingelt!«, waren die präzisen Worte des Leiters der Area 51.

»General Willis, was geht hier vor?«, entgegnete Dexter und zeigte sich wahrhaft überrumpelt. »Soll das eine Übung sein, von der ich nicht unterrichtet wurde? Ein neu von Ihnen ausgedachter Test für meine Leute?«, fügte er mit überraschter Miene hinzu.

»Nein, Dexter, das ist keine Übung ... leider!«

»Und was wollen Sie dann mit diesem Überfall bezwecken?«

»Das wissen Sie genau, Dexter, tun Sie nicht so scheinheilig!«, bellte Willis zurück.

»Aha«, antwortete der Lieutenant. »Interessant, General! Und was sollte ich Ihrer Meinung nach genau wissen?«

»Dass Sie geheimes Material ohne meine Kenntnis in die Area 51 transportieren lassen, das sollten Sie wissen! Und damit verstoßen Sie eindeutig gegen die Vorschriften!«, fuhr der General mit lauter und energischer Stimme fort. »Ihre Leute sollen sofort aus den Lastwagen aussteigen. Los, Dexter, befehlen Sie ihnen, mit erhobenen Händen auszusteigen.« Dabei ging er zwei Schritte zurück und drehte sich zu dem Konvoi um. »Und keine Mätzchen, Dexter! Bitte ersparen Sie uns das!«

Dexter gab seinen Marines die entsprechenden Anweisungen und eine Minute später stand seine Truppe mit erhobenen Händen neben den Lastwagen und wurde von den eigenen, darüber nicht allzu glücklichen Kameraden in Schach gehalten.

»Murrey, öffnen Sie bitte den Laderaum des ersten Wagens«, befahl der General. »Dexter, Sie kommen mit!«

Vier bewaffnete Marines folgten der Dreiergruppe mit erhobenen Waffen.

Murrey blieb vor dem hinteren Laderaum stehen und sah seinen Vorgesetzten fragend an.

»Befolgen Sie die Anweisung des General, Murrey! Machen Sie auf!«

Der Marin entsperrte den Schließmechanismus der hinteren Wagentür, öffnete die beiden Flügel und trat dann ein paar Schritte zurück.

Im Laderaum türmten sich Karton über Karton, alle mit den gleichen nicht allzu großen Ausmaßen, sauber gestapelt und in Neunergruppen mit Klebeband zusammengehalten.

»Matthew, steigen Sie bitte auf die Ladefläche und prüfen Sie den Inhalt der Kisten«, lautete der Befehl des Generals. Der Marin sprang geschmeidig wie eine Katze auf den Lastwagen, zog ein Messer seitlich aus dem Schaft seines Militärstiefels und zerschnitt damit ein Verpackungsband. Dann riss er den ersten Karton auf und betrachtete einige Sekunden wie versteinert den Inhalt, öffnete dann hastig einen zweiten Karton, dann einen dritten und vierten, um sich schließlich mit fragendem Blick zu den unterhalb der Ladefläche stehenden Betrachtern umzudrehen.

General Willis versuchte Haltung zu bewahren, denn er wäre am liebsten selbst auf den Lastwagen gesprungen, um Lieutenant Dexter nach so langer Zeit endlich eines großen Vergehens zu überführen.

»Matthew, was ist los? Haben Sie die Sprache verloren?«, rief Willis dem Marin ungeduldig zu. Diese Art von Frage entsprach nicht seinem sonst tadellosen militärischen Umgangston, aber im Moment war seine Anspannung einfach zu groß. Als er das überraschte Gesicht seines Marines bemerkte, fasst er sich wieder und fuhr mit fester Stimme fort:

»Würden Sie uns bitte zeigen, welche Materialien dieser Konvoi heimlich in die Area 51 transportieren sollte, ohne dass ich darüber in Kenntnis gesetzt wurde!«

Matthew beugte sich erneut über die Ladung, griff mit beiden Händen ins Innere des obersten Kartons, blickte Willis ein letztes Mal ungläubig an und hob dann zögernd den Inhalt aus der Verpackung: einen ausgehöhlten mit Augen, Nase und Mundschlitz versehenen großen Kürbis!

3

Es war ein milder Herbstabend, zur Freude all derer, die in dieser Nacht nach altem Brauch in farbenfrohen, meist angsteinflößenden Kostümen in den November hineinfeiern wollten, wie auch die Journalistin Gina Kidman und ihr Lebenspartner Jeff Lucas, Inspector der Polizei von Garden City. Sie hatten vor ein paar Minuten ihr Apartment in der Stadtmitte verlassen und waren auf dem Weg zu ihrem Freund Exel, einem Außerirdischen, der vor wenigen Monaten auf die Erde gekommen war, um den Planeten und seine Bewohner zu retten.

Als Exel den Wagen langsam den See entlang rollen sah, erhob er sich von der Holzbank, auf der sich tagsüber manch müder Spaziergänger ausruhte, um die ruhige Atmosphäre zu genießen und die aufgrund des nahenden Winters selten werdenden, gefederten Seebewohner zu beobachten. Exel hatte diese Sitzgelegenheit zum Start- und Landeplatz gewählt, um täglich in sein irdisches Zuhause zu gelangen, ein kleines Raumschiff, das er verborgen vor den Blicken Neugieriger auf dem Seegrund geparkt hatte. Als der Außerirdische sich der Straße näherte, wurde er vom hellen Lichtkegel der beiden Scheinwerfer eingefangen. Für den heutigen Abend hatte er das erste Mal sein Standardoutfit im Schrank hängen lassen. Anstelle der gewohnten schwarzen Leggins und dem eng anliegenden Hemd trug er an diesem Abend eine samtene Hose und ein weißes Hemd mit Volantkragen und eleganten breiten Rüschen. Statt des knielangen dunkelblauen Umhangs, der ihm bei seinen weiten eleganten Sprüngen oft als Segel diente, trug Exel heute ein kurzes Poncho aus schwarzen Samt, welches seinem Äußeren die gewünschte feierliche Note verlieh. Natürlich durften die Stiefel à la D'Artagnan nicht fehlen!

»Wooww«, rief Gina begeistert, als ihr Freund in den Wagen einstieg. »Du hast dich ja richtig in Schale geworfen!«

»Auch du hast dein Bestes getan!«, erwiderte Exel und lehnte sich nach vorne, um das mit Pailletten besetzte lange Abendkleid zu begutachten. Und als sein Blick auf Ginas atemberaubendes Dekolleté fiel, fügte er ein »Enchanté, Madame!«, hinzu, woraufhin die blonde Schönheit eine mit Spitzen und funkelnden Steinen besetzte Maske vor ihre strahlend blauen Augen führte und mit einem verzaubernden Lächeln »Monsieur!« säuselte.

»Ihr beide passt heute perfekt zusammen!«, mischte sich nun auch Jeff in das Wortgeplänkel ein. »Die geheimnisvolle Adlige und das beschützende Musketier. Es fehlt eigentlich nur der blitzende Degen!«, scherzte er und warf Exel einen freundschaftlichen Blick zu, bevor er sich wieder auf den abendlichen Verkehr konzentrierte. »Ja ja, ich weiß, Exel! Du darfst keine Waffen tragen!«

Jeff hatte trotz Halloween auf jegliche Verkleidung verzichtet und sich ohne große Begeisterung in seinen einreihigen Smoking geworfen, das einzige Kleidungsstück in seinem Schrank, das er für einen Ballettabend in Las Vegas anziehen konnte.

Gina und Jeff hatten Exel zu einem außergewöhnlichen Abend im Theatersaal des Hotels *Paris* eingeladen, wo die Nevada School of Dance einen Klassiker des Balletts aufführte, den *Nussknacker*! Sie hatten bewusst den letzten Tag des Monats Oktober gewählt, da Exels Erscheinung zwischen all den maskierten und seltsam gekleideten Menschen an diesem Abend nicht auffallen würde. Der Außerirdische hatte die Einladung voller Begeisterung angenommen, da seit der Ankunft auf der Erde sein Herz für die harmonischen Bewegungen des klassischen Balletts schlug. Er nutzte darüber hinaus die eleganten Pirouetten und Sprünge als Waffe, um seine Gegner im Kampf gegen das Böse abzuwehren und, falls nötig, außer Gefecht zu setzen.

Eine Stunde später liefen die drei über Kopfstein gepflasterte Wege, erleuchtet von schmiedeeisernen französischen Laternen, unter dem Tour Eiffel hindurch oder besser gesagt, unter der Nachbildung des Eiffelturmes, der, halb so groß wie sein Original, seine Spitze neben dem Hotel Paris in den nächtlichen Himmel streckte.

»Wohin habt ihr mich denn heute entführt?«, fragte Exel mit leicht amüsierter Stimme. »Wenn die Erinnerung mich nicht täuscht, so habe ich dieses Bauwerk in der Hauptstadt eines Landes namens Frankreich auf dem Kontinent Europa bewundert … im Internet natürlich«, fügte er hinzu, als er den erstaunten Blick seiner beiden Begleiter sah.

Dann ließen die drei die Imitation des Monumentes hinter sich und betraten inmitten einer Schar bunt gekleideter Hotelbesucher die imposante Eingangshalle des Hotels Paris in Las Vegas. Sie gingen zwischen riesigen Säulen unter kristallenen Kronleuchtern an der Rezeption vorbei, die mehrere Anlaufstellen für die zahlreichen Gäste bot, und liefen zielsicher in Richtung Theatre, wo sich schon bald der Vorhang öffnen sollte, um das bunt gemischte Publikum zu verzaubern.

Dieser Gedanke ließ das Herz des Außerirdischen höher schlagen: Der Nussknacker! Wie oft hatte er Szenen dieses klassischen Balletts im Internet verfolgt und Gefallen an den sanften, harmonischen Bewegungen der Tänzerinnen und Tänzer gefunden. Heute sollte er zum ersten Mal die außergewöhnliche Interpretation des menschlichen Tanzes live mitverfolgen. Und so betrat er in spannender Erwartung den hell erleuchteten Saal des Theaters.

4

Und während der Außerirdische mit seinen beiden Freunde die Sitzplätze im bereits gefüllten Theatre suchten, konnte General Willis nicht zur Ruhe kommen.

Nach dem heutigen Desaster bei der Überprüfung des Konvoi hatte er sich unter den mitfühlenden Blicken seiner Marines und dem triumphalen Lächeln Lieutenant Dexters in seine Wohnräume zurückgezogen, wo er eine Stunde später am Telefon die Philippika des ersten Mannes Amerikas über sich ergehen lassen musste.

Wie er es wagen konnte, öffentlich sein Misstrauen gegenüber dem zweiten Mann in der Area 51 kund zu tun! Nur weil Dexter eng mit den Grauen zusammenarbeitete! Diesen kleinen hilflosen Wesen, die auf die Hilfe der Menschen angewiesen waren! Diesen kleinen grauen Kreaturen, die ihm, dem Präsidenten, und den Vereinigten Staaten Amerikas den Weg ins Weltall weisen würden, um auf einem fernen Planeten ein neues Amerika zu erschaffen!

An die Tiraden des Präsidenten war Willis bereits gewöhnt … aber diese Blamage vor versammelter Mannschaft!

Willis ging aufgebracht in seinem Wohnzimmer auf und ab. Dexter hatte ihn hereingelegt oder besser gesagt, Dexter, dessen Mannschaft und die Grauen hatten ihn und seine Freunde hereingelegt.

Alle Kommunikationen, jeglicher Informationsaustausch zwischen dem Geheimtrakt der Grauen und der Außenwelt hatte auf einen geheimen Transport der letzten Ersatzteile für die Fertigstellung des Raumschiffes hingewiesen. Alles hatte die heutige Lieferung angekündigt, alles, und zwar ganz offensichtlich. Scheinbar zu offensichtlich, ging es Willis durch den Kopf. Und niemanden war etwas aufgefallen, weder Exel noch seinen Freunden. Sie waren sich ihrer Sache sicher gewesen, allzu sicher, und nun musste er die Konsequenzen tragen.

Willis stieß einen tiefen Seufzer aus, ging auf sein Ledersofa zu und ließ sich hineinfallen. Heute war alles entgegen seinen Vorstellungen gelaufen. Statt Dexter des Verrates zu überführen, war er vom Lieutenant im wahrsten Sinne des Wortes vorgeführt worden. Daran konnte er nun nichts mehr ändern. Er musste sich auf die wichtigen Dinge konzentrieren und sein analytisches Gehirn arbeiten lassen! Langsam gelang es ihm, die Erinnerung an das grinsende Gesicht von Dexter aus seinem Kopf zu verdrängen und es kehrte Ruhe in sein aufgewühltes Inneres zurück.

Die ganze Zeit hatten sie sich durch die bewusst ins Netz gesetzten falschen Nachrichten täuschen lassen. Sie hatten sich auf den Termin und den Ort der Übergabe konzentriert, aber einen Gesichtspunkt völlig außer Acht gelassen: wer sollte das Geld für die Lieferung der letzten Ersatzteile für die Rekonstruktion des Ufos zur Verfügung stellen? Das Budget des Präsidenten war aufgebraucht! Der letzte Transport mit den noch fehlenden Teilen für das Raumschiff war in die Luft gesprengt worden. Das Geld war bis auf den letzten Cent verbraucht.

Im Eifer des Gefechtes hatten Exel und seine Freunde zwar die neue Lieferung verhindern wollen, jedoch die Frage nach der Geldquelle völlig außer Acht gelassen.

Die Übergabe dieser sehr teuren Teile hatte zwar heute nicht stattgefunden, aber da die Grauen und Dexter ohne Wissen des Präsidenten den vorzeitigen Abflug planten, mussten sie eine heimliche Geldquelle gefunden haben. Aber wo? In der Industrie, der Politik, im Bankwesen? Hatte Dexter einen reichen Privatsponsor gefunden?

Willis spielte verschiedene Möglichkeiten durch, kam jedoch zu keinem Ergebnis und beschloss, die Suche für heute einzustellen. Seine Frau war verreist und so nahm er ein kühles Bier aus dem Eisschrank, machte den Fernseher an und ließ sich erneut in die weichen Kissen des Sofas sinken. Er drückte mehrere Male auf die Fernbedienung, bis er bei einem Kanal innehielt, in dem ein Baseballspiel übertragen wurde. Um welches Spiel konnte es sich handeln, überlegte er kurz? Ein kurzer Adrenalinstoß und dann war die Erinnerung wieder da! Das Topspiel der National League! San Francisco gegen Cincinnati! Wie konnte er das nur vergessen! Na ja, verzeihlich, gestern Abend hatte er wirklich andere Probleme und nach den heutigen Ereignissen …! Dann lehnte er sich genüsslich zurück. Etwas Besseres hätte ihm heute Abend nicht passieren können.

Eine Stunde später war die Flasche leer und Cincinati um einen Sieg reicher. Willis verfolgte einige Interviews und wollte gerade den Fernseher ausschalten, als ein ihm bekanntes Gesicht neben Spielern und Coach auf dem Bildschirm erschien. Es handelte sich um den größten Fan und Sponsor der

Mannschaft, Martin Smith, eine bedeutende Persönlichkeit aus dem Bereich des amerikanischen Bankwesens, der voller Stolz auf den Sieg seiner Mannschaft die Fragen der Reporter beantwortete.

Und während Willis weiterhin die ablaufenden Bilder der Reportage verfolgte, versuchten seine Gehirnzellen ihren eigenen Weg zu gehen. Dieses Gesicht! Das hatte er doch vor kurzer Zeit irgendwo gesehen? Aber wo? Sein Gehirn arbeitete, suchte in der Erinnerung nach einer Antwort. Er blickte geistesabwesend auf den Bildschirm. Dann stand er ruckartig auf, ging zum Bücherregal an der gegenüberliegenden Seite des Zimmers, zog ein Fotoalbum heraus und schlug es auf. Nachdem er die ersten Seiten langsam durchgeblättert hatte, fiel sein Blick auf ein Foto und sofort umspielte ein Lächeln seine Lippen.

Die Erinnerung hatte ihn nicht getäuscht! Er hatte dieses Gesicht vor nicht allzu langer Zeit gesehen, und zwar auf der Gedenkfeier eines ehemaligen Leiters der Area 51. Das Foto zeigte Smith an einer langen Tafel, ins Gespräch mit seinem Tischpartner vertieft und zwar … mit dem lieben Dexter! Die beiden nahmen die Geschehnisse um sich herum kaum wahr, und während alle anderen lächelnd in die Kamera des Fotografen blickten, schienen die beiden sich wegen etwas ganz anderem Gedanken zu machen.

Willis blickte auf und starrte erneut auf den Bildschirm, wo die Übertragung des Spieles mit einem letzten Kommentar des Reporters endete.

Lieutenant Dexter und der Bankier Martin Smith! Das könnte die Lösung sein!

5

Exel blickte neugierig um sich, während die High Society langsam den großen Theatersaal füllte. Gina und Jeff hatten neben ihm in der kleinen Loge Platz genommen und die Journalistin beobachtete mit einem Opernglas die illustren Gäste. Ab und zu schubste sie den nicht sehr begeisterten Jeff von der Seite an und reichte ihm das elegante kleine Opernglas, um ihn auf irgendwelche scheinbar sehr wichtigen Details hinzuweisen.

»Irgendwie habe ich den Eindruck, Gina, als ob für dich die eigentliche Vorstellung bereits begonnen hat«, bemerkte Exel mit leichter Ironie in seiner Stimme.

»Verehrter Herr Exel, Vermeiden Sie bitte den spöttischen Unterton!«

»Liebste Gina, was vor meinen Augen in diesem großen Saal geschieht, verdient nichts anderes als meinen Spott.«

»Wieso?« fragte Gina neugierig. »Was geschieht denn hier?«

»Dank deines Vergrößerungsglases solltest du das eigentlich gut erkennen.«

»Exel, hör auf, in verschlüsselten Worten zu sprechen und sag einfach, was dir im Kopf herumschwirrt«, erwiderte Gina ungeduldig.

»Ganz einfach!«, antwortete der Außerirdische mit einem Lächeln. »Die meisten Zuschauer sind scheinbar davon überzeugt, selbst zur Vorführung zu gehören!«

»Wie kommst du denn darauf?«, fragte Gina erstaunt.

»Schau dir diese Menschen doch einmal an. Alle geschmückt wie Weihnachtsbäume, an denen einzig und allein die blinkenden Lichter fehlen, um noch mehr Aufmerksamkeit auf sich zu ziehen. Und du unterstützt sie bei ihrem Unterfangen, weil du genau das tust, was sie erwarten: du beobachtest sie begeistert!« ‚erklärte Exel mit ruhiger Stimme.

»Und was sollte ich deiner Meinung nach tun?«, erwiderte Gina herausfordernd. »Vielleicht die Augen schließen?«

»Das wäre … wenigstens in diesem Fall … die intelligenteste Lösung!«, antwortete Exel trocken.

»Exel … hör sofort auf, sonst lass ich dich von Jeff festnehmen«, scherzte Gina, Aber Exel fuhr mit ernster Miene fort: »So ganz unrecht hast du nicht!

In meiner momentanen Situation sollte ich mir Kommentare über eure Rasse lieber ersparen.«

»Um ehrlich zu sein, hast du den Nagel auf den Kopf getroffen«, renkte Gina freundschaftlich ein, »aber da wir eine nicht gerade billige Eintrittskarte bezahlt haben, sollten wir die komplette Vorstellung genießen … mit allem, was dazugehört!«

Jeff seufzte erleichtert auf. Aber er hatte sich zu früh gefreut, denn ihr neuer Freund setzte in ruhigem Ton hinzu:

»Was meinst du, Gina? Wenn ich auf einmal in diesem Saal durch die Luft schweben würde, könnte ich doch sicher die gesamte Aufmerksamkeit von *ihnen* auf *mich* ziehen, oder?«

Jeff wurde weiß wie eine Wand. Allein der Gedanke an ein derartiges Szenarium erzeugte eine heftige Übelkeit in ihm.

Gina hingegen begrüßte, ohne Jeffs Gemütswandel wahrzunehmen, voller Begeisterung Exels Vorschlag … wie ein glückliches Kind, das sich auf ein nie erlebtes Ereignis freut.

»Das könntest du wirklich?« ,fragte sie aufgeregt und sah den Außerirdischen mit ihren großen blauen Augen erwartungsvoll an.

»Ich könnte es ja mal probieren! Es sollte nicht schwieriger sein, als über das Wasser zu wandeln«, überlegte er kurz. »Wisst ihr was? Ich probiere es einfach!«, und war im Begriff, sich von seinem Platz zu erheben.

Das war zu viel für den Inspector.

»Wenn du es auch nur wagst aufzustehen, Exel, dann erschieße ich dich – so wahr mir Gott helfe – hier … auf der Stelle!«

»Jeff …«, ertönte Ginas Stimme, deren Lautstärke um einige Dezibel gestiegen war, »… nun rede doch keinen Unsinn!«, und fügte in versöhnlichem Ton hinzu: »Wenn du schon auf ihn schießen willst, dann tu es bitte, wenn er in der Luft schwebt. Das hätte einen ganz anderen Effekt …«, und dachte bereits an die Schlagzeile auf der Titelseite ihrer Zeitung.

»Immer nur schießen!«, unterbrach Exel die beiden. »Seit ich Jeff kenne, droht er damit, auf mich zu schießen … und nur weil ich ein bisschen fliegen will! Das ist reiner Neid! Jetzt verstehe ich auch, warum ihr dauernd auf die armen Vögel in der Luft schießt!«

Jeff beugte sich angriffslustig zu ihm hinüber.

»In Momenten wie diesem würde ich dich auch erschießen, wenn du dich am Grund des Meeres befinden würdest, das kannst du mir glauben!«, sagte er mit böser Miene.

»Ja, das glaube ich dir sofort«, entgegnete Exel immer noch mit ernstem Unterton. »Wieder purer Neid, diesmal gegenüber den armen Lebewesen in den Tiefen des Ozeans! Und da du bei unserem ersten Treffen festen Boden unter den Füßen hattest, schließe ich daraus, dass ihr Menschen auf alles und alle schießt ... und zwar überall!«, war seine logische Schlussfolgerung, die von einem breiten Lächeln begleitet wurde, das den Joker in Batman vor Neid hätte erblassen lassen.

Jeff sah Exel so verdutzt an, wie man einen verrückten Außerirdischen eben ansehen kann. Das Farbenspiel, das sekundenlang in seinem Gesicht zu beobachten war, hätte sogar Leonardo Da Vincis Aufmerksamkeit geweckt! Aber am Ende ... begann er von Herzen zu lachen:

»Ha, ha , ha ... wie sollte ich jemals auf einen Verrückten wie dich schießen?«

Diesmal war es Gina, die erleichtert aufatmete.

Jeff breitete die Arme aus und sagte auf den Saal zeigend:

»Los Exel, mach schon, starte deinen Spaziergang durch die Lüfte!«

Exel schien sich das Angebot kurz durch den Kopf gehen zu lassen, schmiegte sich dann jedoch gemütlich in die Rückenlehne des gepolsterten Sitzplatzes und meinte mit scheinbarer Gleichgültigkeit:

»Ach nein ... jetzt ist mir die Lust vergangen«, brummte er vor sich hin, » Außerdem geht die Aufführung gleich los!«

Und so sollte es ein, die Vorstellung begann.

Die Beleuchtung wurde langsam schwächer, bis der Saal in völliger Dunkelheit vor ihnen lag und aufhörte, ein einfacher Saal zu sein. Er verwandelte sich in ein atmendes, pulsierendes Etwas, das vor lauter Anspannung und Erwartung die Luft anhielt. Kein Atemzug, keine Bewegung, kein Geräusch ... und dann öffnete sich der Vorhang!

Die Weihnachtsfeier bei Familie Stahlbaum konnte beginnen. Und als sich Tochter Klara während der Bescherung schließlich auf die Spitzen ihrer Ballettschuhe erhob, ging ein Raunen durch das Publikum, welches dem Tanz der berühmtesten Ballerina aller Zeiten beiwohnen durfte: Lina Zamarova.

Von ihrer Erscheinung her besaß sie nichts Außergewöhnliches ... bis auf die Nase, die noch länger als ihre beachtlich langen Beine zu sein schien. Aber kaum tanzte sie die ersten kleinen Schritte über die Bühne, verwandelte sich diese Frau in eine Prinzessin, die schönste Prinzessin der Welt, welche die Zuschauer mit der Eleganz ihres Tanzes verzauberte.

Für Exel schien die Zeit stehenzubleiben, er hatte nur Augen für Lina und die unbeschreibliche Schönheit und Harmonie ihrer Bewegungen.

Auch die anderen Tänzerinnen und Tänzer waren fantastisch und der Solotänzer begeisterte mit seinen perfekten Schrittfolgen und Sprüngen, aber die Primaballerina, deren Eleganz nicht in Worte zu fassen war ... die Primaballerina war etwas Unbeschreibliches, etwas Einzigartiges.

6

Da braute sich ein Unwetter zusammen! Ein glücklicher Exel war das Schlimmste, was ihm in einem entscheidenden Moment wie diesem widerfahren konnte. Er spürte die positiven Schwingungen, die von seinem Gegner ausgingen und wusste, dass er die Ursache für so viel Glück unbedingt auslöschen musste. Aber ihm fehlte die notwendige Zeit. Die Menschen beschäftigten ihn ununterbrochen. Er überzeugte sie zwar mit Leichtigkeit von seinen Ideen, aber mit der gleichen Leichtigkeit änderten sie ihre Meinung und zwangen ihn dazu, erneut einzugreifen, um sie nicht vom Weg des Bösen abweichen zu lassen. Verfluchte Willensfreiheit!!!

Der Satane betrachtete sein Söhnchen, das selig schlief … selig, da waren wir bereits beim nächsten Problem. Manchmal sah er in den Augen seines Kindes einen Hauch menschlicher Wärme aufzublitzen, in Augen, die nichts anderes als eisige Kälte zum Ausdruck bringen sollten.

Es war wirklich nicht immer einfach, ein Teufel zu sein. Manchmal musste man seine ganze Fantasie ausschöpfen, um die hinterhältigste Lösung für ein Problem zu ersinnen.

So wie damals, als ihm die Sache mit dem Kauf der Seelen eingefallen war! Allein der Gedanke daran ließ ihn zufrieden lächeln. Die Seele im Tausch gegen Geld und Macht oder die Erfüllung eines sehnlichen Wunsches! Sogar vertraglich abgesichert und mit dem eigenen Blut unterzeichnet! Zu Anfang fand er es recht amüsant, in einer Rauchwolke zu erscheinen und mit tiefer, verlockender Stimme seinen Part zu spielen. Zuletzt legte er dem armen Idioten den Vertrag vor, für dessen Unterzeichnung er sich auch noch eigenhändig verletzen musste. Einfach brillant! Aber dann wurde die ganze Sache immer aufwendiger. Ununterbrochen musste er von einem Ort zum anderen eilen, in einer Rauchwolke erscheinen und immer wieder den gleichen Auftritt inszenieren. Er konnte ja nicht ahnen, dass diese schwachsinnige Idee solch einen Erfolg haben würde!

Damals war ihm dieser fabelhafte Gedankenblitz gekommen! Unübertrefflich!

Statt persönlich zu erscheinen, um Verträge von verblendeten

Leichtgläubigen unterschreiben zu lassen, hatte er andere delegiert, es an seiner Stelle zu tun ... und zwar die Banken! Genial! Wenn es einen Nobelpreis für Teufel gäbe, hätte er diesen sicher verdient. Der Einfall erfüllte ihn immer wieder mit einem gewissen Stolz! Zugegeben, dieses neue Konzept war nicht so melodramatisch. Das Blut wurde durch Tinte ersetzt, statt mit der Seele wurde mit Geld gehandelt, aber unter dem Strich hatte sich nichts geändert: für Geld und unerfüllte Wünsche waren die Leute gewillt, die schlimmsten und ungewöhnlichsten Dinge zu tun!

Alles lief exakt nach Plan ... bis der liebe Exel auf der Bildfläche erschienen ist. Ein Problem, das er lösen musste, und zwar schnell!

7

Während der Teufel seinen schwarzen Gedanken nachhing, verzauberten Klara und ihr Partner zwischen tanzenden Schneeflocken das Publikum zum Walzertakt und Exel musste sich beherrschen, nicht auf die Bühne zu eilen und den Platz des zum Prinzen verwandelten Nussknackers einzunehmen. Er fragte sich, wie die Rasse der Menschen etwas erschaffen konnte, an das seine eigene Spezies nicht einmal im Entferntesten gedacht hatte. Sicher war die Entstehung dieses Tanzes einem Zufall zu verdanken, überlegte Exel, während er die einzelnen Tänze des Divertissement verfolgte. Vielleicht war der Spitzentanz des klassischen Balletts dem Gehirn eines geizigen Zwerges entsprungen, der im Mittelalter zum Amüsement des Königs auf den Hof gerufen wurde und die brillante Idee hatte, auf den Fußspitzen zu tanzen, einfach um etwas größer zu wirken. Als er sich bewusst wurde, dass darüber hinaus die Sohlen seiner Schuhe weniger abgenutzt wurden – ein in den damaligen Zeiten sicher wichtiger Aspekt – war die Grundlage für den neuen Tanz geschaffen. Exel schmunzelte über seinen etwas verrückten Gedankengang, aber die amüsante Erklärung gefiel ihm.

Schon begann der Pas de deux und beim Tanz der Zuckerfee blickte Exel fassungslos auf die Bühne und verfiel in eine Art Trance, aus der er erst durch den rauschenden Beifall des Publikums gerissen wurde. Wieder musste er dem Impuls widerstehen, auf die Bühne zu eilen und Lina um einen Tanz zu bitten, einen Tanz, der den irdischen Zuschauern sicher für immer als himmlische Vorstellung im Gedächtnis geblieben wäre. Aber als ihn der Blick der Primaballerina traf, zuckte Exel zusammen!

Sie sah ihn an, ja, ihn, es gab keinen Zweifel!

Sie fixierte ihn ... und zwar ... mit panischem Gesichtsausdruck! Aber warum? Das war doch nicht möglich!

Erneuter Applaus, das Ensemble verbeugte sich mehrere Male, Hand in Hand eine Kette bildend. Als Lina nach einem letzten panischen Blick auf Exel die Kette unterbrach und die Bühne fluchtartig verließ, beobachteten sowohl das Publikum, welches vor Begeisterung klatschend aufgestanden war, als auch die Mitglieder des Ensembles verblüfft das Verschwinden der

Hauptdarstellerin. Aber nach einem kurzen Moment der Befremdung brauste der Beifall umso heftiger auf und die Kette schloss sich erneut, um mit noch tieferen Verbeugungen und Knicksen den Zuschauern für die Kundgebungen der Begeisterung zu danken.

Langsam strömte das Publikum durch die verschiedenen Ausgänge aus dem Saal. Exel folgte in Gedanken vertieft Gina und Jeff. Immer wieder kehrte der Blick der Ballerina in sein Gedächtnis zurück und er konnte sich ihre Reaktion beim besten Willen nicht erklären.

Ein Mann trat gegen den Menschenstrom kämpfend auf Exel zu.

»Frau Zamarova würde sich freuen, Sie in ihrem Ankleideraum empfangen zu dürfen. Würden Sie mir bitte folgen.«

Exel sah den Mann verblüfft an und wandte sich dann seinen Begleitern zu: »Entschuldigt bitte, aber ich habe eine unvorhergesehene Verabredung. Geht einfach vor und wartet nicht auf mich!«

Nach diesen Worten drehte er sich um und folgte dem Mann in dichtem Abstand. Gina und Jeff sahen ihm verwundert hinterher, aber dann zuckte die Journalistin mit den Schultern und sagte:

»Nun gut ... oder vielleicht sogar ... besser! So sympathisch Exel sein mag, er sollte nur in kleinen Mengen genossen werden!«

Gina hängte sich bei ihrem Partner ein und setzte augenzwinkernd hinzu: »Auf geht's, großer Mann! Jetzt genehmigen wir uns zunächst eine Pizza und dann ... führe *ich* dir ein tolles Ballett vor. Niemand knackt Nüsse so gut wie ich, das weißt du doch!«

Im gleichen Moment wurde Exel ins Kämmerchen der Zamarova geführt, vor dessen Tür sich eine Gruppe begeisterter Fans versammelt hatte, in der Hoffnung, von der größten Ballerina aller Zeiten ein Autogramm zu ergattern. Endlich stand er der großen Künstlerin gegenüber, aber er hatte sich ihr erstes Treffen ganz anders vorgestellt Exel nahm sofort die enorme Nervosität der Frau wahr. Sie hielt ein kleines weißes Taschentuch zwischen den zarten Händen, welches sie durch ihr ununterbrochenes Zupfen und Drücken zu peinigen versuchte. Er betrachtete sie, ohne ein Wort zu sagen.

»Wer bist du?«, brachte Lina schließlich zögernd hervor.

»Ich bin einer deiner größten Bewunderer«, antwortete Exel mit sanfter Stimme und ging auf die verängstigte Frau zu, die mit gesenktem Kopf vor ihm stand. Lina hob langsam den Kopf und als sie in die sanften Augen des Außerirdischen blickte, wurde sie unversehens ruhiger und sprach die gravierenden Worte, die über ihre Lippen kamen, mit seltsamer Gelassenheit aus.

»Du, Wesen aus einer anderen Welt, wirst meinen größten Wunsch erfüllen: tanzend zu sterben!«

Nach einem kurzen Moment des Staunens über die Worte der Ballerina, wurde Exel sich bewusst, vor einer außergewöhnlichen Person zu stehen. Lina war … wie nannte man es hier auf der Erde? … ein Medium, eine Person mit paranormalen Fähigkeiten.

»Zwar zweifle ich an der Korrektheit deiner Aussage, jedoch sag mir, warum glaubst du, dass ich einer anderen Welt entstamme?«

Diesmal antwortete Lina, indem sie Exel mit festem Blick direkt in die Augen sah.

»Als ich vorhin auf der Bühne meine Pirouetten drehte, habe ich deinen Blick wahrgenommen und ein ungewöhnlich helles Licht gesehen. Deine Augen ließen das gesamte Theater erleuchten. Noch nie habe ich etwas Ähnliches in meinem Leben gesehen.«

Exel ergriff die zarten Hände der Ballerina und erwiderte voller Wärme ihren Blick.

»Das Licht, das du wahrgenommen hast, hat nicht das Theater erleuchtet, Lina, sondern dich! Alle Schatten, die bis jetzt dein Inneres verdunkelt haben, werden entschwinden. Ich weiß, warum du dein Leben dem klassischen Ballett gewidmet hast.«

Bei diesen Worten entzog ihm Lina hastig die Hände und wich einen Schritt zurück.

»Du weißt also …? Du kannst meine Gedanken lesen?«

Lina hatte noch nie einem Menschen die wahre Ursache ihrer uneingeschränkten Hingabe zum klassischen Tanz offenbart. Und aus gutem Grund, denn was hätte sie sagen sollen? Wo hätte sie mit ihrer Erklärung beginnen sollen? Bei ihrer Jugend in Russland? Als das Wort Optimismus weder in einem Wörterbuch geschweige denn in ihrem Inneren zu finden war? Damals hatte sie begonnen, sich den Tod herbei zu wünschen!

Sie träumte jede Nacht von ihm, wenn sie die dünnen, kalten Bettlaken fester um sich zog, um eine Spur von Wärme zu empfinden. Aber zuletzt blieb immer nur diese schreckliche, klirrende Kälte, die in ihrem Herz Einzug hielt.

Dieses kleine Herz, das manchmal so wild schlug, dass sie befürchtete, mit seinen Geräuschen alle zu wecken. Wie sie dieses Herz hasste! Gott, wie sie es hasste! Wie oft hatte sie auf dem Rücken liegend und in die Dunkelheit starrend gehofft, dass es einfach aufhören würde zu schlagen, einfach stehenblieb … für immer!

»Aber dann habe ich irgendwann in meinem kindlichen Stolz gedacht: Herzstillstand, das ist zu banal! Wir alle müssen sterben, die Art des Todes macht den Unterschied. Und so folgte dem Stolz die kindliche Phantasie«, fasste Lina ihre Erinnerung in Worte, um Exel dann wieder ihren Gedanken folgen zu lassen.

In dieser Nacht hatte sie sich, wie so oft auf dem Rücken liegend und die dunkle Decke anstarrend, die absurdesten Varianten ausgedacht, um ihrem armseligen irdischen Dasein ein Ende zu setzen, eine aufregender als die andere: zum Beispiel von bösartigen Zellen verschlungen, die ihre inneren Organe zerstörten! Nein, das war etwas für alte Leute und auch nicht sehr romantisch.

Apropos Romantik, fantasierte sie weiter. Ja, ein romantischer Tod müsste es sein! Aufgezehrt von einem kleinen Bakterium, einem treuen Komplizen: der Tuberkulose! Die Heldinnen des achtzehnten Jahrhunderts, vom Übel befallen, verließen die irdische Welt stets mit einem Lächeln auf den blassen Lippen … und einem letzten Kuss … mit dem sie den trauernden Geliebten infizierten. Auch der österreichischen Prinzessin Sissi hatte das Schicksal dies theatralische Ende beschieden, nur war der Geliebte zu weit entfernt … und so wurde alles auf einen späteren Zeitpunkt verschoben!

»Ich begann, Tag und Nacht über die geeignetste Art des Todes nachzusinnen, ein ununterbrochener quälender Gedanke, ein innerer Drang, der keinen Ausweg fand, so dass ich schließlich zur Überzeugung kam, als alte Frau eines natürlichen Todes sterben zu müssen. Wie unziemlich!

Aber dann kam der Moment, den ich so lange erwartet hatte. Eines Tages wurde in der Tanzschule *Der sterbende Schwan* aufgeführt und plötzlich schien dieser Schleier, der mir lange Zeit die Sicht geraubt hatte, von meinen Augen zu fallen. Alles war klar und deutlich: ich, Lina, würde sterben wie dieser Schwan: tanzend! Und seit diesem Augenblick wurde das klassische Ballett Sinn und Zweck meines Lebens … und meines Todes!«

»Niemals hast du eine bessere Wahl getroffen«, fügte Exel mit ruhiger Stimme hinzu, »aber niemals war das Motiv für diese Wahl ein größerer Fehler!«, und umfasste erneut Linas Hände. »Dein Herz sei von Licht erfüllt! Die dunklen Schatten gehören der Vergangenheit an! Lebe dein Leben, beachte und schätze dieses einmalige Erlebnis, dann wirst du dem Tode irgendwann zufrieden in die Arme tanzen. «

Bei diesen Worten des Außerirdischen durchströmte ein Schaudern den zarten Körper der Tänzerin, ein Zittern, das sie schon viele Male in ihrem Leben empfunden hatte, jedoch brachte es diesmal nicht Kälte und Dunkelheit, sondern wohlige Wärme und ein Gefühl der Sicherheit. Nach einigen Augenblicken erhob sie sich sichtbar gestärkt auf die Spitzen ihrer Ballettschuhe, sah ihrem ungewöhnlichen, mit magischen Kräften versehenen Gegenüber selig in die Augen und sagte, als sei es das Normalste auf der Welt, einfach:

»Exel, nie mehr werde ich den sterbenden Schwan mit dem Gedanken an den Tod tanzen!«

Dann entzog sie dem Mann beide Hände, um ihm die rechte in ausladender eleganter Geste erneut entgegenzustrecken.

»Komm, unglaubliches Wesen, lass uns tanzen! Du und ich, ganz alleine!«

Exel ergriff die zarte Hand der Tänzerin, die ihn vergnügt lächelnd zur Tür des Kämmerchens zog.

»Auch ich kann manchmal ins Herz der Menschen blicken«, gestand sie verschmitzt und zwinkerte ihm glücklich zu.

Das nach Ende der Vorstellung leere Theater lag in völliger Stille einladend vor ihnen und wurde Zeuge des wunderbarsten Schauspiels, das sich ein Mensch oder welches Wesen auch immer vorstellen konnte. Die Intensität des Momentes erzeugte eine Woge des Glücks, die sich über das Gebäude hinaus auf den gesamten Planeten ergoss. Schade, dass es den armen Erdenbewohnern nicht gegönnt war, sie wahrzunehmen.

Umso unglaublicher erscheint es, dass gerade derjenige, der niemals die wahre Bedeutung des Wortes Glück erfahren sollte, als einziger in der Lage war, die Woge wahrzunehmen und zwar unter fast unerträglichen Schmerzen. Der Teufel ließ den kleinen Dämon los, erhob beide Hände zu Fäusten geballt gegen den nächtlichen Himmel und stieß mit zischenden Lauten die magische Formel seines Fluches aus, der mit den Worten endete:

»Verfluchter Exel, allzu glücklich bist du in diesem Moment! Aber dem werde ich Abhilfe schaffen, und zwar bald, das verspreche ich dir!«

Dann wandte er sich wieder seinem Sohn zu, der angestrengt – vielleicht glücklich? – versuchte, einer Eidechse die Haut abzuziehen.

Gina und Jeff dagegen waren in gleichen Moment damit beschäftigt, sich völlig anders gestaltete Glücksmomente zu verschaffen, und zwar in ihrem großen Doppelbett, aus dem ein dauerndes Stöhnen und Seufzen ertönte, das mit menschlichen Ausdrucksweisen nicht mehr viel zu tun hatte. Um ehrlich zu sein, hatte Jeff nach einem anstrengenden Tag auf der Jagd nach Dieben, Vergewaltigern und ähnlichem Menschenschlag und dem Abend in Las Vegas gehofft, möglichst bald in den verdienten Schlaf zu sinken, aber dann wollte er seine geliebte Partnerin nicht enttäuschen, was ihm dank der heimlich genommenen kleinen blauen Tablette zu gelingen schien. Die ebenfalls müde Gina, vom Gegenteil überzeugt, wollte ihren von Begierde strotzenden Jeff nicht vor den Kopf stoßen und gab sich die größte Mühe, ihren Part mit solch inniger Überzeugung zu spielen, dass ein eventueller Zuschauer die zweifellos hervorragenden künstlerischen Fähigkeiten der Dame bewundert hätte.

Die Wege des Glückes sind eben verschiedenartig und unergründlich!!

8

Der kalifornischen Südküste vorgelagert erhob sich eine Insel aus dem pazifischen Ozean, abseits der Schiffsrouten und dank ihrer kargen sturmgepeitschten Steilküste uninteressant für jeglichen Tourismus. Es war ein zirka drei Quadratkilometer kleiner felsiger Brocken, dessen hohe steile Klippen und runden Steinbögen das Resultat der ewig tobenden Brandung waren. Auf vulkanischem Gestein wuchsen dichte Eukalyptuswälder durchsetzt von Baumsonnenblumen und einer Vielfalt sukkulenter Pflanzen, die in den Spalten und Schluchten der zahlreichen Rinnsale, die sich schließlich in den Ozean ergossen, ihren Lebensplatz gefunden hatten.

Niemand hätte gedacht, dass diese unattraktive, stürmische, oft nebelverhangene Insel von Menschen bewohnt wurde. Besser gesagt von einem ganz besonderen Menschen, da es sich bei dem Inselbewohner um einen der bekanntesten und reichsten Bürger Kaliforniens handelte: Martin Smith. Er hatte dieses Plätzchen aus schwarzem Basalt, das abgesehen vom Luftweg nur über eine einzige Bucht erreicht werden konnte, vor zwei Jahren erworben und inmitten der einheimischen Pflanzenwelt seine zerklüftete aus Felsgestein in Felsgestein gemeißelte Ferienresidenz errichtet. Und so sehr man über den Sinn und Zweck eines solchen Domizils streiten konnte, eines konnte man Herrn Smith nicht absprechen: seinen guten Geschmack beim Bau dieses riesigen Anwesens. Die exklusive Luxus-Villa passte sich dank des besonderen architektonischen Designs übergangslos in die zerklüfteten mit grünen Exoten durchsetzten Felswände ein und schien wie ein Chamäleon eventuellen Beobachtern aus der Luft keinerlei Anhaltspunkt für ihre Existenz zu bieten.

Diese Bauweise hatte Smith jedoch nicht wegen seines Respektes für die Natur gewählt, sondern um die Neugierde etwaiger Schaulustiger vor eine große Herausforderung zu stellen. Denn das Letzte, was der Hausbesitzer momentan brauchen konnte, waren schaulustige und neugierige Inselbesucher.

Smith hatte es sich auf einem der vielen farbigen Sofas bequem gemacht, die den in Felsboden gemeißelten Wintergarten mit ihren bizarren Formen bereicherten und den seltenen Gästen zwischen exotischen Pflanzen und spielerisch plätschernden Wasserspielen gemütliche Sitzmöglichkeiten boten. Er schloss die Augen und seine Gedanken begannen um das Projekt seines Lebens zu kreisen oder besser gesagt, um das Projekt von Omnivi.

Smith war vor zirka zehn Jahren Mitglied dieser geheimen Organisation geworden, nachdem ihn einer der mächtigsten Politiker Kaliforniens auf deren Existenz hingewiesen hatte. Es handelte sich um einen engen Kreis bedeutender und einflussreicher Männer, angefangen von Wissenschaftlern und Industriellen bis hin zu Bankern, Politikern und Angehörigen des Militärs, verstreut auf dem gesamten Erdball. Es waren Menschen, die höchste Positionen einnahmen und durch ihr Mitwirken versuchten, in den verschiedensten gesellschaftlichen Bereichen noch größeren Einfluss zu gewinnen, um »omni vi – mit aller Macht« die Weltherrschaft an sich zu reißen.

Wenn alles gemäß seinen Vorstellungen verlief, würde er bald im Besitz einer unerschöpflichen und zugleich kostengünstigen Energiequelle sein. Was konnte man heutzutage Wertvolleres besitzen?

Dann sollte Dexter mit seinen Grauen ruhig in dem wiederhergestellten Raumschiff ins Weltall starten und einen Planeten nach dem anderen kolonisieren. Ihm reichte die Erde!

Bei dieser Überlegung streckte er sich genüsslich zwischen den weichen Kissen des Sofas aus. Aber kaum wollte ein Teil seiner selbst sich dem Wonnegefühl der bevorstehenden Machtergreifung hingeben, meldete sich wie schon so oft in seinem Leben der andere Teil seines Ichs, der dunklere bösere Teil, der ihn zu neuen bis ins kleinste Detail durchdachten Untaten aufforderte.

»Was machen deine Finanzgeschäfte?«, fragte ihn die perfide innere Stimme.

»Den Prognosen entsprechend«, antwortete Smith mit einem selbstzufriedenen Lächeln. »Hast du etwas anderes erwartet?«

»Nein, eigentlich nicht!«, lautete die Antwort, woraufhin das Lächeln des Bankers noch selbstgefälliger wurde, jedoch abrupt erlosch, als ein » aber du verdienst viel mehr …« folgte.

Bei diesen Worten öffnete Martin Smith erstaunt die Augen. Die Stimme, die er kurz zuvor in seinem Inneren wahrgenommen hatte, personifizierte sich vor seinen Augen und erhob sich als zweiter Martin, um an die gegenüberliegende Fensterwand zu gehen und den aufgewühlten pazifischen Ozean zu betrachten.

»… viel mehr als du momentan besitzt. Warum willst du dich zufriedengeben?«

»Mich zufriedengeben?«, fragte der wahre Smith und erhob sich ebenfalls.

»Schau dich doch um«, fuhr er fort und zeigte mit ausladender Geste auf das herrliche Panorama, das sich ihnen bot. »All dies gehört mir! Und bald werde ich die gesamte Ökonomie dieses Planeten in meinen Händen halten und der bedeutendste Mann des Erdballs sein«, beendete er voller Stolz den Satz.

»Ja … natürlich! Für wie viele Jahre? Zehn, zwanzig oder vielleicht sogar dreißig? Und danach?«, erwiderte sein Gegenüber und betrachtete ihn höhnisch lächelnd.

Smith konnte den ironischen Blick seiner selbst nicht ertragen, drehte sich ruckartig um und ging einige Schritte ins Zimmer zurück.

»Danach? Was weiß ich, ich bin doch kein Hellseher«, setzte er das Gespräch mit sich selbst verärgert fort. Wie er diese Angewohnheit hasste, sein zweites Ich immer dann sichtbar zu machen, wenn er wichtige Entscheidungen treffen sollte. Aber er musste zugeben, dass ihm die besten Ideen in den letzten Jahre von seinem anderen Ich suggeriert worden waren.

Bei seinem allerersten Erscheinen hatte es ihm sogar das Leben gerettet. Nur zu gut konnte er sich an den glühend heißen Nachmittag erinnern, an dem er als Kind völlig verschwitzt die Kleider abgelegt hatte, um Abkühlung im klaren Wasser eines Flüsschens zu suchen. Er war von dem mörderischen Wirbel eines Wasserstrudels gefangen und in die Tiefe zogen worden. Während er um sein Leben kämpfte, glaubte er sein zweites Ich ins Wasser springen und auf ihn zu schwimmen zu sehen. Dann hatte er das Bewusstsein verloren. Als er wieder zu sich kam, lag er am steinigen Ufer, und ein Mann, der zufällig in der Nähe seine Angelrute ausgeworfen hatte, versuchte ihn wiederzubeleben. Damals war ein Artikel in der Zeitung erschienen, der seine Rettung als eine Art Wunder bezeichnete, da andere Personen an der gleichen Stelle des Flusses ihr Leben verloren hatten. Diese Episode hatte er bis jetzt niemandem erzählt und er würde es auch in Zukunft nicht tun, da man ihn zweifellos für verrückt erklären würde.

Er kehrte zu der riesigen Glasscheibe seines Wintergartens zurück und atmete in tiefen Zügen die Meeresluft ein, die das Hightech Glas der letzten Generation trotz geschlossener Fenster ins Innere strömen ließ.

»Raus mit der Sprache!«, forderte er seinen imaginären Gesprächspartner auf, jedoch ohne sich umzudrehen und dessen hämischen, boshaften Blick ertragen zu müssen. »Ich weiß, dass dir wieder irgendein seltsamer Gedanke im Kopf herumschwirrt. Daher schiebe es nicht auf die lange Bank, sondern sag es mir gleich!«

»Warum diese Eile! Lass mich die wenigen Momente, in denen du mich existieren lässt, wenigstens in Ruhe genießen. Du hast mir nicht einmal etwas zum Trinken angeboten. Soll ich das vielleicht als Beleidigung auffassen?«, fragte er herausfordernd und konnte sich ein Lachen nicht verkneifen.

So ging der reale Martin zur Bar hinüber, füllte einen lange Jahre gealterten Whisky ins Glas und ließ zwei Eiswürfel in die Flüssigkeit gleiten.

»On the rocks! So wie ich es liebe!«, sagte er und hielt nun ebenfalls amüsiert lächelnd seinem Zwilling das Glas entgegen. »Also gut, genieße deinen Moment, aber nicht zu lange. Ich habe viel zu tun. Daher schlürfe deinen Drink und kläre mich über deine Pläne auf.«

Dann nahmen er und sein geheimer Ratgeber auf dem breiten Sofa Platz. Der imaginäre Martin Smith sah seinem realen Gegenüber fest in die Augen.

»Ich weiß, dass ich dir nicht sehr sympathisch bin, und kann dies ehrlich gesagt auch verstehen. Ich bin eben der intelligentere, wenn auch bösere Teil von uns beiden. Du allein bist einfach nur ein skrupelloser Geschäftsmann. Ohne mich wärst du ein Niemand, ein Nichts. Dessen bist du dir bewusst und kannst es nicht ertragen.«

»Nun übertreibe mal nicht! Dass du der bösere Teil von uns beiden bist, daran besteht kein Zweifel. Ich würde sogar behaupten, dass du in den letzten Monaten noch bösartiger geworden bist und noch heimtückischere Gedankengänge verfolgst ... falls dies überhaupt möglich ist«, setzte er mit einem sarkastischen Lächeln hinzu. »Jedenfalls habe ich auch ohne deine Mithilfe manch brillante Idee ersonnen, mein Lieber!«

»Ha, ha, ha ... aber natürlich, klar doch!« Das zweite Ich bog sich vor Lachen. »Ha, ha, ha, zum Beispiel als du diese Derivate erworben hast, die, falls ich dir nicht rechtzeitig geraten hätte, sie wieder los zu werden, uns in den Ruin gezogen hätten!«

Der wahre Smith begann nervös auf dem Sofa hin und her zu rutschen.

»Mir waren eben falsche Informationen weitergeleitet worden ... ganz einfach ... aber wenn du dich noch erinnern kannst, habe ICH das Problem gelöst!«

»Ja, ja«, antwortete sein irrealer Zwilling zwischen den letzten Lachattacken, »damals hast du wirklich deine wahren Fähigkeiten gezeigt. Es ist dir in der Tat gelungen, den Argentiniern deine miesen Derivate anzudrehen. Das müssen die Armen heute noch ausbaden!« Dann erhob sich die Vision und ging ans Fenster. »Aber mit den Optionsscheinen der Tecom Aktie hast du die richtige

Wahl getroffen. Besser konntest du das Geld, das dir Omnivi zur Realisierung des Projektes zur Verfügung gestellt hat, nicht anlegen. Das scheinbar riskante Geschäft ist durch die Tatsache, dass du bereits den Ausgang des Experimentes kennst, die beste Geldanlage überhaupt geworden. Und dadurch dass du deine lieben Kunden und Investoren vom Gegenteil überzeugt hast, wird sich der Gewinn um etliches vervielfachen«.

Der Martin aus Fleisch und Blut erhob sich, in seinem Vorhaben bestärkt und von seinen bereits getroffenen Entscheidungen überzeugt, und stellte sich neben das von ihm geschaffene Abbild.

»So ist es, mein Lieber. Unser Plan ist perfekt. In wenigen Tagen können wir zur Kasse schreiten und dann gehört der Erdball mir!«

»Wie bereits gesagt: für wie viele Jahre? Zehn, zwanzig, dreißig? Und danach? Ich würde mich nicht auf die Erde beschränken, wenn mir das Universum zu Füßen liegen könnte!«

Die Provokation erzielte die gewünschte Reaktion. Der Banker sah sein Gegenüber mit überraschtem Gesichtsausdruck an, warf dann jedoch einen Blick auf die Uhr und sagte:

»Jetzt musst du aber gehen, ich habe eine Verabredung mit dem Wissenschaftler der Tecom!«

Und als Martin Smith erneut zur Seite blickte, war sein Zwilling bereits verschwunden.

9

Willis versuchte verzweifelt, irgendwo Halt zu finden, als der Boden plötzlich unter seinen Füßen weg sackte. Aber als er den amüsierten Gesichtsausdruck seiner beiden Begleiter sah, überwand er den Schreckmoment, den jeder Besucher durchlebte, wenn er zum ersten Mal die unterirdischen Räumlichkeiten von Ralph Kidman aufsuchte. Ginas Bruder hatte den Sitz seiner geheimen Organisation unterhalb einer verlassenen Tankstelle mitten in der Sandwüste Nevadas eingerichtet und sein Büro war nur über einen Aufzug zu erreichen und zwar den ehemaligen Verkaufsraum der Tankstelle.

Im dritten Untergeschoss kam der Aufzug zum Stehen und die drei wurden von einem lachenden blonden Riesen in Empfang genommen.

»Guten Morgen Schwesterchen, hallo Jeff! Herzlich Willkommen, General! Was verschafft mir die Ehre eures Besuches?«

»Hallo Ralph, lange nicht gesehen! Unser letztes Treffen in Exels Ufo liegt einige Wochen zurück«, begann Gina das Gespräch und gab ihrem großen Bruder einen flüchtigen Kuss auf die Wange. »Der Transport vor ein paar Tagen in die Area 51 war eine Falle, aber das hast du sicher schon von unseren Computerfreaks erfahren.«

»Ja, Harry hat mich gestern informiert und sich entschuldigt, dass es den Dreien nicht gelungen war, den Schachzug unserer Gegner im Vorfeld zu erkennen«, antwortete Ralph, »Aber Dexter muss zur Vorbereitung das übergeordnete Hypernet benutzt haben, welches die drei Jungs trotz ihrer überragenden IT Kenntnisse noch nicht knacken konnten.« Dann drehte er sich zu Willis um. »Tut mir wirklich leid, dass du die direkten Konsequenzen tragen musstest. Hat der Präsident sehr getobt?«

»Wie immer, wenn ich etwas gegen Dexter und die Grauen unternehme«, seufzte der General. »Ich bin es gewohnt, seine Tiraden über mich ergehen zu lassen, angefangen von seinem Kindheitstraum über die Sterne auf der amerikanischen Fahne bis hin zur Kolonisierung des gesamten Weltalls durch die Amerikaner. Er betrachtet die Grauen in der Area 51 als hilflose kleine Wesen, die auf seine Hilfe angewiesen sind, um ihr Raumschiff für die Rückreise in ihre Heimat fahrtüchtig zu machen. Er sieht sie als Sprungbrett für die Verbreitung seiner Macht über die irdischen Grenzen hinaus. Früher oder später wird auch er erkennen, dass diese Außerirdischen sich schon lange seinem Einfluss entzogen haben und dank Dexters Hilfe in völliger Autonomie handeln.«

Willis war während seiner Ausführungen im Zimmer auf und ab gegangen und blieb nun direkt vor dem großen Blonden stehen. »Aber nun zu meinem Anliegen, Ralph. Sagt dir der Name Martin Smith etwas?«

»Martin Smith?«, wiederholte Ralph Kidman und begann, in seinen Erinnerungen nach Informationen zu suchen. »Martin Smith? Ist das nicht der bekannte Banker, der die Baseballmannschaft von Cincinnati sponsert?«

»Korrekt, du hast also schon von ihm gehört?«

»Vor ein paar Jahren hatten wir den Verdacht, dass er an dem weltweiten Komplott von Omnivi, den wir zu verhindern suchen, beteiligt sei, aber dann hat sich die Indizienkette als allzu lückenhaft dargestellt, so dass wir unsere Aufmerksamkeit auf andere Verdächtige gerichtet haben. War das ein Fehler?«, fragte Ralph und man sah ihm die Besorgnis an. »Oh Gott, bitte lass uns nicht zwei Jahre der falschen Fährte gefolgt sein. Wie kommst du auf Smith?«

Der General erzählte von der Aufzeichnung des Baseballspieles und zog das Foto aus der Tasche, auf dem Dexter und Smith zu sehen waren.

»Das darf nicht wahr sein! Dann war er doch unser Mann! Verdammter Mist!«, fluchte Ralph und schlug mit der flachen Hand auf den Schreibtisch.

»Beruhige dich, Ralph, wir müssen zunächst prüfen, ob es sich nicht um einen Zufall handelt«, versuchte Jeff seinen zukünftigen Schwager zu besänftigen.

»Das wären zu viele Zufälle auf einmal«, setzte der blonde Hüne niedergeschlagen entgegen. »Area 51, Graue, Dexter und mittendrin Martin Smith! Nein, da steckt sicher etwas dahinter und sicher nichts Gutes!«

»Dann lasst uns aufdecken, was wirklich dahinter steckt!«, munterte Gina ihren Bruder auf. »Ich schaue in den Zeitungsarchiven nach, was ich Interessantes über den Herrn finden kann, unsere drei Hacker setzen wir auf den E-Mail Verkehr des Bankers an, Jeff, du überprüfst bitte, ob Smith noch eine weiße Weste hat und Willis soll sich erkundigen, wie oft er in den letzten Monaten Kontakt zu Dexter aufgenommen hat. Für Exel, oder besser gesagt, für seine *Artificial Intelligence* Ophelia sollte es ein Leichtes sein, möglichst viele Informationen über den Banker und seine Aktivitäten in allen Lebensbereichen ausfindig zu machen.«

10

Exel beobachtete den General, während er in seiner Golftasche das passende Eisen für den nächsten Schlag suchte. Es war das zweite Mal, dass er Willis bei seinem geliebten Freizeitsport begleitete oder, aus der Sicht des Spielers betrachtet, vielleicht eher störte. Aber der Leiter der Area 51 wollte unbedingt mit Exel sprechen und die einfachste Möglichkeit dafür bot sich nun einmal auf dem Golfplatz.

Nachdem Willis den passenden Schläger gewählt hatte, näherte er sich mit langsamen Schritten dem Ball auf dem Fairway und schwang den Schläger leicht hin und her.

»Du würdest diesen Ball sicher auch mit einem einfachen Zahnstocher ins Loch befördern, nicht wahr?«, kommentierte der General, ohne die kleine weiße Kugel, die vor ihm auf dem perfekt geschnittenen Rasen ruhte, aus den Augen zu verlieren.

»Ich müsste es probieren, Willis, aber ich denke, du hast recht!«

»Dachte ich mir schon«, folgte die lakonische Antwort des Generals. Er machte zwei Probeschwünge, aber als er zum definitiven Schlag ausholte, ließ er das Eisen erneut sinken und drehte sich zum Außerirdischen um.

»Warum widmest du dich nicht dem Golfspiel? Als Profi meine ich, das würde dir sicher unzählige Erfolgserlebnisse verschaffen … auch wirtschaftlich gesehen«.

Dann holte er aus, ohne die Antwort des Außerirdischen abzuwarten, und traf den Ball sicher nach einem gekonnten Schwung. Beide beobachteten den hohen Flug des weißen Punktes, der schließlich neben dem im Wind flatternden Fähnchen auf dem Green zum Liegen kam.

»Super Schlag, General!«

Willis steckte den Schläger mit zufriedener Miene in die Golftasche zurück.

»Nicht so gut, wie du geschlagen hättest, aber … *ich* … bin ja schließlich nur ein Mensch!«

»Lieber Willis, du solltest dich dafür bedanken, nur ein Mensch zu sein, sonst müsstest du dich, statt Golf zu spielen, um Menschen wie … *dich* … kümmern.«

Willis verdrehte kurz die Augen und schaute seufzend gegen den Himmel.

»Weißt du, Willis, irgendeinen Fehler müssen … *wir* … gemacht haben!« fuhr der Außerirdische fort. »Du bist das beste Beispiel! Du verbringst den Großteil deiner Zeit in einem unterirdischen Hügel, sprichst ununterbrochen mit Wesen aus anderen Welten und, kaum hast du eine freie Minute, kommst du hierher, um einen armen Ball mit einem Schläger zu verprügeln, statt die schönen Momente des Lebens zu genießen.«

Willis blieb stehen und warf Exel einen fragenden Blick zu.

»Was willst du damit sagen? Bitte nerve mich nicht!«

»Ich will dich nicht nerven, ich will euch Menschen nur verstehen. Du fährst … wie viele Kilometer?«, Exel sah Willis fragend an. »Achtzig, neunzig Kilometer, um hierher zu kommen? Und auch der freundlichste der Golf-mitglieder wird dich beim ersten Kennenlernen fragen: Welches Handicap haben Sie? Ich würde mich furchtbar aufregen. Ist doch wohl mein Problem, welches Handicap ich habe, oder nicht?«

Der Blick des Generals wechselte von fragend zu verwirrt.

» Aber … Handicap hat doch beim Golf eine ganz andere Bedeutung!«

»Ich weiß, Willis, aber warum sollte nicht auch ein Behinderter Golf spielen? Oder liege ich da falsch?«

»Nein … natürlich nicht!«, antwortete Willis vorsichtig, da er noch nicht verstanden hatte, worauf Exel hinaus wollte.

»Stell dir doch bitte einen Taubstummen vor, der gut Golf spielt und im Turnier von den Lippen seines Gegners ablesen kann: Sie müssen aber ein tolles Handicap haben! Wie würdest du dich fühlen?«

»Ach Exel, jetzt hör endlich auf! Musst du immer irgendeinen dummen Spruch von dir geben?«, murrte Willis, konnte sich jedoch ein Lächeln nicht verkneifen.»Dummer Spruch? Dann schau dir mal diesen Rasen an. Ich wette, du musst einen Haufen Geld hinlegen, um hier spielen zu können. Und nicht einmal richtig gemäht haben sie! Und dann überall diese Gräben! Wenigstens wurde Sand hinein gefüllt, damit man weich fällt.«

»Hör auf, Exel!«, rief Willis sichtlich amüsiert.

Sie waren fast am Green angekommen.

»Und sie hatten so viel Menschenverstand, die vielen Löcher mit einem Fähnchen zu kennzeichnen, damit man sich nicht verletzt!«, musste der Außerirdische noch hinzufügen.

»Ha, ha … Exel, du bist wirklich ein Witzbold! Ich bin sicher, dass du den

Golfsport mit seinen Gräben und Löchern bestens kennst. Du willst mich nur auf den Arm nehmen!«

»Natürlich kenne ich den Golfsport, so wie ich auch Tennis, Polo, Fußball und Croquet kenne. Alles Sportarten, die von den Engländern erfunden wurden.«

»Kompliment! Du bist wirklich gut informiert … und was willst du damit sagen?«

»Wie der Zufall es will, wird bei jeder dieser Sportarten ein Ball geprügelt. Beim Tennis ein etwas größerer Ball mit einem größeren Schläger, beim Polo hilft sogar ein Pferd dabei, beim Fußball wiederholt sich das Gleiche mit dem Fuß, beim Croquet benutzt man eine Art verlängerten Hammer. Findest du das nicht etwas seltsam, Willis?«

»Wieso sollte ich das seltsam finden? Nun bin ich aber gespannt, was du damit sagen willst!«

»Dass die Engländer alles hassen, was rund ist. Was wiederum verständlich ist, da sie nach meinen Informationen kleinkariert sein sollen und das bedeutet *durch senkrechte und waagerechte Linien in viele gleichmäßige Vierecke aufgegliedert*! Also das Gegenteil von rund!«

Willis starrte Exel an, als hätte er ihn zum ersten Mal in seinem Leben gesehen, und dann … begann er so zu lachen, dass er seine kontrollierte militärische Haltung verlor und von Lachkrämpfen geschüttelt den Oberkörper nach vorne beugte. Mit Tränen in den Augen streckte er den Zeigefinger aus und deutete auf Exel, der die Szene unerschüttert beobachtete.

»Ha, ha … die Engländer … kleinkariert … ha, ha … die runde Dinge hassen … und … sie daher verprügeln … ha, ha …!«

»Ich verstehe nicht, was du daran so lustig findest, Willis, das ist einfach eine logische Schlussfolgerung«, warf Exel trocken ein.

»Ha, ha … wenn das eure logischen Schlussfolgerungen sind … verstehe ich … nur allzu gut … warum wir … ha, ha … dank euch …so geworden sind!«

»Ich hoffe, du bist nicht englischer Abstammung, Willis!«

Nein …« begann Willis, richtete sich langsam auf und trocknete die letzten Tränen in den geröteten Augen, »… ich glaube nicht, Exel. Aber auch die Angehörigen des Militärs werden oft als kleinkariert bezeichnet … !«

Dann hielt er einen Moment inne und überlegte.

»Jetzt verstehe ich auch, warum ich so gerne Schach spiele …«, stieß er zwischen erneuten Lachattacken stockend hervor, »… ha, ha, ha … bei so vielen kleinen Vierecken auf dem Schachbrett …«

Exel folgte dem Gedankengang seines Freundes und begann ebenfalls lauthals zu lachen.

»Schachspiel … ha, ha … ein Spiel für Kleinkarierte. Willis, du denkst ja langsam so wie ich … ha, ha … was wiederum bedeutet, dass ich so bin wie du … ha, ha … kleinkariert!«

Dann ging der Außerirdische immer noch lachend zur Golftasche, wählte selbst einen Schläger und reichte ihn Willis.

»Auf geht's, General! Prügele noch ein bisschen diesen verfluchten runden Ball!«

Willis ließ sich nicht zweimal bitten und spielte so gut wie noch nie in seinem Leben. Als er das letzte Loch gespielt hatte, hob er den Ball zwischen Daumen und Zeigefinger in die Höhe und betrachtete ihn mit einem Lächeln.

»Danke, Exel!«, sagte er, ohne den Blick vom kleinen weißen Ball zu wenden.

»Danke, wofür?«, fragte der Außerirdische und hob unschuldig die Hände. »Ich habe nichts getan, um dir zu helfen!«

»Doch, denn du hattest recht! Ich komme hierher und statt das Spiel zu genießen, lasse ich meine Frustrationen an diesem kleinen Ball aus. Ich habe ihn immer mit … wie soll ich es sagen … mit einer Art Hass geschlagen.«

Willis ließ den Ball sinken und sah Exel direkt in die Augen.

»Und du hast es mir auf deine Art und Weise zu verstehen gegeben!«

Exel zuckte arglos mit den Schultern.

»Nein, Willis, das hast du selbst erkannt. Ich habe nur ein paar alberne Dinge vor mich hin geplappert!«

»Na ja, verdammt albern waren sie wirklich! Aber sie haben mir geholfen, meine innere Einstellung zu erkennen und sie bewusst zu ändern.«

»Ersetzen wir das *verdammt* mit *schrecklich*, dann kann ich dir zustimmen!«, beendete Exel das Wortgeplänkel.

Und nun tat Willis etwas, was er bis zu diesem Zeitpunkt noch nie getan hatte. Er näherte sich Exel und hängte sich freundschaftlich bei ihm ein.

»Komm Exel, heute spendiere ich dir ein Bier, auch wenn du mit deinem seltsamen Aufzug die Aufmerksamkeit aller Mitglieder auf dich ziehen wirst.«

»Warum sollte ich?«, fragte er mit scheinheiligem Gesichtsausdruck. »Sind sie deiner Ansicht nach geschmackvoller angezogen … mit ihren karierten

Hosen in allen nur denkbaren Farben?«, und entlockte Willis ein weiteres Lächeln.

»Auch in diesem Punkt kann ich dir nicht widersprechen! Nun lass uns gehen!«

Kurz darauf saßen die beiden an einem Tisch auf der Terrasse des Golfclubs und tranken ein kühles Bier.

»Wann willst du dich endlich deines Halloweenkostüms entledigen?«, fragte der General mit recht lauter Stimme, in der Hoffnung, den anderen Gästen des Lokales, die den Außerirdischen verstohlen betrachteten, eine plausible Erklärung für das extravagante Outfit seines Begleiters zu bescheren.

»Lieber General, ich gehe von hier aus direkt auf einen Maskenball«, entgegnete Exel mit einem strahlenden Lächeln und zwinkerte Willis komplizenhaft zu.

Ihr Wortwechsel hatte den gewünschten Effekt. Die Besucher der Terrasse wandten sich wieder ihren eigenen Gesprächsthemen zu. Die Attraktion hatte ihren Reiz verloren und die beiden konnten unbeobachtet weitersprechen.

»Wir haben uns gestern bei Ralph getroffen«, stellte Willis fest und kam so zum eigentlichen Anlass ihres Treffens.

Exel lehnte sich zu Willis hinüber, um leiser sprechen zu können.

»Habt ihr eine neue Fährte? Wir müssen unbedingt herausfinden, welchen Plan die Grauen und Dexter verfolgen, um das Raumschiff fertigzustellen. Es sind schon wieder Wochen seit unserer letzten Aktion vergangen. Die Durchsuchung des Konvois hat ja wohl nicht das gewünschte Resultat gebracht.«

»Erinnere mich bitte nicht daran, Exel! Welch eine Blamage!«, bemerkte er in ernstem Ton. »Unsere Ermittlungen laufen. Jeder sucht und forscht in seinem Ressort. Hast du in der Zwischenzeit eine neue Entdeckung gemacht?«

»Ja, General, ich habe eine hübsche kleine Insel vor der Küste Kaliforniens mitten im pazifischen Ozean gefunden«!, entgegnete der Riese mit fast heiterer Miene.

»Eine Insel, Exel?«, unterbrach ihn Willis etwas ungehalten. »Du solltest an ernstere Themen denken als an einen netten Badestrand!«

»Eine Insel, auf der sich so viel Böses zusammenballt, dass ich die negativen Schwingungen selbst hier wahrnehme«, setzte er hinzu und sah seinem Gesprächspartner tief in die Augen.

Willis änderte schlagartig die Gesichtsfarbe und sah Exel entsetzt an.

»Was meinst du damit?«

»Was ich meine, Willis? Was ich meine?«, wiederholte der Außerirdische die Frage erneut. »Dass unsere Gegner dort etwas Ungeheures, etwas undenklich Böses zu planen und umzusetzen versuchen. Etwas, das die gesamte Erde ins Unglück stürzen wird … und nicht nur die Erde«, fuhr er mit seiner dunklen Baritonstimme fort. »Aber wir werden das verhindern, Willis, wir werden ihren Plan vereiteln, wir alle, gemeinsam.«

»Wir werden es versuchen, das verspreche ich dir, mit all unseren Kräften. Vereint!«, versprach der General und richtete bei diesen Worten den Oberkörper in fast militärischer Haltung auf.

Dann nahm jedoch seine Neugierde Überhand.

»Was hast du denn auf der Insel entdeckt? Und um welche Insel handelt es sich? Sind die Grauen und Dexter …«, überschlugen sich seine Fragen.

»Langsam, General! Eins nach dem anderen«, bremste der Außerirdische sein Gegenüber. »Ich habe momentan noch keine exakte Vorstellung, was auf der Insel vor sich geht. Ich nehme jedoch die Schwingungen war, die der Satane und das Böse, das er stets wie ein Magnet anzieht, erzeugen. Das Zentrum dieses negativen Magnetfeldes konnte ich auf einem der Kalifornischen Küste vorgelagerten Eiland lokalisieren.«

»Wir müssen sofort die anderen informieren. Vielleicht finden wir einen Hinweis, einen Zusammenhang zwischen den vielen kleinen Indizien, die uns bereits vorliegen.«

»Willis, du gibst meine Vermutung an alle weiter«, sagte Exel und nahm bei diesen Worten einen Befehlston an, den man sonst eher vom General gewohnt war. »Jeder soll in seinem Ressort nach eventuellen Anhaltspunkten suchen. Ich werde meine liebe Ophelia befragen, um einige Details über die kleine Inselgruppe vor der Westküste zu erhalten, und mich dann persönlich … in die Höhle des Löwen begeben … würdet ihr Menschen sagen.«

Willis musste sich bei dieser Vorstellung ein Schmunzeln verkneifen.

»Na dann hoffen wir, dass dein Bordcomputer dir den richtigen Weg weist. Wie willst du denn auf die Insel gelangen? In weiten Sprüngen oder in deiner fliegenden Untertasse? Pass nur auf, dass du nicht zu kurz springst, sonst landest du im Pazifischen Ozean!«, kommentierte der General, ohne die Ironie in seiner Stimme zu verbergen.

»Keine Sorge, Willis, du weißt doch, dass ich über das Wasser wandeln kann!«

»Sorry, Exel, das hatte ich ganz vergessen! Das musst du mir mal live vorführen«, setzte er scherzhaft hinzu, griff nach dem kühlen Bierglas und trank es in tiefen Zügen leer.

11

»Bingo!« ,rief Gina begeistert, als sie über Harrys Schulter hinweg den Monitor betrachtete.

Gina und Jeff hatten den ganzen Nachmittag mit Henry, Hank und Harry im Internet nach neuen Indizien und Ansatzpunkten zur Aufdeckung der Pläne ihrer Gegner gesucht. Die drei Hacker halfen der Journalistin des Öfteren bei ihren Recherchen und waren aufgrund ihrer exzellenten Kenntnisse im Bereich der modernen Technologien von Exel in den engsten Kreis der irdischen Helfer aufgenommen worden.

Harry lehnte sich zufrieden in die Stuhllehne zurück, ließ seinen Blick über die weiblichen Rundungen seiner Bekannten gleiten und schaute ihr schließlich mit einem siegessicheren Lächeln in die Augen.

»Die Indizien sind eindeutig, auch wenn bei jeder Kontaktaufnahme das Hypernet benutzt wurde, um keine Spuren zu hinterlassen.«

»Dir entgeht eben nichts!«, lobte Gina ihren Freund und klopfte ihm bewundernd auf die Schulter.

»Uns!«, setzte Harry hinzu. »Uns entgeht nichts«, und drehte sich zu seinen beiden Mitbewohnern um.

Jeder von ihnen hatte stundenlang vor seinem Hightech Computer nach Informationen gesucht. Nicht immer ging es im Hause der Computerfreaks mit rechten Dingen zu und so war Jeff einige Male der Aufforderung der Hacker gefolgt, und hatte das Zimmer verlassen, um nicht Zeuge illegaler Aktivitäten zu werden. Was du nicht weißt, macht dich nicht heiß!

»Wie viele Gesetze habt ihr denn heute wieder gebrochen, um an die Hinweise zu kommen? Wie viele Server habt ihr geknackt?«, fragte Jeff voller Skepsis. »Hoffentlich war es nicht der des Pentagons!«, fügte er mit einem Seufzer hinzu.

»Nein, nur der des Weißen Hauses!«, erwiderte Gina mit ernster Stimme und löste damit bei Jeff ein unterdrücktes Stöhnen aus. Als er jedoch das verschmitzte Lächeln seiner Lebensgefährtin sah, entspannte er sich und konterte etwas beleidigt.

»Mach dich nur lustig über mich! Aber wenn sie dich und deine Konsorten auf frischer Tat ertappen, wen werdet ihr dann weinend um Hilfe bitten?«

»Dich, mein Liebster. Auf den Knien … auf den Knien werden wir um Gnade bitten«, verkündete Gina theatralisch, schloss beide Hände zum Gebet und hielt sie dem Inspector flehend entgegen. Dann legte sie versöhnlich die Arme um seinen Hals, drückte ihm liebevoll einen Kuss auf die Lippen und schubste ihn Richtung Monitor.

»Sieh dir das an!«, triumphierte Gina.

Jeff trat neben sie und betrachtete mit erheblich weniger Begeisterung die Zahlenfolgen auf dem Monitor. Was sollte er daraus erkennen? Es handelte sich um eine Unmenge von Zahlen begleitet von einem Datum und einer Uhrzeit.

»Könnte mir bitte jemand erklären, was diese Zahlen bedeuten und warum sie eine derartige Euphorie in euch auslösen?«, kommentierte der Inspector trocken.

Wie er diese modernen Kästen hasste! Ihm war bewusst, dass sie die Zukunft darstellten und man schon bald kein Papier mehr bei der Nachrichtenübertragung verwenden würde. *Paperless* nannte man es im Büro. Aber in dieser Hinsicht gehörte er noch zur alten Garde! Er konnte … oder besser gesagt … er wollte sich nicht mit den neuen Technologien anfreunden, obwohl er wusste, dass es kein Entkommen für ihn gab. Früher oder später musste er wohl in den sauren Apfel beißen und ein paar Nachhilfestunden bei diesen drei verrückten Hackern nehmen.

»Jeff!«, rief Gina entrüstet und sah ihn mit ihren großen blauen Augen verärgert an. »Das ist eine exakte Aufstellung des E-Mail Verkehrs unserer Gegner!«, und setzte aufgebracht hinzu: »Wo warst du eigentlich während der letzten Stunden?«

»Meistens draußen vor dem Haus oder im Flur, um nicht eure dauernden Verstöße gegen die Gesetze mit ansehen zu müssen!«

»Dass du auch immer alles so eng sehen musst!«, fügte sie in beleidigtem Ton hinzu. Als Journalistin der größten Tageszeitung von Garden City machte sie es ihrem Lebenspartner, dem Leiter der Polizeidienststelle dieser Stadt wirklich nicht leicht!

Um dem Streitgespräch der beiden eine Ende zu setzen, meldete sich Harry zu Wort. Er begann, dem Inspector die Bedeutung der vielen aufgelisteten Zahlen zu erklären, und zeigte ihm anhand dieser Daten, dass es in den letzten Wochen zu einem fortwährenden Informationsfluss zwischen den IP Adressen gewisser Nutzer gekommen war.

»Und nun rate mal, welchen Rechnern diese IP Adressen zugewiesen sind?«, fragte der Hacker, gab Jeff jedoch nicht die Zeit zu antworten. »Einer steht im Geheimtrakt der Area 51, den zweiten habe ich als den Computer des lieben Dexter identifiziert und …«.

»Wie es euch gelungen ist, diese IP Zuordnungen zu finden, die im Normalfall nur von Polizei oder Staatsanwalt beim Provider angefordert werden dürfen, frage ich wohl besser nicht«, unterbrach ihn Jeff und sah die drei jungen Männer herausfordernd an. Schweigen! »Dennoch Kompliment! Da habt ihr uns einen riesigen Schritt weitergebracht!«, fügte er mit ehrlicher Anerkennung hinzu.

»Wenn nur dieses verdammte Hypernet nicht wäre!«, warf Hank etwas erbost ein. »Das muss ein Teufelswerk der Grauen sein. Wir haben bis jetzt alles geknackt, was es auf unserem runden Erdball zu knacken gibt, aber zu diesem parallelen Netzwerk, das die Außerirdischen und ihre Helfershelfer verwenden, haben wir immer noch keinen Zugriff.«

»Wenigstens ist es uns gelungen zu erkennen, wann eine IP Adresse sich mit dem Hypernet verbindet, um eine Nachricht zu versenden, auch wenn wir den Verlauf der eigentlichen Nachricht nicht verfolgen und damit den Empfänger nicht identifizieren können«, meldete sich nun auch der Dritte im Bunde, Henry, zu Wort. »Wir sehen ebenfalls, wann eine IP Adresse sich mit dem Hypernet verbindet, um eine Nachricht zu empfangen. Die meistverwendeten IP Adressen der letzten Wochen sind laut Providern folgenden Personen oder Einrichtungen zugeordnet: der US Army in der Area 51 und Lieutenant Dexter, wie Harry bereits erwähnt hat, dann dem Banker Smith, dem gleichnamigen Ärztepaar der ehemaligen Klinik Salus und einem Mann namens Tom Newstone. Nach einigen Recherchen haben wir in Erfahrung gebracht, dass er nach dem Physikstudium als Wissenschaftler tätig war. Zurzeit arbeitet er auf freiberuflicher Basis. Und für wen? Nun haltet euch fest … für die Firma Tecom.«

Während dieser Worte war Henry aufgestanden und hatte sich neben seine beiden Freunde gestellt, die wie aus einem Mund fragten:

»Und zwar wo?«

»Auf einer kleinen Insel vor der Kalifornischen Küste, würde ich wetten!« meldete sich Jeff selbstsicher zu Wort und und versetzte die drei Hacker und Gina ihn eine Art Schockstarre!

12

Die Konstruktionshalle erstrahlte im Glanz unzähliger Lichtquellen unterschiedlichster Formen und Größen, die das Gefährt der Außerirdischen in allen erdenklichen Farben erleuchten ließen. Nur eine Sache trübte das hell schimmernde Gesamtbild: der Rauch der ewig brennenden Zigarre von Tylo, dem Anführer der sechs Grauen, die seit einem halben Jahrhundert versuchten, ihr Raumschiff in der Area 51 wieder fahrtüchtig zu machen.

Die Grauen und Dexter betrachteten zufrieden den runden Metallkoloss, welcher die riesige Halle beherrschte. Auch Paul war zugegen, der einzige Klon einer Serie künstlich zum Leben erweckter Verstorbener, der die Explosion ihres Schöpfungsortes, der Klinik Salus, überlebt hatte.

»Bald ist es soweit. Nun fehlt nur noch das Antriebsmodul. Wenn Smith nach dem bevorstehenden Experiment die notwendigen Millionen flüssig gemacht hat, könnt ihr den Reaktor ohne Wissen des Präsidenten einbauen und endlich Richtung Heimat starten«, verkündete Dexter mit einem gewissen Stolz.

Nur Tylo schaute mürrisch in die Runde und machte einen weiteren Zug an seiner Zigarre.

»Das ist nicht das erste Mal, dass Sie uns das versprechen, Dexter. Aber bis jetzt sitzen wir immer noch hier in diesem unterirdischen Hügel in der Sandwüste Nevadas.«

Der freundliche Ton des Militärs schlug sofort um.

»Das ist richtig, Tylo. Aber in diesem Hügel seid ihr durch eure eigene Schuld gelandet. Oder wollen Sie die Schuld an den Absturz ihrer fliegenden Untertasse uns Menschen in die Schuhe schieben? Auf einem anderen Planeten wärt ihr wahrscheinlich einfach niedergemetzelt worden. Wir dagegen haben euch aufgenommen, euch einen sicheren Ort zum Leben angeboten und euch ununterbrochen unterstützt, dieses Ufo wieder fahrtüchtig zu machen. Und was ist der Dank?«, schloss Dexter beleidigt seine Philippika.

Die Grauen senkten bei diesen Worten leicht den Kopf und sahen Tylo hilfesuchend an. Dieser zog ein weiteres Mal an seiner Zigarre und blies den Rauch zwar nicht direkt ins Gesicht des Militärs, aber sehr nahe daran vorbei.

Er wusste, wie sehr Dexter den Geruch seiner Zigarre hasste und machte sich des Öfteren ein Spiel daraus, ihn damit zur Weißglut zu treiben. Und auch dieses Mal schien es ihm zu gelingen. Der Militär drehte sich widerwillig ab und hustete demonstrativ zweimal.

»Es mag sein, dass ihr uns nach der Notlandung geholfen habt, aber sicher nicht aus reinem Altruismus. Ohne die Hoffnung, dass wir der Menschheit einen Weg zu völlig neuen Technologien bahnen konnten, und ohne die Vision, mit unserer Hilfe das Weltall zu kolonisieren, hätte eure Unterstützung sicher eine völlig andere Form angenommen.«

»Das ist kein Grund, unsere Bemühungen fortwährend zu kritisieren«, erwiderte Dexter unbeirrt. »Dass der Geschäftsführer der Firma Basic die erste Lieferung storniert hat, ist nicht unsere Schuld. Das Antriebsmodul für den Abflug steht kurz vor der Fertigstellung. Dank eurer Ratschläge sollte es dem Entwickler der Firma Tecom gelingen, die vom Menschen ungenutzte Technologie der *kalten Fusion* in dem für das Raumschiff geplanten Reaktor zum ersten Mal einzusetzen. Wir müssen nur das Ende des Monats abwarten, damit Smith nach dem Experiment das notwendige Geld für den Flug flüssig machen kann.«

»Dieser Smith, wieder so ein geld- und machtgieriger Mensch, dem ich nicht traue«, bemerkte der Graue. »Solange wir beide etwas durchdenken und planen, hat es noch nie Schwierigkeiten gegeben. Aber kaum gesellt sich ein Dritter hinzu, läuft irgendetwas schief!«

Dexter sah Tylo mit versöhntem Gesichtsausdruck an.

»Wir denken eben in der gleichen Art und Weise, unabhängig davon, dass wir zwei völlig unterschiedlichen Rassen angehören. Allerdings benötigen wir, um unsere Pläne umzusetzen, die notwendigen wirtschaftlichen Mittel, die wir beide leider nicht besitzen. Und da sind wir am Punkt angelangt, der uns seit Monaten Probleme bereitet: unsere Geldgeber. Das Budget unseres aufgeblasenen, übergeschnappten Präsidenten, der mit seinem großen jungen Amerika das Weltall bevölkern will, ist verbraucht und so waren wir gezwungen, einen neuen Sponsor für den heimlichen vorzeitigen Abflug eures Raumschiffes zu finden. Und diesen Mann haben wir in Martin Smith und der Organisation Omnivi gefunden.«

»Hoffen wir, dass sein Plan wirklich aufgeht. Ich verstehe leider zu wenig von Bankgeschäften, um die Erfolgschancen seines Vorhabens abzuwägen«, gab Tylo ungern zu.

»Wir müssen ihm einfach vertrauen!«, bestätigte der Lieutenant, »Er ist der skrupellose Banker, *er* wird das Geld so investieren, dass wir und er selbst einen Vorteil daraus ziehen. Wie er das macht, ist seine Sache. Wir können nicht alles verstehen und müssen uns auf ihn verlassen, gezwungenermaßen!«

»Ja, leider!«

»Ich habe ein bisschen in Internet recherchiert!«, unterbrach Syro das Gespräch der beiden.

Tylo und Dexter drehten sich überrascht zum Ältesten der Grauen um, der gewöhnlich der Stillste der Gruppe war.

»Smith hat mit seinem und dem Geld von Omnivi so etwas wie eine Wette abgeschlossen!«

»Eine Wette?«, tönte es fast gleichzeitig entsetzt aus den Mündern der Gesprächspartner.

»Ja, stellt euch vor, die Menschen haben eine Möglichkeit gefunden, völlig legitim über die Banken Wetten abzuschließen. Unglaublich, aber wahr! Man kauft weder ein reales Wertobjekt noch eine Aktie, die auf diesem Planeten den Wert dieses Objektes oder der Gesellschaft, die es produziert, widerspiegelt. Nein, man setzt Monate zuvor einzig und allein darauf, dass eine Aktie zu einem festgesetzten Zeitpunkt einen bestimmten Wert erreicht haben wird. Man spielt Poker!.«

»Was ist Poker?«, mischten sich nun Maya und Kaly, die beiden Jüngsten der Gruppe, interessiert ein.

»Ein Kartenspiel der Menschen, dessen Grundprinzip am ehesten mit diesem Bankgeschäft verglichen werden kann. Der Investor setzt auf einen fallenden Kurs, indem er Put Optionen erwirbt, oder schließt mit Call Optionen eine Wette auf den steigenden Aktienwert ab. Keiner weiß, welches Resultat definitiv am Stichtag, wenn die Karten aufgedeckt werden, eintreten wird.«

»Spannend!«, riefen die beiden Jüngsten aufgeregt, während Dexter und Tylo sich entgeistert ansahen.

»Das soll wohl ein Scherz sein, oder?« fragte Tylo seinen älteren Artgenossen ungläubig. »Wir riskieren das gesamte Geld unseres Projektes in einer Wette?!«

»Im Grunde genommen, ja, lieber Tylo, oder besser gesagt: die übrigen von Smith bewusst falsch beratenen Anleger riskieren alles. Smith dagegen hat vorgesorgt, dass es für ihn – und damit für uns – kein Risiko geben wird, da er das Experiment, das am Abend vor dem Stichtag stattfinden und den Wert der Aktie am folgenden Tag entscheidend beeinflussen wird, manipulieren kann. Und je mehr Kunden der liebe Smith dazu bringt, auf ein falsches Ergebnis zu wetten, umso mehr Geld gewinnt er am Ende, da er die Karten, die alle anderen erst am Stichtag einsehen können, bereits kennt.«

Tylo und Dexter atmeten sichtbar erleichtert auf, während Maya und Kaly mit ihrem kindlichen Gerechtigkeitssinn keineswegs von dieser Aussage begeistert waren.

»Aber das ist doch absurd!«, riefen sie erbost. »Wie kann ein Banker seinen Kunden eine Investition empfehlen, bei der sie eventuell oder in diesem speziellen Fall sogar mit Sicherheit ihr Geld verlieren?«

»Eigentlich habt ihr recht, aber durch die Gier der Menschen, die stetig wachsende Macht des Geldes und somit der Banken und durch die Virtualisierung der Finanzgeschäfte sind falsche Versprechungen und absurde Spekulationen zur Normalität geworden. Und eine dieser modernen Spekulationen nutzt der liebe Smith aus, um seine und unsere Millionen um ein Vielfaches zu vermehren.«

»Aber ….«, setzte Kaly erneut an.

»Kein Aber!«, unterbrach ihn Tylo mit forscher Stimme, welche keinen weiteren Kommentar zuließ. »Ihr beide verschwindet jetzt ins Bett!«, und fügte hinzu, »Ich denke, auch für uns ist es Zeit geworden! Es ist schon spät und die letzten Vorbereitungen warten morgen auf uns!«

Man wünschte sich eine gute Nachtruhe und während Dexter den Geheimtrakt verließ, zogen sich die übrigen Anwesenden in ihre Zimmer zurück.

Paul schwelgte in seinen Gedanken. Aufgrund eines Fehlers bei der Neuprogrammierung seines toten Körpers, hatte der künstlich geschaffene Klon einen Teil seines früheren menschlichen Gedächtnisses beibehalten. Exel hatte Paul kurz nach dessen Wiedergeburt über diesen neuen Zustand aufgeklärt und dem damals verzweifelten Klon die Vorteile seiner *fast Unsterblichkeit* dargelegt. Seitdem versuchte Paul ohne das Wissen der Grauen und ihrer Verbündeten unentwegt, die neu eingespielten Datensätze, die ihn zu einem Grauen machen sollten, zu verdrängen und die Erinnerungen an sein vorheriges menschliches Leben als Programmierer im Bankwesen weiter auszubauen.

Das Gespräch in der Konstruktionshalle hatte ihn wieder ein Stück weitergebracht, indem ein anderer ruhender Bereich seines Gedächtnisses zum Leben erweckt worden war und er neue wichtige Informationen zur Weiterleitung an Exel erhalten hatte. Und so machte es sich der recht zufriedene Klon im Bett bequem und schaltete das Licht aus. Wie er heute Nacht wohl träumen würde: grau oder menschlich?

13

Exel hatte sich nach dem Gespräch mit Willis in seine irdische Behausung am Grund des naheliegenden Sees zurückgezogen. Ophelia, die *artificial intelligence* des Raumschiffes, hatte schnell und ausführlich auf seine vielen Fragen geantwortet. Daher kannte er nun alle Einzelheiten über die Inselgruppe vor der Küste Kaliforniens und über den Kauf der kleinsten dieser Inseln durch den reichen und mächtigen Banker Martin Smith. Wo Macht und Geld zu finden waren, konnte der Satane nicht weit sein. Dies musste die Erklärung für die von Exel so intensiv wahrgenommenen negativen Schwingungen in diesem kleinen Punkt der Erde sein.

Die Insel befand sich nach Ophelias Angaben ein paar hundert Kilometer von ihrem jetzigen Standort entfernt. Dennoch hatte er beschlossen, sich das Eiland und dessen Umgebung aus der Nähe anzusehen, bevor er sich zu einem eventuellen Standortwechsel seines Raumschiffes Richtung Südwesten entschließen wollte. Ophelia war über seine Entscheidung ganz und gar nicht nicht begeistert.

»Und wie stellst du dir das vor?«, frage der weibliche Bordcomputer. »Willst du vielleicht von einem Bein aufs andere hüpfend in weiten Sprüngen des klassischen Balletts dem Satanen entgegen fliegen?«

»Warum nicht, liebe Ophelia. Spricht etwas dagegen?«

»Nur einige hundert Kilometer, die du durch oft dicht bewohnte Gegenden zurücklegen müsstest, ohne dabei unsere Mission auf der Erde in Gefahr zu bringen«, antwortete sie skeptisch. »Oder hast du während deines Aufenthaltes auf der Erde gelernt, unsichtbar zu werden?«, setzte sie voller Ironie hinzu. »Das wäre mal was Neues!«

»Noch nicht ganz, meine Liebe, aber ich arbeite daran«, erwiderte Exel mit ernster Miene. »Bis jetzt müsste ich noch all meine Kräfte gleichzeitig einsetzen, um es realisieren zu können, und dies wäre eindeutig zu gefährlich, da ich in diesen Momenten dem Bösen hilflos ausgesetzt wäre. Daher muss ich mich damit zufrieden geben …«, und erhob sich von dem enormen Sofa, welches das sonst spartanisch eingerichtete Wohnzimmer seines kleinen Raumschiffes schmückte, »… diese herrlichen Tanzschritte erlernt zu haben«.

Er umtanzte Ophelia zunächst in engen, dann in immer weiteren Kreisen bis er zu einem Finale quer durch den Raum ansetzte. Ophelia schwebte pikiert zur Seite, um Exel den notwendigen Platz zu schaffen, obwohl sie diese ihrem Herrn unwürdigen, lächerlichen Drehungen und Schrittfolgen des Ballettes hasste. Aber was blieb ihr anderes übrig? Er war der Chef!

»Wann gedenkst du denn, die abenteuerliche Reise anzutreten?«, fragte sie verärgert.

»Jetzt!«

»Waaas? Jeeetzt?«, schrie die synthetische weibliche Stimme entsetzt. »Du kannst doch nicht völlig unvorbereitet ins momentane Zentrum des Bösen hüpfen!«

»Ich bin keineswegs unvorbereitet, liebe Ophelia. Wie du siehst habe ich mich gerade aufgewärmt … » erwiderte er mit ruhiger Stimme, »auch wenn dir mein Tanz … wie immer … keine große Freude bereitet hat!«, fügte er schmunzelnd hinzu.

»Aber du kannst doch nicht einfach so ins Blaue hinein springen!«

»Ins Schwarze, Ophelia, ins Schwarze! Es ist tiefe dunkle Nacht und bewölkt. Kein Mond, keine Sterne. Hervorragende Bedingungen für eine kleine Reise an den Pazifik!«

»Hervorragende Bedingungen, um auf der langen Strecke in den oft dicht bewohnten Gebieten gesehen zu werden und dadurch unsere Mission aufs Spiel zu setzen«, punktete der Bordcomputer empört.

Exel dagegen näherte sich mit zwei abschließenden Pirouetten dem Startplatz im Inneren des Ufos, um sich vom Grund des Sees ans Ufer desselben zu beamen.

»Mach dir keine Sorgen, meine Liebe. Ich habe meine Fortbewegungsart in den letzten Monaten auf der Erde perfektioniert und werde, von der Dunkelheit geschützt, ungesehen mein Ziel erreichen. Wenn mein … oder besser gesagt … dein Kalkül stimmt, müsste ich mitten in der Nacht den Pazifik erreichen, und dann sind meine Intuition und Kombinationsfähigkeit gefragt …«, schloss er seine Erklärung und fügte lächelnd hinzu, »… da du leider zu weit entfernt sein wirst, um mir helfen zu können!«

Exels Worte bewirkten, dass auf dem weiblichen Gesicht des Hologramms ein versöhnliches Lächeln erschien, bevor er vor den Augen des Bordcomputers verschwand.

14

»Wir sind an einem Punkt angelangt, an dem es kein Zurück gibt, das weißt du, mein Lieber.«

»Ich weiß, ich weiß, auch wenn ich es lieber nicht wissen würde!«

Der Mann erhob sich ruckartig und begann aufgebracht im großen Wohnzimmer auf und ab zu gehen. Dann blieb er vor dem Sofa stehen, erhob den Zeigefinger und richtete ihn auf sein zweites Ich.

»Zum Teufel noch mal! Du bist der Bösewicht! Du musst die Entscheidung treffen! Dann kann ich mir wenigstens die Hände in Unschuld waschen.«

»Bequemer geht es für dich nicht, mein Lieber! Immer wenn unangenehme Entscheidungen getroffen werden müssen, soll ich diese treffen«, antwortete der imaginäre Gesprächspartner. »Aber abgesehen davon, die Weigerung unseres ehrwürdigen Wissenschaftlers, das Experiment zu sabotieren, lässt uns keine andere Wahl. Wir müssen ihn beseitigen! Ohne jegliche Diskussion!«

Ein zufriedenes Lächeln breitete sich auf Martin Smiths Gesicht aus. Dann setzte er sich neben seinem fiktiven Zwillingsbruder aufs Sofa.

»Ja Brüderchen, du hast recht. Ich weiß, dass ich dir das Leben nicht immer leicht mache, aber du verstehst das sicher. Es ist die einzige Möglichkeit sagen zu können, dass wenigstens ein Mitglied der Familie rechtschaffen geblieben ist!«, kommentierte er mit einem Hauch von Ironie. »Und wie gedenkst du, die Situation zu lösen?«

Diesmal erhob sich das zweite Ich aus den weichen Kissen, verschränkte die Arme hinter dem Rücken und ging in Gedanken vertieft durch den Raum.

Der Banker betrachtete das personifizierte Trugbild seiner selbst voller Bewunderung: das war ein Mann! Ein wahrer Mann! Ihm gelang es, in jeder auch noch so schwierigen Situation die beste Lösung zu ersinnen. Meistens fasste er seine Entscheidungen ohne jeglichen Skrupel, aber schon zu Zeiten der Römer entstand das Sprichwort: Mors tua, vita mea, dein Tod ist mein Leben! Er hatte wirklich Glück, ihn auf seiner Seite zu haben.

»Wir werden ihn beseitigen!«

Die Stimme des Brüderchens riss ihn aus seinen Gedanken.

»Aber könnte nicht jemand argwöhnisch werden? Das Letzte, was wir momentan brauchen, ist es, Verdacht zu erwecken«.

»Das ist richtig! Aber wir könnten ...,« das zweite Ich überlegte kurz und lächelte zufrieden, nachdem er scheinbar die Lösung gefunden hatte, »... ihn einfach ersetzen!«

»Wie meinst du das?«, fragte Smith völlig verblüfft.

»Wenn ich mich richtig erinnere, haben wir zwei patente Ärzte auf der Insel, die in der Lage sind, Klone zu produzieren. Was hältst du davon, wenn wir den lieben Herrn Professor einfach in einen Klon verwandeln? Die wichtigsten Informationen für das Experiment, das sowieso misslingen soll, werden wir nach der Umwandlung einfach in die neuen Gehirnzellen einspielen. Die Zeit müsste unseren beiden Genies reichen.«

Der Banker überlegte kurz.

»Tja ... das könnte klappen!«, sagte der Mann in Fleisch und Blut nachdenklich. »Viel Zeit ist zwar nicht geblieben, aber ...«

»Mach dir keine Sorgen, ihnen steht genügend Zeit zur Verfügung. Wichtig war es, eine Entscheidung zu treffen. *Alea iacta est,* der Würfel ist gefallen. Gib die notwendigen Anordnungen und dann wird alles nach Plan laufen.«

Bei diesen Worten näherte sich der fiktive Smith der Terrassentür.

»Nach so viel Arbeit muss ich mich erst mal entspannen«, sagte er mit einem Schmunzeln auf den Lippen. »Ich geh eine Runde fischen!«

Bevor er das Zimmer verließ, um über die Terrasse hinunter zu den Felsklippen zu gehen, drehte er sich noch einmal um.

»Weißt du, Brüderchen, immer den Bösen zu spielen, ist ganz schön anstrengend. Wir kommen leider nie in den Genuss des Schlafs der Gerechten.«

Dann entfernte er sich schnellen Schrittes. Aber als er diesmal aus der Vorstellung des realen Martin Smith verschwunden war, nahm der imaginäre Banker seine wahre Gestalt an: die Gestalt des Teufels!

Diese Menschen! Sie waren so manipulierbar, dass es ihm keine Genugtuung mehr bereitete, sie hörig zu machen. Obwohl er seine Pläne bis jetzt reibungslos umsetzen konnte, spürte Satanas in seinem Inneren eine große Unruhe und diese Unruhe hatte einen Namen: Exel!

Allein der Gedanke an diesen Namen ließ ihn erschaudern, nicht aus Furcht, ein Gefühl, das ihm völlig fremd war, sondern verursacht durch die immense Wut über Exels ständige Versuche, seine Pläne zu durchkreuzen. Der Satane nahm die Anwesenheit seines Nachbarn aus dem Weltall wahr, konnte ihn jedoch nicht exakt lokalisieren … und wollte es momentan auch nicht. In diesem Augenblick hatte er nur ein Verlangen, und zwar so schnell wie möglich nachhause zu kommen … um sich um seinen Kleinen zu kümmern. Eine Bewegung mit der Hand … und er war verschwunden. Dies geschah im gleichen Moment, als Exel den Augen Ophelias entschwand und seine Reise an die Küste Kaliforniens antrat, um exakt das zu tun, was den Satanen zum Erschaudern brachte, nämlich seine Pläne zu durchkreuzen.

15

Die Umrisse der kleinen Inselgruppe zeichneten sich schemenhaft am Horizont gegen die aufsteigende Morgenröte ab. Der Wind hatte die Wolkendecke, die den Sternenhimmel mit seinem leuchtenden Vollmond während der gesamten Nacht verborgen hatte, langsam gegen Westen getrieben. Es würde ein herrlicher klarer Tag werden.

Exel hatte im Schutz der Dunkelheit die vielen Kilometer zwischen seiner irdischen Bleibe und der Küste Kaliforniens hinter sich gelegt. Nur ein einziges Mal wäre er fast entdeckt worden, als er zwischen seinen weiten eleganten Sprüngen, die er nach anfänglichen Schwierigkeiten nun zur Perfektion beherrschte, direkt vor einem Fahrzeug landete, das im Dunkeln fernab von Häusern und beleuchteten Straßen am Rande eines Waldes geparkt war. Nach der ersten Schrecksekunde konnte der Außerirdische jedoch beruhigt feststellen, dass die beiden Insassen zu sehr mit sich selbst beschäftigt waren, um seine Landung vor der Frontscheibe des Fahrzeuges zu bemerken. Eng umschlungen gingen sie Tätigkeiten nach, die den Erdenbewohnern wohl nicht nur zur Erhaltung der Spezies dienten, sondern ihnen ebenfalls Vergnügen bereiteten. Zwar wurden sie oft auf diesem Planeten zum Erreichen völlig zweckfremder Ziele missbraucht, bei diesem Pärchen im Auto jedoch zeugten Mienenspiel, Körperhaltung und Geräusche einzig und allein von Wonne und Glücksgefühlen. Exel überließ die beiden ihrer Intimität, zog sich diskret in den Wald zurück und setzte nach einer kurzen Pause die Reise Richtung Westküste fort.

Fast am Ziel angelangt nahm er sich die Zeit, auf einer Klippe das herrliche Schauspiel der aufgehenden Sonne zu genießen. Es war immer wieder beeindruckend für ihn, dieses Spiel von völliger Dunkelheit, Morgenröte und langsam auftauchendem Tageslicht zu bewundern, um gegen Abend ein ähnliches Schauspiel in entgegengesetzter Reihenfolge beobachten zu können.

Sein Planet Sirius, der in einem völlig anderen Sternensystem beheimatet war, wurde von zwei kleineren Sonnen beleuchtet, die den Bewohnern bei dauernder angenehmer Wärme kurze Nächte in grauer Halbdämmerung bereiteten.

Nach einigen Minuten der Beschaulichkeit erhob er sich, um die letzte Etappe seiner Anreise hinter sich zu bringen. Auf welche Art und Weise? Exel überlegte kurz. Willis hatte an die weiten Sprünge gedacht, Ophelia an seine Fähigkeit, über das Wasser zu wandeln. Warum sollte er nicht etwas völlig anderes ausprobieren? Er schmunzelte kurz und glitt sanft von der Klippe ins feuchte Nass. Das Wasser war recht kühl und unvorstellbar klar. Er konnte sich nicht erinnern, wann er das letzte Mal etwas Ähnliches erlebt hatte.

Langsam begann er Richtung Insel zu tauchen. Er hatte eine größere Distanz unter Wasser hinter sich zu legen und wollte diese ihm ungewohnte Situation in vollen Zügen genießen. Die Meeresfauna schien ihr Möglichstes zu tun, um ihm die Reise angenehm zu gestalten. Kleine und größere Fische jeglicher Art schienen sich in diesem Abschnitt des Meeres zu einem Treffen verabredet zu haben. In kürzester Zeit umgab eine Vielzahl der Bewohner des feuchten Elementes den Außerirdischen, wie eine Wolke, die in tausenden von Farbtönen erleuchtete, die bebte, sich lichtete, um sich einen Augenblick später wieder dicht an den Tauchenden zu schmiegen. Mit einem Lächeln stellte Exel fest, von diesen kleinen in den verschiedensten Farben glänzenden Lebewesen zum Rudelführer erkoren worden zu sein.

Die Wolke umhüllte Exel, begleitete jede seiner Bewegungen in völliger Harmonie und wurde auf ihrem Weg unter Wasser immer dichter, immer reicher an Fischen jeglicher Form und Farbe. Seine Vorfahren mussten wirklich eine unbegrenzte Fantasie gehabt haben, um diese Vielfalt kleinster Lebewesen zu erschaffen, ging es ihm durch den Kopf.

Plötzlich durchfuhr ein Zittern den harmonisch gleitenden Schwarm, dann barst die pulsierende farbenfrohe Mauer auseinander und ließ die Umrisse eines enormen grauen Etwas vor Exels Augen erscheinen. Ein riesiger Weißer Hai näherte sich mit langsamen Flossenschlägen dem Tauchenden. Er war unglaublich groß … und der Anblick jagte dem Außerirdischen einen Schauder über den Rücken. Die beiden schwebten einige Sekunden bewegungslos im Wasser und sahen sich direkt in die Augen, dann streckte Exel die Hand aus und versuchte den Kopf seines Gegenübers zu berühren. Der Hai vollführte eine langsame Drehung und brachte seinen großen Körper direkt neben Exel in Stellung. Die Bewegungen des großen Fisches wollten Exel etwas signalisieren und nach einigen Sekunden verstand er die Nachricht. Er umfasste mit beiden Armen die enorme Rückenflosse des Weißen Haies und dann begann dieser einmalige Ritt auf dem Rücken des gefährlichsten Raubtieres der Meere, umgeben von einer immer größer werdenden Schar von Fischen.

Als sie sich dem Ziel näherten, brachte Exel den Zug mit einer kurzen Handbewegung zum Stehen. Wenn sie dem Ufer allzu nahe kamen, wäre das einzigartige Schauspiel sicher nicht unbeobachtet geblieben. Und so wies er mit einiger klaren Geste Richtung offenes Meer und die tausenden kleinen Meeresbewohner stoben in wenigen Sekunden auseinander. Exel strich dem Hai noch einmal freundschaftlich über den breiten Rücken und ein paar Sekunden später war auch er nach einigen kräftigen Schlägen mit der Schwanzflosse in den Tiefen des Pazifischen Ozeans verschwunden.

Wieder allein legte er die letzten Meter unter Wasser zurück und tauchte schließlich im Schutz einer Klippe auf. Für jeden normalen Menschen wäre dies ein schwieriges Unterfangen gewesen, da der dauernde Wind in dieser Gegend das Meer unentwegt aufpeitschte, aber dank seiner übermenschlichen Kräfte war es für Exel ein Leichtes, sich trotz des hohen Wellengangs an einen Felsen zu klammern, um die Villa des Bankers aus seinem Versteck zu beobachten. Smith hatte eine geschmackvolle Lösung für den Bau seines kleinen Reiches gefunden. Die Gemäuer fügten sich übergangslos in die Felslandschaft ein. Sie fielen an beiden Seiten des zentralen Felskammes terrassenförmig Richtung Meeresspiegel ab, im Südosten hin zu den Klippen, an denen ein Schiffssteg Bewohnern und Besuchern die An- und Abreise über den Wasserweg ermöglichte, im Nordwesten hinab in die raue, wilde Schönheit der Inselvegetation, die nur durch einen Abzugsschlot gestört wurde, der auf Tätigkeiten im Inneren dieses Gebäudeteiles hinwies, die über die Bedürfnisse eines normalen Touristendaseins hinausgingen. Beide Bereiche waren durch einen durchsichtigen röhrenförmigen Gang verbunden, der den obersten Rand der Felswand durchbrach.

An mehreren Stellen der Villa waren Überwachungskameras angebracht, die den Bewohnern die Annäherung unerwünschter Besucher signalisieren sollten. Die Geräte waren alle auf den Boden hin ausgerichtet, da man davon ausging, dass eine Annäherung nur über den Wasser- und auf den letzten Metern über den Landweg möglich war. Hubschraubergeräusche konnten akustisch wahrgenommen werden und das Landen eines Fallschirmspringers im Umfeld des Gebäudes schien viel zu gefährlich zu sein.

Exel konnte sich ein Schmunzeln nicht verkneifen. Wie sollte Smith auch mit dem Besuch eines Außerirdischen rechnen, der sich einfach in die Lüfte erhob, um die Aufzeichnungsbereiche des Überwachungssystems zu umgehen. Er verschwand erneut unter der Wasseroberfläche, schwamm an die entgegengesetzte Seite des Anlegesteges und tauchte hinter einem Felsbrocken auf, über dem ein Eukalyptuswäldchen begann, welches sich bis zum oberen Grat des Felsenkammes hin zog. Einige Sekunden später befand sich Exel bereits zwischen den blätterreichen Ästen eines Baumes und nach wenigen sicheren Sprüngen von Wipfel zu Wipfel direkt über einer kleinen Terrasse, deren geöffnete Tür ihm die Möglichkeit bot, ins Innere der Villa zu gelangen. Er verharrte einen Moment bewegungslos im Baumgipfel, konnte aber außer dem Rauschen des Windes nichts hören. Über die an einer Felswand angebrachte Videokamera hinweg sprang er auf die Terrasse, warf einen kurzen Blick in das anliegende Zimmer, und war ein paar Sekunden später darin verschwunden. Gebückt inspizierte Exel Wände und Nischen, konnte jedoch zu seiner Erleichterung keine weiteren Überwachungsgeräte finden, so dass er sich erhob und in Ruhe das Innere des Raumes betrachtete. Durch die Wahl und Verteilung von Möbeln und Pflanzen hatte man versucht, die Bereiche Leben und Arbeit in ausgeglichener Harmonie zusammenzufügen. Zur Terrasse hin befand sich eine moderne Sitzecke aus cremefarbenen Leder. Die gläserne Platte des Tisches wurde von einer bronzenen Handfläche getragen, die über den stilisierten Unterarm in der metallenen Basis endete. Sukkulente Pflanzen und einige kleine Eukalyptusbäumchen ließen die Inselflora auch im Inneren dieses Privatbüros aufleben. Über einige in den natürlichen Felsboden gemeißelte Treppenstufen gelangte man in die höher liegende Ebene des Raumes, auf der ein großer Schreibtisch mit Sesseln zwischen modernsten Lichtquellen und Hightech Geräten thronte. Durch die vielen in die Felswände eingepassten Büchernischen, die die Naturwand hinter dem Arbeitsbereich schmückten, war es dem Architekten nicht nur gelungen, modernes Design und Ursprünglichkeit der Natur geschmackvoll zusammenzufügen, sondern den Besuchern ein Gefühl der absoluten Harmonie zwischen Natur, Leben und Arbeit zu vermitteln.

Sicher war es den vielen Menschen, die durch ihre harte Arbeit dem Banker Smith ein Leben in dieser überaus angenehmen Umgebung ermöglichten, nicht gegönnt, eine ähnlich harmonische Atmosphäre an ihrem Arbeitsplatz zu genießen. Bei diesem Gedanken huschte ein trauriges Lächeln über Exels Gesicht. Aber dann erregte das Geräusch näher kommender Schritte seine Aufmerksamkeit.

»Kein Mensch wird den Unterschied bemerken!«, erklang die Stimme einer der Personen, die nun direkt vor dem Zimmer angelangt waren. Die Tür ging auf und ... Exel befand sich erneut auf der Terrasse, gebückt unter dem großen Fenster und ... im toten Winkel zur Videokamera!

16

»Hallo mein Kleiner, ich bin wieder da!«, ertönte die Stimme des Teufels. »Entschuldige die Verspätung, aber ich hatte viel zu tun.«

Dann streichelte die weibliche Gestalt den Kopf des kleinen Dämon, der auf dem Fußboden saß und mit einem Hamster spielte. Trotz des geringen Alters von nur wenigen Monaten ähnelte der blonde Junge äußerlich bereits einem Kind von fünf, sechs Jahren.

»Wie ich sehe, hast du dein Abendessen nicht verspeist, Dämon. Schmecken dir die kleinen Mäuschen nicht mehr?«

»Doch Mama, sie sind wirklich fein, aber dieses hier … hat mich mit seinen großen runden Augen so angeschaut, dass ich es nicht über mich gebracht habe, es aufzuessen«.

Seine Mutter hob einen Moment lang bestürzt die Augen zum Himmel und beugte sich dann zu ihrem Sohn herab.

»Dämon … ich kann nur hoffen, dass du dich nicht zu einem guten Teufel entwickelst!«

»Nein Mama, bestimmt nicht!«, antwortete der Kleine aufgebracht. »Ich will ein böser Teufel werden wie du … besser noch … der böseste überhaupt!«, fuhr er entschlossen fort, schaute jedoch einen Moment später umso unentschlossener in die Augen seiner Erzeugerin. Dann nahm er seinen ganzen Mut zusammen und stellte die Frage, die ihn seit längerer Zeit beschäftigte.

»Könnte ich statt Mäuschen, Eidechsen und den anderen kleinen lebenden Wesen … könnte ich nicht einmal einen der vielen Snacks probieren, die bei Mac Fastfood verkauft werden?«

Satanas sah seinen Sohn konsterniert an.

»Mac Fastfood? Was weißt du denn von Mac Fastfood?«

»Dort gehen meine Freunde immer hin und …«

»Deine Freunde?«, fragte der Teufel immer fassungsloser. »Dämon, kann ich daraus erahnen, dass du dich mit kleinen menschlichen Wesen zum Spielen triffst?«, und die Miene der Mutter verfinsterte sich. »Du weißt, dass ich dir das absolut verboten habe!«

»Ich weiß Mama«, gab der Kleine mit gesenktem Kopf zu. »Aber du bist immer unterwegs, um all die tollen bösen Dinge zu tun, und alleine langweile ich mich so sehr!«

»Und das Fernsehen mit den herrlichen Horrorfilmen, deine vielen Tierchen zum Zerfleischen und die vielen Spiele auf der PlayStation, in denen du so viele Gute erschießen kannst, wie du willst?«

»Meine Freunde sind aber unterhaltsamer und ... wenn du es schon wissen willst ... auch böser als ich!«

»Interessant!«, erwiderte der Teufel mit ironischem Unterton. »Und was machen sie so Schlimmes, wenn man das erfahren darf?«

»Na ja, manchmal schwänzen sie die Schule oder sie spucken auf den Boden. Aber das Schlimmste ist, wenn sie den Frauen auf der Straße die Röcke hochheben und dann lachend weglaufen!«

Mutter Teufel hörte sprachlos den Worten ihres Sohnes zu und so plapperte der Kleine weiter:

»Mama, warum ist es denn so lustig, die Röcke der vorbeigehenden Frauen hochzuheben?«

Der Satane blieb seinem Sohn die Antwort schuldig.

»Mein lieber Beelzebub ...«, dachte er rasend vor Wut, »... dieser verfluchte Planet wird mir auch noch meinen Sohn verderben! Wir müssen hier so schnell wie möglich weg. Exel hin oder Exel her!«

Der Satane stand auf und und sagte mit einem süßsauren Lächeln auf den Lippen:

»Ich geh dir jetzt ein paar Hamburger holen, Dämon. Spiel einfach mit dem Hamster weiter. Ich bin gleich wieder da!«, und verschwand.

17

»Und was ist dann passiert?«, fragte Gina aufgebracht. Als Journalistin erlebte sie fieberhaft jede Etappe von Exels Besuch auf der Insel mit, vom nächtlichen Zusammentreffen mit dem Liebespärchen über den Begleitzug der Fische unter Wasser bis hin zum Eindringen in die Villa.

»Nun sag schon! Wer ist ins Büro hineingekommen? Worüber haben sie gesprochen? Wie bist du wieder von der Terrasse runter gekommen?«, während sich ihre Stimme vor journalistischer Neugierde überschlug.

»Gina!«, unterbrach Jeff leicht verärgert seine Lebenspartnerin. »Lass Exel doch ein einziges Mal aussprechen! Du kannst ihn doch nicht ununterbrochen mit Fragen bombardieren!«

Exel hatte sich nach der Rückkehr vom Pazifischen Ozean ins Apartment seiner beiden Freunde in Garden City begeben und somit die unkomplizierteste Art gewählt, um mit seinen menschlichen Helfer zu kommunizieren. Die Area 51, in der General Willis und der Klon Paul sich aufhielten, war völlig tabu. Die unterirdische Kommandozentrale von Ginas Bruder Ralph stellte angesichts der einsamen Steppe ein relativ hohes Risiko für den Außerirdischen dar. Den drei befreundeten Hackern konnte er zwar ohne große Schwierigkeiten einen Besuch abstatten, aber sein erster und wichtigster Ansprechpartner war und blieb Jeff.

»Sie ist eben eine Frau!«, versuchte Exel zu schlichten. »Denkst du, dass ich es mit Ophelia leichter habe?«

Aber sein Kommentar bewirkte exakt das Gegenteil.

»Du willst mich doch hoffentlich nicht mit deinem Bordcomputer vergleichen?«, unterbrach ihn Gina entrüstet. »Und wie sollst du dir als Außerirdischer überhaupt ein Urteil über uns Frauen erlauben?«

»Wir haben euch schließlich erschaffen, meine Liebe!«, entgegnete Exel mit ruhiger Stimme.

Und nach Exels Antwort konnte Jeff der Versuchung nicht widerstehen.

»Aber man könnte glauben«, und dabei zwinkerte er seinem neuen Freund verschwörerisch zu, »dass ihr bei den Frauen irgendetwas falsch gemacht habt!«

Ginas Reaktion war vorprogrammiert. Sie explodierte wie eine Bombe.

»Falsch gemacht? In der Tat, sie haben etwas falsch gemacht! Sie haben uns nämlich besser und kompetenter als euch Männer erschaffen. Ich könnte mir vorstellen, dass die ursprüngliche Idee diejenige war, uns wie kleine Roboterdamen zu modellieren, die stets bereit sind, jeden auch noch so kleinen Wunsch der Männer zu erfüllen. Hab ich recht, lieber Exel?«

Der Außerirdische blieb trotz Ginas Wutausbruch gelassen. Er verspürte nicht das geringste Verlangen, sich auf eine Diskussion mit den beiden Streithähnen einzulassen.

»Ich muss mich korrigieren«, fuhr Jeff fort, woraufhin Gina trotzig die Arme vor ihrem wohlproportionierten Oberkörper kreuzte und auf eine Entschuldigung wartete.

»Ich sagte *man könnte glauben*, dagegen *bin ich sicher*, dass ihr etwas falsch gemacht habt.«

Und diesmal wandte sich Jeff an den Außerirdischen und sprach mit ironischem Unterton weiter.

»Hast du jemals die Wäsche einer Frau aufgehängt ...?« Gina und Exel schauten ihn mit fragender Miene an. »... ich schon!«, fuhr der Inspector fort. »Und glaub mir, Exel, jeder Mann sollte dies einmal in seinem Leben getan haben!«

»Was hast du gegen meine Wäsche auszusetzen?«, fragte Gina völlig verdutzt. »Was ich gegen deine Wäsche auszusetzen habe?«, wiederholte Jeff mit flötender Stimme. »Unterhöschen, die im Vergleich zu einem Stück Zahnseide riesig erscheinen, Hemdchen, die beim Aufhängen Zweifel aufkommen lassen, ob du, ohne es zu wissen, Vater eines Kleinkindes geworden bist. Ich frage mich jedes Mal, wie es den Frauen gelingt, sich in diese klitzekleinen Teilchen hineinzuzwängen. Und wir stehen vor dem Inhalt einer Waschmaschine, der niemals enden will. Höschen, Söckchen, Hemdchen, immer zahlreicher, immer kleiner!«

Exel verfolgte die Szene mit dem Vergnügen eines neutralen Beobachters. Jeff lehnte sich selbstzufrieden über seine schlagfertige Antwort ins weiche Sofa zurück, aber er hatte ... wie Exel bereits befürchtete ... die Rechnung ohne den Wirt gemacht.

Gina erhob sich langsam, stemmte beide Hände in die Hüften und baute sich vor ihrem – momentan vielleicht etwas weniger – Geliebten auf, der sich in aller Ruhe eine Zigarette anzündete.

»Mein lieber Jeff, wenn unsere Kleidungsstücke winzig sind, dann sind eure T-Shirts so groß, dass die vielen X nicht mehr auf das Etikette passen. Und dafür gibt es nur einen einzigen Grund: um eure Bäuche besser zu verstecken! Aus diesem Grund hängt man *eure* Wäsche in zwei Minuten auf, auch wenn man den doppelten Platz benötigt.«

Mit einer kurzen Handbewegung erstickte sie Jeffs Versuch eines Konterschlages im Keim.

»Ja, ja … ich weiß! Momentan bist du *noch nicht ganz* so weit. Aber wenn du weiter isst und trinkst wie ein Scheunendrescher und dich ins warme Sofa kuschelst statt eine Runde um den See zu laufen, kannst du bei deinen Neuanschaffungen jeden Monat ein X hinzufügen.«

»Hast du das gehört, Exel? Wie ein Scheunendrescher!«

Nun hatte auch Jeff die Beherrschung verloren.

»Mein kleiner Liebling isst und trinkt natürlich wie ein Spatz … nur dass der Spatz sich während des Festschmauses meist in einen Geier verwandelt!«

»Wie hast du mich genannt, einen Geier ….??!!«

»Genug, genug!«, unterbrach Exel das Gezeter der beiden. »Wollt ihr nun hören, welche Entdeckungen ich auf der Insel gemacht habe, oder soll ich euch eurem kleinen Rosenkrieg überlassen und ein Stündchen tanzen gehen?«

Von einer Sekunde zur anderen herrschte Stille. Die beiden Streithähne warfen sich einen letzten beleidigten Blick zu und folgten dann wortlos den Schilderungen des Außerirdischen.

Zunächst hatte er von der Terrasse aus das Gespräch zwischen dem Ärztepaar Smith und dem Banker Martin Smith verfolgt, der – wie der Zufall es wollte – ein Cousin des Arztes war. Einer ähnlichen Unterhaltung hatte Exel vor einigen Monaten versteckt beigewohnt, nur dass statt des Bankers Smith der Eigentümer der Klinik Mark Kent Wortführer des Gespräches war. Das Thema blieb jedoch das gleiche: Klonung oder besser gesagt die künstliche Reproduktion eines menschenähnlichen Individuums. Es wurden Menschen ermordet und dem Ärztepaar zur Verfügung gestellt, um die Leichen durch das Ersetzen der Körperflüssigkeiten und die Neuprogrammierung der Gehirnzellen wieder zum Leben zu erwecken. Diese Humanoiden besaßen alle Kenntnisse der Grauen und waren als menschliche Maschinen unsterblich, fast unsterblich, da ein Genickbruch sie außer Gefecht setzen konnte. Diese Tatsache hatte es Exel ermöglicht, die ersten fehlerhaft geratenen Exemplare unschädlich zu machen. Der einzige Klon, der den Ansprüchen der beiden

Ärzte entsprach, war Paul Stjepanovic, der mit den Grauen in der Area 51 lebte.

Als die drei Personen namens Smith schließlich das Zimmer verlassen hatten, war Exel in den Bereich des Hauses gelangt, in welchem er das Labor zur Herstellung der Klone vermutete. Aber statt der Klone entdeckte er bei seiner Suche etwas anderes, für ihn momentan noch Unerklärliches.

»Es war ein Kasten mit einigen Spulen, Magneten und Drähten, jedoch ist es mir nicht gelungen zu verstehen, um was es sich handelt. Ich habe zwar aufgrund eines Gespräches zwischen Smith und einem Mann namens Newstone, der diesen Kasten entworfen zu haben scheint, erfahren, dass ein Experiment geplant ist, zu welchem Wissenschaftler, Investoren und Presse eingeladen werden sollen, mehr konnte ich jedoch leider nicht herausfinden. Im Inneren der Villa sind zwar keine Überwachungskameras angebracht, da sie sich aufgrund der geografischen Lage sehr sicher fühlen, aber einige Klone, unter ihnen auch eine Frau, laufen zur dauernden Kontrolle in den Korridoren umher.«

»Da hast du aber einiges riskiert!«, kommentierte Jeff, nachdem er Exels Erzählung mit äußerster Anspannung verfolgt hatte. »Wir werden schon einen Weg finden, die Einzelheiten ans Licht zu bringen.«

»Was haltet ihr von Paul?«, warf Gina in Gedanken vertieft ein.

»Was sollen wir schon von Paul halten?«, entgegnete ihr Partner immer noch etwas gereizt wegen der vorherigen Meinungsverschiedenheit. »Er ist ein Klon, der ….«, aber der Außerirdische unterbrach ihn sofort.

»Du hast recht, Gina, das ist eine tolle Idee!«, woraufhin die Journalistin Jeff einen siegessicheren Blick von der Seite zuwarf.

»Paul muss irgendwie auf die Insel gelangen und die fehlenden Informationen für uns in Erfahrung bringen«, fuhr Exel fort. »Als Klon müsste er vollstes Vertrauen genießen oder sagen wir eher, man wird ihn nicht wegen irgendwelcher illoyalen Vorgehensweisen verdächtigen.«

»Und wie sollen wir das zuwege bringen?«, fragte Gina.

»Da wird doch der liebe Willis sicher eine Lösung finden! Was meinst du Exel?«, schlug der Inspector vor.

»Guter Vorschlag, Jeff! Kannst du unseren General bitte von allem in Kenntnis setzen«, antwortete der Außerirdische, woraufhin Jeff Ginas Blick mit einem stolzen Lächeln erwiderte.

18

Exel betrachtete Lina voller Neugierde.

»Wann wurde dir bewusst, außergewöhnliche Fähigkeiten zu besitzen und worin genau bestehen sie?«

Die feingliedrige Tänzerin presste ihre zitternden Hände ineinander, in der Hoffnung, sie dadurch irgendwie zur Ruhe zu bringen, und wandte verlegen den Blick von Exel ab.

»Ich kann mich nicht genau erinnern, wann ich bemerkt habe, anders als meine Mitmenschen zu sein, jedenfalls war ich noch sehr jung und es hat lange gedauert, bis ich es akzeptiert habe«, sagte sie leise und malträtierte weiter ihre zarten Hände, bevor sie fortfuhr. »Wie soll ich es dir erklären? Es scheint, als könne ich in die Seelen der Menschen sehen, als könne ich spüren, ob sie gut oder böse sind.«

»Ich verstehe …«, bemerkte Exel in betont ruhigem Ton, da er die Aufregung seiner Gesprächspartnerin wahrnahm und nicht den Anschein erwecken wollte, sie auszufragen, »… aber wie gelingt es dir, die Unterschiede zu erkennen?«

»Ich sehe die Personen von einem Lichtschein umgeben, einer Art farbig leuchtendem Nebel, der von einem kräftigen Rot bis hin zu einem intensiven Blauton reichen kann, je nachdem ob der Mensch einen eher bösartigen oder gutmütigen Charakter besitzt. Umso ausgeprägter die Wesensart, umso intensiver stellt sich mir der Farbton dar.«

Lina fixierte den Außerirdischen mit fast flehendem Blick. Die wenigen Personen, denen sie sich im Laufe ihres Lebens anvertraut hatte, betrachteten sie nach diesem Bekenntnis stets wie eine Geistesgestörte, ohne jedoch den Mut aufzubringen, es offen kund zu tun. Nach wenigen gescheiterten Versuchen hatte sie vor vielen Jahren beschlossen, das Geheimnis für immer in sich zu tragen … bis Exel in ihr Leben trat.

»Wieso vermutest du, dass ich nicht von diesem Planeten komme? Hast du mich auch inmitten eines farbigen Nebels gesehen?«

»Ja …«, erwiderte Lina zögernd, fasste all ihren Mut und sah Exel direkt in die Augen, »… dein Nebel war weiß, ein strahlendes Weiß, das ich bis zu diesem Zeitpunkt noch nie gesehen hatte.«

»Hoffentlich war das nicht der Effekt meines After Shave ... auch wenn ich mich eigentlich nie rasiere«, scherzte Exel und bereute es im gleichen Moment. »Lina, entschuldige bitte! Mein Witz war völlig unangebracht. Ich wollte dich nicht ....«

Zu spät! Lina drehte, wie von einer Ohrfeige getroffen, ruckartig ihr Gesicht zur Seite.

»Auch du machst dich über mich lustig! Ich wusste es ... ich wusste es ... !«, und zwei dicke Tränen rollten über ihre Wangen, während sie in ihrem Sessel in sich zusammensackte ... auch dies mit äußerster Eleganz!

Exel legte seine Hand sanft auf die weichen, locker über die Schultern fallenden Haare.

»Lina, bitte entschuldige, ich wollte mich nicht über dich lustig machen. Oft kann ich mich einfach nicht zurückhalten und muss diese dummen Sprüche von mir geben. Aber wahrscheinlich sind nicht die Sprüche dumm, sondern ich! So wird es sein: ich bin eben ein armer dummer Außerirdischer!«

Bei diesen Worten sprang Lina aus dem Sessel auf und sah Exel strahlend an, so als würde sie ihn zum ersten Mal in ihrem Leben sehen.

»Dann bist du also wirklich ein Außerirdischer!?«

»Na ja, sagen wir zur Hälfte, auch wenn ich nicht sagen könnte, welche Hälfte außerirdisch ist und welche nicht. Siehst du, schon wieder so ein dummer Spruch. Vielleicht ist das die menschliche Seite von mir.«

Die Balletttänzerin schien nicht weiter über Exels Worte nachzudenken, sondern fragte mit kindlicher Direktheit:

»Und warum bist du auf die Erde gekommen?«

Diese einfache, schlichte Frage verschlug Exel einen Moment lang die Sprache, dann antwortete er nach kurzer Überlegung:

»Sagen wir ... damit du nicht mehr so viele rote Lichtscheine sehen musst«.

»Und wie willst du das anstellen?«, fragte Lina unbedarft und entlockte Exel ein fast trauriges Lächeln.

»Meine liebe Lina, wenn ich das wüsste, wäre ich der glücklichste Außerirdische der Welt!«

Dann sah er sie mit seinen tiefblauen Augen an und schlug vor:

»Und bis es so weit ist, würde ich dich gerne zu einem Abendessen im Raumschiff am Grunde des Sees einladen.«

»In ein Raumschiff auf dem Grund eines Sees?«, fragte die Ballerina freudig überrascht. »Wie könnte ich solch eine Einladung ablehnen?!«

Dann hängte sie sich bei Exel ein und die beiden verließen das Theater.

»Und wie kommen wir ins Innere deines Raumschiffes?«, fragte Lina nun doch etwas besorgt.

»Keine Angst«, versicherte Exel, »du wirst nicht nass werden.«

Und so sollte es sein. Eine Stunde später standen beide trocken auf dem Seegrund … im Wohnzimmer des Raumschiffes.

»So sieht also das Innere eines Ufos aus?«, bemerkte Lina, ohne ihre Enttäuschung verbergen zu können.

»Hast du etwas anderes erwartet?«, fragte Exel lächelnd. »Ich finde es eigentlich ganz nett hier.«

»Nein, nein … das sollte keine Kritik sein, Exel! Aber wo sind all die leuchtenden Anzeigetafeln und komplizierten Geräte, die den Science Fiction Liebhabern in jedem Kinofilm gezeigt werden? Hier sieht es noch leerer aus als in meinem Apartment … und das will was heißen!«

»Ich brauche weder komplizierte Geräte, noch leuchtende Tafeln, denn ich habe … sie …«, erklärte der Außerirdische und ließ mit einer ausladenden Handbewegung das in der Luft schwebende Hologramm Ophelias erscheinen,»… und glaub mir, sie ist wirklich kompliziert genug!«

»Herzlich willkommen Exel«, sagte das stilisierte weibliche Gesicht und warf Lina einen verächtlichen Blick zu. »Hoffentlich hat dir der lange Aufenthalt inmitten dieser unterentwickelten Lebensform nicht allzu viele Traumata verursacht!«

Lina zuckte bei den Worten Ophelias zusammen und empörte sich trotz ihres zurückhaltenden Charakters:

»Was erlaubt sich dieser fliegende Kopf? Wie kann er es wagen, mich als unterentwickeltes Wesen zu bezeichnen?«

Exel warf seinem Bordcomputer einen vernichtenden Blick zu.

»Bitte achte nicht auf sie«, versuchte er seinen Gast zu beschwichtigen, »sie ist eben *nur* mein Bordcomputer und findet oft nicht die richtigen Worte. Was sollte man auch anderes erwarten. Sie besitzt eben eine *sehr* begrenzte Intelligenz! Nicht wahr, Ophelia?«, und drehte sich lächelnd zum Hologramm, dessen Augen vor Wut aufleuchteten.

»Entschuldigung mein Herr, ich werde versuchen, mein Vokabular aufzufrischen, damit auch die Menschen in der Lage sind, mich zu verstehen. Was kann ich für *dich* tun?«

»Für *uns*, Ophelia, für *uns*. Ich wünsche, dass du Fräulein Lina mir ebenbürtig behandelst. Haben wir uns verstanden?«

»Verstanden, Exel!«, erwiderte das Hologramm gehorsam, jedoch gleichzeitig sehr verdrossen. »Was kann ich also für *euch* tun?«

»Lina, was hältst du von einem geschmackvoll zubereiteten Fisch?«, wandte sich Exel an seinen Gast. »Wir haben hier Fische jeder Art und Größe im See«, und zeigte dabei auf die riesige Fensterwand, durch welche man die herrliche Seefauna bewundern konnte.

»Sie schmecken sicherlich phantastisch, Exel, aber … ich bin Vegetarierin!« gestand die Tänzerin entschuldigend.

Exel sah die Tänzerin etwas verblüfft an, während Ophelia indigniert die Augen verdrehte.

»Ophelia wird sicher als Chef de Cuisine in der Lage sein, uns dennoch ein herrliches Essen vorzubereiten«, und drehte sich mit einem strahlenden Lächeln dem Bordcomputer zu. »Nicht wahr Ophelia?«

»Ich werde mein Möglichstes tun … « erwiderte das Hologramm und warf dem weiblichen Gast einen weiteren abschätzigen Blick zu. Dann schwebte sie zu Exel und fuhr mit leiser Stimme fort, »… ich müsste nur vor dem Anrichten wissen, welchen Körperteil das menschliche Wesen zur Nahrungsaufnahme benutzt: die riesige Protuberanz mitten im Gesicht oder die darunterliegende Spalte, die sich ununterbrochen bewegt!«

»Ophelia!«, antwortete Exel sichtbar verärgert mit unterdrückter Stimme. »Wenn du nicht sofort mit den dauernden Sticheleien aufhörst, deaktiviere ich dich für die kommenden hundert Jahre. Hast du mich verstanden? Und nun durchsuche deine virtuellen Gehirnzellen und biete unserem Gast ein akzeptables Menü an.«

Das Hologramm presste kurz den schön geformten Mund aufeinander, um nicht vor Wut einen Kurzschluss im Inneren ihres hübschen Kopfes zu verursachen, legte dann ihr freundlichstes Lächeln auf und unterbreitete der Tänzerin, die das Wortgeplänkel zum Glück nicht mitverfolgen konnte, ihre Empfehlung:

»Verehrte Lina, angesichts Ihrer Ablehnung gegen tierische Speisen, würde ich Ihnen folgendes Menü anbieten:

als Vorspeise Rote Beete und Kartoffeln, schlicht im Ofen gebacken, dünn aufgeschnitten und mit Fleur de Sel und Olivenöl angerichtet. Danach würde ich eine Quiche mit Paprika und Zucchini zubereiten, sowie Auberginen gebraten mit Käse auf Feldsalat.«

Das Hologramm hielt kurz inne und musterte die Tänzerin suspekt von der Seite.

»Sie sind doch hoffentlich keine Veganerin?«

Nun war es Exel, der Ophelia fragend ansah. Sein Bordcomputer drehte sich mit stolzem Blick zu ihm um und kommentierte.

»Keine Angst, mein Herr, dieses Wort magst du vielleicht nicht verstehen, aber unser menschlicher Gast tut es mit Sicherheit.«

In der Tat sah Lina die beiden um Entschuldigung heischend an.

»Nein, nein, Veganerin bin ich nicht. Nur bringe ich es nicht über mich, das Fleisch getöteter Tiere zu verspeisen. Alle anderen Produkte wie Eier, Milch oder Honig, die aus oder von Tieren gewonnen werden, nehme ich zu mir«.

»Dann haben wir ja noch einmal Glück gehabt und ich kann Ihnen das Mandel Caramel Dessert mit Sahne anbieten«, beendete das Hologramm zufrieden und schwebte von dannen.

Als sie dicht neben Exel den Raum verließ, konnte sie sich jedoch einen letzten Kommentar nicht verkneifen.

»Kein Wunder, dass sie so zerbrechlich und blass aussieht. Wenn ich mich richtig erinnere, habt ihr diese Geschöpfe als Fleischfresser erschaffen, oder irre ich mich da?«, und verschwand, ohne Exels Antwort abzuwarten.

»Darf ich dir einen Aperitif anbieten, während wir auf das Essen warten?«, schlug Exel seinem Gast vor und wollte mit der Handfläche über den kleinen Tisch gleiten, als er inne hielt und sich zu Lina umdrehte. »Bist du nur Vegetarierin oder trinkst du auch keinen Alkohol? Ich könnte dir statt meinem göttlichen Cocktail auch einen paradiesischen Algensaft anbieten.«

Lina lachte kurz auf.

»Nein Exel, wir Russen sind schon als Kinder daran gewöhnt, zu allem Wodka zu trinken. Daher würde ich gern deinen göttlichen Cocktail kosten.«

»Perfekt!«, kommentierte Exel und beendete die Bewegung seiner Hand.

Einen Augenblick später erschienen zwei herrliche Kristallgläser auf dem Tisch, gefüllt mit einer rötlichen Flüssigkeit, zu denen sich mehrere kleine Teller voller bunt angerichteter Häppchen gesellten.

»Vielleicht möchtest du eines meiner Kanapees kosten. Rein vegetarisch natürlich!«

Lina biss vorsichtig ein Eckchen des farbig belegten Weißbrotes ab, kostete dann mit der gleichen Sorgfalt das rötliche Getränk und ließ beides einen Moment auf ihre Geschmacksnerven wirken.

»Das ist ja himmlisch! Ich habe noch nie so etwas Köstliches getrunken oder gegessen!«

»Das dauernde Reisen im Weltall bringt eben … außer der riesigen An-strengung … auch einige Vorteile mit sich.«

»Du musst ein wunderbares Leben führen, Exel! Von einem Planeten zum anderen reisen! Du hast sicher viele unglaubliche Welten mit fantastischen Wesen gesehen!«

»Ganz und gar nicht, liebe Lina«, bemerkte der Außerirdische und schlürfte genüsslich an seinem Aperitif, »das Weltall ist kein sehr angenehmes Plätz-chen. Man gleitet von mehreren Millionen Plusgraden hin zu Orten, die sich dem absoluten Nullpunkt nähern. Behagliche Planeten wie den euren findet man nur sehr selten …«

Dann lehnte er sich in die weichen Kissen des Sofas zurück.

»… und die wenigen intelligenten Rassen, die auf ihnen leben, bekriegen sich ununterbrochen. Meine eigene Rasse kämpft seit ewigen Zeiten gegen die Rasse der Bösen und Dämonen und manchmal … bin ich es wirklich leid!«

Er warf Lina einen geheimnisvollen Blick zu und fuhr fort:

»Wer weiß! Vielleicht könnte ich mich entschließen, für immer auf der Erde zu bleiben … und … mich nur noch dem klassischen Ballett zu widmen.«

Dabei erhob er sich, vollführte eine halbe Drehung und lud Lina mit einer eleganten Verbeugung zum Tanz auf.

»Du würdest sicher der beste Balletttänzer aller Zeiten werden!«, bestätigte sie lächelnd und ergriff seine Hand. »Wenn du es nicht schon bist!«, und dann gaben sich die beiden einem inbrünstigen Pas de Deux hin.

19

Als Dexter und Paul über den Landungssteg von Bord des Militärbootes gingen, wurden sie von Martin Smith persönlich empfangen.

»Lieutenant Dexter!«, sagte der Banker und deutete lächelnd den militärischen Gruß durch das Heben seiner Hand an. »Schön, dass Sie endlich den Weg in mein kleines Reich gefunden haben.«

Paul dagegen wurde von ihm einfach übersehen. Nach Smiths Kenntnissen war Paul ein Klon, eine Art künstliche Maschine, die den Militär nur aus einem einzigen Grund auf die Insel begleitete: um den ersten Kontakt mit den neu erschaffenen Klonen aufzunehmen. Dass es diesem Klon der ersten Generation nach monatelangen Bemühungen gelungen war, sowohl seine alte Vergangenheit als auch die neu aufgespielten Informationen je nach Belieben abzurufen, konnte der Banker natürlich nicht wissen.

»Ich zeige Ihnen zunächst den nordwestlichen Flügel meines Zuhauses, den ich der Forschung und Entwicklung gewidmet habe. Kommen Sie, Dexter, folgen Sie mir einfach.«

Dann ging er den beiden voran die schmalen Felsstufen hinauf, die von einer Terrasse zur anderen steil zum eigentlichen Gebäude empor führten, wo einer der Bediensteten bereits die Tür zum Laborbereich offenhielt. Als Paul an dem recht muskulösen Türöffner vorbeiging, bemerkten beide sofort, dass sie der gleichen, nicht menschlichen Rasse angehörten und begrüßten sich mit einem kurzen Senken des Kopfes.

Dieser in den Felsen gegrabene unterirdische Teil der Villa hatte im Gegensatz zum Wohnbereich einen eher unpersönlichen, sterilen Charakter. Die einzelnen Etagen waren durch zwei Aufzüge an den entgegengesetzten Seiten der langen Korridore miteinander verbunden, deren kahle Wände durch Neonleuchten erhellt wurden. In der obersten Etage lagen die Schlafräume und das Aufenthaltszimmer der Klone, die momentan leer waren, da die Bewohner als Hauspersonal ihrer Tätigkeit nachgingen.

»Eine fantastische Erfindung der Ärzte Smith!«, kommentierte der gleichnamige Banker. »Diese Klone sind die besten Angestellten, die man sich vorstellen kann. Sie gehorchen widerspruchslos, befolgen alle Anweisungen, stellen keine besonderen Ansprüche an Essen und Komfort, stets pünktlich, stets korrekt und völlig neutral, eben unkomplizierte Maschinen in menschlicher Hülle. Perfekt! Und alles ohne Bezahlung!« Dabei warf er Paul einen selbstzufriedenen und gleichzeitig verächtlichen Blick zu, den der Klon mit einem Lächeln entgegnete ... während er sich seine eigenen Gedanken über den netten Herrn machte.

»Und wo befinden sich die Laborräume?«, fragte Dexter neugierig. »Werden Sie uns die teuflische Maschine zeigen, die Energie ohne Ende produzieren soll?« »Gerne, Lieutenant Dexter! Bitte, treten Sie ein. Wir müssen zwei Stockwerke abwärts fahren«, und dabei öffnete er mit einem Knopfdruck die metallene Tür des Aufzuges und ließ seine Gäste eintreten.

»Den dritten Stock, auf dem das Ärzteehepaar die Klone produziert, möchte ich Ihnen später alleine zeigen. Ich denke, das ist angesichts Ihres Begleiters angebracht.«

Ein weiterer abschätzender Blick traf Paul, welcher der Unterhaltung völlig unbeteiligt zu folgen schien. Er fragte sich jedoch, ob der Banker seine Umwelt generell mit Arroganz und fehlender Wertschätzung behandelte oder ob er diese Spezialbehandlung nur den Klonen zukommen ließ, da er sie für kopflose, inhaltsleere Maschinen hielt. Paul war es bewusst, eine Ausnahme darzustellen, aber ein Minimum an Respekt für die von den Menschen geschaffenen Wesen hätte er dennoch erwartet. Umso neugieriger war er, mit dem ersten fehlerfreien Klon sprechen zu können, um zu prüfen, in welchen Bereichen es zu Übereinstimmungen kam und in welchen er diesen ähnlichen Wesen über- oder eventuell unterlegen war.

Der Aufzug stoppte, die Metalltür öffnete sich automatisch und die Dreiergruppe, angeführt vom stolzen Gastgeber, trat in einen hell erleuchteten Raum, dessen Inneres mit einer Vielfalt metallener Kästen und Spindeln, mit durchsichtigen Behältern in verschiedensten Formen und Größen, mit bunten Schläuchen und gefüllten Reagenzgläsern jedem Besucher sofort zeigte, dass er sich in einem wissenschaftlichen Labor befand.

In der Mitte des Raumes thronte ein länglicher Tisch, auf dem ein kleiner Kasten mit Gefäßen voller Flüssigkeit, mit Elektroden, Spindeln und einem Gewirr von Schläuchen und Kabeln aufgebaut war. Dahinter stand ein schmalbrüstiger Mann in weißem Labormantel, dessen graumelierte Locken ein ernstes, faltenreiches Gesicht umspielten, in dem zwei leuchtende Augen von der Kreativität und dem Einfallsreichtum ihres Besitzer zeugten. Er hielt mit seiner

Tätigkeit inne und ging den Besuchern freundschaftlich lächelnd entgegen. Nach einer kurzen Begrüßung bat Smith den Wissenschaftler, seinem illustren Gast aus der Area 51 das wissenschaftliche Meisterwerk vorzustellen. Newstone kehrte an seinen Platz hinter dem Tisch zurück und begann, den drei Zuhörern die neue Erfindung in möglichst verständlichen Worten zu erklären.

»Es gab in der Vergangenheit verschiedene Ansatzpunkte, eine kalte Fusion oder anders ausgedrückt eine kontrollierte Kernfusion ohne die Notwendigkeit extrem hoher Temperaturen zum Auslösen der Verschmelzung zu generieren«, begann der Wissenschaftler, wurde jedoch sogleich von Dexter unterbrochen, der etwas altklug seine militärischen Kenntnisse einbringen wollte.

»Unter Kernfusion verstehen Sie so etwas wie die Atombombe?«

»Nicht ganz, Lieutenant Dexter. Die klassische Atombombe verwendet Energie, die bei einer Kernspaltung freigesetzt wird. Sie besteht aus einer ausreichenden Menge spaltbaren Urans über seiner kritischen Masse und aus normalem Sprengstoff, der nach seiner Zündung eine Kettenreaktion auslöst und zur Explosion der Bombe führt. Bei der Kernfusion dagegen werden zwei Atomkerne zu einem neuen Kern verschmolzen und setzen dabei Energie beziehungsweise Wärme frei, weshalb wir Wissenschaftler von einer exothermen Fusionsreaktion sprechen. Nach dem gleichen Prinzip verhalten sich die Sonne und alle in unserem Sonnensystem leuchtenden Sterne.«

»Dann muss ich etwas verwechselt haben«, entschuldigte sich der Militär kleinlaut.

»Durchaus nicht, Lieutemant Dexter«, entgegnete Newstone. »Nur hatten Sie eine ganz spezielle Atombombe im Sinn, nämlich eine Wasserstoffbombe, die stärkste und gefährlichste Bombe, die es überhaupt gibt. Sie beruht nicht auf dem Prinzip der Kernspaltung sondern auf dem der Kernverschmelzung, auch Kernfusion genannt. Bei dieser Bombe werden Atomkerne der Wasserstoff-Isotope Deuterium und Tritium, Bestandteile des *schweren Wassers* unter extrem hoher Hitze miteinander verschmolzen. Die zu dieser Kernfusion notwendige Hitze wird durch die Explosion einer klassischen Atombombe als Zünder geliefert.«

Newstone stellte sich vor seinen kleinen, für jeden Laien verwirrenden Kasten, bemüht, den Anwesenden die schwere Kost möglichst gut verdaulich zu servieren.

»Und somit sind wir wieder beim Thema: Kernfusion. Wir versuchen zwei Wasserstoff Atomkerne zu verschmelzen, um durch die Fusionsreaktion

Energie zu erzeugen. Der grundlegende Unterschied bei dieser revolutionären Idee ist die Tatsache, dass die Kernverschmelzung ohne jegliche Hitzeeinwirkung eingeleitet wird, und zwar mit Hilfe eines Katalysators.«

»Und die Meere dieses Planeten enthalten Billiarden Tonnen von Wasserstoff und Billionen Tonnen Deuterium. Schon bald werden wir lernen, diese einfachsten aller Atome zu nutzen, um unbegrenzt Energie zu erzeugen … ohne jegliche radioaktive Strahlung!«, fügte der Banker in selbstgefälligem Ton hinzu.

»Das bedeutet, dass dieser kleine Kasten in jedem Haushalt problemlos zur Erzeugung ausreichender Energie zum Einsatz kommen könnte?«

»Ja, lieber Lieutenant«, fuhr Martin Smith erklärend fort, »Die kalte Fusion ermöglicht eine Energieproduktion für die kleine Familie, jedoch ebenfalls für ein komplexes Großkraftwerk. Die umweltfreundliche Wasserstofffusion wird grundlegende technologische und gesellschaftliche Veränderungen einleiten. Zunächst werden die ersten Heizkörper auf dem Markt erscheinen, dann werden die ersten Fahrzeuge mit Fusionsantrieb auf den Straßen zu sehen sein und irgendwann werden kleinere Kraftwerke zur Stromversorgung ganzer Industriegebiete entstehen.«

Der Wissenschaftler atmete tief durch und holte stolz zum letzten Schlag aus. »Und wenn die Bewohner der Erde in ihren Häusern selbst Wärme und Strom produzieren können, wird es für Großkraftwerke und Überlandleitungen keinen Bedarf mehr geben. Die kalte Fusion wird der Todesstoß für die momentan etablierte Energieindustrie sein. Das Gesicht des Planeten wird sich für immer verändern!«

Einen Moment lang herrschte absolute Stille. Das Labor schien die Worte auf sich und die Anwesenden wirken zu lassen. Nach einer längeren Pause war Dexter der erste, der das Wort erneut ergriff.

»Und Sie, lieber Smith, werden der reichste Mann dieses Planeten werden«, und sprach in Gedanken weiter, »… und den Grauen für ihren hilfreichen Tipp zu danken wissen.«

20

Willis hatte Dexter und Paul in sein Büro gerufen, um jedes wichtige Detail für den Großeinsatz seiner Männer auf der Insel vor der kalifornischen Küste zu erfahren.

»Konnten Sie Einzelheiten über das bevorstehende Experiment in Erfahrung bringen, um die Sicherheitseinheiten dementsprechend aufstellen zu können?« fragte Willis seinen direkten Untergebenen.

»Ja General! Der Banker Smith war so freundlich, uns die gesamte Wohn- und Forschungsanlage persönlich zu zeigen und uns einen Lageplan zur Verfügung zu stellen, so dass wir unsere Männer in aller Ruhe vorbereiten können.«

»Hat er Ihnen auch anvertraut, um welche wissenschaftliche Errungenschaft es sich bei dem Experiment handelt?«, fragte Willis, ohne seine Neugierde verbergen zu können. »Bisher hatte er sich dazu nicht geäußert. Wir sollten jedoch wissen, ob die Gefahr einer Explosion besteht, um Teilnehmer und Besucher im Notfall entsprechend schützen zu können.«

»Ich denke nicht, dass wir Ähnliches befürchten müssen«, erwiderte Dexter. »Der Physiker Newstone, der seit Monaten mit der finanziellen Unterstützung des Bankers auf der Insel forscht, will der Welt beweisen, dass es möglich ist, ohne größere Wärmeeinwirkung mit Hilfe eines Katalysators zwei Wasserstoffatome im Kern zu verschmelzen und dadurch Energie zu gewinnen.«

»Kalte Fusion!«, entfuhr es Willis voller Überraschung.

»In der Tat, General! Das Experiment soll beweisen, dass es die Möglichkeit einer unkomplizierten andauernden Energieerzeugung durch die kalte Fusion geben kann.«

»Das wäre phänomenal! Natürlich nur im Falle, dass es funktioniert«, kommentierte Willis und ging in Gedanken vertieft zum Fenster. »In den letzten Jahrzehnten haben sich bereits mehrere Wissenschaftler mit der Materie beschäftigt, aber es kam nie zum wirklichen Durchbruch, da wohl immer irgendetwas nicht plangemäß verlaufen ist oder besser gesagt, die Ergebnisse nicht befriedigend waren.«

»Newstone scheint nun die richtige Formel gefunden zu haben!«, antwortete

Dexter und lächelte bei dem Gedanken, dass der entscheidende Tipp für die Menschheit wieder einmal von den Grauen kam. Für die Schiffbrüchigen aus dem Weltall stellte die kalte Fusion eine bereits veraltete Technik dar. Das Grundprinzip dieser Energiequelle war zwar den irdischen Wissenschaftlern bekannt, sie hatten jedoch stets ein winziges Detail übersehen. Eine Kleinigkeit, auf die Newstone *zufällig* über das Hypernet aufmerksam gemacht wurde, ohne zu wissen, dass es sich bei dem wertvollen Ratgeber um die Grauen handelte.

Willis stand weiter in Gedanken versunken vor dem Fenster und betrachtete abwesend das militärische Treiben auf der Durchfahrtsstraße der Area 51.

»Können Sie sich vorstellen, was das bedeutet?«, sinnierte der General, wobei er die Frage weniger den beiden Besuchern als sich selbst stellte. »Energie ohne Ende, ohne Ölmagnaten und Energiekonzerne, ohne Angst vor radioaktiver Strahlung oder dauernder Verschmutzung von Luft und Wasser! Es wäre der Beginn einer neuen Ära auf der Erde!«

»In der Tat!«, bestätigte Dexter lächelnd und dachte: meiner Ära! Sobald die Grauen mit Smiths Geld das Antriebsmodul für das Raumschiff fertiggestellt hatten, würde er mit Omnivi die Macht übernehmen … und zwar nicht nur in der Area 51!

Willis verharrte noch einige Momente vor dem Fenster, dann drehte er sich entschlossen zu den beiden Anwesenden um.

»Dann sollte es bei unserem Einsatz zu keinen Komplikationen kommen! Dexter, bitte weisen Sie unsere Männer ein. Die Pläne der Örtlichkeiten liegen Ihnen ja vor.«

»Jawohl, General! Das werde ich sofort tun! Bis morgen!«

Dexter führte die rechte Hand seitlich an den Rand seiner Mütze und forderte Paul wortlos zum Verlassen des Büros auf.

»Paul!«, sagte General Willis und wandte sich dem Klon zu.

»Darf ich Sie bitten, mir mit einem professionellen Rat zur Seite zu stehen.«

Dexter sah seinen Vorgesetzten verblüfft an.

»Ich möchte mir zuhause eine elektronische Lichtanlage für den Außenbereich einrichten lassen«, sagte er zu Paul und verabschiedete Dexter mit einem

Lächeln. »Sie erlauben doch, nicht wahr, Lieutenant!«

Dexter war nicht gerade begeistert, den inkognito in der Area 51 lebenden Klon mit dessen Leiter allein zu lassen, aber was sollte schon passieren. Er war mit seinen neu in die Gehirnzellen eingespielten Informationen ein exzellenter Elektroniker und stellte angesichts der kompletten Löschung seiner Erinnerungen an das alte Leben keine Gefahr dar. Wenigstens war Dexter davon überzeugt!

»Gerne, General Willis! Ich komme momentan auch ohne Herrn Stjepanovic aus. Hoffentlich kann er Sie zufriedenstellend beraten!«, und wandte sich dann an Paul.

»Wir sehen uns in Kürze im Hangar wegen der Planung des Antriebsmoduls!«, sagte er zu Paul und verließ dann nach einem letzten Gruß das Büro von Willis.

Sobald die beiden alleine waren, legte der General seine militärische Haltung ab und ging zum freundschaftlichen Du über.

»Komm, setz dich Paul und erzähl mir, was auf der Insel wirklich vor sich geht!« Und so berichtete der Klon in allen Einzelheiten über das Labor, die Art des Experimentes und die Tatsache, dass es misslingen sollte, um den Banker durch seine betrügerischen Optionsgeschäfte in einer Nacht reich zu machen. »Unglaublich, zu was Menschen des Geldes wegen fähig sind!«, stieß Willis ehrlich bestürzt aus. »Und wie soll das Misslingen des Experimentes aussehen? Macht der Wissenschaftler dabei mit?«

»Das weiß ich leider nicht«, entgegnete Paul. »In meiner Gegenwart wurde nicht darüber gesprochen. Aber vielleicht hat der Banker Lieutenant Dexter darüber aufgeklärt, als sich die beiden in das Labor zurückgezogen haben«, und fügte mit trauriger Stimme hinzu, »in dem Meinesgleichen erzeugt wird!«

»Deinesgleichen gibt es nicht!«, widersprach ihm Willis. »Du bist etwas ganz Besonderes. Das hast du sicher während deiner Gespräche mit den Klonen bemerkt. Oder irre ich mich?«

Paul bejahte mit gesenktem Kopf.

»Dann solltest du endlich beginnen, deinen ... nennen wir es Sonderstatus ... zu genießen«, fuhr der General fort. »Ohne dich hätten wir all diese wichtigen Details nicht erfahren oder sicher nicht rechtzeitig, um noch etwas dagegen unternehmen zu können.«

Dann nahm er unbewusst wieder seine militärische Haltung ein und fuhr mit feierlicher Stimme fort.

»Du hast unserem Land einen großen Dienst erwiesen, Paul. Und wenn ich die Lage richtig einschätze, nicht nur den Vereinten Staaten Amerikas, sondern dem gesamten Planeten, vielleicht sogar dem Universum.«

Paul sah ihn kurz gerührt an und dann huschte endlich wieder ein Lächeln über seine Lippen. Willis erhob sich und klopfte ihm anerkennend auf die Schulter. »Ich denke, du gehst jetzt lieber wieder in den Hangar zurück, damit Dexter nicht misstrauisch wird. Falls er dich über die Außenanlage in meinem privaten Garten ausfragen sollte, lässt du dir sicher etwas einfallen. Ich werde Exel deine Informationen so bald wie möglich weitergeben und dann soll er entscheiden, wie wir weiter vorgehen sollen.«

Paul erhob sich, schüttelte Willis zum Abschied die Hand und verließ dann mit gestärktem Selbstbewusstsein das Büro des Generals.

21

Martin Smith, unwissend, vom Teufel persönlich in den ewigen Kampf zwischen Gut und Böse mit einbezogen worden zu sein, hatte den Wissenschaftler in sein Büro rufen lassen.

»Newstone, wollen Sie sich meinen Vorschlag nicht noch einmal durch den Kopf gehen lassen? Ich habe Sie schließlich nur darum gebeten, dieses erste Experiment misslingen zu lassen. Danach können Sie so viele Experimente durchführen, wie Sie wollen. Ich werde Ihr gesamtes Projekt finanzieren, alles wird zu Ihrer vollsten Zufriedenheit ablaufen. Wir werden eine Ausrede finden, um den Misserfolg des Experimentes zu erklären, so dass Sie sauber aus der ganzen Sache herauskommen, sauber wie ein frisch gepuderter Kinderpopo.«

Der Banker war noch nie ein sehr einfühlsamer Mensch gewesen und die Wahl seiner Worte spiegelte dieses Defizit in vollem Maße wieder.

»Ich habe schon immer Ihre Ausdrucksweise bewundert, Herr Smith«, antwortete der Wissenschaftler voller Ironie, »und muss zugeben, wenn auch ungern, dass ich Sie als Physiker darum beneide. Die Unmenge an mentaler Energie, die Sie einsparen, um in den mannigfaltigen Situationen des Lebens *nicht* nach den passenden Worte zu suchen, kann von Ihnen anderweitig genutzt werden … nämlich für Ihre schmutzigen Geschäfte.«

»*Schmutzige* sagen Sie, Herr Professor!«, entgegnete Smith. »Sie vergessen scheinbar, dass Sie nur dank der Aktionen, die Sie als schmutzige Geschäfte bezeichnen, in den Genuss der finanziellen Zuwendungen gekommen sind, die Ihnen den Bau Ihres energieerzeugenden Kastens ermöglicht haben. Vergessen Sie nicht, dass einzig und allein *ich* Vertrauen in Ihre Theorie gesetzt habe«, sagte er voller Entrüstung. Er konnte es nicht ertragen, wenn jemand an seinem redlichen Verhalten zweifelte. Wenn seine Handlungen ab und zu nicht völlig tadellos erschienen, so war dies einzig und allein schuld seines Brüderchens. Aber erkläre das mal jemandem! Niemand würde es verstehen!

»Warum sollen wir das Experiment misslingen lassen?«, setzte der Physiker entgegen. »Ist Ihnen klar, dass, wenn wir nachweisen, unbegrenzt Energie erzeugen zu können, wir die reichsten Menschen dieses Erdballs sein werden.

Sie werden so viel Geld anhäufen, dass Sie sich jeden auch noch so großen Wunsch erfüllen können!«

»Ja, ja, das habe ich schon verstanden. Wir werden … wir werden! Zunächst müssen Sie die Welt der Wissenschaft davon überzeugen, dass es sich nicht um einen Trick handelt, und – erlauben Sie mir den Kommentar – Sie sind wirklich bei niemandem sehr beliebt. Als Nächstes muss dann das Patent angemeldet und von den offiziellen Stellen anerkannt werden und erst dann können wir mit dem eigentlichen Verkauf beginnen!«

Smith ging auf Newstone zu und richtete den Zeigefinger auf ihn:

»Nein, ich benötige das Geld sofort! Ich habe keine Zeit und daher …«, er sah seinem Gegenüber fest in die Augen, »… entweder Sie befolgen meine Anweisungen oder ich sehe mich gezwungen, den Rat meines Brüderchens zu befolgen. Und glauben Sie mir, er ist nicht so gutmütig wie ich. Das kann ich Ihnen versichern, lieber Herr Professor!«

Der Wissenschaftler hatte bereits seinen Entschluss gefasst.

»Ihre Worte zeigen mir, dass ich allzu gutgläubig war, einem skrupellosen Mann wie Ihnen Vertrauen zu schenken. Blauäugig und naiv war ich, denn was sollte man schon von einem Banker erwarten?«

In der Stimme des Physikers schwang ein abschätzender Ton mit.

»Sie wagen es, mir zu drohen? Okay, dann suchen Sie sich einen anderen, der Ihnen bei diesen schmutzigen Spielen mit Rat und Tat zur Seite steht. Ich grüße Sie, Herr Martin Smith, auf nimmer Wiedersehen!«

Dann ging er indigniert aber erhobenen Hauptes auf die Tür zu.

Mit einem Seufzer drückte Smith auf den Knopf unter der Schreibtischplatte. Die Tür öffnete sich und zwei Klone stürzten ins Zimmer. Sie packten den völlig überraschten Mann und machten ihn mit wenigen Griffen bewegungsunfähig. »Sind Sie wahnsinnig geworden!«, schrie Newstone und versuchte vergeblich, sich zu befreien. »Rufen Sie sofort Ihre Gorillas zurück! Sagen Sie ihnen, sie sollen mich loslassen! Was haben Sie vor?«

Smith näherte sich langsam dem Professor, der, von den beiden Muskelpaketen umklammert, den Banker zwar weiterhin verärgert, jedoch immer verängstigter ansah.

»Ganz einfach, lieber Professor. Ich werde genau das tun, was Sie mir gerade empfohlen haben … ich werde mir jemand anderen suchen! Nur wird dieser andere ebenfalls Professor Newstone sein!«

Der Banker sah den verdutzten Gefangenen ein letztes Mal an, nickte den

Klonen kurz zu und wandte sich dann ab. Noch nie hatte er den Anblick von Gewalttaten ertragen können, jedoch war nicht zu vermeiden, dass er das knackende Geräusch der sich brechenden Knochen hörte. Stille.

»Glauben Sie nicht, dass Sie ein allzu böser Mensch geworden sind?«

Smith drehte sich erschrocken um, als die ihm unbekannte Baritonstimme hinter seinem Rücken ertönte. Neben dem Wissenschaftler, immer noch vor Schreck wie gelähmt, erhob sich Exel in seiner vollen Größe, während die beiden Leibwächter leblos zu seinen Füßen lagen.

»Wer sind Sie? Soll das ein Witz sein?«, fragte Smith völlig überrumpelt.

»Sie haben es erfasst, lieber Smith, und zwar ein schlechter Witz für Sie«, antwortete Exel und zeigte auf den Professor, der sich langsam von dem Schock erholte. »Das Geräusch, das Sie vernommen haben, war zwar das eines Genickbruches, jedoch des Axis Ihrer beiden Klone. Sie wissen sicher allzu gut, dass dies die einzige Möglichkeit ist, diese Wesen außer Gefecht zu setzen.«

Dann ging er einmal um den Banker herum und sah ihn von der Seite an.

»Und noch etwas! Der Platz Ihres zweiten Ichs, mit dem Sie so gerne kommunizieren, wurde in den letzten Monaten von jemand anderem eingenommen und zwar von keinem geringeren als … hoch, horch … dem Satan persönlich!«

»Wer sind Sie?«, wiederholte Martin Smith aufgebracht. »Wie sollten Sie wissen, mit wem ich kommuniziere, und wie kommen Sie darauf, dass ich einen imaginären Gesprächspartner habe?«, erhitze er sich immer mehr. »Und was hat der Teufel mit all dem zu tun? Sie müssen verrückt sein! Ja, so ist es: Sie sind ein Verrückter!«, schrie er zuletzt völlig außer sich. Der Banker versuchte seine Fassung zurückzugewinnen und reagierte auf die für ihn übliche Art und Weise: er wurde laut!

In Wirklichkeit war er terrorisiert! Wer war diese seltsam gekleidete Gestalt vor ihm? Wie war es ihm gelungen, ungesehen in sein Büro zu kommen, seine Leibwächter außer Gefecht zu setzen und den widerspenstigen Wissenschaftler zu retten? Seine Gedanken überschlugen sich, Schweißtropfen erschienen auf der Stirn, während sein Gehirn krampfhaft versuchte, plausible Antworten auf die vielen Fragen zu finden. Das Unerklärlichste blieb jedoch die Tatsache, dass der seltsame Fremde etwas von den Gesprächen wusste, die er mit sich selbst führte. Niemandem gegenüber hatte er jemals die geringste Andeutung über diese Zwiegespräche gemacht!

»Sie brauchen Ihr Gehirn nicht überstrapazieren. Es gibt Dinge, die Sie niemals verstehen werden, auch wenn Sie in alle Ewigkeit leben, wie es Ihnen Ihr Brüderchen empfohlen hat.«

Exel näherte sich dem Gesicht von Martin Smith bis auf wenige Zentimeter und hauchte ihm entgegen:

»Es tut mir leid, Herr Smith, aber ich muss Ihnen die schlechte Nachricht überbringen, dass Sie nichts weiter als eine kleine manipulierbare Schachfigur im großen Spiel des Universums sind.«

Dann nahm seine Stimme einen leicht drohenden Ton an.

»Und jetzt sagen Sie mir sofort, was Sie mit dem Professor vor hatten. Und bitte keine Lügen! Ihr sehr elementares Gehirn ist für mich wie ein offenes Buch. Haben Sie mich verstanden?«

Smith erwiderte stolz den Blick des Außerirdischen, hielt es jedoch für angebracht, seine Taktik zu ändern. So sackte er ein paar Momente später in sich zusammen und stieß die folgenden Worte mit einer Stimme aus, die dem Reich der Toten zu entspringen schien:

»Der Plan war, diesen störrischen Wissenschaftler zu beseitigen und in einen Klon zu verwandeln, um das Experiment mit einem kompletten Misserfolg enden zu lassen.«

Der Banker zeigte sich völlig aufgelöst. Er setzte all seine schauspielerischen Fähigkeiten ein, um Exel von dem vorgetäuschten Gefühlszustand zu überzeugen. Was blieb ihm in der momentanen Lage auch anderes übrig. Er war überführt!

»Ich möchte Ihnen gratulieren, mein Lieber!«, sagte Exel, um das Messer ein weiteres Mal in der Wunde zu drehen. Und er musste zugeben, es gefiel ihm sehr! Wurde vielleicht auch er langsam böse?

»Sie sind ganz offensichtlich in einem Vollzeitjob von niemand geringerem als dem Teufel eingestellt worden«, fuhr er fort und sah den Banker mit einem ironischen Lächeln an. »Na ja … wie einige Milliarden anderer Menschen auch, was Ihnen wiederum zeigt, dass Sie nichts Besonderes sind.«

Martin Smith ließ in einem erneuten Anflug der Rebellion die Maske fallen und fauchte aufbrausend:

»Genug jetzt vom Teufel! Ich muss zugeben, dass Sie ein Typ voller Überraschungen sind, vielleicht telepathisch, vielleicht eine Art Geheimagent, aber der Satan … der Teufel existiert nicht und ich stehe auf der Gehaltsliste von niemanden, geschweige denn vom Teufel. Ha, ha, ha … wie kommen Sie nur auf so verrückte Ideen! Vermutlich glauben Sie wirklich daran?!«

Exel zuckte nur kurz mit den Schultern.

»Glauben Sie, was Sie wollen, Smith. Tatsache ist, dass Sie das ewige Leben erlangen können, so wie es Ihnen ihr teuflisches zweites Ich schmackhaft macht, nur wird es sicher nicht so aussehen, wie Sie es sich momentan vorstellen.«

»Wissen Sie, ich stelle mir gar nichts vor. Ich wollte nur in kurzer Zeit ein kleines Vermögen verdienen. Darum geht's und um nichts anderes! Ist das klar?«

Exel hob missbilligend die Augenbrauen, ging auf Martin Smith, blieb direkt vor ihm stehen und hauchte dem Banker völlig unerwartet seinen Atem ins Gesicht.

Smith wich erschrocken zurück und hob schützend eine Hand vor die Nase.»Mein Gott … was für ein Gestank …«, brachte er schließlich hustend hervor. »Dieser tolle Duft ist nicht Verdienst meines Mundwassers«, scherzte Exel, »sondern eine Kostprobe des angenehmsten Geruchs, den Sie in der Hölle verspüren werden.«

Dann streckte der Außerirdische einen Arm aus und hielt dem immer verblüffteren Banker seine offene Hand entgegen.

Martin Smith begann plötzlich zu schwitzen. Die immer größere Anzahl perlender Schweißtropfen vereinten sich in kleinen Rinnsalen, die am Hals des Bankers unter dem Kragen des weißen Hemdes verschwanden. Er lockerte zunächst den Knoten seiner Krawatte, zog dann hastig die Jacke aus, um sich schließlich ein Kleidungsstück nach dem anderen vom Leib zu reißen und – nackt, wie Gott ihn geschaffen hat, jedoch weiterhin ausgiebig schwitzend – vor Exel und dem Wissenschaftler zu stehen.

Eine weitere Geste von Exel und der Mann hielt beide Hände schreiend vor sein enthülltes Hinterteil. Dann begann er wie von einem unsichtbaren Peiniger mit Dreizack getrieben durch den Raum zu springen. Newstone krümmte sich beim Anblick des wild umherspringenden Bankers vor Lachen und auch Exel konnte sich ein Schmunzeln nicht verkneifen.

»Wer bist du …?«, stotterte der verschreckte Mann und sah Exel ungläubig an.

»Du hast es selbst ausgesprochen«, antwortete dieser mit ruhiger Stimme.

»Ich?« fragte Smith verdutzt. »Wann?«

»Als du gesagt hast: Mein Gott, was für ein Gestank!«, und erlöste ihn mit einer weiteren Handbewegung von der Pein.

Der Banker sammelte seine Kleider ein und zog sich langsam an.

»Willst du damit sagen, dass du …?«

Er brachte es nicht über sich, den Satz zu Ende zu sprechen, so absurd erschien ihm diese Vorstellung.

»Genauso ist es«, sagte Exel, während der Banker ihn weiterhin wie einen Verrückten betrachtete. »Du hast gerade eine Kostprobe erlebt, was es bedeutet, in der Hölle zu verweilen. Und wenn du dein irdisches Leben nicht drastisch umgestaltest, dann wirst du genau an diesem Ort enden … in alle Ewigkeit!«

Martin Smith beobachtete den Außerirdischen verstohlen, aber sein Blick hatte sich geändert. Die Ungewissheit, ob dieses seltsame Wesen vielleicht doch die Wahrheit sagte, begann Einzug in sein Gehirn zu halten. Und so tat er das Einzige, was seine Intelligenz in diesem Moment zuließ: im Zweifelsfall die für die Situation zweckdienlichste Position einzunehmen!

»Okay, wenn das der Ort ist, der mich in der Ewigkeit erwartet, dann ziehe ich eindeutig die Erde vor! Sag mir einfach, was ich machen soll und ich werde es tun. Ab jetzt gehöre ich zu den Deinen!«, beendete er das Zugeständnis und schlüpfte in seine Mokassins.

Exel musterte den Banker mit einem Lächeln. Er konnte sich beim besten Willen nicht vorstellen, dass der Mann von einem Moment zum anderen auf die Seite der Guten gewechselt sein sollte, aber man musste diesen Menschen mit ihrer Willensfreiheit die Möglichkeit zur freien Entscheidung geben. Er würde ihn im Auge behalten.

»Newstone, ich denke, Sie nehme ich besser mit!«, sagte Exel und nahm die Erleichterung wahr, die sich auf dem Gesicht des Wissenschaftlers widerspiegelte.

»Das ist unmöglich!«, entgegnete der Banker entrüstet. »Er muss alles für das Experiment in ein paar Tagen vorbereiten. Er kann jetzt nicht einfach die Insel verlassen …«

»… sondern sollte in Ruhe abwarten, ob Sie sich für die Seite des Guten oder Bösen entscheiden? Nein, lieber Smith! Selbst Sie werden verstehen, dass das nicht möglich ist!«

Dann drehte sich Exel zu Newstone um.

»Es ist doch alles für das Experiment bereit, nicht wahr?«

»Ja, ja!«, antwortete der Physiker überstürzt, aus Angst, dem Banker erneut ausgeliefert zu sein. »Ich brauche keine zwei Stunden, um alles bis ins letzte Detail vorzubereiten!«

»Haben Sie gehört, lieber Martin? Alles ist vorbereitet. Ihrer Entscheidung steht nichts mehr im Wege! Sie können dem Teufel den Rücken zukehren und sich auf unsere Seite schlagen«, startete Exel einen letzten Versuch, den Banker zum Guten zu bekehren.

Dann nahm er den Wissenschaftler unter den Arm und die beiden ließen zunächst den überrumpelten Banker … und dann die Insel hinter sich.

22

»Darf ich dich etwas fragen, Exel?«

»Du tust es bereits, Jeff!«, entgegnete der Außerirdische und drehte eine Pirouette. »Wie auch immer, frag einfach!«

Die beiden befanden sich im größten Raum der Ballettschule, ausgestattet mit Parkettboden, verspiegelten Wänden und Übungsstangen auf den verschiedensten Höhen, in den Lina ihren Trainingspartner zur Probe vor der letzten Aufführung in Las Vegas eingeladen hatte. Newstone war bei Ophelia im Raumschiff geblieben, dem zweifellos sichersten Versteck, das es momentan für den Wissenschaftler auf der Erde gab.

»Gibt es einen bestimmten Grund, warum deine Rasse so sehr an uns armen, kleinen, menschlichen Wesen interessiert ist?«

»Du hast das falsche Wort gewählt, Jeff. Wir sind nicht *interessiert*, wir sind *besorgt* und ich bin es mehr als alle anderen«, antwortete Exel und erwiderte den Blick seines neuen Freundes.

»Besorgt? Aber aus welchem Grund? Wir stellen doch keine Gefahr für euch dar. Ich versteh dich nicht«, sagte der Inspector ernsthaft erstaunt.

»Da ist sie wieder, die altbekannte Bescheidenheit der Menschen! Und wie so oft völlig fehl am Platz! Ihr seid keine Gefahr für *uns*, Jeff, … ihr seid eine Gefahr für das *gesamte Universum*!«

Einen Moment lang sah Jeff den Außerirdischen wie versteinert an, dann versuchte er, seine Fassung wiederzugewinnen, indem er die gravierenden Worte ins Lächerliche zog.

»Wooow, da hast du den Mund aber recht voll genommen, Exel. *Für das gesamte Universum!* Das soll wohl ein Scherz sein, aber solch übertriebene Scherze geziemen sich eigentlich nicht für eine Persönlichkeit wie dich«, sagte der Inspector, bemüht, möglichst viel Ironie in seine Stimme zu legen.

»Jeff, weißt du, was man unter dem Begriff Chaos versteht, oder besser gesagt, unter dem Begriff Entropie. Nenne es, wie du willst, vom Sinn her ist es die gleiche Sache.«

Exel sprach diese Worte mit äußerstem Ernst aus, so dass Jeff noch verunsicherter antwortete:

»Natürlich kenne ich die beiden Begriffe, aber was haben sie mit der menschlichen Rasse und dem Universum zu tun?«

»Gerade du .. als sogenannter Ordnungshüter … solltest das eigentlich wissen. Der einzige Weg, um dem Chaos entgegenzuwirken, besteht darin, Ordnung zu halten, oder?«

»Ja, schon, aber was willst du damit sagen?«

Exel umkreiste seinen Freund in kleinen eleganten Schrittfolgen, um sich für das Training mit Lina aufzuwärmen, und fuhr mit einer weiteren Frage fort.

»Hast du schon einmal einen Magneten gesehen? Es gibt einen positiven und einen negativen Pol. Und da diese beiden nicht durcheinander geraten, verliert der Magnet niemals seine innere Ordnung. Nach dem gleichen System ist das Universum aufgebaut: Materie und Antimaterie, Licht und Dunkel, Gutes und Böses! Verstehst du?«

»Um ehrlich zu sein, nein!«, folgte die ehrliche Antwort des Inspectors.

»Wir sind die Guten und derjenige, den ihr Satan oder Teufel nennt, gehört zu den Bösen. Natürlich könnte man den Spieß auch umdrehen, um eine eurer Redensarten zu benutzen: wir sind die Bösen und der Teufel der Gute. Es hängt oft davon ab, aus welchem Blickwinkel man eine Sache betrachtet … und so wird es in alle Ewigkeit bleiben.«

Exel machte eine kurze Pause und ließ das Gesagte auf Jeff wirken, bevor er fortfuhr:

»Nur euch Menschen gelingt es, im gleichen Moment beides zu sein, sowohl gut als auch böse. Ihr nennt dieses Phänomen Willensfreiheit … wir haben keinen Namen dafür.«

»Und dies ist der Grund eurer Besorgnis? Unsere Willensfreiheit?«, fragte der Inspector ungläubig.

»So ist es, lieber Erdenbewohner, eure Willensfreiheit generiert Chaos. Denk doch einen Moment nach, Jeff! An einem Tag handelt ihr wie gute Menschen und am nächsten würdet ihr euren besten Freund umbringen, um es am dritten Tag zu bereuen und wieder gut zu werden … «

»Kann schon sein«, musste Jeff nachdenklich zugeben, »aber was hat das mit dem Chaos zu tun?«

»Dem Chaos kann man nur mit Ordnung entgegenarbeiten und Ordnung verlangt eine sichere Basis. Ich möchte dir eine einfache Frage stellen«, erklärte der tanzende Riese und kam nach einer weiteren Drehung direkt vor dem Inspector zum Stehen. »Weißt du, warum es Naturgesetze gibt? Ich meine Gesetze wie die Schwerkraft, den Elektromagnetismus und ähnliche Dinge, ohne sie jetzt einzeln aufzuzählen.«

Exel ließ dem Freund Zeit zum Antworten.

»Hm … weil sie das Universum wohl … regeln oder steuern … würde ich sagen!«

»Genauso ist es, Jeff! Stell dir vor, jedes Mal wenn ein Gegenstand in die Tiefe fällt, wüsste man nicht, ob er auf den Boden stürzen oder in der Luft schweben würde, weil die Schwerkraft kein unumstrittenes Gesetz wäre.«

»Ich denke, es würde zum kompletten Chaos führen«, musste Jeff zugeben. Exel gab seinem Gesprächspartner erneut Zeit zur Besinnung, indem er sich in einer atemberaubenden Diagonale mit Pirouetten und *Grand jeté* von Jeff weg bewegte. Am Ende des Raumes angelangt, drehte er sich in einer eleganten halben Drehung mit gestrecktem Bein zu Jeff um und fuhr fort:

»Siehst du! Und mit euch Menschen ist es das Gleiche: niemand kann mit absoluter Sicherheit wissen, ob und wann ihr euch entscheidet, gut oder böse zu sein.«

Exel überquerte das Parkett, diesmal ohne Tanzeinlage, kam zielbewusst auf Jeff zu und blieb in seiner ganzen Größe vor dem Inspector stehen.

»Ihr seid eine Anomalie in der Ordnung des Weltalls! Ihr seid eine gefährliche Anomalie! Was ihr als Kampf zwischen Gut und Böse bezeichnet, ist nur *unser* Versuch, euch alle zum Guten zu bekehren, und der des Satanen, euch auf die Seite des Bösen zu bringen. Jeder zu einem anderen Zweck, aber beide mit dem gleichen Ziel vor Augen: diese Anomalie zu beseitigen!«

Bei den letzten Worten hatte sich der mächtige Oberkörper des Außerirdischen Jeff entgegen … oder besser gesagt … über ihn geneigt. Dieser ließ sich jedoch durch die angriffslustige Körperhaltung nicht einschüchtern. Er hatte seinem Freund bereits in unangenehmeren Gesprächen die Stirn geboten. Na ja, die Stirn geboten, war vielleicht etwas übertrieben! Als Exel sich bei ihrem ersten Zusammentreffen in ein scheußliches stinkendes Reptil verwandelt hatte, war er … um ehrlich zu sein … ohnmächtig geworden. Aber seitdem waren mehrere Monate vergangen und Jeff hatte gelernt, ruhiger auf die nicht seltenen Provokationen des Außerirdischen zu reagieren. Daher hob er den Kopf, sah Exel herausfordernd in die tiefblauen Augen und sagte in scherzhaftem Ton:

»Ich hoffe, dass du und deine Rasse das *Beseitigen* nicht im wahrsten Sinne des Wortes versteht.«

Exels Antwort war alles andere als scherzhaft.

»Wir haben auch diese Möglichkeit in Erwägung gezogen, aber … wir Guten können euch nicht einfach beseitigen, wenigstens nicht die Guten unter euch. Deshalb hatten wir zunächst versucht, die Guten von den Bösen zu trennen.«

»Und wie?«, Jeffs Neugierde war geweckt.

»Die Arche Noah sagt dir doch sicher etwas, oder?«

»Soll das heißen, dass ….«

»Genau …«, unterbrach ihn der Sirianer, »… aber kaum hatten sich die Fluten zurückgezogen, seid ihr wieder so geworden, wie ihr vor der Sintflut wart … die Alten. So wie ihr eben seid: unheilbar!«

Bis jetzt war es Jeff gelungen, die Ruhe zu bewahren, aber bei den letzten Worten ging ein inneres Aufbäumen durch seinen Körper. Er wich einen Schritt zurück, um dem Außerirdischen nicht in allzu untergeordneter Position gegenüber zu stehen und platzte dann ärgerlich heraus:

»Also nun reicht es, Exel! Nur weil uns die Möglichkeit gegeben wurde, zu wählen, wie und was wir sein möchten, sollen wir eine Gefahr darstellen? Weißt du was, mein lieber super Außerirdischer? Ich bin überglücklich, dass ich gut oder böse sein kann, wie und wann es mir gerade passt. Damit wir uns nicht falsch verstehen, ich bin der erste, der böse Menschen hasst, aber ich bevorzuge, diese Wahlmöglichkeit zu haben, und ich bin sehr stolz auf meine persönliche, ganz individuelle Willensfreiheit!«

Jeff hatte sich so in das Gespräch hineingesteigert, dass er nun mit erhobenem Zeigefinger auf Exel zuging.

»Und weißt du, was ich glaube«, fuhr er mit wild gestikulierendem Finger fort. »Ihr seid einfach nur neidisch auf unsere Willensfreiheit. Reiner Neid! Aber eins sag ich dir: lieber ein wenig Chaos, aber *garniert* mit etwas Freiheit«, endete er seinen Vortrag.

Exel sah Jeff ein paar Sekunden unschlüssig an … und dann … brach er in schallendes Gelächter aus.

»Ha, ha, … Jeff … garniert mit etwas Freiheit … ha, ha … wir reden doch nicht von Kochrezepten! Aber vielleicht hast du gar nicht so unrecht …«, sprach Exel lachend weiter, »… vielleicht haben wir euch gerade aus diesem Grunde nach der Schöpfung nicht beseitigt, sondern auf die Erde verbannt! Um euch zu studieren, um euch zu beobachten! Auch aus diesem Grunde bin ich auf diesen Planeten gekommen!«

»Das heißt …«

Wieder unterbrach ihn Exel.

»… ich soll entscheiden, ob man euch beseitigen muss oder nicht … und wenn ich mich ans Golfspiel unseres lieben Willis erinnere, bin ich dem Gedanken sehr zugeneigt. Ein Weltall, das Golf spielt! Nein!«

Dann vollführte er direkt vor Jeff ein *fouette en tournant*.

»Aber wenn ich ans klassische Ballett denke …!?«

»Nun hör schon auf zu tanzen!« erwiderte Jeff verärgert. »*Du* sollst entscheiden, ob die menschliche Rasse beseitigt wird? Das kann ich nicht glauben, Exel! Und erkläre mir bitte eins: während ihr uns auf der Erde festhalten wollt, will der Teufel – oder wer auch immer es sein mag – uns im Weltall spazieren führen! Wieso diese beiden völlig unterschiedlichen Ansichten?«

Exel überlegte kurz, wie er fortfahren sollte, und sagte dann:

»Jeff, die Antwort auf diese Frage würde dem ganzen Spiel ein Ende setzten … daher …«, er stellte sich neben Jeff, so dass die beiden ihr Abbild in der Spiegelwand an der gegenüberliegenden Seite des Saales betrachten konnten, »… müsst ihr selbst die Antwort finden. *Ihr* habt die Fähigkeit, wie wahre Bösewichte zu denken und zu fühlen. Ich bin zu gut, um die Gedankengänge eines wirklich bösen, schlechten Wesens nachvollziehen und seine hinterhältigen Ziele erkennen zu können.«

Diesmal war es der Außerirdische der befehlend den Zeigefinger erhob.

»Daher lasst eure Willensfreiheit ein bisschen arbeiten und findet eine Lösung! Und nun lass mich bitte in Ruhe, damit ich mich für den Tanz mit Lina aufwärmen kann.«

Gerade wollte er zum nächsten Sprung ansetzen, als Jeff ihn mit der Hand bremste.

»Könntest du die Menschheit wirklich vernichten?«, fragte er mit bebender Stimme.

Exel legte seinen Arm um die Schulter des Freundes und führte ihn langsam zum Ausgang.

»Nein, Jeff, du weißt doch: ich bin viel zu gut, um das zu tun!«

Dem Inspector entwich ein kurzer Seufzer der Erleichterung. Natürlich vertraute er seinem neuen Freund, aber nur zu einem gewissen Grad. Schließlich war er immer noch ein Wesen, das nicht der menschlichen Sphäre angehörte.

»Aber wer weiß«, setzte Exel nach einer abschließenden Pirouette hinzu, »vielleicht könnte ich auch dem Club *Chaos garniert mit etwas Freiheit* beitreten und mich in einem Moment der Boshaftigkeit für ein Ja entscheiden!«

Dann schob der Außerirdische den verdutzten Freund mit einem geheimnisvollen Lächeln sanft aus dem Saal und schloss die Tür hinter sich.

23

»Ich habe von Anfang an gewusst, dass wieder irgendetwas schief laufen wird! Diese Menschen! Immer das Gleiche!«, rief Tylo zornig und blies seinen Zigarrenrauch in die Runde. »Der Banker muss Mist gebaut haben! Aus welch anderem Grund sollte Newstone denn sonst von der Insel verschwinden? Wissen Sie wenigstens, wo er sich befindet? Wer soll denn das Experiment nun durchführen?«

Er war außer sich vor Wut. Dexter hatte ihn gerade über die Ereignisse des Vortages informiert.

»Und wie ist es möglich, dass Smith den Physiker einfach so gehen lässt? Was hat er sich dabei gedacht?«

Tylo konnte sich gar nicht mehr beruhigen. Zwei Tage vor dem Stichtag hatte sich die wichtigste Person ihres Vorhabens in Luft aufgelöst.

Der sonst so resolute und unbeirrbare Dexter schien das erste Mal ratlos zu sein.

»Ich weiß auch nicht genau, was vorgefallen ist. Jedenfalls hat mich der Satane unterrichtet, dass er alles versuchen wird, um den Wissenschaftler rechtzeitig auf die Insel zurückzubringen.«

»Aber der Mann kann doch nicht einfach in ein Boot steigen und los rudern?«, mischte sich nun auch Syro, der Älteste der Grauen, ein. »Warum hat denn Smith nichts dagegen unternommen?«

Dexter verschränkte die Arme hinter seinem Rücken und begann in Gedanken vertieft auf und ab zu gehen.

»Der Satane hat mir berichtet, dass dieser Außerirdische, von dem er seit Monaten spricht, Newstone bei der Flucht geholfen haben soll«, murmelte Dexter vor sich hin. »Smith hat von einem seltsam gekleideten Mann gesprochen, der zwei Klone durch Genickbruch ausgeschaltet hat. Dabei kann es sich nur um den Mann handeln, der die fehlerhaften Klone der ersten Serie beseitigt hat.«

»Er scheint gefährlicher zu sein als der Satane es zugeben will«, kommentierte Tylo und nahm einen weiteren Zug an seiner Zigarre. »Er hatte uns zwar gewarnt, dass der Nachbar aus dem Weltall die größte Gefahr für unser Projekt darstellen würde, aber scheinbar kann er ihm nichts entgegensetzen.«

Wieder meldete sich Syro zu Wort.

»Und wir? Können wir denn gar nichts unternehmen, um unseren Plan erfolgreich zu Ende zu führen?«

»Ich denke nicht, Syro!«, entgegnete Dexter ratlos. »Was sollten wir gegen jemanden ausrichten, den der Satane als ebenbürtig bezeichnet und wegen seiner Stärke fürchtet.«

»Dann soll er sich etwas einfallen lassen«, setzte die junge Maya aufmüpfig entgegen. »Wir müssen uns ja auch die absurdesten Dinge in den Sinn kommen lassen, um unsere Gegner auszuschalten.«

Und der gleichaltrige Kaly führte ihren Gedankengang fort.

»Wenn der Satane wirklich so einflussreich ist, wie ihr ihn immer darstellt, dann sollte er es endlich unter Beweis stellen. Bis jetzt scheint er keine großen Erfolge mit seinen außergewöhnlichen Fähigkeiten erzielt zu haben! Sonst würden wir schon seit Monaten nicht mehr in diesem dunklen Loch sitzen, sondern zuhause im Kreise unserer Familien und Freunde endlich wieder ein gescheites Essen zwischen die Zähne bekommen. Ich kann diesen Menschenfraß nicht mehr sehen!«

»Kaly! Ändere sofort deine Ausdrucksweise, sonst gibt es zwei Tage Zimmerarrest … und zwar ohne Computer!«, warnte Syro den jungen Grauen.

Die Drohung zeigte sofort Wirkung und die beiden Jüngsten der Gruppe zogen sich schweigend zurück. Als sie den Raum verlassen hatten, ergriff Dexter erneut das Wort.

»So ganz unrecht haben die beiden allerdings nicht. Wir tun wirklich unser Bestes, um den Plan umzusetzen. Nun sollte der Satane endlich etwas unternehmen, um den unbekannten Außerirdischen außer Gefecht zu setzen.« Der anfangs so aufgebrachte Tylo war zur Ruhe gekommen, nachdem er erfahren hatte, dass diesmal nicht die Menschen sondern der Außerirdische der Grund für den unangenehmen Zwischenfall war. Und so legte er seinem menschlichen Gleichgesinnten die vierfingrige Hand auf die Schulter und sagte:

»Ich muss Ihnen, wie schon so oft, auch in diesem Punkt zustimmen. Aber wenn ich den Satanen richtig einschätze, dann wird er alles in seiner Macht Stehende tun, um seinen größten Gegner zu besiegen!«

24

Martin Smith ging unruhig in seinem Arbeitszimmer auf und ab. Immer wieder musste er an den seltsamen Fremden denken, der ihn nachhaltig beeindruckt hatte. Als Gott hatte er sich bezeichnet! Na ja, es war schon bemerkenswert, wie er ihn die Höllenqualen am eigenen Leib hatte spüren lassen, aber wie oft konnte man im Fernsehen oder Theater Hypnotiseure sehen, die ihre Opfer ähnliche Dinge glauben ließen. Was ihn jedoch weit mehr getroffen hatte, war die Tatsache, dass der Unbekannte von seinem zweiten Ich, von seinem Brüderchen wusste. Sicher, auch dafür gab es logische Erklärungen: vielleicht hatte jemand versteckte Kameras angebracht, so dass seine Selbstgespräche aufgezeichnet wurden … und – was hatte er noch gesagt? – dass es sich nicht um sein zweites Ich handelte, sondern um den Teufel persönlich! Den Teufel?! Nein, der seltsame Unbekannte musste ein Verrückter sein!

»Bravo … du wirst doch hoffentlich nicht an diese Märchen glauben!«, ertönte eine Stimme aus dem Nichts.

Der Banker fuhr erschrocken zusammen, entspannte sich jedoch, als er sein imaginäres Ebenbild erscheinen sah.

»Du darfst nur an das glauben, was dein Brüderchen dir sagt!«, betonte die Erscheinung mit erhobenem Zeigefinger.

»Und was sagt mein liebes Brüderchen?«, fragte Smith sichtlich beruhigt, dass die Dinge wieder zur Normalität zurückkehrten.

Sein Spiegelbild legte ihm die Hand auf die Schulter und antwortete heimtückisch lächelnd:

»Dein lieber Bruder sagt, dass dieser Verrückte … recht hat!«

Kurze Kunstpause!

»Ich bin der Teufel!«

Martin Smith blieb einen Moment lang wie versteinert stehen, dann sackte er in sich zusammen.

»Dann warst also immer *du* mein Brüderchen?«, fragte er niedergeschlagen.»Sagen wir, bis vor kurzer Zeit auf indirekte Weise, da du selbst den bösen Teil deines Ichs personifiziert erscheinen ließt und ich dich nur inspiriert habe. Seit ein paar Monaten jedoch bin ich in die Hülle deines Brüderchens geschlüpft.«

»Aber warum hast du gerade mich ausgewählt? Was willst du von mir?«

»Jeder würde mich das an deiner Stelle fragen, aber es gibt keinen speziellen Grund. Ich habe eben dich gewählt. Schluss, aus! Und ich muss sagen, es war eine gute Wahl!«

Diese Aussage des Teufels ließ den Banker ungehalten werden.

»Und warum löst du deine Probleme nicht alleine? Mit all deinen teuflischen Kräften sollte das doch ein Kinderspiel für dich sein, oder?«, fuhr er leicht verärgert fort.

Sein Abbild ging ein paar Schritte in die Mitte des Raumes, breitete die Arme aus und hob resigniert die Schultern.

»Liebes Brüderchen, du wirst mir gewiss recht geben, wenn ich behaupte, dass die Welt sehr seltsam ist«, und blickte Smith fragend an. »Und wenn diese Welt schon seltsam ist, dann kannst du dir sicher vorstellen, wie seltsam derjenige sein muss, der sie erschaffen hat!«, und begleitete seine Worte mit einer weiteren Geste der Resignation. »Trotz meiner außergewöhnlichen Fähigkeiten, kann ich auf eurem Planeten immer nur mit Hilfe eures Zutuns etwas bewirken. Mit anderen Worten, wenn ich irgendeine Teufelei vorhabe, muss ich stets einen Menschen finden, der sie an meiner Stelle realisiert. Ich kann zwar die Idee übermitteln und ihm mit ein paar Kleinigkeiten bei der Umsetzung helfen, aber mehr nicht.«

Martin Smith schaute sein Spiegelbild skeptisch an.

»Und wie sollte es dir gelingen, die Wünsche deiner vielen Anhänger zu erfüllen, wenn du keinerlei Macht auf der Erde besitzt?«, fuhr er misstrauisch fort. »Weißt du, ich habe wirklich keine Lust, mich für irgendetwas einzusetzen, um am Ende leer auszugehen … oder vielleicht sogar das Nachsehen zu haben.«

Der unverbesserliche Kern des Bankers kam langsam wieder zum Vorschein!

»Ganz einfach, mein Lieber! Ich habe eben die Macht, die Wünsche der Menschen zu erfüllen«, antwortete der Satane ohne jeglichen Zweifel zuzulassen. »Und wenn ich mich nicht täusche, so war es dein Wunsch, unter guten Bedingungen in Ewigkeit leben zu können, nicht wahr?«

»Genauso ist es! Aber ich möchte keinem Betrüger auf den Leim gehen! Vielleicht sind dir Sprichwörter wie *Auf des Teufels Eis ist nicht gut gehen* oder auch *Der Teufel macht anfangs stark und hinterdrein verzagt* schon zu Ohren gekommen. Von diesen Redensarten gibt es hunderte … in den verschiedensten Sprachen! Du scheinst nicht den besten Ruf auf dem Erdball zu haben.«

Der Satane konnte seinen Ärger nicht verbergen.

»Ich hab dir ja bereits gesagt, dass die Marketingabteilung unseres gelobten Herrn Exel mit allen Wassern gewaschen ist. Und dies allein spricht schon Bände!«

Dann klopfte er dem Banker beruhigend auf die Schulter und fuhr fort:

»Die Hölle ist voller Menschen, die nach dem Vertragsabschluss mit mir glücklich und zufrieden leben. Du wirst dein ewiges Leben bekommen, und zwar an einem warmen und unterhaltsamen Ort mit Dingen, die du niemals zu wünschen gewagt hättest.«

Das Lächeln des Satanen hatte sich in das eines Handelsvertreters verwandelt, der bemüht war, chinesischen Bauern eine Enzyklopädie in englischer Sprache zu verkaufen!

Smith betrachtete den Teufel, der direkt vor ihm stehengeblieben war, argwöhnisch.

»Okay, ich traue dir! Aber kannst du mir verraten, warum du immer Böses tun musst. Oder ist das auch eine Erfindung des Marketing?«

»Das ist etwas schwierig zu erklären, aber ich werde es versuchen«, erwiderte der Teufel und überlegte kurz.

»Wie fange ich am besten an?« Kurze Pause. »Also … ich hatte dir ja bereits erzählt, dass derjenige, der diese Welt erschaffen hat, ein etwas seltsamer Typ ist.«

Der Satane schien nach den richtigen Worten zu suchen und, als er sie gefunden hatte, sprach er weiter.

»Er dachte, das Universum sei weniger langweilig, wenn er von jeder Sache ebenfalls ihr Gegenteil erschaffe. Verstehst du? So wie Kälte und Wärme, Dunkel und Licht, positiv und negativ und so weiter. Es handelt sich dabei nicht um unterschiedliche Phänomene, sondern immer um das gleiche Objekt nur mit entgegengesetzten Eigenschaften. Ein Magnet zum Beispiel besitzt einen positiven und negativen Pol, bleibt jedoch immer ein Magnet.«

Das imaginäre Ebenbild blickte dem Bruder aus Fleisch und Blut fest in die Augen, um sich zu vergewissern, dass dieser die Bedeutung seiner Worte verstand. Dann sprach er weiter:

»Als er schließlich beim Guten angelangt war, überlegte er einen Moment und beschloss, dass er auch in diesem Fall den Gegenpart erschaffen musste: das Böse! So erschuf er die Rasse der Sirianer und gab ihr die Fähigkeit, sowohl gut als auch böse zu sein. Das gleiche Wesen mit der Möglichkeit, entgegengesetzte Eigenschaften zu besitzen.« Er überlegte kurz. »Eigentlich wie ihr Menschen!«, und fuhr fort. »Dann ist der Schöpfer glücklich über sein vollbrachtes Werk, einfach in Urlaub gefahren … ohne irgendeine Adresse zu hinterlassen …«

Erneut legte er eine Pause ein, um das Gesagte wirken zu lassen.

»… und ohne zu bemerken, dass seine letzte Kreation ihm nicht sehr gut gelungen war. Sie war nämlich von einem unheilbaren Übel befallen … der Faulheit!«

Martin Smith sah den Teufel mit großen Augen an und fragte ungläubig: »Sirianer? Faulheit? Warum erzählst du mir das alles?«

»Damit du weißt, mit wem du es zu tun hast.« Der Teufel unterbrach sich kurz. »Der Name des seltsamen Unbekannten, der deine Überzeugung mir zu helfen so erschüttert hat, lautet übrigens Exel.«

»Exel …!« murmelte Smith und sogleich kehrte die nicht sehr angenehme Erinnerung an das heutige Aufeinandertreffen mit dem Außerirdischen in sein Gedächtnis zurück.

»Ja, Exel! Er ist ein Sirianer«, nahm der Satane seine Erklärung wieder auf. »Ein Angehöriger der Rasse, die statt wie von ihrem Schöpfer konzipiert, gut und böse sein sollte, aus Faulheit die Seite des Bösen allzu sehr vernachlässigte.«

»Aus Faulheit … ?!«, wiederholte der Banker immer noch in Gedanken.

»Genau, aus Faulheit! Denn was tun diese lieben Sirianer den ganzen Tag? Sie liegen faul auf ihren Wolken herum, zupfen an ihren Harfen und loben sich gegenseitig, wie überaus gut sie sind.«

Der zweifelnde Bruder schüttelte den Kopf.

»Aber hast du nicht gerade noch gesagt, dass sie auch böse sein sollten!«

»Eben! Und hier kommt die Faulheit ins Spiel! Es ist nämlich ein ganz schön anstrengender Job, immer böse zu sein … von wegen, gemütlich auf weichen Wolken faulenzen! Man ist dauernd unterwegs, muss andere überzeugen, etwas Schreckliches zu tun, muss käufliche Seelen finden, Kinder erschrecken, Politiker zu unerlaubten Dingen überreden … na ja, Letzteres ist wohl die leichteste Aufgabe«, sagte er lächelnd und setzte zum Finale an. »Und was haben sich unsere lieben faulen Guten einfallen lassen? Sie haben uns erschaffen, die bösen Satanen! Und während sie sich wohlig in den weißen Wolken kuscheln, muss ich die Drecksarbeit für sie erledigen und niemand fragt mich, ob mir das gefällt!«

Der Banker konnte sich ein lautes Lachen nicht verkneifen.

»Ha, ha, ha … nun hör schon auf! Wer soll dir das denn abnehmen? Ich muss zwar zugeben, dass du sehr unterhaltsam bist, wenn du solche Lügengeschichten erzählst, aber wie sollte man jemandem Glauben schenken, der sich dazu bekennt, der Teufel zu sein?«

Er überlegte einen Moment und die altgewohnte Vorsicht des Bankers kehrte zurück.

»Apropos, wer kann mir eigentlich garantieren, dass du wirklich derjenige bist, für den du dich ausgibst? Vielleicht macht sich mein Brüderchen gerade einen Spaß daraus, mich auf die Schippe zu nehmen!«

»Wenn du meinen Worten nicht glaubst, wirst du hoffentlich einem Herren glauben, der zur vollsten Zufriedenheit beider Parteien einen Vertrag mit mir unterzeichnet hat.«

Der Teufel klatschte in die Hände und einen Moment später erschienen in dichten grünen Nebelschwaden die Umrisse eines Mannes.

Smith verfolgte voller Staunen das ungewöhnliche Schauspiel und als der Mann schließlich aus dem Nebel hervortrat, stieß er einen unterdrückten Schrei aus.

»Wooowww! Das ist unmöglich! Das kann nicht wahr sein! Du bist tot!!!«, schrie der Banker völlig außer sich, als der King of Pop vor ihn trat, in schwarzer Glitzerjacke, silbernem Hemd, weißen Socken unter der etwas zu kurzen Hose und seinem schwarzen Hut! Und … dem weißen, mit Pailletten besetzten Handschuh an der linken Hand.

»Tot?«, erwiderte der schlanke Mann. »Mag schon sein! Aber was hältst du davon? Nur für dich!«, und glitt scheinbar nach vorne gehend in schneller Schrittfolge rückwärts durch den Raum. Am Ende des Zimmers angelangt, den Hut tief ins Gesicht gezogen, griff er entschlossen mit der behandschuhten Hand in seinen Schritt und kippte wie kein anderer die Hüfte im Takt nach vorne und hinten.

»Weiß du, ich hatte einfach die Schnauze voll, immer wie ein Monster angesehen zu werden, nur weil meine schwarze Haut im Lauf der Jahre weiß geworden war. Verurteilt von Millionen von weißen Idioten, die sich stundenlang in der Sonne die Haut verbrennen oder sich in riesige Särge voller Lampen legen, nur um eine dunklere Haut zu bekommen«.

Es folgte einer seiner typischen Sprünge mit dem blitzschnellen Fußtritt, den er seinen imaginären Widersachern zu geben schien.

»Und so bin ich einfach von der Bildfläche verschwunden und habe mich in die gemütlichen Gefilde dieses netten Herren zurückgezogen«, und deutete in einer tiefen Verbeugung mit breiter Armbewegung auf den Satanen, der das Kompliment mit einem Kopfnicken lächelnd erwiderte.

»Aber nun muss ich gehen! Ich wollte meinem Freund nur einen Gefallen erweisen.«

Dann drehte er eine Pirouette und zog den Hut zum Abschiedsgruß.

»Weißt du, die Hölle ist wirklich ein herrlicher Ort! Glaub mir! Und schenke trügerischer Kritik kein Gehör!«

Und nach einer weiteren Pirouette, die all seine Anhänger in Verzücken versetzt hätte, verschwand er wieder im grünlichen Nebel.

Martin Smith drehte sich begeistert zum sichtbar zufriedenen Teufel um.

»Okay, du hast mich überzeugt! Auch wenn dies nicht allzu schwer war! Seit langer Zeit habe ich bemerkt, dass ich die bösen Menschen den guten vorziehe. Sie sind einfach nicht so langweilig!«

Er sah den Satanen herausfordernd an. »Und was nun? Können wir deinen legendären Vertrag gleich unterzeichnen?«

Der Teufel näherte sich lächelnd seinem neuen Anhänger.

»So gefällst du mir. Du scheinst sogar das Ritual zu kennen. Mach bitte den Unterarm frei!«

Dann ritzte er mit seinem Fingernagel eine kurze Linie in die Haut des Mannes und einige Tropfen Blut flossen aus dem leichten Kratzer.

»Erledigt!«, rief der Satane zufrieden aus.

»Wie … erledigt? Und wo ist der Vertrag?«

»Seit langem überholt! Weißt du, im Zeitalter des Internet geht alles viel einfacher und schneller! Er ist bereits registriert und in ein paar Sekunden wirst du die Bestätigungsmail in deinem Postfach empfangen.«

Der Banker sah seinen Vertragspartner enttäuscht an.

»Na ja, schneller mag es wohl sein, aber vorher war es sicher aufregender und beeindruckender!«

»Da magst du schon recht haben, aber als Banker wirst du verstehen, welche Zeit- und Geldersparnis das für mich bedeutet. Rollen von Pergamentpapier künstlich gealtert! Das war ein Riesenaufwand! Geld, das ich viel besser für eure unerfüllten Wünsche gebrauchen kann!«

Dann zog er in theatralischer Geste ein Pflaster aus der Tasche und hielt es seinem Zwillingsbruder entgegen.

»Los, kleb es dir gleich auf die Wunde! Nicht dass du noch an einer Infektion stirbst, nachdem du den Vertrag fürs ewige Leben unterschrieben hast!«

Mit einem ironischen Lächeln auf den Lippen erhob er die Hand zum Gruß. Und nun entschuldige! Ich muss jetzt gehen, um das Problem mit Newstone zu lösen! Bis bald!«, und ließ den hustenden Banker in einer Schwefelwolke stehen.

»Wieder so ein Einfaltspinsel, der in die Falle getappt ist!«, dachte der Teufel, während er sich entfernte. »Wenn er schon an meine Märchen glaubt und sich von einem … na ja, sehr realistisch war es schon! … Hologramm täuschen lässt, so sollte er wenigstens seine eigene Sprache verstehen. Wenn ich von *unerfüllten* Wünschen spreche, dann meine ich es auch so! Sein *ewiges Leben an einem warmen und* – für mich – *unterhaltsamen Ort* wird er haben und die *Dinge, die er niemals zu wünschen gewagt hat,* ebenfalls! Denn ich stehe zu meinem Wort … nur in einem anderen Sinne!«, sagte er mit einem gewissen Stolz und kehrte in den Körper der hinreißenden Blondine zurück.

25

»Liebe Freunde! Schön, euch alle nach über drei Monaten erneut in meinem irdischen Zuhause begrüßen zu dürfen!«, begann Exel seine kurze Ansprache und verbeugte sich leicht vor den sieben Besuchern, die – wie beim ersten Treffen – vom Rand des Sees ins Innere des Ufos gebeamt worden waren. Dann ging er auf Newstone zu und stellte seinen Freunden den unbekannten Gast vor.

»Darf ich euch Philipp Newstone vorstellen, einen Wissenschaftler und Physiker, der sich im Bereich der Kernschmelzung einen Namen gemacht hat, und zwar bei der Erforschung neuer Formen der Energieerzeugung, speziell auf dem Gebiet der kalten Fusion.«

Obwohl die meisten von ihnen über dieses Detail informiert waren, ging dennoch ein Raunen durch die Schar der Gäste. Exel legte eine kurze Pause ein, bevor er fortfuhr.

»Ich habe ihn aus Sicherheitsgründen von der Insel hierher gebracht. In zwei Tagen ist es soweit und unsere Gegner werden alles versuchen, um das Experiment, zu dem die wichtigsten Persönlichkeiten aus Wissenschaft, Finanzwesen und Presse eingeladen wurden, zu boykottieren. Der Einsatz ist groß! Martin Smith könnte durch das Misslingen dieses ersten offiziellen Tests in wenigen Minuten etliche Millionen Dollar für Omnivi realisieren. Dieses Geld würde direkt in das Projekt des Satanen fließen, um den Grauen die vorzeitige, vor allen geheim gehaltene Rückkehr ins Weltall zu ermöglichen.«

Die geladenen Gäste hatten auf dem enormen sahnefarbenen Sofa im Wohnzimmer des Raumschiffes Platz genommen und folgten gespannt den Ausführungen des Außerirdischen.

»Wir werden heute jedes Detail besprechen und jeden Schritt unserer Gegeninitiative genau durchdenken. Erfahrung und Ideenreichtum eines jeden von euch sind gefragt.«

Dann streckte er den Arm mit ausladender Geste der anliegenden Türe entgegen und sprach mit leicht erregter Stimme weiter.

»Erlaubt mir jedoch, euch vor unserem Ideenaustausch, einen weiteren Gast vorzustellen, der unser Treffen mit einer künstlerischen Einlage eröffnen wird.« Ophelia, die alles andere als begeistert über die Idee ihres Herren war, warf einen ihrer folgeträchtigen Blicke auf die seitliche Wand, so dass sich diese sogleich geräuschlos öffnete.

Wieder erschien, wie bei Exels erster Einladung, am Rande des Zimmer ein komplettes Orchester in Miniaturgröße inmitten farbiger Nebelschwaden, wieder erklangen die Töne eines Werkes von Tschaikowsky, nur diesmal die des Schwanensees. Ein gleißender Strahl blitzte inmitten der Dunkelheit auf und ließ im hellen Lichtkegel die zarte, fast zerbrechliche Figur der Lina Zamarova erscheinen, deren Fragilität durch das weiße Trikot mit floralen Spitzen und die feinen, nicht greifbaren Schichten des Tutus unterstrichen wurde. Die Beleuchtung wurde schwächer und die sanften Töne der Musik erfüllten den Raum. Dann erhob sich die Ballerina mit einzigartiger Eleganz auf ihre Spitzenschuhe und begann mit den zarten Armen den Flügelschlag eines Schwanes nachzuahmen, mit diesen Armen, die in rhythmischen Bewegungen wie die großen weißen Flügel des erhabenen Vogels harmonisch auf- und abschwangen. Minutenlang glitt Lina in kleinen Schrittfolgen auf den Spitzen ihrer Ballettschuhe und von ihren Armen getragen fast schwebend durch den Raum, um schließlich zu Boden zu sinken, sich ein letztes Mal aufzubäumen und sich dann dem Tode zu ergeben.

Nach einigen Momenten absoluter Stille schritt Exel zu der in eleganter Pose am Boden liegenden Tänzerin und reichte ihr die Hand. Erst jetzt explodierte die Zuschauerschar in einem begeisterten Applaus und Lina verbeugte sich bescheiden lächelnd vor den geladenen Gästen.

»Lina Zamarova!«, sagte Willis überwältigt und schüttelte ungläubig den Kopf. »Nie hätte ich gedacht, diese einmalige Tänzerin wenige Meter vor meinen Augen tanzen zu sehen«, sagte er voller Begeisterung zu Jeff und Gina. Dann erhoben sie sich gemeinsam und gingen auf die Künstlerin zu. Exel stellte sie seinen Freunden einzeln vor und überließ die Ballerina dann ihren Fragen und Bewunderungskundgebungen.

Newstone dagegen war mehr an Ophelia interessiert. Der Physiker konnte es immer noch nicht fassen, das schwebende, sprechende Hologramm vor sich in Aktion zu sehen. Gerade streckte er die Hand aus, um den wohlgeformten Hinterkopf Ophelias zu berühren.

»Nicht anfassen!«, hörte er die Stimme eines der drei Hacker hinter sich. »Das könnte gefährlich werden!«, warnte ihn Henry, der bei seinem letzten Besuch Bekanntschaft mit dem Schutzmechanismus der *Artificial Intelligence* gemacht hatte. Der Wissenschaftler zog die Hand zurück und sah die drei jungen Männer fragend an.

»Aber vielleicht gefallen unserem lieben Professor kleine Spielchen mit der Elektrizität!«, scherzte Henry und Harry setzte hinzu: »Nach seiner Haarfrisur zu urteilen, sicherlich!«, und schlug sich vor lauter Lachen mit der Hand auf den Oberschenkel.

»So gut war der nun auch wieder nicht«, unterbrach ihn Hank, der Dritte im Bunde, ging zwischen den beiden auf Newstone zu und überreichte ihm einen Laptop. »Wir haben alle E-Mail Nachrichten, die die kalte Fusion angehen überprüft. Die E-Mail mit den wichtigen Informationen, kam eindeutig aus der Area 51.«

»Was kam eindeutig aus der Area 51?«, fragte Willis und trat zu der Vierergruppe hinzu.

»Die E-Mail mit dem heißen Tipp für unseren Herrn Düsentrieb!«, antwortete Hank in keckem Ton, den der General von den drei Hackern bereits gewöhnt war. »Die Grauen haben mal wieder aus dem Nähkästchen geplaudert!«

»Sicher nicht aus Liebe zur Menschheit!«, fügte Exel hinzu, der das Gespräch von weitem mitverfolgt hatte. »Sie haben einen präzisen Plan, den mein lieber Nachbar aus dem Weltall entworfen hat und nun Schritt für Schritt mit ihnen umzusetzen versucht. Wir werden es verhindern! Wir müssen es verhindern!«

»Und wir sind auf dem besten Weg!«, bestätigte Jeff. »Meine Jungs passen auf den Banker auf, Willis und seine Männer kümmern sich um die Klonen. Unsere drei Computergenies überprüfen den digitalen Nachrichtenfluss von der Insel zum Festland. Gina kontrolliert die Weiterleitung jeglicher Information an die Medien und Ralph und seine Truppe kümmern sich um Omnivi. Zwar denke ich nicht, dass uns übermorgen Gefahr von unbekannten Besuchern droht, dennoch wir haben die Villa des Bankers und deren Umgebung akribisch abgesichert.«

Dann drehte er sich zunächst zu Newstone um.

»Du befindest dich hier in Sicherheit und Exel wird dich erst kurz vor dem Experiment auf die Insel bringen«.

Und dann sagte er zu Exel.

»Es gibt nur eine große Unbekannte … den Satanen … aber um den musst du dich persönlich kümmern, mein Lieber. Der überschreitet eindeutig unsere Fähigkeiten!«

»Da muss ich dir leider recht geben«, gestand der Außerirdische. »Er ist und bleibt ein großes Risiko! Er ist unberechenbar und wird alles daransetzen, das Experiment misslingen zu lassen. Nur so kann er durch die von Smith erworbenen Put Optionen in kürzester Zeit zum notwendigen Geld für den Bau des Antriebsmoduls kommen und somit zum Start des Raumschiffes. Und dies müssen wir verhindern! Über die Einzelheiten machen wir uns jetzt Gedanken ... *bevor* Ophelia zur Belohnung ein tolles Abendessen servieren wird«, sagte Exel und ein tückisches Lächeln huschte über sein Gesicht. »Natürlich nur für diejenigen, die mit vernünftigen Ideen den gebührenden Beitrag zu unserem Projekt leisten werden!«

26

Der Teufel zerbrach sich seit Stunden den Kopf, wie er Exel aus dem lang geplanten, abgekarteten Spiel ausschließen konnte. Beseitigen konnte er ihn beim besten Willen nicht! Exel war dem Satanen absolut ebenbürtig und, wenn die Umstände für ihn günstig waren, manchmal sogar überlegen. Im ewig andauernden Kampf der beiden Kontrahenten war es Exel erneut gelungen, den Plan des Teufels zu durchkreuzen, indem er dessen wichtigste Schachfigur außer Gefecht gesetzt hatte. Wenigstens schien es im Augenblick so!

Der Satane erhob sich aufgebracht aus seinem Sessel und betrachtete den kleinen Dämon, der friedlich auf dem Teppichboden spielte ... allzu friedlich seiner Meinung nach. Statt die Mäuschen, die er ihm gab, nach einer kindlichen Quälerei zu verspeisen, ließ der blonde Junge sie auf dem Teppich hin und her laufen, um mit ihnen zu spielen. Das Gleiche galt für die Eidechsen und Insekten, die eigentlich seine Nahrung darstellen sollten. An ihrer Stelle verschlang er Berge von Hamburgern, Pommes Frites und Pop-Korn!

Kopfschüttelnd blickte er auf das spielende Kind. Der erste Satane, der einen *guten* Sohn hatte! Dennoch liebte er ihn oder ... falls ein Teufel überhaupt eine ähnliche Emotion verspüren konnte ... empfand er etwas Vergleichbares für dieses kleine Wesen.

Und während er diese ihm sonst fremde Gemütsbewegung wahrnahm, durchfuhr ihn die geniale Idee wie ein Geistesblitz! Das war die Lösung! Jetzt wusste er, wie er seinen außerirdischen Nachbarn neutralisieren konnte!

Wenn er, das niederträchtigste aller Wesen, ein solch positives Gefühl für eine andere Kreatur empfinden konnte, wie intensiv musste dann dieses Gefühl erst für Exel sein, den Inbegriff alles Guten! Er würde ihn angreifen, ihn treffen, ihn verletzten! Und dies ohne allzu große Anstrengung! Dank einer Person, die seinem Gegenspieler besonders am Herzen lag: der russischen Ballerina!

Die Dame mit der ausgeprägten Nase würde zu seiner stärksten Waffe gegen Exel werden. Der Satane wusste, wo er die Tänzerin finden konnte, er nahm die schwachen Vibrationen der telepathischen Person wahr. Zu schwach, um in Begleitung von Exel zu sein! Perfekt!

Ein letzter liebevoller Blick auf den spielenden Dämon und dann verschwand der Böseste aller Bösen in einem Wirbel schwefligen Rauches.

Lina streckte und reckte sich genüsslich in Bergen weißen Schaums, die sie wie herrlich duftende Wattebäusche umgaben. Es war ein anstrengender, aber herrlicher Tag gewesen. Die letzte Aufführung des Nussknackers in Las Vegas! Ein Riesenerfolg! Sie war überglücklich und ihre müden Muskeln dankten ihr für das warme Bad, in dem sie sich endlich entspannen konnten. Sie drückte mit Daumen und Zeigefinger sanft ihre Nase zu und ließ den Kopf langsam unter die Oberfläche des duftenden Badewassers gleiten. Schon als Kind hatte ihr dieses Eintauchen immer gefallen. Es gab ihr ein Gefühl der Ruhe, ein Gefühl unendlichen Friedens. Der Grund dafür war ihr nicht bewusst, aber wenn sie ihr Unterbewusstsein befragt hätte, wäre sie zu der Erkenntnis gekommen, dass sie in diesem anschmiegsamen warmen Badewasser ähnliche Empfindungen verspürte wie im Leib ihrer Mutter … lange bevor sie sich gezwungen sah, in dieser feindseligen Welt voller böser Überraschungen und Gefahren zu leben. Vollkommene Stille, Entspannung, Gelassenheit!

Plötzlich nahm sie eine leichte Liebkosung wahr, so als wenn jemand sanft ihren Kopf streicheln würde. Sie schnellte an die Oberfläche und schnappte erschrocken nach Luft.

»Beruhige dich, meine Liebe! Keine Angst! Ich bin eine Freundin!«

Lina sah erschreckt in das Gesicht einer wunderschönen Frau, die auf dem Rand ihrer Badewanne Platz genommen hatte und sie lächelnd ansah. Sie wusste sofort, um wen es sich handelte. Noch nie hatte sie ein tieferes Rot wahrgenommen und der *mentale Gestank* ihres Gegenübers bohrte sich wie ein glühender Nagel in ihr Gehirn.

Der Gesichtsausdruck der blonden Schönheit veränderte sich schlagartig. Sie erhob sich vom Beckenrand und sah die Badende verärgert an.

»Ich hätte nie gedacht, dass ein natürliches und unschuldiges Wesen wie du Kraftausdrücke wie *mentalen Gestank* verwenden würde!«

Dann streckte sie mit ironischen Gesichtsausdruck den rechten Arm aus und richtete die offenen Handfläche auf Lina.

»Vielleicht bist du gar nicht das saubere Mädchen, das du zu sein scheinst!« Der Teufel ballte kurz die Hand zur Faust und öffnete sie erneut.

Die verängstigte Lina stieß einen entsetzten Schrei aus. Statt im herrlich duftenden Badewasser zu sitzen, war sie nun von schlammiger, entsetzlich riechender Kloake umgeben. Der Gestank der Jauche war so eindringlich, dass ihr übel wurde und sie instinktiv versuchte, die Wanne zu verlassen, um der stinkenden Flüssigkeit zu entkommen. Aber es blieb bei einem Versuch! Lina konnte keinen einzigen Muskel ihres Körpers bewegen. Die bräunliche, ekelerregende Masse hielt sie gefangen.

Mit ausladender Geste führte der Satane Daumen und Zeigefinger zur Nase, um sie zu schließen.

»Du schreist völlig zu recht. Der Geruch ist wirklich unerträglich!«

Dann ließ er die Hand wieder sinken und fuhr mit vorgespielter Überraschung fort:

»Jedoch seltsam, dass du ihn nicht ertragen kannst«, und schüttelte unverständlich den Kopf. »Du sitzt doch in einem Produkt, das dein Organismus täglich erzeugt. Wie du siehst, produziert jeder von uns seinen eigenen Gestank!«

Der Sarkasmus in der Stimme der Frau war für Lina schwerer zu ertragen als die stinkende Dunstwolke, die sie umgab. Sie wollte etwas entgegnen, um all ihren Hass gegen das dämonische Wesen zum Ausdruck zu bringen, aber sie brachte keine Silbe über die Lippen.

»Siehst du, dein Hass macht dich schlecht, böse und verdorben … fast so böse wie mich!«

Die Dame nahm erneut in eleganter Pose auf dem Rand der Badewanne Platz.»Es ist immer das Gleiche mit euch Menschen! Die besten Werke in meiner persönlichen Horrorgalerie stammen zweifellos von euch. Ja … ja … ich weiß! Es ist einzig und allein meine Schuld, weil das böse Teufelchen euch immer in Versuchung führt!«

Der Satane erhob sich und ging gestikulierend vor der Badewanne auf und ab.»Das Seltsame an der Sache ist, dass ich stets das Gefühl habe, dass es euch gar nicht so leid tut, diesen bösen Versuchungen zu erliegen. Was ja wiederum verständlich ist!«

Die weibliche Figur hielt einen Moment inne und überlegte.

»Sicherlich macht es mehr Spaß, sich beim Sex zu vergnügen, im Luxus zu leben, Macht zu besitzen und alles zu machen, was man will – vielleicht auch so tanzen zu können wie du – als mit einer ärmlichen Mönchskutte bekleidet von Brot und Wasser zu leben und mit den Vögelchen zu sprechen.«

Der Teufel legte eine Kunstpause ein.

»Dabei kommt mir unser lieber Exel in den Sinn. Wie geht es ihm eigentlich?«, fragte der Satane maliziös, obwohl er wusste, dass sein Gegenüber ihm nicht antworten konnte. »Ich habe erfahren, dass ihr beide euch beim Tanzen amüsiert. Tja, unser Exel war schon immer ein ganz besonderer Typ«, und unterstrich die letzten Worte mit einem tiefen Seufzer. »Er saust von einem Planeten zum anderen, um Religionen und Glaubensrichtungen zu begründen – stell dir vor, sogar unterschiedliche auf einem einzigen Planeten – und verspricht dabei das Blaue vom Himmel herunter, wie zum Beispiel Paradiese und andere Dinge.«

Dann drehte sie sich ruckartig um und sah der weiterhin unbeweglichen Lina böse in die Augen.

»Aber weißt du, was mich am meisten zur Weißglut bringt?«, fuhr sie außer sich vor Wut fort. »Dass er droht, die Bösen in die Hölle zu schicken! Was bildet der sich eigentlich ein? Wie kann er mich in seine ganzen leeren Versprechungen mit einbeziehen. Habe ich jemals irgendjemandem die Hölle versprochen? Nein, nicht dass ich wüsste! Aber dieser Größenwahnsinnige tut es! Es wird doch wohl meine Sache sein, wen ich in meine vier Wände einlade oder nicht!« Lina folgte bestürzt dem Wutausbruch des Teufels. Der hatte eindeutig nicht alle Tassen im Schrank! Und sie war ihm hilflos ausgeliefert! Ein Schauer durchfuhr ihren gelähmten Körper.

Die Blondine betrachtete die erstarrte Tänzerin mit arglistigem Blick und streckte erneut eine Hand der stinkenden Kloake entgegen. Ein Lächeln schürzte verächtlich ihre Lippen.

»Siehst du, meine Liebe, wenn ich wirklich so böse wäre, wie mich die Marketingabteilung unserer Exzellenz darstellt, dann würde es mir Vergnügen bereiten, ein paar Wellen zu generieren. Angesichts der Tatsache, dass du bis zum Kinn in der Kloake steckst und dich nicht bewegen kannst, wäre dies sicher sehr unangenehm. Aber ...«, sie unterbrach sich kurz und zog in demonstrativer Geste die Hand wieder zurück, »... so böse bin ich nicht!«

Sie erhob sich ... amüsiert über die Tatsache, dass ihr Gegenüber sich dem Monolog nicht entziehen konnte, ... und führte ihn fort.

»Es ist einfach, das Paradies, das ewige Leben und was auch immer zu versprechen ... wenn der eventuelle Nutznießer erst post mortem in den Genuss dieser Dinge kommt. Umso mehr, da keiner zurückkehren und im Nachhinein berichten kann, dass es sich um falsche Versprechungen handelt!« Der Satane unterstrich seine abwertenden Worte mit deutlichen Gesten und setzte sich zuletzt erneut auf den Rand der Badewanne.

»Die Dinge dagegen, die ich verspreche, verspreche ich für *dieses* Leben!«

Die blonde Schönheit ließ die Worte einen Moment wirken.

»Sicher, jeder bezahlt seinen Preis! Aber das ist im Leben immer so! Wichtig ist, dass dies jedem bewusst ist! Klare Vereinbarungen erhalten die Freundschaft!«, fuhr der Teufel fort. »Aber trotz allem bleibt er nun einmal der Gute und ich der Böse!«

Dann schlug sie elegant ihre langen Beine übereinander.

»Was würde ich dafür geben, seine Leute aus dem Marketing für mich zu gewinnen! Ein paarmal habe ich sie bereits in Versuchung geführt, aber sie haben mich jedes Mal abblitzen lassen!«

Pause. Dann erhob sie sich plötzlich und sagte:

»Wir müssen jetzt gehen!«, und sah die unbewegliche, in der bräunlichen Brühe sitzende Lina fast mitleidig an. »So stinkend kann ich dich natürlich nicht mitnehmen und daher …«

Sie hob seufzend die Hand und eine Sekunde später saß die Ballerina wieder in herrlich duftendem Schaum in der Badewanne. Aber die Tänzerin konnte das wohlriechende Nass nur kurz genießen, denn sie verschwand einige Augenblicke später … gemeinsam mit dem Satanen.

27

Der Vortag des Experimentes war angebrochen und die Vorbereitungen liefen auf Hochtouren. Martin Smith hatte niemanden über das Verschwinden des Wissenschaftlers informiert ... außer den Satanen. Die Klone verrichteten gehorsam ihre Arbeit und folgten jeder Anweisung, ohne unangenehme Fragen zu stellen.

Man hatte den Konferenzsaal mit den stufenförmig ansteigenden Tisch- und Sitzreihen für den außergewöhnlichen Anlass vorbereitet. Mehrere Grünpflanzen gaben dem sonst sterilen Ambiente eine angenehme, nicht übertriebene Frische und die im Eingangsbereich und auf den Treppen ausgelegten Teppiche verliehen dem großen Saal die gewünschte warme Note. Die langen Tische waren mit den für solche Veranstaltungen obligatorischen alkoholfreien Getränken, Gläsern, Notizblöcken und Kugelschreibern ausgestattet. Auf Blumen hatte man verzichtet, da sie aufgrund des recht nüchternen, wissenschaftlichen Themas zu verspielt gewirkt hätten. Wenigstens war dies die Ansicht des Gastgebers ... und sein Wille war auf dieser Insel Gesetz!

Im Foyer hingegen belebten floristische Meisterwerke mehrere kleine Tische, auf welchen den Besuchern in den Pausen zunächst etwas Obst und süße Happen mit warmen Getränken angeboten werden sollten, um sie am Ende der Vorstellung mit Champagner, Austern und Kaviar zu beglückwünschen ... oder falls der Satane eine Lösung finden sollte ... zu trösten.

Jedoch nicht nur die Inselbewohner sorgten sich um das leibliche Wohl der geladenen Gäste, auch die angereiste Sicherheitstruppe traf alle erdenklichen Vorrichtungen, um dieses zu garantieren, wenn auch auf eine völlig andere Art und Weise.

»Willis, wir benötigen für jeden Zugangs- und Fluchtweg, jeden Ein- und Ausgang des gesamten Gebäudes mindestens einen bewaffneten Marin. Dazu zählen ebenfalls alle Türen zum Keller und zu den Räumen im Untergeschoss, in denen sich Fenster befinden«, sagte Jeff, Leiter der angeforderten Polizeieinheit, zum Anführer der Sicherheitstruppe aus der Area 51.

»Kein Problem, Jeff! Martin Smith hat Dexter beim Besuch auf der Insel die Lagepläne des gesamten Gebäudes mitgegeben, so dass wir im Vorfeld bereits exakt über die Örtlichkeiten informiert waren. Es stehen genug Soldaten zur Verfügung.«

»Den Außenbereich habt ihr ebenfalls abgesichert?«

»Ja Jeff, sowohl den Luftweg, über den wir ja nur ein einziges Flugobjekt erwarten, als auch den Weg über oder unter Wasser, falls ein unerwünschter Gast diese Variante zum Erreichen der Insel wählen sollte. Rund um die Insel sind in kurzen Abständen Marines in kleinen Tauchkapseln positioniert.«

»Phantastisch!«, bemerkte Jeff beruhigt. »Meine Männer werden sich um die Klone und die Kontrolle der einzelnen Besucher kümmern. Das sollte bei der gewählten Anreiseart nicht allzu schwierig werden.«

»Wo ist eigentlich Exel?«, fragte Willis.

»Er hat Lina gestern Abend nach unserem Treffen ins Hotel begleitet und wollte sich dann auf den Weg machen. Gemeinsam mit uns konnte er ja beim besten Willen nicht anreisen«, kommentierte Jeff und ein Lächeln huschte über seine Lippen, als er sich Exel inmitten seiner Leute in Leggins, Stiefeletten und Mäntelchen vorstellte.

Willis schaute auf seine Armbanduhr.

»Eigentlich müsste er längst angekommen sein.«

»Wenn er bei seinen seltsamen Sprüngen nicht in einem Baum hängengeblieben ist!«, scherzte Jeff und stellte sich die Szene bildlich vor. »Sein Mäntelchen bietet sich ja dafür an. Wie ein Fallschirmspringer, der die Landestelle verpasst hat und hilflos in den Seilen hängt. Ha, ha, ha … des Mäntelchens könnte er sich jedoch relativ leicht entledigen …«

»… braucht er aber nicht«, setzte die Baritonstimme den Satz fort.

Willis und Jeff drehten sich erschrocken um und die rechte Hand des Inspectors sauste instinktiv zur Pistole im Halfter. Pawlow hätte seine Freude an diesem Reflex gehabt!

»Immer mit der Ruhe, Jeff, du willst doch hoffentlich nicht deinen Schöpfer um die Ecke bringen! Du weißt doch, ich bin unbewaffnet!«

»Musst du gerade heute unerwartet hinter uns auftauchen?«, fragte Jeff ärgerlich, aber gleichzeitig erleichtert und zog die Hand zurück. »Du kannst dir als Außerirdischer vielleicht nicht vorstellen, wie sich ein irdisches, intelligentes, vorausblickendes und verantwortungsbewusstes Wesen an einem solchen Tag fühlt!«

»Irdisch und verantwortungsbewusst, akzeptiert! Bei intelligent und vorausblickend lege ich ein Votum ein!«, scherzte Exel und legte jeweils einen Arm um die Schultern der Freunde.

»Nur gut, dass dir niemals die gute Laune vergeht«, mischte sich nun auch der General in das Wortgeplänkel ein. »Wie hast du es eigentlich geschafft, hier drin zu landen? Und wie bist du an unseren Tauchern vorbeigekommen? In einem einzigen Sprung hast du es ja wohl von der Küste aus nicht geschafft!«

»Auch ich lerne dazu!«, erwiderte Exel. »Ihr Menschen sagt doch: *es ist noch kein Meister vom Himmel gefallen.* Diesen Spruch könnt ihr bei mir wirklich wörtlich nehmen.«

»Und was hast du dazugelernt?«, fragten beide Erdenbewohner fast gleichzeitig.

»Mich zu materialisieren und zu dematerialisieren!«

Jeff und Willis sahen ihn verblüfft an.

»So wie beim Beamen von der Parkbank ins Ufo?«

»So ähnlich, nur benutzen wir dabei die Technologien, die uns das Ufo zur Verfügung stellt. Bis jetzt hatte ich es aus eigenem Antrieb nur unter immenser Anstrengung und erheblichem Kraftverlust geschafft. Eure Atmosphäre ist etwas ganz Besonderes! Es war mir einfach zu gefährlich angesichts der ständigen Gefahr durch die Satanen.«

»Und wie hast du es nun bewerkstelligt?«

»Einem weiteren menschlichen Sprichwort folgend: *Übung macht den Meister!* Die felsige Salzwüste um das Gebiet der Area 51, in das sich … außer dem armen Militär …«, und ein mitleidiger Seitenblick streifte den General, »nur sporadisch Menschen verirren, war ein optimales Übungsterrain. Ich musste lernen, den Tunneleffekt auch auf der Erde auszunützen.«

»Den Tunneleffekt?«, fragten Jeff und Willis wie aus einem Mund.

»Ja, das ist die anschaulichste Bezeichnung dafür, dass ein atomares Teilchen eine Barriere überwindet, die es nach der klassischen Physik eigentlich nicht überwinden dürfte. Nach einem Ionisierungsprozess gelingt es dem Teilchen, unter kurzzeitiger Verletzung der Energieerhaltung eine ansonsten unüberwindliche Barriere zu durchbrechen, ein Phänomen, das ihr euch wie eine Art Durchtunnelung vorstellen müsst.«

»Exel! Kannst du dich ein einziges Mal verständlich für einen Normalsterblichen ausdrücken?«, erwiderte Jeff etwas genervt.

»Hast du dich nicht gerade als intelligentes irdisches Wesen bezeichnet?«, konterte der Außerirdische in scherzhaftem Ton, bemühte sich jedoch, es bildlich darzustellen. »Es gibt zwei Möglichkeiten, einen Berg zu überwinden. In der klassischen Physik muss man den Berg besteigen, um die andere Seite zu erreichen. In der Quantenphysik geht dies jedoch auch anders: Objekte können auf die andere Seite eines Hügels gelangen, indem sie ihn einfach *durchtunneln*, anstatt mühsam darüber zu klettern. Mit anderen Worten: nicht oben über die Kante, sondern mit dem Kopf durch die Wand.«

»Und das hast du geschafft?«

Exel verschwand zwischen den beiden Freunden, die erschreckt zusammenzuckten und sich verblüfft anblickten, und … materialisierte sich einige Sekunden später wieder mit den Armen auf ihren Schultern.

»Ich würde sagen: Ja!«, bestätigte der Riese, sah jedoch nicht gerade glücklich aus. »Es kostet mich allerdings noch sehr viel Kraft«, sagte er erschöpft, »Aber … es funktioniert! Und das ist das Wichtigste! Denn unser lieber Satane hat sich das Kunststück ebenfalls angeeignet, nur führt er es im Gegensatz zu mir leider mit Leichtigkeit durch. Er hatte eben mehr Zeit zum Üben!«

»Komm, setz dich einen Moment!«

Willis und Exel nahmen auf der Sitzgruppe Platz, die sich im Nebenraum ihrer Kommandozentrale befand. Jeff ging zur Tür und blickte kurz ins anliegende Zimmer, in dem sich zwei seiner Männer aufhielten.

»Tom, sei so gut und achte einen Moment darauf, dass Willis und ich nicht gestört werden! Es dauert nur ein paar Minuten.«

»Kein Problem, Inspector!«

Jeff schloss die Tür und setze sich zu den beiden Freunden. Er sprach ohne große Umschweife den Punkt an, der ihn am meisten beschäftigte.

»Steht nun dein definitiver Plan fest?«, fragte er, ohne die Nervosität in seiner Stimme zu verbergen. »Wir müssen unsere Sicherheitseinheiten dementsprechend aufstellen und dürfen dabei Smith mit seinen Klonen nicht aus den Augen verlieren. Du glaubst doch nicht wirklich, dass er sich auf unsere Seite geschlagen hat?«

»Nein, ich fürchte nicht … leider!«, entgegnete Exel mit fast trauriger Stimme. »Falls er es irgendwann vielleicht vor hatte, so war der Satane sicher bemüht, ihn vom Gegenteil zu überzeugen!«

»Und wie willst du Newstone auf die Insel bringen?«, ertönte die Frage aus zwei Mündern gleichzeitig.

»Das habt ihr ja gerade gesehen!«

»Das heißt, du kannst bei der Durchtunnelung jemanden mitnehmen?«, fragte Willis erstaunt.

»So ist es! Ich habe es heute Morgen bereits mit Newstone getestet!«

»Der Arme! Ich kann mir seine Begeisterung vorstellen!«, bemerkte Jeff voller Mitgefühl, da er sich geistig in die Lage des Wissenschaftlers versetzte.

»Ganz im Gegenteil, Herr Inspector! Der Mann war begeistert! Ihr könnt euch sicher vorstellen, welch tolles Gefühl es für einen Physiker ist, ein wissenschaftlich heftig diskutiertes Phänomen selbst als Versuchskaninchen zu erleben … und zwar mit Erfolg! Er war völlig aus dem Häuschen und wollte es gleich ein zweites Mal versuchen. Aber da musste ich ihn enttäuschen! Es kostet mich zu viel Kraft! Die muss ich mir für morgen aufbewahren.«

»Du kommst also morgen zwei Stunden vor dem Experiment gemeinsam mit Newstone durch deinen Tunnel auf die Insel?«

»Das ist der Plan!«

»Und wo liegt der Ausgang des Tunnels? Du solltest irgendwo landen, wo dich niemand außer uns sehen kann.«

»Das ist das Problem!«

»Was soll das heißen? Kannst du den Ort vorher nicht bestimmen?«, fragte Willis mit leichtem Entsetzen.

»Nicht exakt! Die Streuung liegt bei zirka fünfzig Metern. Ich habe es mehrere Male getestet und zu optimieren versucht, aber es ist und bleibt mein momentan bestes Ergebnis!«

»Dann müssen wir damit leben und uns darauf einstellen«, war die logische Schlussfolgerung des Militärs, der in seiner langen Laufbahn gelernt hatte, auch mit unerwarteten Ereignissen umgehen zu können.

Die ersten Takte des Liedes *Strangers in the night* ertönten leise aus der Jackentasche des Generals. Willis zog sein Handy hervor uns sah auf das Display.

»Entschuldigt bitte! Eine SMS …«, murmelte er, …von einer unterdrückten Nummer ….!«

Er berührte zum Lesen zweimal den Touchscreen … und erstarrte. Dann blickte er völlig aufgelöst zu Jeff und Exel und drehte wortlos das Display zu ihnen um. Das war nun doch zu viel des Unerwarteten … auch für einen Mann wie Willis!

Jeff und Exel beugten sich nach vorne, um den Text der SMS zu lesen.

Sie ist in meiner Gewalt. Sollte das Experiment morgen gelingen, werdet ihr eure liebe Freundin niemals wiedersehen! Grüße von Lina und dem Satanen!

28

Exel empfand eine tiefe Frustration in seinem Innersten! Alles war so sinnlos! Was auch immer er unternehmen würde, nichts würde sich ändern! Er konnte weder gewinnen noch verlieren … und das Gleiche galt für seinen Widersacher. Sie waren beide zur ewigen Pattsituation zwischen Gut und Böse verdammt! So stand es geschrieben und so würde es immer sein … in alle Ewigkeit!

Natürlich konnte er eine Schlacht gewinnen, um dann die nächste wieder zu verlieren! Das gleiche Prinzip galt für die Rasse der Menschen! Auch auf der Erde würde sich nie etwas ändern, trotz aller Bemühungen von seiner Seite und der des Teufels. Es würden immer böse wie auch gute Menschen existieren … in alle Ewigkeit!

Aber nun hatte der Satane Lina als Geisel genommen und, wie sehr Exel hin und her überlegte und alle Möglichkeiten abwog, es wollte ihm keine Idee in den Sinn kommen, auf welche Art und Weise er sie befreien konnte. Ihre Kräfte waren gleichwertig, sie wogen sich gegeneinander auf.

Ophelia hatte sich vorsichtshalber zurückgezogen und beobachtete aus einiger Distanz die Seelenqualen ihres Herrn, der sich auf dem Sofa niedergelassen hatte. Wie er die Zähne zusammenbiss! Wie er den Mund verzog! Je mehr sich seine Mimik veränderte, umso größer musste sein Problem sein … und diesmal schien es immens zu sein. Noch nie hatte sie ihn mit so verzerrtem Gesicht gesehen. Eine Art *Liebe* zu Exel erfüllte die Stromkreise des Bordcomputers, aber dann drängte sich ein anderes heftiges Gefühl in den Vordergrund: *Eifersucht*! Exels Gemütsstimmung hatte sicher etwas mit dieser menschlichen Riesennase zu tun! Einen Moment lang stieg Wut in Ophelia auf, aber dann gewann die Liebe zu ihrem Herren wieder die Oberhand und sie schwebte geräuschlos auf den halb sitzenden, halb liegenden Exel zu.

»Exel, die Sache mit deiner Freundin tut mir wirklich leid«, sagte sie in tröstendem Ton. »Aber du kennst ja diesen verfluchten Halunken. Wenn er sich etwas in den Kopf setzt, dann führt er es zu Ende und niemand kann ihn daran hindern, auch du nicht!«

»Ich weiß, Ophelia, ich weiß … leider«, stimmte Exel niedergeschlagen zu.

»Aber diesmal liegt die Schuld bei mir, wenn Lina etwas passieren sollte. Wenn ich nicht so viel Interesse an ihr gezeigt hätte, wäre sie momentan in ihrem Hotelzimmer und nicht in den Händen des verdammten Teufels!«

Exel erhob sich seufzend aus den weichen Kissen seines Sofas und blieb nach ein paar Schritten vor der enormen Fensterfront stehen, die den Seegrund vom Inneren des Ufos trennte. Er beobachtete die bunt glitzernden Fische, die auf der anderen Seite der Glasscheibe hin und her schwammen und konnte sich ein Lächeln nicht verkneifen: jedes Mal, wenn er sich der Glasfront seiner irdischen Unterkunft näherte, vereinten sich die Seebewohner zu einem Schwarm und beobachteten ihn voller Aufmerksamkeit. Wer weiß, was ihnen in diesem Moment durch den Kopf ging? Sicher nicht sein Kummer und seine Sorgen um Lina. Sie sorgten sich wohl eher um einen guten Leckerbissen für ihren knurrenden Magen! Und während er über die Fische sinnierte, durchfuhr ihn die verrückte Idee wie ein Blitz.

»Das kann nicht funktionieren ...«, murmelte er zwar vor sich hin, jedoch erhellte sich seine Miene bei dem Gedanken. »Aber ich habe keine andere Wahl! Einen Versuch ist es wert!«

Ophelia beobachtete neugierig den Gemütswandel ihres Herren. Was hatte er vor? Was wollte er versuchen? Sie sah, wie er die Augen schloss und sich konzentrierte.

Er wollte doch nicht etwa ...? Das konnte er nicht tun ...!

»Hallo Exel! Welch nette Überraschung! Auch wenn ich davon überzeugt bin, dass ich diese ungewohnte ... nennen wir es Aufgeschlossenheit ... mir gegenüber nur meinem Gast mit dem Streisandprofil zu verdanken habe!«, ertönte die Stimme des Teufels klar in Exels Geist. Sein spöttischer Ton ließ einen Moment lang eine unbändige, nie empfundene Wut in ihm aufbrausen und er ballte die Fäuste, aber dann riss er sich zusammen. Es war nicht der passende Moment für eine derartige Schwäche!

»Reg dich nicht so auf, mein Lieber!«, spottete der Satane lachend. »Wir sind hier weder im Tempel, noch bin ich ein schäbiger Händler oder Geldwechsler! Du wirfst mir zwar immer vor, meine Geschäfte mit den Seelen armer Menschen zu treiben, aber ich würde mich eher als *den Mann von der Pfandleihe bezeichne*n. Ich gehe nämlich nicht auf die Suche nach potentiellen Käufern, sondern ... sie kommen alle zu mir ... freiwillig!«

Dann legte er eine kurze Pause ein.

»Aber kannst du bitte zur Sache kommen. Ich habe nämlich nicht allzu viel Zeit!«

»Ich möchte dir ein Angebot unterbreiten«, erwiderte Exel trocken.

»Ein Angebot? Du?«, stieß der Teufel erstaunt aus und überlegte kurz. »Sehr originell! Du weckst meine Neugierde, auch wenn ich nicht sicher bin, ob ich dir vertrauen soll«, und lachte kurz auf bei dem Gedanken, wem gegenüber er sein Misstrauen aussprach.

»Dann hülle dich in deine edle Schwefelwolke ein, Mephisto, und komm her!«

»Ich soll zu dir kommen? Du lädst mich wirklich in dein Nest ...«, er räusperte sich kurz, »... entschuldige ... in dein irdisches Zuhause ein?«

Der Teufel überlegte einen Moment. Eine seltsame Situation. Was konnte der Sirianer von ihm wollen? Ein Angebot wollte er ihm machen! Da musste doch etwas dahinterstecken! Aber, wenn er es sich gut überlegte, warum nicht! Schließlich kam die Einladung nicht von Seinesgleichen, sondern praktisch vom Allmächtigen.

Exel blickte weiterhin durch die enorme Glaswand auf das bunte Treiben, das ihm der See mit seinen Fischen bot. Er musste sich nicht umdrehen, um die Ankunft seines Gesprächspartners wahrzunehmen. Der plötzliche Schwefelgeruch war unerträglich.

»Empfängst du deine Gäste immer, indem du ihnen den Rücken zukehrst? Nicht gerade sehr höflich!«, führte der Satane die Unterredung fort.

Exel drehte sich langsam um.

»Ach, heute mal als Martin Smith verkleidet«, erwiderte Exel und betrachtete sein Gegenüber. »Die High Heels waren wohl auf die Dauer zu unbequem! Was kann ich dir anbieten? Einen Schluck Menschenblut oder vielleicht einen Eidechsencocktail aus dem Shaker? Ophelia wird jeden deiner Wünsche erfüllen!«

Der Teufel sah Exel herausfordernd an.

»Du hast wirklich ein gutes Gedächtnis! Ich liebe gequirlte Eidechsen leidenschaftlich, möchte dir aber nicht den Appetit verderben. Daher würde ich mich mit einem klassischen Martini zufriedengeben.«

»Ophelia! Hast du den Wunsch unseres Gastes gehört? Ich schließe mich an: zwei Martini mit Olive, bitte eisgekühlt!«

»Eisgekühlt! Aber natürlich!«, bestätigte Ophelia und Exel erkannte am Ton ihrer Stimme, dass sie in keinster Weise mit seiner Vorgehensweise einverstanden war. Später würde auch sie seine Entscheidung verstehen!

»Nun, mein lieber Exel, was hast du dir diesmal ausgedacht, um mir übel mitzuspielen?«, fragte die äußere Hülle des Bankers und schlürfte genüsslich an seinem Martini. »Ich muss zugeben, wenn auch schweren Herzens, dass dein Aperitif göttlich schmeckt!«

»Wie sollte es auch anders sein, mein lieber Teufel«, stimmte der Sirianer ohne falsche Bescheidenheit zu. Er betrachtete kurz die durchsichtige Flüssigkeit, nahm ebenfalls einen kleinen Schluck und stellte dann sein Glas auf den kleinen Beistelltisch.

»Sag mal …«, fuhr Exel fort, »… hast du die ganze Situation nicht auch manchmal satt?«

»Was meinst du damit?«, fragte der Satane mit gewisser Vorsicht. »Was sollte ich satt haben?«

»Wie *Was?*!«, rief Exel etwas aufgebracht und baute sich direkt vor seinem Widersacher auf. »Dich und mich natürlich!«

Man sah dem Teufel die Überraschung an, aber er gewann sehr schnell die Fassung zurück und antwortete mit verschmitztem Lächeln:

»Na ja, *dich* habe ich schon eine ganze Weile satt … *mich* ehrlich gesagt nicht! Aber worauf willst du hinaus?«

»Du verlierst wohl nie deinen Humor!«, sagte Exel mit einem kleinen Seufzer und drehte sich erneut der Fensterwand zu. »Nun ja, wir sind *the top of the top* … die Besten … Zweite, nur hinter unserem Schöpfer. Was schert uns dann der Rest, nicht wahr?«

»Exel! Was *zum Teufel* – oder vielleicht gefällt dir *um Himmels Willen* besser – ist mit dir los? Kleine Identitätskrise?«, fragte der Satane verblüfft. »Eigentlich solltest du der Zufriedenere von uns beiden sein! Sie singen euch Loblieder, bauen gigantische Kirchen, die berühmtesten Maler aller Zeiten haben deinen Vorgänger auf ihren Meisterwerken in jeder nur erdenkbaren Stellung abgebildet«, und setzte mit dämonischem Lächeln hinzu, »… na ja, meistens in der unbequemsten …!«

Er blieb neben Exel stehen und betrachtete ebenfalls das Treiben der Fische am Grunde des Sees.

»Und ich? Für ewige Zeiten zur Rolle des Bösen verdammt! Was soll ich sagen? Ich muss eingehüllt in Schwefelwolken leben, umgeben von Flammen«, fuhr das Double des Bankers wütend fort und stellte sich nun direkt vor seinen Gesprächspartner. »Soll ich dir was sagen, Exel! *Ich hasse Schwefel!!!* Das Zeug brennt mir im Hals und lässt meine Augen tränen. Und dann diese Flammen!

Die kosten mich ein Heidengeld ... im wahrsten Sinne des Wortes! Du hast ja nicht die geringste Ahnung, wie viel Geld ich für alle möglichen Salben ausgebe, um die Reizungen meiner Haut zu lindern. Aber! So muss es sein! So steht es geschrieben! Was bleibt mir anderes übrig, als die mir zugewiesene Rolle zu spielen?«

»Ophelia! Noch zwei Martini bitte!«, befahl Exel dem Bordcomputer, nachdem der Teufel sich langsam wieder beruhigt hatte.

Dann forderte er den Satanen mit einem honigsüßen Lächeln auf, Platz zu nehmen, und ließ sich neben der männlichen Gestalt auf dem Sofa nieder.

»Und damit sind wir beim Thema angelangt, über das ich mit dir sprechen möchte«, fuhr er in fast vertraulichem Ton fort. »Lass uns die Drehbücher neu schreiben!«

Die Stirn des Teufels legte sich in Falten.

»Die Drehbücher neu schreiben? Welche Drehbücher?«, und sah seinen Gastgeber wie einen Verrückten an.

»Welche Drehbücher fragst du? Du hast es doch gerade selbst gesagt!« überraschte Exel den immer verblüffteren Teufel. »Unsere!«

»Die Rolle des Weltverbessers ist dir wohl zu Kopfe gestiegen! Das war doch nur so eine Redensart von mir. Wir haben keine Drehbücher, wir ...«, und er konnte sich ein Lächeln nicht verkneifen, »... spielen aus dem Stegreif!«

»Du weißt schon, was ich meine, wenn ich von Drehbüchern spreche. Unsere Rollen, die des Guten und des Bösen!«, erklärte Exel und sah dem Satanen einen langen Augenblick fest in die Augen. Dann fuhr er völlig unbekümmert fort. »Warum tauschen wir sie nicht einfach!«, und schlürfte genüsslich an seinem zweiten Martini.

Der Teufel verschluckte sich bei diesen Worten und musste ein paar Mal heftig husten.

»Bist du total verrückt? Die Rollen tauschen? Du meinst doch nicht etwa: du böse und ich gut?«, fragte er ungläubig, als er wieder zu Atem gekommen war. »Genau das meine ich ...!«, bestätigte Exel mit ruhiger Stimme, als ob er dem Satanen das Selbstverständlichste der Welt vorgeschlagen hätte. »... natürlich mit gewissen Einschränkungen!«

Der Teufel erhob sich mit nachdenklicher Miene und ging langsam ein paar Schritte durchs Zimmer. Als er sich schließlich umdrehte, erhellte ein spitzbübisches Lächeln sein Gesicht.

»Das wäre ein hübscher Streich, den wir unserem gemeinsamen Freund da oben spielen würden! Kannst du dir vorstellen ... ha, ha, ha ... wie er sich ärgern würde?«

Dann sprach er in ernstem Ton weiter.

»Was verstehst du unter *gewissen Einschränkungen?*«

Nun stand auch Exel auf und antwortete todernst.

»Tja, mein lieber Satanas, ich denke weder dir noch mir würde es leicht fallen, übergangslos in die Rolle des anderen zu schlüpfen und zwar mit allem, was dazu gehört. Damit ich ein wirklich guter Bösewicht und du der gute Hirte für alle wirst, brauchen wir eine gewisse Einarbeitungszeit.«

»Das heißt?«

»Na ja, in den ersten Stunden dürfen wir weder allzu heimtückische Bosheiten noch übertrieben gute Heldentaten vollbringen. Wir werden mit Kleinigkeiten beginnen und, wenn wir dann auf den Geschmack gekommen sind, können wir mit Vollgas durchstarten! Einverstanden?«

Der Teufel streichelte in Gedanken vertieft sein Kinn und antwortete dann entschlossen:

»Okay Exel! Die Idee gefällt mir. So könnte ich endlich etwas Gutes für meinen kleinen Dämon tun. Weißt du, er macht mir Sorgen! Als ich böse war ... hey Exel, hast du gehört? Ich habe die Vergangenheitsform gewählt ... ha, ha, ha ... unglaublich!«, sagte der Teufel und schüttelte verwundert den Kopf. »Auf alle Fälle, *als ich noch ein Böser war,* hatte ich beschlossen, dass der Kleine irgendwann mal Politiker werden sollte. Aber nachdem ich nun den Guten angehöre, denke ich, dass ich ihn eher die Karriere eines Kardinals einschlagen lasse. Man weiß ja nie! Falls ich irgendwann einmal wieder die Seite wechseln sollte, gehe ich lieber auf Nummer sicher! Kein Posten ist geeigneter, sich als Guter auszugeben und gleichzeitig teuflische Spielchen zu treiben!«

»Bravo! Ich hatte immer gesagt, dass du im Grunde ein *guter* Teufel warst. Hoppla ... nun habe ich ebenfalls die Vergangenheit benutzt. Scheinbar gefällt uns die neue Situation. Wer weiß? Vielleicht hätten wir von Anfang *ich* den Teufel und *du* den lieben Gott spielen sollen.«

»Vielleicht! Und wann fangen wir an?«

»Sofort!«, rief Exel mit einem hinterhältigen Lächeln und versetzte dem Kiefer des Dämonen mit voller Kraft einen rechten Haken. Der Schlag kam völlig unerwartet, so dass der Getroffene benommen nach hinten strauchelte. Als er sich wieder gefangen hatte, griff er leicht stöhnend an die schmerzende

Stelle am Kinn und ein Anflug von Zorn blitzte in seinen Augen auf … aber nur für einen kurzen Moment.

»Verstanden, Exel! Du hast nun deinen Part als Böser begonnen und ich sollte das Gleiche als Guter tun und …«, sagte er säuerlich lächelnd. »… auch noch die andere Wange hinhalten?«

»Genau!«, und schon traf die Faust des Außerirdischen erneut den Kiefer seines Gegenübers, diesmal mit einem linken Haken.

»Okay, Okay! Ich habe verstanden!«, rief der Teufel und hob abwehrend beide Hände. »Aber jetzt reicht es!«

»Keine Angst! Das diente nur dem Besiegeln unseres Abkommens! War nicht persönlich gemeint«, log Exel ohne jede Scham in seiner neuen Rolle als Bösewicht.

»Ja, ja, ich verstehe!«, murmelte der Satane und massierte nun die andere Seite seines Kinns. »Und wie lange soll die Probezeit dauern?«

»Was hältst du von einer Woche?«

»Abgemacht! Eine Woche!«, bestätigte der Teufel. »Jetzt muss ich aber los. Ich werde schon sehnsüchtig zuhause erwartet!«. Dann drehte er sich noch einmal um. »Apropos, wenn ich deine Freundin von nun an gut behandeln soll, musst du aber meinen Part übernehmen …«, und verschwand in seiner altbekannten Wolke, nur war sie diesmal rosafarben und duftete nach Weihrauch.

Exel durfte keine Zeit verlieren, sonst wären seine Einladung und das Gespräch völlig sinnlos gewesen. Der Teufel hatte einen Tunnel geschaffen, um in sein Versteck zurückzukehren, und er musste ihm folgen. Er sprang kopfüber in den sich schließenden Tunnel und ließ sich vom Sog des Satanen leiten. Er hatte keinen Moment geglaubt, dass Mephisto den Vorschlag tatsächlich akzeptieren würde, aber der Plan, ihn zunächst ins Ufo zu locken, um ihm dann ungesehen zu folgen, schien zu funktionieren. Keiner der beiden hatte die Worte des anderen wirklich ernst genommen. Sie hatten ihren Spaß gehabt und sich gegenseitig … wie die Menschen sagten … auf den Arm genommen. Aber nun musste er sich auf die Verfolgung konzentrieren oder besser gesagt, auf sein Abbremsen und das Aufbauen eines eigenen Tunnels. Und so sollte es sein! Noch flog er schwerelos in der engen, von leuchtenden Lichteffekten schimmernden Röhre und folgte der Gestalt des Teufels, die wenige Meter vor ihm wieder weibliche Formen annahm. Für den Bruchteil einer Sekunde glaubte er, hinter der rassigen Blondine auf dem Teppichboden des Korridors zu landen, aber unter Aufbietung all seiner Kräfte gelang es ihm rechtzeitig, dem Sog entgegenzuwirken und den eigenen Tunnel zur Rückkehr ins Ufo aufzubauen. Einige Augenblicke später purzelte er völlig entkräftet vor den erstaunten Augen Ophelias auf den Boden seines Wohnzimmers.

Diese neue Beförderungsart war wirklich noch ausbaufähig! Welch immenses Vergnügen hatten ihm dagegen die weiten spielerischen Sprünge bereitet! Aber manchmal musste auch er pragmatisch denken!

»Sollen wir wirklich böse werden?«, überfiel ihn Ophelia ungeduldig und ihre Stimme brachte eher lebhafte Neugierde als pures Entsetzen zum Ausdruck.

»Nein, natürlich nicht, liebe Assistentin! Genauso wenig wie sich der Teufel zum Guten bekehren wird«, antwortete Exel mit einem ruhigen Lächeln.

»Wenigstens war er gut genug, um dir nicht auf die Streicheleinheiten zu antworten, mit denen du ihm ganz schön böse zugesetzt hast.«

»Nun übertreib mal nicht, Ophelia!«, erwiderte Exel und musste bei der Erinnerung an seine beiden Kinnhaken kurz auflachen. »Er ist schließlich der Teufel! Warum also nicht die Gunst des Augenblickes nutzen?«

Dann sprach er mit ernster Stimme weiter.

»Das Einzige, was zählt, ist zu wissen, wo er Lina gefangen hält.«

»Und das wäre?«

»Hotel The Venetian, Las Vegas, Suite 66! Jetzt können wir einen genauen Plan schmieden, um sie zu befreien.«

»Du sorgst dich allzu sehr um dieses Menschenkind und bietest dadurch dem Satanen eine große Angriffsfläche«, sagte der Bordcomputer voller Überzeugung. Es war das erste Mal, dass der Bordcomputer ganz eindeutig zum Ausdruck brachte, dass er mit der Vorgehensweise seines Herren nicht einverstanden war.

»Vielleicht, weil ich mich gerade verändere …!«

»Verändern? Du? Du kannst dich doch nicht einfach verändern … du bist …«

»… perfekt, willst du sagen?«, vollendete Exel den Satz.

»Ja!« gab Ophelia zu.

»Dann kann ich dich beruhigen! Niemand ist perfekt, auch wenn uns der Gedanke ab und zu gefällt. Und wer überzeugt ist, es zu sein, wird sich niemals ändern! Aber genug geredet! Lass uns einen Plan ausarbeiten, wie wir Lina aus den Klauen des Teufels befreien können! Einen perfekten Plan, denn alles andere wäre sinnlos!«

29

Der Militärhelikopter war am frühen Morgen in der Area 51 gestartet, um nach einer Zwischenlandung auf dem Flughafen von Santa Barbara den Flug mit einigen illustren Passagieren fortzusetzen. Seit wenigen Minuten hatte er das Festland hinter sich gelassen und glitt mit der ungewöhnlichen Fracht über den aufgewühlten Pazifik. Ziel der Reise war die kleine Insel des Bankers Martin Smith, auf der heute das Experiment der kalten Fusion stattfinden sollte. Es war zwar ein herrlicher Tag mit strahlendem Sonnenschein und tiefblauem Himmel, aber wie so oft in der Region der Kanalinseln blies ein heftiger Wind, der das fliegende Transportmittel und mit ihm seine menschliche Ladung heftig durchschüttelte. Dementsprechend ruhig war es im Inneren des Hubschraubers, oder besser gesagt, es herrschte Stillschweigen, da die Geräusche der beiden Triebwerke und der drehenden Rotoren so laut waren, dass sie vereint mit den heftigen Windböen den Insassen jegliche Lust auf ein Gespräch genommen hatten.

Keiner der Gäste war begeistert, aber der Leiter der Sicherheitseinheit hatte auf diese Art der Beförderung bestanden. Er musste das Risiko ungebetener Gäste auf ein Minimum reduzieren und hatte durch den Hubschraubertransport die Gruppe der Inselbesucher auf die übersehbare Anzahl von zwanzig limitiert. Neben Reportern der größten amerikanischen Zeitungen waren bedeutende Wissenschaftler aus dem Bereich der kalten Fusion zugegen, einflussreiche Investoren, die über den Ankauf der Tecom Optionen ein Vermögen auf das Gelingen des Experimentes gesetzt hatten, und … wie sollte es anders sein … einige hohe Politiker des Staates Kalifornien. Gina zählte ebenfalls zum engen Kreis der geladenen Gäste, nicht so sehr aufgrund ihrer journalistischen Fähigkeiten sondern dank ihrer privaten Beziehungen zu Jeff und Willis.

Nach einer halben Stunde näherte sich der Flugkörper der felsigen Steilküste der Insel, die dem Betrachter mit ihren wenigen Eukalyptuswälder nur sehr bescheidene Reize bieten konnte. Aus der Vogelperspektive konnten die Fluggäste zwar eine kleine Bucht mit Landesteg erkennen, die eine Anreise über den Wasserweg ermöglicht hätte, jedoch wurde diese Option durch den Leiter der Area 51 von vornherein ausgeschlossen.

Der Helikopter beschrieb eine weite Kurve und näherte sich der Plattform, auf der nur ein geübter und überaus erfahrener Pilot das große Luftfahrzeug, allen Turbulenzen zum Trotz, sicher landen konnte. Die Anspannung im Inneren des Passagierraumes war zum Zerbersten groß, aber nach einer kurzen Erschütterung nahmen die Landeschienen Bodenkontakt auf und langsam kehrte etwas Farbe in die blassen Gesichter der Passagiere zurück. Als die Drehgeschwindigkeit der Rotoren geringer wurde, näherten sich zwei von Jeffs Männern dem Ausstieg. Die Schiebetür wurde von innen entriegelt und Gina verließ als einzige weibliche Vertreterin als erste den Helikopter.

»Hallo Officers«, begrüßte die Journalistin lachend die ihr bekannten Gesichter und atmete erleichtert auf. »Endlich wieder festen Boden unter den Füßen! Ich werde mich nie an dieses ungemütliche Transportmittel gewöhnen.«

Sie ging allen voran auf dem roten Teppich dem Eingang entgegen, wo zwei Klone – dies war natürlich nur Gina bekannt – die Gäste mit einem höflichen Lächeln begrüßten. Die Marines waren zwar überall mit Waffen im Anschlag positioniert, hielten sich jedoch dezent im Hintergrund. Als Gina die Schwelle überschritt, kam ihr der Banker Martin Smith in Begleitung ihres Lebenspartners entgegen.

»Hallo Miss Kidman, herzlich willkommen in meinem kleinen Reich!«, begrüßte sie der Banker mit einem aufgesetzten Lächeln. »Ein großer Tag, ein einzigartiges Ereignis! Würdig von einer so hinreißenden Journalistin wie Ihnen an die Menschheit weitergeleitet zu werden«, schmeichelte Martin Smith der blonden Schönheit und forderte sie auf, sich mit einer kleinen Erfrischung von der abenteuerlichen Anreise zu erholen.

Jeff begleitete Gina zu einem kleinen Tisch mit verschiedenen Getränken.

»Charmeur!«, kommentierte Jeff in einem Anflug von Eifersucht.

»Unverdient?«, fragte Gina lächelnd und warf ihm mit ihren großen tiefblauen Augen einen kecken Seitenblick zu.

»Nein, du siehst bezaubernd aus und wirst wie immer allen Männern den Kopf verdrehen! Und heute sind nur Männer anwesend!«, setzte er mit einem leichten Seufzer hinzu. Dann drehte er sich zum Tisch um und nahm ein Champagnerglas in die Hand.

»Orangensaft oder Champagner?«

»Du hast schon das richtige Glas gewählt. Mach mir eine gesunde Mischung!«

Jeff mischte die beiden Getränke und reichte seiner Partnerin das Glas. »Auf gutes Gelingen! Hoffen wir, dass Exels Plan aufgeht!«

Eine hohe Persönlichkeit nach der anderen schritt über den roten Teppich ins Innere der Villa und der offizielle Teil des Empfanges konnte beginnen. Smith spielte seinen Part als Gastgeber meisterhaft. Trotz der verzweifelten Lage, in der er sich befand, gelang es ihm, sein Pokerface zu bewahren. Er hatte nicht die geringste Vorstellung, was in den nächsten Stunden geschehen würde, aber er hatte den Teufel auf seiner Seite … und der Teufel hatte Lina in seiner Gewalt. Daher *musste* Exel den Wissenschaftler auf die Insel bringen! Und dieser wiederum *musste* das Experiment misslingen lassen … sonst war die Balletttänzerin tot!

»Hallo Herr Smith, sind Sie auch so aufgeregt?«, riss ihn eine bekannte Stimme aus den Gedanken. »Es wird doch alles klappen, nicht wahr?«, fuhr die aufgeregte Stimme fort. »Wie versprochen!«

Smith sah in das Gesicht seines Hauptinvestors Jakob Goldblum, der eine enorme Geldmenge auf die Call Optionen gesetzt hatte und … bei steigendem Aktienwert einige Millionen mehr sein eigen nennen durfte … bei fallendem jedoch die Wette verlor.

»Aber natürlich, Jakob!«, säuselte der Banker mit einem smarten Lächeln. »Habe ich dich schon jemals enttäuscht?«

Was er in der Tat noch nie getan hatte. Denn für diese Wette mit den Optionen hatte Smith ausschließlich Kunden angesprochen, denen er in den vergangenen Jahren durch seine guten Ratschläge stets zur Vermehrung ihres Kapitals verholfen hatte. Er besaß ihr Vertrauen und nach längeren Verhandlungen hatten fast alle ein Vermögen auf den steigenden Call Wert der Optionen investiert, welches ein Gelingen des Experimentes voraussetzte. Er wiederum hatte das gesamte Geld von Omnivi auf den fallenden Wert der Papiere gesetzt, überzeugt, das Experiment problemlos sabotieren zu können. Momentan war er sich seiner Sache nicht mehr so sicher!

»Nein, mein Lieber, das hast du noch nie. Nur aus diesem Grund habe ich die Hälfte meines Kapitals in dieses Projekt investiert. Wo ist eigentlich der Wissenschaftler? Möchtest du ihn uns nicht vorstellen?«

»Ihr werdet ihn in Kürze in Aktion sehen!«, erwiderte Martin Smith. »Er ist mit den Vorbereitungen zum Experiment beschäftigt, wird aber danach die Zeit finden, sich all euren Fragen zu widmen.«

Und auch in diesem Fall entsprach seine Aussage der Wahrheit, denn im gleichen Moment landete Exel, den Professor in den Armen haltend, im Labor ... leider zwanzig Meter neben dem eigentlich geplanten Landeplatz. Leider, da im Labor zwei Klone zur Überwachung des Fusionskastens positioniert waren und Exel nach der kräftezehrenden Tunnelfahrt gleich wieder in Aktion treten musste. Da ihm jegliche Kraft fehlte, musste er sich seine Schnelligkeit zunutze machen. Und was war dafür besser geeignet als die Schritte des klassischen Balletts! Er nahm in zwei Pirouetten Geschwindigkeit auf und überraschte die verblüfften Wachposten durch zwei Schläge mit dem gestreckten Bein, den ersten Klon mit dem vorderen, den zweiten nach einer weiteren Drehung mit dem hinteren Bein. Dann bückte er sich flink zu dem zuerst Gestrauchelten, nahm dessen Kopf zwischen die Hände und setzte seinem Dasein mit einem kurzen Ruck ein Ende. Der zweite war erneut aufgesprungen und stürmte auf Exel zu, aber dieser brachte ihn durch das Hochschnellen des gestreckten Beines im *Jété* zu Fall und traf ihn mit einigen blitzschnell aufeinanderfolgenden fouettes en tournant wieder und wieder am Kopf, bis er bewegungslos am Boden liegenblieb. Ein weiteres Knacken ... und sie waren wieder unter sich.

Newstone hatte sich verschreckt zurückgezogen und lief nun auf den sichtlich geschwächten Exel zu.

»Vielen Dank, mein Freund! Du musst dich unbedingt einen Moment ausruhen. Komm setz dich und schau mir bei den Vorbereitungen zu.«

Der sonst immer zu einem Scherz aufgelegte Außerirdische hatte diesmal nichts zu erwidern. Der Wissenschaftler half Exel auf einen Stuhl und wandte sich dann unverzüglich seinem energieerzeugenden Kasten zu. Er kontrollierte alle Schläuche und Anschlüsse, führte einige Tests durch und begutachtete schließlich zufrieden seine Erfindung.

»Es sollte alles funktionieren! Aber wie besprochen, falls es dir nicht gelingt, Lina rechtzeitig zu befreien, werde ich den Knopf am Ende des Experimentes nicht aktivieren.«

»Ich weiß, dass es dir nicht leicht fallen wird, aber ich denke, das sind wir Lina schuldig«, sagte Exel, der sich in der kurzen Zeit sichtbar erholt hatte. Die ständige Übung im Tunnelreisen erhöhte seine Widerstandskraft und es genügten ihm mittlerweile wenige Momente, um seine Kräfte zurückzuerlangen.

Plötzlich flog die Tür des Labors auf und Jeff und Willis stürzten mit gezogener Waffe hinein. Dann sahen sie die überwältigten Klone am Boden liegen und atmeten erleichtert auf.

»Ach hier seid ihr!«, rief Jeff und schob die Pistole ins seitliche Halfter zurück. »Wolltest du nicht im Umkleideraum am Ende des Flurs landen?«, fuhr er an Exel gewandt fort.

»*Der Geist ist willig, aber das Fleisch ist schwach!*«, erwiderte Exel lächelnd. »Ich wollte schon dort landen, nur hapert es noch an der Umsetzung. Bei der nächsten Tunnelfahrt muss es besser klappen. Dort erwartet mich ein weitaus schwierigerer Gegner!«

Willis näherte sich dem Außerirdischen und zog ein kurzes, kaum sichtbares Kabel aus der Jackentasche.

»Hier mein Lieber! Das Funkgerät! So können wir in Kontakt bleiben und wissen in jedem Moment, was bei dir vor sich geht, um zeitgleich reagieren zu können.«

Exel betrachtete kurz das kleine Utensil, drückte das Klebepad seitlich an den Hals und ließ den Stöpsel am anderen Ende des Kabels im linken Ohr verschwinden.

»Dann lasst uns beginnen! Ich werde alles in meiner Macht Stehende versuchen, um den Satanen auszuschalten. Falls dies nicht ausreichen sollte, wisst ihr, was zu tun ist!«

»Viel Glück!«, riefen ihm die drei zu, aber der Außerirdische war bereits mit einem Sprung kopfüber im Tunnel verschwunden.

30

Der Teufel in weiblicher Version materialisierte sich in der Suite 66 des Venetian Hotels, wo er seine Geisel gefangen hielt. Ein kurzer Blick in die Augen des Dämonen reichte Lina um zu verstehen, dass ihr Tod so gut wie beschlossen war. Sie packte ihren gesamten Mut und blieb erhobenen Hauptes vor der blonden Erscheinung stehen.

»Mach mit mir, was du willst. Ich werde dich sicher nicht um Gnade bitten!«, trotzte sie unverzagt der Personifizierung des Bösen.

Die eher zischenden Laute, die daraufhin aus dem Mund des wütenden Gegenübers sprudelten, waren völlig unpassend für die bildschöne blonde Gestalt, der sie entsprangen.

»Exel! Auf dass sein Name in alle Ewigkeit verflucht sei!«, stieß der Teufel voller Verachtung hervor. »Er hat es wirklich gewagt, den Professor zurück auf die Insel zu bringen!«

Lina lachte kurz auf.

»Ich habe es gewusst! Niemals wirst du ihn besie …«

Die rechte Hand des Teufels fuhr blitzschnell an Linas Hals und drückte zu. Dann hob er den zarten Frauenkörper fast spielerisch vor sein Gesicht und sah der Ballerina wutentbrannt in die Augen.

»Lach nicht, Frau! Exel spielt gerade mit deinem Leben. Ein positiver Ausgang des Experimentes bedeutet deinen sicheren Tod, den du ja schon so lange ersehnst. Genieße also diese letzten Momente deines irdischen Daseins!«

Lina spürte wie der Druck der Hand langsam zunahm, bis er ihr völlig den Atem raubte. Entschlossen presste sie die Lippen aufeinander und beschloss, nicht mehr nach Luft zu schnappen. Wenn das die Art des Todes sein sollte, die das Schicksal ihr bestimmt hatte, dann würde sie nichts tun, um den Moment zu verzögern. Schwarze Flecken begannen ihr die Sicht zu nehmen. Schon glaubte sie, definitiv das Bewusstsein zu verlieren, als der Teufel sie noch näher an sein Gesicht heranzog. Auge in Auge! Aber dann stieß er einen furchterregenden Schrei aus und lockerte den Griff. Lina glitt kraftlos zu Boden und sackte wie eine leblose Puppe zusammen.

Der Teufel entfernte sich mit großen Schritten von seiner Geisel, drehte sich dann plötzlich um und blieb mit breiten Beinen in der Mitte des Raumes stehen.

»Nein, nein, nicht so wirst du sterben, unnützes Menschenkind! Du wirst sterben, wie du es dir immer gewünscht hast. Erinnerst du dich, meine Liebe?« Er sah sie mit flammenden Augen an.

»Richtig, Lina, der sterbende Schwan!«, und dann schnippte er kurz mit den Fingern und die Tänzerin lag plötzlich in einem weißen Tüllrock mit Spitzenschuhen am Boden. Der Satane öffnete nun die gesamte Hand und streckte sie Lina entgegen. Im gleichen Moment wurde die Tänzerin wie von einer unsichtbaren Kraft wie eine Marionette emporgehoben und begann auf den Spitzen ihrer Ballettschuhe die ersten Schritte zu tanzen.

»Großartig!«, applaudierte die blonde Schönheit mit einem teuflischen Lächeln auf den Lippen. »Ich bin sicher, dass es die beste Darbietung deines Lebens werden wird. Schade, dass ich der einzige bin, der die Vorstellung bewundern kann, denn … ich hasse das klassische Ballett!!!«

Lina tanzte in kleinen Schritten die nächste Diagonale quer durch das Hotelzimmer.

»Ich bin wirklich gespannt, wie sich Exel entscheidet. Das Experiment dauert zirka zwei Stunden. Wenn er dich lebend wiedersehen will, muss das Experiment misslingen. Lässt er unseren Plan platzen, bedeutet es deinen Tod!«, und fügte mit einem gewissen Stolz über seine skurrile Idee hinzu: »Einen langsamen tanzenden Tod als sterbender Schwan.«

31

Die Türen des Konferenzsaales wurden leise geschlossen. Es war elf Uhr morgens und das Experiment sollte beginnen. Die zwanzig geladenen Gäste hatten in den ersten treppenartig angelegten Sitzreihen Platz genommen und beobachteten gespannt die Aktivitäten auf der Bühne der kleinen Arena. Zwei Klone prüften die Ausrichtung der Beleuchtung, die Lautsprecher wurden ein letztes Mal getestet und dann nahmen die in Zivil gekleideten Polizisten ihre Stellung vor den Ausgängen ein.

Die Zuschauer flüsterten noch einige Worte, warfen einen letzten Blick auf das Display ihrer Handys und dann herrschte völlige Stille. Die Zugangstür zur beleuchteten Bühne wurde geöffnet und der Gastgeber Martin Smith trat auf das Podium.

»Liebe Gäste, herzlich willkommen in meinem kleinen Reich, das ich, wie Sie gleich beobachten werden, der Forschung und Entwicklung gewidmet habe. In Kürze wird Ihnen der bekannte Physiker Philipp Newstone in einem Experiment beweisen, dass die Möglichkeit besteht ...«, er hielt kurz inne, »... durch die Verschmelzung von Atomkernen Energie herzustellen ... und zwar ohne große Hitzeeinwirkung.«

Ein Raunen ging durch das anwesende Publikum.

»Dank des von Herr Newstone entwickelten Systems wird sich das Bild der Erde in den nächsten Jahren verändern. Atomkraftwerke und Windkrafträder werden verschwinden. Pipelines für Petroleum und Gas können stillgelegt werden. Hunderttausende Kilometer Hochspannungsleitungen, die das Bild der Natur Jahrzehnte lang gestört haben, werden es in naher Zukunft nicht mehr tun. Auch der kleinste Haushalt wird dank dieser Erfindung völlig autonom die notwendige Energie für den täglichen Gebrauch erzeugen können.«

Smith stellte sich mit dem Mikrofon in der Hand hinter den großen Tisch und zeigte auf den dort aufgebauten kleinen Kasten.

»Dies ist die Zukunft! Dies bedeutet das Ende der mächtigen Ölkonzerne, das Ende der dauernden Verschmutzung von Luft, Wasser und Boden, dieser Kasten stellt den Anfang einer neuen, sauberen Epoche dar, in der jeder Bewohner dieser Erde seine eigene Energie erzeugen wird. Ich betone: jeder!Denn auch die Ärmsten der Armen werden die Möglichkeit haben, dieses kleine Gerät, das ihnen die Grundvoraussetzungen für ein akzeptables Leben schaffen wird, ihr Eigen nennen zu dürfen.«

Er ging erneut um den Tisch herum und stellte sich vor den Zuschauerraum.

»Lassen Sie uns den Urheber dieser phantastischen Idee begrüßen, den Wissenschaftler, der dank einer kleinen, aber weltbewegenden Änderung die kalte Fusion zur Energiequelle der Zukunft machen wird: Herr Philipp Newstone!«

Die Beleuchtung schwenkte vom Banker auf die Eingangstür, durch die der kleine, etwas unsicher wirkende Wissenschaftler auf die Bühne trat. Smith ging ihm entgegen und musste all seine Professionalität als Banker abrufen, um das strahlende Lächeln auf seinem Gesicht nicht zu verlieren. Schließlich war der Wissenschaftler der eigentliche Grund seiner momentan sehr bedenklichen Situation. Wie konnte dieser Mann nur so starrsinnig sein! Warum wollte er dieses Experiment nicht misslingen lassen? In ein paar Wochen hätten sie die gesamte Prozedur wiederholt und er hätte sich in seinem Ruhm sonnen können. Aber nein, er musste den aufmüpfigen Moralapostel spielen!

Smith stand nun direkt vor dem schmächtigen Mann und legte ihm freundschaftlich den Arm um die Schulter. Keiner der Anwesenden – außer dem Banker – bemerkte das ängstliche Zucken, das den Körper des Wissenschaftlers bei dieser Berührung durchfuhr. Fast wäre Newstone durch diese Hand, oder besser gesagt durch den Befehl des Mannes, dem diese Hand gehörte, ins Jenseits befördert worden. Die Reaktion des Physikers erfüllte Smith mit einer gewissen Genugtuung, einem Gefühl der Überlegenheit, einem Gefühl der Macht.

»Lieber Professor, herzlich willkommen in dieser Aula der Wissenschaft und Forschung! Unsere Gäste erwarten bereits voller Spannung Ihr Experiment oder besser gesagt dessen Ausgang, der wegweisend für die Zukunft der Energieerzeugung sein wird«, fuhr der Gastgeber mit seiner Begrüßungsrede fort und begleitete den Wissenschaftler zum wichtigsten Objekt dieses Experimentes, dem kleinen Kasten, der auf dem Tisch vor dem Publikum aufgebaut war.

»In nur zwei Stunden wird Herr Newstone die Welt überzeugen, dass durch dieses Gerät eine neue Ära begonnen hat, das Zeitalter der kalten Fusion!«

Ein weiteres Raunen war im Zuschauerraum hörbar.

»Bitte Herr Professor, beginnen Sie!«

Newstone erklärte in wenigen Worten die Funktionalität seiner Erfindung. In einem Dewar Gefäß, einem evakuierten Glasgefäß zur thermischen Isolierung, befand sich schweres Wasser, dessen Isotope Protium, Deuterium und Tritium durch Elektrolyse bei Zimmertemperatur verschmelzen und dabei eine Überschuss-Wärmeproduktion erzeugen sollten. Neben dem kleinen Reaktor stand ein großes durchsichtiges Gefäß, das mit normalem Wasser gefüllt und über ein Kabel direkt mit dem Fusionskasten verbunden war. Hier würde die überschüssige Energie das Wasser nach zirka einer Stunde zum Sieden bringen.

»Aber dieses Experiment« ist doch nichts Neues«, unterbrach einer der geladenen Wissenschaftler die Erklärungen des Physikers.

»Da haben Sie in gewisser Weise recht, Herr Kollege«, erwiderte Newstone und fügte mit einem spitzbübischen Lächeln hinzu. »Aber lassen Sie sich überraschen! Am Ende des Experiments werde ich eine zusätzliche Reaktion hervorrufen, dessen Ursprung ich aus verständlichen Gründen erst nach der Bestätigung durch das Patentamt der Öffentlichkeit preisgeben werde.«

Und so konnte das Experiment beginnen.

Als Exel am Ende des Tunnels eine glitzernde Wasseroberfläche auf sich zukommen sah, wollte er noch abbremsen, aber es war schon zu spät. Wie konnte hier Wasser sein? Der Tunnel sollte in einem Hotel enden? Um wie viele Meter hatte er sich diesmal verkalkuliert? Egal, zu spät! Mit einem Seufzer schloss er vor dem Eintauchen ins feuchte Element kurz die Augen, aber statt weich im Wasser zu landen, schlug er recht unsanft auf einer harten Oberfläche auf. Überrascht öffnete er die Augen und sah in die entsetzten Augen eines Südländers, der ihm in einer hin und her schwankenden Gondel gegenüber saß.

Ein kurzer Blick entlockte Exel die Worte:

»Wo bin ich denn diesmal gelandet? Mitten in Venedig?«

Der Gondoliere, immer noch völlig konsterniert, beantwortete seine Frage:

»Nicht ganz! Nur im Hotel Venetian in Las Vegas! Genauer gesagt im Canale Grande.«

»Danke für die Info, mein Lieber, aber ich muss weiter!«

Er erhob sich vom Sitzbrett und setzte zum Sprung an. Exel flog in hohem Bogen dem herrlich blauen Himmel entgegen ... bis er erneut unsanft gebremst wurde ... diesmal von einer Betondecke, die durch Farben und Lichteffekte einem wahren Himmel zum Verwechseln ähnlich sah. Völlig überrascht über den unerwarteten Aufprall, stürzte er benommen in die Tiefe und landete erneut in der Gondel auf dem Canale Grande. Diesmal war der Südländer etwas weniger überrascht, da er den Flug des seltsam gekleideten Mannes mitverfolgt hatte, und brachte die Gondel recht schnell wieder ins Gleichgewicht.

»Hat Sie das Hotel beauftragt?«, fragte er verwundert. »Spezialeffekte für die Gäste?«

»So etwas Ähnliches«, antwortete Exel. Er wollte gerade aufstehen, als ihn die enorme Welle negativer Frequenzen wie ein Tsunami traf. Sein Körper bäumte sich beim Zusammenstoß mit dem Bösen kurz auf. Er musste sich nicht umdrehen, um zu verstehen, dass der Satane sich in der gleichen Etage befand und zwar nur wenige Meter hinter ihm.

»Gleich werden Sie noch einige viel unterhaltsamere Spezialeffekte sehen«, bereitete der Außerirdische den Gondoliere auf den bevorstehenden Kampf vor. »Viel Spaß!«

Dann flog er rücklings in leichtem Bogen ins Zentrum der Negativität und landete hinter dem Teufel.

»Hallo mein Lieber«, flüsterte er der langhaarigen Blondine von hinten ins Ohr. »In deinem Outfit würde man dich eher für einen Engel als für den Satan in Person halten. Und in gewissem Sinne bist du es ja auch … nur ein gefallener!« Mehr Zeit blieb Exel nicht zum Sprechen, denn die blonde Dame holte in halber Drehung mit voller Kraft zum Schlag mit dem gestreckten Arm aus. Aber Exel war schneller. Zwei seitliche Pirouetten, um dem Schlag zu entgehen und dann ein gezielter Gegenangriff mit dem gestreckten Bein, welches die weibliche Gestalt völlig unerwartet im Nacken traf.

Der Satane flog von der Gewalt des Aufpralls getroffen einige Meter durch die Luft, gewann jedoch die Kontrolle über seinen Körper zurück und stand nach einer gekonnten Rolle wieder auf den Beinen, nur einige Meter von Exel entfernt.

Die beiden zogen sofort die Aufmerksamkeit der Umstehenden auf sich. Die Teilnehmer einer japanischen Reisegruppe zückten fast synchron ihre Fotoapparate und drückten bei jeder Bewegung des seltsamen Pärchens auf den Auslöser, überzeugt, den Kampf zwischen dem Sirianer und dem Satanen in ihren digitalen Kameras zu speichern. Im Nachhinein würden sie enttäuscht bemerken, dass sie nur die Inneneinrichtung des Hotels aufgenommen hatten … ohne die Akteure. Das Gute und das Böse ließen sich eben nicht in einem Schnappschuss festhalten!

»Dir bleibt eine Stunde, Exel«, ertönte Jeffs Stimme im Funkgerät. »Das Experiment hat begonnen«:

Aber Exel konnte seinem Freund nicht mehr antworten. Es folgte bereits der nächste Angriff des Teufels, der in horizontalem Flug auf ihn zu schnellte. Diesmal half ihm ein Grand jeté, um die Flugbahn des Satanen ruckartig zu verändern, so dass dieser kopfüber im Wasser des Canale Grande landete. Exel nutzte den Moment, um in zwei großen Sprüngen den Ausgang zu erreichen. Er musste die Suite 66 finden und zwar schnell. Eine Tunnelreise war bei kurzen Entfernungen leider ungeeignet. Die Hotelgäste beobachteten begeistert die Sprünge und Flüge der beiden Akteure. Sie waren überzeugt, dass es sich um eine kleine Überraschungsshow handelte, die das Hotel Venetian den vielen Besuchern als Extra anbot. Aber nicht jeder war über die Vorführung beglückt, wie eine junge Mutter, deren kleiner Junge unentwegt an ihrem Rock zog und rief: »Mama, Mama! Sind das Superman und Wonderwoman?«, um dann kreischend fortzufahren: »Ich will auch so fliegen können, ich will auch so fliegen können, ich will, ich will …!«

Der Teufel hob den Kopf mit der nassen Haarpracht aus dem flachen Wasser, schüttelte sich kurz und sah seinen Widersacher voller Zorn an. Exel zögerte keinen Augenblick. Drei weitere Sprünge vorbei an den erstaunten Hotelbesuchern und er befand sich im Korridor der zweiten Etage. Hier musste sich die Suite befinden, in der der Satane Lina als Geisel gefangen hielt. Er spürte bereits ihre Nähe und stand wenige Sekunden später vor der Tür mit der Nummer 66. Ein Grand battement jeté des rechten Beines und die Tür schwang auf.

Endlich! Er hatte sie gefunden! Lina tanzte inmitten des riesigen Wohnzimmers die Schritte des sterbenden Schwans. Aber hier tanzte eine andere Lina. Kein strahlendes, durch den Tanz inspiriertes Gesicht, keine freudige Hingebung. Exel nahm eine Mischung aus grauenvoller Angst und Verzweiflung wahr.

»Verdammter Teufel!«, schoss es Exel durch den Kopf, als ihm klar wurde, was sich vor seinen Augen abspielte. »Ich muss sie erlösen, bevor es zu spät ist.«

Er warf sich in einem weiten Sprung der Balletttänzerin entgegen, die am Ende ihrer Kräfte mit einer weiteren Pirouette ihre nächste Runde begann. Wie von einer unsichtbaren Kraft getroffen prallte Exel zurück und landete rücklings auf dem Fußboden. Natürlich, schoss es ihm durch den Kopf! Der Satane hatte ein Kräftefeld um Lina aufgebaut, das jeglichen Eingriff durch die Außenwelt unmöglich machte. Unmöglich selbst für ihn! Leider!

»Hast du dir weh getan?«, ertönte eine helle Stimme hinter Exels Rücken. Er drehte sich überrascht um und erblickte den kleinen Dämon, der nur wenige Meter entfernt hinter ihm auf dem Boden spielte.

Exel erhob sich mit einem schwachen Hoffnungsschimmer im Herzen. Er beugte sich zu dem kleinen blonden Jungen und legte ihm eine Hand auf die Schulter.

»Hallo Dämon … weißt du, was deine Mama mit der jungen Dame gemacht hat?«, fragte Exel, bemüht trotz seiner Aufregung eine ruhige Stimme zu bewahren, und deutete auf die tanzende Lina.

»Natürlich …«, antwortete der Kleine voller Stolz. »Das ist eine ihrer Zaubereien. Du weißt doch bestimmt, dass sie eine große Zauberin ist, nicht wahr?«

»Ich weiß, Dämon, ich weiß!«, bestätigte Exel voller Anerkennung. »Aber bist du schon so groß, dass du die Zauberei deiner Mama rückgängig machen kannst? Siehst du, wie müde die Dame ist? Sie würde sich gerne etwas ausruhen.«

»Gewiss kann ich das!«, erwiderte der Junge selbstbewusst und erhob sich. »Auch ich werde ein großer Zauberer werden!«

»Ein ganz großer Zauberer, aber nun lass die Dame endlich zur Ruhe kommen!«, erwiderte Exel und schlug dabei einen allzu barschen Tonfall an.

»Nur nicht böse werden!«, war die Reaktion des kleinen Burschen. »Ich mag die nette Dame ja auch!«, versicherte er, drehte sich der erschöpften Tänzerin zu, die weiterhin auf ihren Spitzenschuhen durch den großen Raum schwebte, und streckte seinen Arm gegen sie aus.

»*Dämon*!!!!«

Die Stimme des Teufels erfüllte die Suite mit der Gewalt eines Donners.

Im Wasser des Glasbehälters bildeten sich die ersten kleinen Bläschen. Die Anwesenden spürten, wie die Spannung bei jedem Handgriff des Wissenschaftlers langsam stieg. Bis jetzt hatte Newstone alles vorschriftsgemäß durchgeführt, aber es fehlten nur noch wenige Minuten, bis er die Entscheidung treffen musste, ob er den wichtigsten Schalter aktivierte oder nicht. Exel hatte sich seit dem Verlassen der Insel nicht mehr gemeldet. Was mochte geschehen sein? War es ihm gelungen, Lina zu befreien? Hatte er den Satanen besiegt? Jeff und Willis warteten unentwegt auf eine Rückmeldung. Die anfänglich totale Stille war gebrochen. Die Wissenschaftler steckten ab und zu die Köpfe zusammen, um leise einen weiteren Schritt des Experimentes zu kommentieren.

Die Berichterstattung der Journalisten an die Außenwelt wurde immer reger. Die Investoren verfolgten nicht nur jeden Handgriff des Physikers, sondern verifizierten über ihre Smartphones und Tablets jede Veränderung des Wertes der Tecom Aktie und somit ihrer Optionen. Als die Anzahl der Bläschen im Wasserbehälter zu nahm und kurz darauf der Aktienwert anstieg, konnten die ersten unkontrollierten Reaktionen im Publikum beobachtet werden. Der eine riss voller Enthusiasmus beide Arme in die Höhe, der andere stieß einen Jubelschrei aus, jeder von ihnen gab seinen Gefühlen in irgendeiner Art und Weise freien Lauf.

Nur dem Gastgeber war sein Gemütszustand nicht anzumerken. Als Banker hatte Martin Smith gelernt, äußerlich ruhig zu wirken, auch wenn Unruhe und Unsicherheit in seinem Inneren stetig wuchsen. Er wusste, dass die Erwärmung des Wassers nur dann zunehmen konnte, wenn Newstone – dem revolutionären Tipp der Grauen folgend – eine zusätzliche chemische Reaktion auslösen würde.

Davon hing alles ab! Der Ausgang des Experimentes, der steigende oder sinkende Wert der Aktie, seine Zukunft, und … sein Leben!

»Nun komm schon, Exel, …«, sagte der Teufel in fast scherzhaftem Ton, aber mit einer gewissen Perplexität, »… ich weiß, dass du meinem Kleinen nichts Böses tun kannst. Deshalb hör mit der Schauspielerei auf und lass ihn zu mir kommen!«

Exel schaute seinem Gegenüber fest in die Augen.

»Da hast du völlig recht, Satanas. Ich werde deinem Dämon sicher nichts Böses tun …«, und seine Lippen formten sich zu einem ironischen Lächeln, »… ganz im Gegenteil, ich werde ihm nur Gutes tun. Was würdest du sagen, wenn er dank mir ein Guter wird!«

Bei diesen Worten verlor der Satane seine bis jetzt friedfertige Haltung.

»Exel!«, zischte die Blondine mit wutentbrannten Augen. »Wenn du es wagst etwas Ähnliches zu tun, dann werde ich deine Freundin so zurichten, dass sie nicht einmal mehr in der Hölle aufgenommen wird!«

»Dann akzeptiere den Tausch: dein Sohn gegen Lina!«

»Müsst ihr Sirianer euch immer für irgendeine Frau dieses Planeten interessieren. Willst du es deinem Freund vor zweitausend Jahren gleich machen? Das ist wohl euer Schwachpunkt!«, entgegnete die blonde Dame. »Dass ich böse bin, gehört zum natürlichen Lauf der Dinge, aber dass *du*, Exel, *mich* erpressen willst … das verstößt gegen die Spielregeln! Daher gib mir sofort mein Kind zurück und verschwinde!«

»Du wagst es von Regeln zu sprechen?«, entgegnete Exel und musste trotz der angespannten Situation auflachen. »Was mein Interesse für Lina angeht, so hast du recht, aber du siehst eben wie immer nur den Teil, der dir gefällt. Es sollte dir nicht entgangen sein, dass ich mich für alle Bewohner dieses Planeten interessiere, unter denen man sehr viele unsympathische, jedoch … zum Glück … auch sehr sympathische Exemplare findet. Lina gehört zu den sympathischen und ich muss zugeben, dass sie mir sympathischer als die meisten anderen ist.«

Mephisto konnte seinen angestauten Zorn nicht länger zügeln. Mit dumpf schallender Stimme, die aus der Hölle empor zu dringen schien, schrie der Teufel wutentbrannt:

»Niemals werde ich dem Geistesgestörten, der uns erschaffen hat, verzeihen, dass wir nebeneinander existieren müssen, ohne uns gegenseitig zerfleischen zu können. Verflucht soll er sein! Aber eines verspreche ich dir: ein Fingerschnippen von mir reicht aus und deine geliebte Dame macht das Ende dieses lächerlichen Vogels, den sie auf so horrende Art und Weise zu imitieren versucht. Daher lass Dämon sofort zu mir kommen und dann sehen wir weiter. Ich gebe dir mein Wort, dass sie lange genug leben wird, um den Tanz zu beenden!«, und blickte mit einem gehässigen Lächeln auf die tanzende Lina hinüber.

Bei diesen Worten umschlang Dämon Schutz suchend ein Bein des Außerirdischen.

»Wenn Mama mit dieser schrecklichen Männerstimme spricht, macht sie mir Angst«, sagte der Junge weinerlich zu Exel.

Der Außerirdische streichelte sanft über die Haare des Kleinen und versuchte ihn zu beruhigen:

»Du brauchst keine Angst haben, Dämon, die Mama ist nicht so böse, wie es scheint. Sie atmet zuhause einfach zu viele Schwefeldämpfe ein. Die machen sie manchmal allzu barsch und säuerlich.«

»Ach, deshalb bin ich nicht so böse wie Mama!«, überlegte der blonde Junge ernsthaft.

»Ich glaube, du könntest recht haben, Dämon«, sagte Exel lachend und zerwühlte mit einer kurzen Handbewegung scherzhaft die Haare des Kleinen. Der Teufel hatte der Szene ungläubig beigewohnt. Er schlug verzweifelt die

Hände über dem Kopf zusammen und ein unmenschlich gurgelnder Laut entfuhr seinem Rachen.

»Exel, hast du neben deiner Zuneigung zu weiblichen Wesen nun auch noch deine Vorliebe für kleine Kinder entdeckt?«, bemerkte er voller Spott. »Was kann man schon anderes von jemandem erwarten, der Sätze wie »lasset die Kinder zu mir kommen« ausgesprochen hat. Heute würde man euch für so einen Satz ins Gefängnis sperren … und zu recht!«

Exel erwiderte dem Satanen mit ernster Miene.

»Hör zu, lieber Teufel! In gewisser Weise respektiere ich dich, obwohl du die Rolle des Bösen eingenommen hast. Es ist nun mal die Rolle, die dir zugewiesen wurde, und daran wird sich nichts ändern. Aber wenn du nun in den Part eines Dummkopfes schlüpfen willst, dann ist es mit dem Respekt vorbei!«

»*Ich* ein Dummkopf? Dann sag mir doch bitte den Grund, genialer Balletttänzer, warum ich dumm sein sollte!«

»Weil du diese Geschichte mit der Pädophilie so aufgebauscht hast, dass heute jemand, der Kinder liebt und es wagt, sie zu streicheln oder ihnen ein Bonbon zu schenken, gleich zum öffentlichen Ärgernis wird und Glück hat, wenn er nicht ins Gefängnis kommt. Resultat? Du hast den Kindern die Zuneigung der Personen geraubt, die sie wirklich lieben, während diejenigen, die sie ausnützen und schlecht behandeln, es auch weiterhin tun werden. Und das ist sehr dumm!«

Der Satane näherte sich langsam Exel und kommentierte mit einem heimtückischen Lächeln:

»Das ist nicht dumm, mein Lieber, sondern einfach böse … und gleichzeitig genial! Welch bessere Art und Weise gibt es, Boshaftigkeit zu verbreiten, als Gesten der Sanftmut und Güte in ein Licht zu stellen, dass sie in den Augen der meisten Betrachter als pure Niedertracht erscheinen lässt. Begreifst du diesen klugen Schachzug?«

»Genug jetzt! Wenn du Lina nicht sofort von deinem Fluch befreist, wird dein lieber Dämon eine so große Dosis Sanftmut von mir erhalten, dass er dich nie mehr sehen will. Du weißt, dass ich das bewerkstelligen kann!«

Und während dieser Worte fuhr er dem kleinen blonden Jungen liebevoll durch die Haare und sah den Teufel herausfordernd an.

Die blonde Schönheit erwiderte Exels Blick mit wutentbrannten Augen, aber sie schien ihre gewohnte Sicherheit verloren zu haben.

»Gggrrrrhhhhh … « tönte es aus ihrem tiefsten Inneren, »… verfluchter

Exel! Geh und hol dir deine Ballerina und dann verschwinde, bevor ich es mir anders überlege.«

Dann drehte sie sich zu der tanzenden Lina um und hob kurz die Hand.

Exel ließ den Jungen los und sprang auf Lina zu, die bewusstlos zu Boden fiel. Sanft trug er sie in seinen starken Armen Richtung Tunnel und blickte sich vor dem Eintauchen ein letztes Mal zum Teufel um.

Der hatte seinen Sohn an der Hand gefasst und sah ihn mürrisch an.

»Und von jetzt ab ist Schluss mit Hamburgern und Pizza … jetzt gibt es wieder Eidechsen und Mäuse! Verstanden?!«

Als das Funkgerät endlich rauschte, führte Willis es ruckartig ans Ohr und blickte Jeff mit angespanntem Gesichtsausdruck an. Aber nach ein paar Sekunden spiegelten die Augen des Generals neue Hoffnung und Entschlossenheit wider.

»Bis bald, Exel!«, beendete er das Gespräch und packte den Inspector am Arm. »Komm Jeff! Exel hat es geschafft! Es bleibt kaum noch Zeit. Wir müssen Newstone sofort informieren. Hoffentlich ist es nicht zu spät!«

Dann stürzten die beiden hinter den Kulissen die Treppe hinunter.

Newstone stand der Schweiß auf der Stirn. Der Moment der Entscheidung war gekommen. Sollte er den Knopf drücken oder nicht? Exel hatte sich nicht gemeldet. Was sollte er tun? Jahrelang hatte er an der Umsetzung seiner Theorie gearbeitet und nun sollte er deren Existenz bewusst verneinen. Die Idee allein versetzte ihm einen Stich ins Herz. Aber kein Mensch verdiente es, für Geld, Macht oder Ruhm zu sterben. Kein einziger! Wenn die Politiker, Banker und Industriellen dieses Planeten sowie viele Menschen außerhalb des öffentlichen Interesses sich dies zu Herzen nehmen würden, sähe unsere Welt sicher anders aus. Er war zwar nur ein kleiner unbedeutender Physiker, jedoch würde er seinen Prinzipien treu bleiben. Er atmete tief durch und richtete sich … ein bisschen stolz, der Versuchung widerstanden zu haben … auf, um die bald auf ihn einbrechende Schmach besser ertragen zu können.

Ganz in seine Überlegungen vertieft hatte er nicht bemerkt, dass Willis die Türe seitlich von ihm einen Spalt geöffnet hatte und krampfhaft versuchte, die Aufmerksamkeit des Wissenschaftlers auf sich zu ziehen, ohne vom Publikum bemerkt zu werden.

»Pssst!!! Newstone, hallo, pssstttt!!!«

Endlich gelang es dem General, den Physiker aus seinen Gedanken zu reißen. Er drehte den Kopf zur Türe und sah einem strahlenden Willis ins Gesicht, der mit dem Daumen in die Höhe das vereinbarte Zeichen gab. Der Adrenalinstoß, der Newstone durchströmte, war so heftig, dass er fast ins Taumeln geriet. Es folgte ein Gefühl der Genugtuung, das seinen gesamten Körper in wohlige Wärme versetzte. Danke Exel! Das war sein einziger Gedanke. Danke, dass du es geschafft hast, Lina zu befreien, und ich nicht dem Wunsch dieses miesen, skrupellosen, machtgierigen Bankers nachgeben muss!

Seine Augen suchten Martin Smith im Raum und fanden ihn nach ein paar Sekunden. Er stand ganz hinten, oberhalb der Sitzreihen und verfolgte jeden Handgriff des Wissenschaftlers. Er wusste genau, welchen Knopf Newstone drücken musste, um das Gelingen des Experimentes zu bewirken. Bis jetzt hatte der Satane scheinbar alles unter Kontrolle und der Zeitpunkt, zu dem die letzte chemische Reaktion hätte ausgelöst werden müssen, war so gut wie vorbei. Der Banker begann, Vertrauen zu schöpfen. Vielleicht nahm doch alles den geplanten Weg!

Aber in diesem Moment traf ihn der Blick des Physikers und hielt ihn gefangen. Alles lag in diesem Blick: Siegesfreude, Stolz, Genugtuung, jedoch auch ein Gefühl süßer Rache.

Und während die beiden sich weiterhin ansahen, glitt die Hand des Wissenschaftlers zum Knopf seitlich des Kastens. Ein siegessicheres Lächeln erhellte das Gesicht des Physikers, als er kraftvoll auf den Schalter drückte.

Nur wenige Augenblicke später bildeten sich die ersten größeren Blasen im Wasser und stiegen an die Oberfläche. Die Zuschauer verfolgten staunend die neue Reaktion. Das Wasser, das sich über längere Zeit erhitzt hatte, begann langsam zu köcheln. Immer mehr Blasen bildeten sich an den Wänden des Behälters und brachten die Flüssigkeit zum Kochen.

Die Journalisten gaben die sensationelle Information aufgeregt an die Außenwelt weiter. Die Investoren konnten fast zeitgleich ein Hochschnellen des Aktienwertes der Tecom beobachten. Je länger das Wasser kochte, umso höher stieg der Wert. Und es sollte nie mehr aufhören zu kochen!

32

Martin Smith lief aufgeregt im Halbdunkel des Zimmers von einer Seite zur anderen … wie ein wildes Tier, im Käfig gefangen. All seine Gewissheiten waren entschwunden, wie der Nebel unter den Strahlen der aufgehenden Sonne. Nervös zog er sein Handy aus der Hosentasche und blickte auf das Display. Er zitterte so sehr, dass er mehrere Versuche benötigte, um sein elektronisches Postfach zu öffnen.

Immer noch keine Nachricht! Er hatte mehrere Male kontrolliert, aber die Bestätigungsmail mit dem Vertrag des Teufels war verschwunden. Oder besser gesagt, ersetzt durch eine neue Nachricht, in der das Bild einer gezündeten Bombe abgebildet war, wie aus einem Comicheft entnommen: eine runde Kugel mit brennender Zündschnur. Bei jedem Öffnen der E-Mail war die züngelnde Flamme ihrem Ziel etwas nähergekommen und mittlerweile war die Lunte fast völlig abgebrannt, was die Nervosität des Bankers erheblich steigerte.

Ein Geräusch hinter seinem Rücken ließ Smith zusammenfahren. Das Herz schlug ihm bis zum Hals und, als er sich ruckartig umdrehte, entglitt das Handy seinen schweißgebadeten Händen und fiel zu Boden. Die Umrisse einer Gestalt traten aus dem Halbdunkel hervor.

»Brüderchen!«, ertönte eine ihm vertraute Stimme.

Der Banker seufzte erleichtert auf, als er sein zweites Ich lächelnd auf sich zukommen sah.

»Endlich! Wo warst du denn die ganze Zeit? Du bist der einzige, der mir noch helfen kann. Der Vertrag ist verschwunden! An seiner Stelle sehe ich nur noch eine …«

»… Bombe?«, setzte der imaginäre Bruder den Satz mit einem zuversichtlichen Lächeln fort.

Martin Smith vermittelte dieses Lächeln jedoch keinerlei Zuversicht. Ganz im Gegenteil. Ängstlich wich er einen Schritt zurück.

»Woher weißt du das?«, fragte er voller banger Skepsis.

Die Gestalt des Bruders klopfte beruhigend auf die Schulter des Bankers.

»Langsam müsstest du wissen, dass ich über alles, was du denkst oder fühlst, bestens Bescheid weiß.«

Der Mann aus Fleisch und Blut ließ müde den Kopf sinken.

»Ja, du hast wie immer recht! Ich bin wirklich töricht! Einen Moment lang hatte ich gefürchtet, du könntest der Teufel in Person sein. Der hat mir nämlich gesagt …«

»Worin sollte der Unterschied bestehen?«, unterbrach ihn sein Ebenbild, dessen Lächeln Martin Smith nicht mehr so freundschaftlich erschien. Ein kalter Schauer lief ihm den Rücken hinunter. Er wich erneut zurück und blickte sein zweites Ich verstört an.

»Schau mich bitte nicht so überrascht an!«, fuhr der Teufel fort. »Du hast mich schon immer in deinem Inneren getragen. Bereits als Kind waren deine Träume alles andere als kindlich! Du hast immer begehrt, reich und mächtig zu sein. Nie hast du dich um die armen, vom Schicksal getroffenen Menschen gekümmert. Nie haben dich das Elend und der Schmerz anderer Menschen berührt, die nicht von der Glücksfee geküsst worden waren.«

Ein Blick voller Ironie traf den verängstigten Banker.

»Das soll beim besten Willen kein Vorwurf sein. Du weißt ja, wen du vor dir hast, nicht wahr?«

Dann ging er zu Martin Smith und legte ihm nun brüderlich die Hand auf die Schulter.

»Unter uns gesagt, wenn du die Möglichkeit gehabt hättest, wärst du sicher wie ich geworden, stimmt's?«, unterstellte Mephisto dem Banker. »Wie viele Verträge hast du manch armer Seele zur Unterschrift vorgelegt, im vollen Bewusstsein, dass du sie dadurch zugrunde richtest?«

Endlich fand Smith den Mut, mit kaum hörbarer Stimme zu fragen:

»Und wo ist mein Vertrag? Und was bedeutet diese Bombe?«

Der Teufel musste kurz auflachen.

»Den hat es nie gegeben! Du wirst doch nicht glauben, dass *ich … der Teufel* irgendwelche Verträge einhalte, die ihr winzigen Erdenbewohner in eurer Dummheit unterschreibt!«

Der Banker sah den Satanen fassungslos an.

»Aber Vertrag ist Vertrag! Ein Vertrag muss eingehalten werden!«, rief Smith empört.

»Hört, hört, wer diese Worte spricht!«, entgegnete sein Ebenbild. »Und du, liebes Brüderchen, wie viele Verträge hast du während deiner Karriere als Banker nicht eingehalten?«, und setzte verärgert hinzu: »Vor allem den letzten nicht, den Vertrag mit mir! Du hast dein Versprechen nicht gehalten und besitzt nun auch noch die Frechheit, mich, den Geschädigten, zur Rede zu stellen! Du hast eine Unmenge an Geld verspielt und unseren gesamten Plan zum Scheitern gebracht!«

Ein letztes zynisches Lächeln.

»Aber nun genug geredet! Die Zündschnur ist fast abgebrannt! Lebe wohl, Brüderchen!«

Und dann verschwand er in der Dunkelheit.

Martin Smith wollte ihm folgen, ihn anflehen, aber plötzlich versagte sein Augenlicht. Entsetzt griff er sich mit den Händen ins Gesicht, aber seine Finger nahmen bei der Berührung nur eine glatte, runde Fläche wahr.

»Die Bombe …«, dachte er resigniert. »Mein Kopf hat sich in eine Bombe verwandelt!«

Den darauffolgenden Knall konnte er nicht mehr hören, was nicht verwunderlich ist. Schließlich war er nicht mehr im Besitz seiner Ohren!

33

Der Aufprall war von unvorstellbarer Gewalt, als ob zwei Welten in voller Geschwindigkeit aufeinanderstießen! Und im Grunde genommen war es so, es trafen zwei Welten aufeinander, das Gute und das Böse! Nachdem der Teufel seinen Sohn in Sicherheit gebracht hatte, war er von Wut und Zorn gepackt aufgebrochen, um das Wesen zu finden, das all seine Pläne vereitelt und das Projekt eines vorzeitigen Startes des Raumschiffs zunichte gemacht hatte: Exel!

Der Sirianer hatte die Absicht seines Gegners erkannt und, um keine Menschenleben in Gefahr zu bringen, die Stein- und Sandwüste südlich der Stadt zum Schauplatz ihres Zusammentreffens gewählt.

Als der Teufel wenige Meter von Exel entfernt aus dem Zeittunnel glitt, wurde die nächtliche Dunkelheit durch hunderte von purpurroten kleinen Blitzen erhellt, die sich von dem wohlgeformten Frauenkörper in die kühle Abendluft entluden. Er warf sich mit voller Kraft gegen den großen blauäugigen Hünen, der all seine Energie aufbringen musste, um den ersten Angriff des Gegners abzuwehren. Für den Bruchteil einer Sekunde wurde die Wüste von einem großen Feuerball erhellt, dann landeten die Kontrahenten erneut auf ihren Beinen, zwar etwas geschwächter, aber … weiterhin unbezwungen … wie seit Millionen von Jahren.

Nach einer kurzen Verschnaufpause ergriff Exel als erster das Wort.

»Was ist los mit dir? Du scheinst nicht gerade bei bester Laune zu sein. Wer hat dich denn so in Rage gebracht?«, fragte Exel und setzte mit einem unschuldigen Lächeln hinzu: »Hoffentlich nicht ich!«

»Genug geredet!«, schrie der Satane wutentbrannt und ballte die Fäuste. »Der Moment ist gekommen, in dem das Universum auf einen von uns beiden verzichten muss … und eins verspreche ich dir: ich werde es nicht sein, der diese Bühne verlässt.«

»Wenn du meinst!«, erwiderte Exel in weiterhin scherzhaftem Ton und schlang seinen Umhang eng um den Körper, als ob ihn eine kühle Brise erschaudern ließe. »Ich zittere bereits vor Angst!«

Der Teufel hob den rechten Arm und streckte ihn immer höher dem

Himmel entgegen, bis auf den Spitzen seiner Finger eine brennende Kugel Form annahm. Höhnisch grinsend ließ er den Feuerball fallen, um ihn noch in der Luft voll mit dem Schaft seines Fußes zu treffen. Das Projektil schoss leise knisternd auf Exel zu.

»Kompliment, weltmeisterlich!«

»Ich habe ja auch Maradino persönlich gecoacht!«, rief der Satane nicht ohne Stolz

Exel stemmte die gespreizten Beine fest in den Boden und streckte beide Arme vor dem Körper aus. Der Feuerball traf die Fäuste des Außerirdischen und prallte in hohem Bogen ab, um schließlich mit brennendem Schweif im nächtlichen Himmel zu verschwinden.

»Und ich den lieben Neuerling!«

Mephisto krümmte sich zusammen, als würde Exels gekonnte Abwehraktion ihm Schmerz bereiten, und hielt sich mit beiden Händen den Bauch. Dann richtete er sich auf und zog mit einem hinterlistigen Lächeln ein Blatt Papier unter der Kleidung hervor.

»Welch großartiger Tormann! Ich würde dich gerne für unsere Fußballmannschaft in der Hölle engagieren!«, und warf das Blatt Papier in eleganter Geste Richtung Exel. »Du brauchst nur den Vertrag zu unterschreiben … natürlich mit deinem Blut … ha, ha, ha!«

Während das Blatt wie von einem leichten Windhauch getrieben auf Exel zu schwebte, nahmen seine Dimensionen ununterbrochen zu, und als es den Außerirdischen schließlich erreicht hatte, umschlang es dessen Körper komplett und hielt ihn gefangen. Vom Schachzug des Teufel überrumpelt versuchte Exel, sich aus der neuen Situation zu befreien, jedoch wie sehr er sich auch hin und her wand, es brachte keinen Erfolg.

Der Teufel hingegen schüttelte sich vor Lachen.

»Ha, ha, ha … lies den Vertrag in Ruhe! Du hast alle Zeit der Welt!«

Dann überlegte er kurz.

»Du hast ja gar nichts zum Unterschreiben!«

Eine blitzschnelle Bewegung und Mephisto materialisierte in seiner rechten Hand einen großen Federhalter, den er wie ein Speerwerfer direkt auf Exel zu warf. Während die Füllfeder sich durch die nächtliche Luft bohrte und auf den Gefesselten zu sauste, begann die Spitze langsam Feuer zu fangen.

»Angesichts der Ausmaße des Vertrages brauchst du sicher dein gesamtes Blut, um die Unterschrift darunter zu setzen«, kommentierte der Satane amüsiert und beobachtete in Siegerpose zufrieden die Flugbahn des brennenden Pfeiles.

»Herr Gott noch mal ... wo hab ich nur meinen Kopf gelassen?«, fuhr er fort. »Es fehlt ja noch der Arm, um das Blut zu entnehmen!«

Ein Schnipser mit den Fingern und Exels rechter Arm erschien vor dem Papier. Aber als die lodernde Spitze des Geschosses auf Exels pulsierende Ader zu sauste, verwandelte sie sich in ein kleines brennendes Streichholz. Exel ergriff es mit dem freien Arm und zündete die ihn umgebende Fessel an. Der Teufel beobachtete bestürzt die Stichflamme, der nach einigen Sekunden eine Aschewolke folgte, die lautlos schwebend zu Boden sank und Exel aus der Gefangenschaft befreite. Der Hüne klopfte die letzten Aschereste von seiner Kleidung und wandte sich dann seinem Widersacher. zu

»Wie immer, lieber Teufel, sind deine Verträge nichts anderes als Schall und Rauch!«

Der Satane, außer sich vor Wut, stieß einen furchterregenden Schrei aus und streckte beide Arme dem Himmel entgegen. Und wieder bildete sich über seinen geballten Fäusten ein schnell drehender scharlachroter Ball, der länglicher wurde und schließlich eine Form annahm, die Exel sofort wiedererkannte: Lina!

In einem perfekt anliegenden Spitzenkorsett mit Tutu begann sie, eine Pirouette nach der anderen zu drehen, und blickte dabei Exel boshaft lächelnd mit feurigen Augen an.

»Ich bin gespannt, wie du mit deiner Tänzerin klar kommen wirst!«, kommentierte Mephisto. Dann wandte er sich Lina zu und deutete mit den Fingern auf Exel. Mit kleinen kreisenden Bewegungen seiner Hände schien er die Drehungen der Balletttänzerin zu dirigieren.

»Los geht es, meine Liebe!«, sagte er aufmunternd und verfolgte dann amüsiert die Geschehnisse.

Lina begann mit dauernd aufeinander folgenden Fouettes en tournant direkt auf Exel zu zu tanzen. Dieser beobachtete unentschlossen die näher kommende Tänzerin, als der erste Tritt des schnell rotierenden gestreckten Beines ihn bereits am Kinn traf. Aber statt zu reagieren, nahm seine Unentschlossenheit stetig zu. Lina drehte sich in unglaublicher Geschwindigkeit um Exel herum und versetzte dem Kopf des scheinbar paralysierten Außerirdischen einen Schlag nach dem anderen.

»Nun mein Lieber, willst du nicht mit mir tanzen?«, fragte die Tänzerin voller Niedertracht und versetzte ihm einen weiteren Tritt mit dem Spitzenschuh.

Exel wischte sich das Blut, das als kleines Rinnsal seitlich aus dem Mund hervortrat, mit dem Umhang weg.

»Das ist nicht Tanzen … wer oder was auch immer du sein magst!«, antwortete Exel mit düsterer Miene und steckte nach der nächsten Pirouette einen weiteren Schlag ein.

»Aber Exel!«, bemerkte der Satane mit gespielter Überraschung. »Warst nicht du es, der den klassischen Tanz als Kampfart propagiert hat?«

Der nächste Tritt, begleitet von einem ironischen Lächeln der Ausübenden, traf den Hünen direkt am Kiefer. Exel begann die ununterbrochenen Schläge deutlich zu spüren und obwohl er wusste, dass es sich nicht um die wahre Lina handelte, brachte er es nicht über sich zu reagieren,

»Ha, ha , ha … Exel, mein heiliger Nachbar! Ich hab es doch gewusst! Dein Instinkt erlaubt es dir nicht, meinen Schützling zu bremsen. Dann wollen wir mal einen Gang zulegen!«

Die kreisenden Bewegungen seiner Hände nahmen an Schnelligkeit zu und sogleich nahm auch das Pirouetten drehende Etwas mehr Geschwindigkeit auf.

»Los Lina, geben wir ihm den Gnadenstoß!«

Die äußeren Umrisse der drehenden Figur waren nicht mehr erkennbar. Ein kleiner Wirbelsturm bewegte sich auf den angeschlagenen Exel zu. Er hockte gebückt vor dem Teufel und stützte sich mit einer Hand am Boden ab. Aber dann erhob er den Kopf und ein seltsames Strahlen schien die Augen des Außerirdischen zu erleuchten. Mit letzter Kraft richtete er sich auf, blickte zum Himmel und begann … zu singen!? Na ja, es war eigentlich kein Gesang, sondern eher der Klang einer Spieluhr. Die Stimmbänder des Außerirdischen waren zwar nicht für diese Art von Tönen geschaffen, aber irgendeinen Vorteil musste man ja als göttliches Wesen haben!

Fast gleichzeitig verlangsamte Lina ihren rasend schnellen, um Exel rotierenden Tanz und begann, in gleichförmigen Drehungen auf der gleichen Stelle um sich selbst zu kreisen.

Mephisto ließ erstaunt die Arme sinken, als seine Anweisungen nicht mehr von seinem Schützling befolgt wurden.

»Verflucht noch mal!«, schrie er außer sich vor Wut. »Was hast du mit Lina gemacht?«, während die Tänzerin unaufhörlich am gleichen Punkt ihre Pirouetten drehte.

»Liebes Teufelchen«, entgegnete Exel zwar erschöpft, aber mit einem Lächeln auf den Lippen. »Warst nicht du es, der vorhin von Instinkt gesprochen hat?«

Der Satane konnte seine Überraschung nicht verbergen.

»Und was hat Instinkt mit dem da zu tun?«, und zeigte mit dem Finger auf die drehende Puppe.

»Mein lieber Satane, Spieluhren gibt es seit ewigen Zeiten und wenn du kurz nachdenkst, erinnerst du dich vielleicht, dass sich bei den meisten eine hübsche kleine Ballerina zum Glockenspiel im Kreise dreht.«

Er legte eine kurze Pause ein und fuhr dann fort.

»Nun ja, deine künstliche Lina ist ihrem Instinkt gefolgt und glaubt nun, die Ballerina einer Spieluhr zu sein. Das heißt, sie wird so lange auf der Stelle ihre Pirouetten drehen, solange diese Musik erklingt. Und sie wird nicht aufhören zu ertönen, da ich die Melodie in ihrem Kopf eingeprägt habe.«

Als der Teufel Exels Worte wahrnahm, musste auch er bewundernd zugeben: »Du scheinst ja wirklich mit allen Wassern gewaschen zu sein, verfluchter Exel! Dann muss ich eben zu anderen Mitteln greifen!«

Das Lächeln verschwand aus dem Gesicht der blonden Schönheit und in wenigen Augenblicken verwandelte sie sich in ein Wesen, das im Laufe der Jahrhunderte von unzähligen Künstlern auf Gemälden oder als Skulptur dargestellt worden war: ein Ungeheuer mitsamt Hörnern, Hufen und Schwanz mit Pfeilspitze.

Das Ungeheuer schnaubte auf, stieß gelbliche Dunstwolken aus seinen Nasenlöchern und scharrte wütend mit einem der vorderen Hufe im Wüstensand, um dann wie ein Stier in der Arena auf Exel loszustürzen.

Exel seinerseits nahm den Part des Toreros ein. Er löste seinen Umhang von den Schultern und wehrte den ersten Angriff des heranstürmenden Untiers mit einer eleganten seitlichen Kehrtwende ab. Nächster Angriff, nächste Abwehr. Und so begann ein aufreibender kräftezehrender Kampf, ohne dass es einem der beiden Gegenspieler gelang, die Oberhand über den anderen zu gewinnen. Zuletzt waren beide so erschöpft, dass es Exel nicht mehr gelang, dem Angriff auszuweichen, der Teufel jedoch so entkräftet war, dass er statt den Gegner mit Wucht auf die Hörner zu nehmen, ihn gerade noch sanft berührte und dann gemeinsam mit ihm zu Boden sank. Dort blieben die beiden eine Zeitlang liegen, um wieder zu Kräften zu kommen.

Der Satane, wieder in die Form der blonden Grazie geschlüpft, ergriff als erster das Wort.

»Hör zu, verdammter Exel, was hältst du davon, wenn wir einfach Knobeln: Stein schleift Schere, Schere schneidet Papier … Das hier ist mir einfach zu anstrengend!«

»Einverstanden!«, entgegnete Exel sichtlich erleichtert. »Probieren wir es!«

Sie setzten sich auf den Boden und begannen jeweils bei drei mit der rechten Hand eines der Objekte darzustellen. Aber so oft sie es auch versuchten, sie wählten immer das gleiche Symbol, so dass sie schließlich entnervt aufgaben.

»Siehst du? Nicht einmal so funktioniert es!«, sinnierte Exel mit einem müden Lächeln.

»Hm!«, bestätigte die Blondine mit einem leisen Brummen.

Dann verharrten sie schweigend auf dem Boden und suchten nach einer Lösung.

Exel war der erste, der nach unendlich langer Zeit die Stille brach.

»Was hältst du davon, wenn wir einen Pakt schließen?«

»Einen Pakt …?«, der Teufel hob argwöhnisch eine Augenbraue, »… du meinst einen Pakt zwischen mir und dir?«

»Zwischen wem denn sonst?«, folgte Exels knappe Antwort.

»Sehr witzig … also heraus mit der Sprache!«

»Nun ja, ich habe da ein tiefsinniges, philosophisches Konzept im Sinn. Versuche bitte, meinem Gedankengang zu folgen!«

Exel legte eine kurze Pause ein, um das Gesagte wirken zu lassen. Dann fuhr er fort:

»Lassen wir sie einfach machen, was sie wollen!«

Es folgte ein strahlendes Lächeln.

Der Teufel schaute Exel wie versteinert an, als ob er einen Verrückten vor sich hätte … dann brach er in einen Lachanfall aus.

»Ha, ha, ha … das halt ich nicht aus. Und das wäre dein tiefsinniges, philosophisches Konzept?!«, und krümmte sich erneut vor Lachen. »Lassen wir sie einfach einmal machen, was sie wollen!«, äffte der Satane Exels Stimme und dessen Gesten auf witzige Art und Weise nach. »Du hättest auch sagen können: *Lassen wir sie im eigenen Saft schmoren!* Klingt eleganter!«

»Okay, wie du meinst. Dann lassen wir sie eben im eigenen Saft schmoren«, räumte Exel mit ernster Stimme ein.

Der Satane schien sich zufrieden zu geben.

»Ja, das klingt besser! Wie soll denn deine geniale Idee aussehen?«

»Also …,« Exel kreuzte die Arme vor der Brust und begann, »… unser

Schöpfer hat verfügt, dass die menschliche Rasse die Gabe der Willensfreiheit besitzen soll. Kurz gesagt: sie können in jedem Moment entscheiden, wie sie sich verhalten möchten. Uns hingegen wurde diese Option nicht gegeben: du repräsentierst einzig und allein das Böse und ich das Gute ...«.

»... Moment, Moment!«, unterbrach die weibliche Figur des Mephisto seinen Gesprächspartner. »Das ist deine Interpretation der Dinge. Es könnte auch genau das Gegenteil sein: ich vertrete im Grunde genommen das Gute und du das Böse. Es ist immer eine Frage des Blickwinkels!«, und warf Exel ein dämonisches Lächeln zu.

»Egal! Das würde nun zu weit führen, ändert aber nichts am Konzept!«, fuhr Exel nachdenklich fort. »Wenn unsere Aufgabe darin besteht, die Menschheit dazu zu bringen, gut oder böse zu sein, dann nehmen wir ihnen damit ihre Willensfreiheit! Stimmst du mir bei diesem Gedankengang zu?«

Der Teufel überlegte kurz.

»Nicht ganz! Im Endeffekt liegt die Qual der Wahl immer noch bei ihnen, oder nicht?«

»Ja, ja ... schon! Aber wir versuchen ununterbrochen, ihre Entscheidung zu beeinflussen und sie in eine gewisse Richtung zu drängen. Verstehst du, was ich meine? Der liebe Schöpfer hat sich einfach aus dem Staub gemacht! So als ob er seine Tat bereue und gemerkt hätte, dass er – warum auch immer – die Uhr nicht zurück drehen kann. Und um die Auswirkungen einzudämmen, hat er uns mit dieser undankbaren Aufgabe losgeschickt.«

»Da stimme ich dir vollkommen zu! Es ist wirklich eine undankbare Aufgabe!«, bestätigte Mephisto mit ernster Stimme. »Aber nun Schluss mit dem Gerede! Was schlägst du vor?«

»Ganz einfach! Wir geben ihnen ... den Menschen ... wieder ihre uneingeschränkte Willensfreiheit zurück«, beschloss Exel.

Es folgte ein Augenblick absoluter Stille. Mephisto starrte Exel entgeistert an.

»Und dies soll eine tolle Idee sein? Exel ... du weißt, dass wir diese Macht nicht haben! Wir können nicht ...«

»Doch, wir können!«, sagte der Sirianer und blickte den Teufel entschlossen an.

»Und wie?«, fragte der Satane und breitete ratlos die Arme aus.

»Denk mal in Ruhe nach, dann fällt es dir vielleicht ein!«

Mephisto schüttelte zunächst ratlos den Kopf, aber plötzlich erhellte sich das Antlitz der schönen Frau.

»Das willst du wirklich machen?«, fragte sie ungläubig.

»Ja …«, bestätigte Exel mit einem hinterlistigen Lächeln, »… wir ziehen uns einfach eine gewisse Zeit zurück und lassen den Menschen die Freiheit, das zu tun, was sie wollen.«

»Du schlägst mir eine Art von Streik vor«, sagte der Satane amüsiert.

»Nein, Streik ist nicht das richtige Wort«, korrigierte Exel den Teufel. »Ich würde sagen: wir nehmen uns endlich unseren wohl verdienten Urlaub!«

Es folgten einige Momente absoluter Stille.

»Ich muss zugeben, manchmal hast du teuflischere Ideen als ich! Und wie lange soll der Urlaub dauern?«

Exel hob unentschlossen die Schultern.

»Was hältst du von zehn Jahren? Da kann nicht allzu viel passieren, aber wir sehen, in welche Richtung sich die Menschheit ohne uns beide entwickeln wird.«

»Einverstanden! Sagen wir: ein Jahr!«, entgegnete der Satane und streckte Exel seine Hand entgegen, um den Pakt zu besiegeln.

Exel sah die Hand einen Moment lang irritiert an, schlug jedoch schließlich ein.»Und diesmal keine Tricks, mein lieber Teufel! Am Ende der Testphase werden wir sehen, ob die Menschen gutmütiger oder boshafter geworden sind, und danach wird sich entscheiden, wer von uns beiden gewonnen hat.«

»Keine Angst, Exel! Diesmal werde ich den Pakt einhalten«, erwiderte der Teufel. »Ich bin selbst neugierig auf das Resultat.«

Dann drehten sich beide um und gingen in entgegengesetzter Richtung von dannen. Bevor beide in ihren Zeittunneln verschwanden, drehte sich Satanas noch einmal um.

»Darf ich fragen, was du in deinem Urlaub vorhast?«

Exel sah den Teufel ein letztes Mal an.

»Ich denke, ich werde mich dem klassischen Ballett widmen! Endlich ein bisschen Zeit für mein geliebtes Hobby! Und du?«

Der Teufel antwortete mit besorgtem Gesicht:

»Ich werde mich wohl um meinen Sohn kümmern. Du weißt ja, dass er mir große Sorgen bereitet!«

»Ja, das hast du bereits erwähnt«, bestätigte Exel.

»Okay, dann … bis bald!«

Und sie verschwanden in der Dunkelheit.

DANKSAGUNGEN

Danken möchten wir:

Meiner ehemaligen Klassen- und Deutschlehrerin Sigrid Lischkowsky, die uns wichtige Ratschläge nach dem Lesen des ersten Teiles gegeben hat. Sigrid ist leider im November 2015 verstorben.

Unserem Freund Reinhard Michelchen, der sich die Zeit genommen hat, die letzte Version unseres ersten Buches vor der Veröffentlichung zu lesen, um uns als Leser seine Eindrücke zu vermitteln.

Meiner Kollegin Kathrin Brekle, die uns bei der Verwirklichung der gedruckten Ausgabe des ersten Buches geholfen hat.

Herrn Martin Rebmann, der uns in allen Fragen, die Bankwesen und Investitionsgeschäfte angehen, hilfreich zur Seite gestanden hat.

Unserem Freund Detlef Pütz, der sich die Zeit genommen hat, das gesamte Projekt als Lektor zu begleiten.

Von den Autoren bisher erschienen:

Der Präsident   ISBN: 978-3-7528-1015-8

Der Roman handelt von einem jungen Abgeordneten aus Ohio, John Endis, der vom Präsidenten der Vereinigten Staaten den Auftrag erhält, zum Unabhängigkeitstag eine ungewöhnliche Fotoausstellung zu organisieren. Bei diesem Projekt soll ihn die bildhübsche Grafikerin Annie unterstützen, die sich als Nichte des Präsidenten entpuppt. John, ein Einzelgänger, erliegt sofort dem Charme und der starken Persönlichkeit der jungen Frau und verliebt sich in sie. Eines Tages erfährt John, dass die Fotoausstellung nur ein Vorwand ist für ... Ein in Washington spielender, spannender Science-Fiction-Roman, der dem Leser eine Vielfalt unvorhergesehener Überraschungen bietet.

EXEL Teil 3 Die Dummheit stirbt zuletzt   ISBN: 978-3-7481-9928-1

Als die beiden Autoren zu Beginn der dritten Folge ihrer Serie Exel erste Überlegungen über den Verlauf der Geschichte anstellten, kam ihnen eine außergewöhnliche, ihrer Meinung nach brillante Idee in den Sinn. Sowohl Exel, der Held der beiden ersten Romane, als auch John, der Protagonist ihres dritten Buches »Der Präsident«, halten sich in den Vereinigten Staaten auf, der eine in seinem Raumschiff auf dem Seegrund von Garden City in Nevada, der andere als Mitarbeiter im Weißen Haus in Washington. Warum sollten sich die beiden Helden im vierten Buch nicht kennenlernen? Der Menschheit droht eine große Gefahr. Wird es den beiden Protagonisten und ihren Freunden gelingen, diese Gefahr abzuwenden

Pepe Wolf und seine verrückten Fälle   ISBN 978-3-7526-4876-8

Diesmal stellen die beiden Autoren einen lustigen Privatdetektiv vor, der mit angeborenen Gespür, jahrelanger Erfahrung und ein bisschen Glück auch die schwierigsten Kriminalfälle lösen wird. Als gesunde Mischung einer italienischen Mutter und eines deutschen Vaters lebt und arbeitet Pepe Wolf im schönen Schwabenland und zwar im kleinen Flecken Wolfenhausen.

Das Buch umfasst fünf Episoden, in denen der schwäbische Poirot den unterschiedlichsten Bösewichten auf der Spur ist. Wir wünschen Ihnen viel Spaß, mit dem tollpatschigen Detektiv die verrückten Fälle zu lösen … immer mit einem Lächeln auf den Lippen!